边疆·云南文学丛书

临梵

雷平阳　主编

編委會 EDITORIAL BOARD

出　　品：云南省作家协会

边疆·云南文学丛书

·临　梵·

《滇红——影》

王建

140cm × 70cm

布面油画

·目录·

·小说·

临梵（中篇）//雷杰龙// 002
叙事难度、主题陷阱与创作突围——读《临梵》（评论）//徐兴正// 058
深夜里带你回家（短篇）//刘广雄// 066
猪嗷嗷叫（中篇）//李司平// 076

·阅读·

《香水》是这样炼成的！（随笔）//谢挺// 116
散文的常态与殊途（随笔）//谢挺// 146

·散文·

生生之门//叶浅韵// 158
生生之水//叶浅韵// 190
乡愁草木帖//杨泽文// 202
房间//黄立康// 212
此去经年//李朝德// 244
对岸的师父//此称 // 260

·诗歌·

青山守住夜郎//尹马// 270
人间很空//李青青// 294
小说写作预备出来的诗人——对李青青诗歌的三言两语（评论）//李小松// 306

临梵（中篇）

// 雷杰龙

雷杰龙，1973 年生于云南省大理州祥云县，1996 年毕业于兰州大学中文系，1999 年至 2001 年进修于北京大学历史系，现居昆明，供职于《边疆文学》杂志社。1995 年开始文学创作，在《人民文学》《钟山》《花城》《江南》《大家》《诗刊》《滇池》《当代文坛》等杂志发表小说、散文、诗歌、文学评论百万余字。

1

乾隆二十八年癸未（1763年）六月的一个早晨，大清皇城乾清宫养心殿三希堂和煦的阳光中，《宋时大理国描工张胜温画梵像》长卷册页安静地躺在一尊宽敞雅致的龙案上。清高宗乾隆大帝独自端坐案前，轻轻打开册页，小心翼翼，从右至左，缓缓摊开画卷，一幅一幅又一幅诞生于大理国的梵像画，带着八百年前的金色光辉，神秘而又清晰地映入他的眼帘。

已经连续数个早晨，上过早朝，听完群臣的奏议，对一些胸有成竹的政事拍案表态，对一些尚无把握或者永远无法把握的事情按下不表留待再议，众臣散去，走出乾清宫，乾隆帝都让黄门太监留下刚刚由浙江学政调任的礼部侍郎李因培，陪驾进入养心殿三希堂，观赏这册新入宫廷的宋时大理国画卷。让此人伴驾，是因这位被江南名士袁枚先生推许为“天下第一名士”的李因培，上知天文，下知地理，学问无所不通，对画事亦颇有用心。但更重要的是，他来自云南。那个僻处大清帝国西南的极边省份，竟然也能生出李因培这等敏捷颖达的人中翘楚，曾经让乾隆帝大为吃惊。如今，让他吃惊的是这卷刚刚搜罗进宫的云南古画。不，不仅是这卷古画，还有那个虽有所闻，但却从未认真留意的古老王国——南诏大理国——也同样令他吃惊。对那个古老王国，群臣之中只有李因培最为了解。这个人不仅来自云南，心里还杂七杂八装着云南上千年的掌故和文献。在三希堂玩赏这卷古画，有此人在身边，就能让这卷古画以及那个诞生了这卷古画的古老王国在眼前活色生香起来。再说，让这位来自云南的新任礼部侍郎陪驾，一起赏玩来自他故乡的这卷古画，不仅能满足他类似博物家的好奇心，也能稍稍抚慰他的思乡之情。这可是一种特别的恩宠，在提防每一位臣下的同时，尽可能显示对他们的特别礼遇，让他们心怀感激，为自己用心做事，也是自古明君的一种为君之道。

不过，这次进入三希堂，却没让李因培伴驾。已经没必要让他伴驾了，诞生这幅不朽长卷的那个古老王国，在前几个早晨三希堂温暖清澈的晨光中，已经借助李因培妙趣横生的旁白和这幅长卷一幅幅画面上的线条、色彩以及众多的佛、菩萨、应真罗汉、国王大众和画中各种物事交相辉映散发出来的辉光，在乾隆帝心中激起久远的鸣响，热烈复活了。如今，他只想静静地独自端详这卷古画，不需任何人在场，甚至那几位宫中画画人，丁观鹏、丁观鹤、唐岱、郎世宁，他们都不得在身边聒噪。让他们待在南薰殿吧，那儿才是他们该待的地方，朕的书房岂是他们轻易能来的？前几日曾让他们来过一次，对这幅长卷，他们聒噪还少吗？他们聒噪来聒噪去，都是这幅长卷古画的技法、描工、构图、用色，以及那位他们八百年前的同行张胜温。遗憾的是，关于这位姓张的画画人，连那位以博闻著称的李因培先生也在胸中的万卷文献里打捞不到关于他的只言片语。作为一群画画人，他们聒噪的都是画画的破事儿，又怎么能够体会一位君临天下的伟大帝王、一位统御四极八荒的大清皇帝在这幅诞生于八百年前的不朽画作前的微妙心思呢？

早晨的阳光明亮而清朗，像一层薄薄的透明的黄金，均匀铺撒在三希堂一间雅室的宽敞龙案上。正对案桌，乾隆帝细细打量这卷古画。这卷古画如今以册页装裱，但其中相连相续的一幅幅图画分明是长卷画的格局，最初完成的时候该以卷轴装裱才对。从画中多有破损和其中六份题记来看，在不下八百年时光里这卷古画该是由卷轴而图册，由图册而卷轴，再由卷轴而图册，经过了许多次装裱。轻轻抚摸古旧的纸页，细细凝视其上的勾金线条、敷设色彩，从第一幅图画“利贞皇帝骠信画”开始，到第二幅图画“护法天王”，第三幅图画“佛祖”，第四幅图画“天龙八部护法龙王”……直到最后一幅图画“十六大众国王图”，总共一百二十九幅图画，乾隆帝一幅幅浏览下去。最后，乾隆帝的目光又回到开始的第一幅图画，定格在那位点苍山下率领皇后、儿子、臣工、随从、仪仗朝圣礼佛的大理国利贞皇帝骠信的面孔上。这位大理国利贞皇帝骠信，博学的李侍郎竟然也不知道他准确的名字，只说还要回去慢慢考据一番。用他的话说，大理国前后二十余位段姓国主，因文献缺失，关于他们的世系和这位利贞皇帝的名字不是花几天工夫就能搞清的事情。搞清这些事儿，就让李侍郎慢慢去弄吧，乾隆帝好奇的并不是这位利贞皇帝的名字，而是他的那幅面孔。那是一幅多么雍容华贵、淡雅、从容、自信的面孔啊！这位利贞皇帝虽然僭称皇帝，其实不过是向宋称臣、地处偏远的一位小国之王，怎么能有如此一副面容呢？！第一次打开这幅画卷，看到这位小国之王竟然拥有这么一副面容时，他曾对之哂笑不已。可是，第二次打开这幅画，尤其听了李侍郎对南诏大理国国史的讲述之后，他的感觉悄然变了。他发现，这位利贞皇帝的神情虽和一位小国之王的身份并不相称，但却是发自真心，自然流露的，并非毫无理由的狂妄做作之态。那么，他能有这副神情的理由从何而来呢？按李侍郎的说法，南诏大理国虽是西南偏僻小国，但却曾在大唐天宝年间两次击败大唐，让叛贼安禄山借此窥破了表面强盛的大唐军力其实已经极为虚弱，故而胆敢冒天下之大不韪起兵反叛，引发了“安史之乱”的血雨腥风，导致大唐国力大损，从此一蹶不振，直至走向衰亡。南诏强大之时，称霸西南，兵锋直指巴蜀，其中一次还攻陷成都，饱掠而回，掠俘的人里，就有许多画工。说不定，那位名叫张胜温的大理国画工，就是当年南诏从成都掠回的画工里的一位后人呢。李侍郎说这些的时候，一边卖弄他的远见卓识，一边不忘他酸腐文人的本色，乘机进谏，说什么云南虽然偏远，但却丝毫不可忽视。云南之南的缅国北望云南，南攻暹罗，正在一步步坐大，不可不防！如果云南乱了，缅国就有机可乘，必起边衅，弄不好会祸乱整个云南，乃至整个西南。而西南乱了，就会耗损整个大清的国力，动摇大清的根基。历史上，这样的例子并不鲜见，远在大唐的事情不说，就是本朝康熙爷时，吴三桂之乱，就差点动摇大清国本。可见，云南虽远，但云南之事无小事，千万不可因云南偏远而对之掉以轻心。李侍郎的良苦用心按下不表，还是接着说这位利贞皇帝骠信的这副神情从何而来。难道南诏曾经强大到足以挑战大唐，妄图问鼎中原的过往辉煌给这位小国之王留下了来自过往时光的自信从容？不至如此吧？！南诏是南诏，大理是大理，按李侍郎所说，这位利贞皇帝主政时的大理国和国势鼎盛时的南诏国至少隔着几百年，南诏国的国主姓蒙，大理国的国主姓段，南诏国的强大和大理国又能有多少干系呢？李侍郎的回答符合乾隆的想法，这位利贞皇帝的自信和南诏国确实没有多少干系。他的自信，并非来自南诏国时的武功，而是来自大理国时的文治。

大理国时的文治是怎么一回事呢？前几日李因培在三希堂早晨的阳光中描述了一个匪夷所思、闻所未闻，令人难以置信的神奇之国。那个王国的中心，在云南大理点苍山下的大理城。点苍山，就是画卷里那列十九座雄峰蜿蜒盘踞、白云如玉带般缥缈其间的庞大山峰。用李侍郎的话说，那列庞大的山峰，如一条青黑的巨龙，从天而降，南北盘亘，常年冰雪覆顶，四时云雾缠腰，奇峰堆叠多不可数，幽涧高壑深不可测，草木鸟兽多不可识，森然壁立望之出神。少年时，他曾随父行游滇中，来到点苍山下，举首望山，惊讶得张大嘴巴，神识出窍，茫然恍惚，仿佛突然遭逢一个熟识而又陌生的奇异梦境，竟然一时不知身在何处，直到父亲俯首呼唤，他才好不容易回过神来。如今离滇宦游多年，在纸上和点苍再次相逢，少年时初见点苍的出神之感忽又袭来，一时竟有望峰息心，老归故乡之志。望之出尘的点苍山下，则是华丽旖旎的人间仙境。大理国的国都大理城，宋时叫作羊苴咩城，大明前朝扩建为今日的大理府城，就坐落在点苍山下，城郭齐伟雄峻，楼宇巷陌威严井然，城中人众繁盛，风俗淳朴，知书达理，城周沃野百里，物产丰饶。城郭数十里之外，躺着洱海，烟波浩渺，鱼龙潜跃，临之有渔舟唱晚，泛舟江海之感。大理苍洱风光之盛，驰名滇中，享誉海内。昔日，大明前朝第一名士杨升庵因罪流放云南，一路沮丧郁闷，直至来到大理点苍，精神方才为之一振，其《游点苍记》有言："自余为僇人，所历道途，万有余里，齐、鲁、楚、越之间号称名山水者，无不游。已乃泛洞庭，逾衡、庐，出夜郎，道碧鸡而西也。其余山水，盖饫闻而厌见矣。及至楪榆之境，一望点苍，不觉神爽飞越。比入龙尾关，且行且玩，山则苍龙叠翠，海则半月拖蓝，城郭奠山海之间，楼阁出烟云之上，香风满道，芳气袭人。余时如醉而醒，如梦而觉，如久卧而起作，然后知吾曩者之未尝见山水，而见自今始……"李侍郎说，杨升庵并非虚言，自己出滇宦游数十年，所历山水无数，深感天下并无一处名山胜水，能和点苍胜景相提并论。其中道理，并非其余山水不及点苍之秀、之奇、之壮、之美，而是苍山洱水之间，流荡着一股奇特的气韵。那股气韵，正如升庵先生所言，若置身点苍山海之间，则油然而生一种"如醉而醒，如梦而觉，如久卧而起作"的奇异感觉。那种感觉，正是自己当年初见点苍时，瞬间惊讶无语的恍若入梦之感。在那种感觉里，仿佛眼前的梦境才是真实的，而梦境之外的真实记忆，反而不过是一些梦里划过的前尘影事。

苍洱之间的奇特气韵，博学的李侍郎说，应该是一股佛国特有的气韵。不知是苍洱的山海之气孕育了佛国的出尘之气，还是佛国的光辉普照，使人面对山水，顿生出尘之想。总之，一个人置身苍洱，南诏大理五百年佛国故地的气息便会扑面而来，让人顿生如醉而醒如梦而觉之感。按李侍郎的说法，南诏国和大理国的文献虽然早已在元、明之际大半毁弃，但在支离破碎的残留文献中和当地百姓的口耳相传里，这两个王国的两位创建者——南诏国的细奴逻和大理国的段思平，都是受到观音菩萨护念的下凡天人，他们创建的国度，都是观音菩萨护持的妙香国度。这就难怪眼前这幅"奉利贞皇帝骠信画"的古画里，居住着那么多的观音菩萨化身。李侍郎还从元代郭松年的一篇游记里搜罗出这个国度崇奉观音的证据。元代初年，郭松年漫游到大理时发现，那里的居民不论贫富，家家茹素，绝不饮酒吃肉，人人家里都有一间静室，用香花净水供奉着观音像。除了供奉观音，他们还供奉着书圣王羲之的画像。问他们为什么不供奉孔圣人，他们竟然没听说过有孔子这么一个人。不供孔子而供观音和王羲之，天下竟有如此悖谬之地？！李侍郎说这不奇怪，这都因为南诏大理国五百年崇佛而不尊儒，沿袭相因，以致如此。尤其在大理国三百余年间，开科取士，取的都是能读书的僧人。那些取用的僧人，虽然也略通儒家文典，但只不过表示他们能识文断句而已，真正考校他们的，其实是是否精通佛典。以此方法取用的人，名叫“释儒”，释为其实，儒为其表。这就是说，那个国度，其实是用佛法而非儒教来治理的。那会是什么样的国度呢？李侍郎说，从文治来看，不可小视！因以释治国，大理国虽然僻处西南，不足以和中原争锋，但却政治清明，人民富庶，路不拾遗，夜不闭户，承平三百余年，几无祸乱悖逆之事。但以释治国，就定能如此吗？要知和大理国同代，同样以释治国的西夏、吐蕃，两国朝堂之内，血腥满地，朝堂之外，烽烟四起，各种祸乱悖逆之事还算少吗？为何独有大理偏能致此清明和平之境？李侍郎说，那就得归功于大理国的君清臣明了。大理国段氏二十余代国君，历代崇奉佛法，大多清明寡欲，不恋权位，先后竟有十余代国君暮年逊位出家。据《南诏野史》记载，其中还有这么一位名叫段素兴的奇特君主。他的祖父段素隆不乐为君，禅位为僧，传位于侄子段素真，开了大理国君逊位出家的先河。没想到，段素真为君数年后，亦不乐为君，步了叔父的后尘，禅位于段素隆的孙子段素兴。而这位段素兴“性好游狎”，根本不像一位国君的样子。他听说东都拓东城，就是今日的云南府城昆明城山海亦奇，美女众多，就把都城从大理迁到了拓东城，在那里广营宫室。拓东城的花木比不上大理，他就在城中广植花木，“于春登堤上植黄花，名绕道金棱，云津桥上种白花，名萦城银棱。每春月，挟妓载酒，自玉案三泉，溯夫九曲流觞。男女列坐，斗草簪花，昼夜行乐”。段素兴爱花，是出了名的，在滇中，时至今日，还有一种素馨花，据说就是因他所爱而得名，所谓“花中有素馨者，以素兴爱之，故名”，正是说此。段素兴如此胡闹，自然引起臣下不满，在位三年，就被执掌权柄的相国高氏所废，另立段氏新君。这对一般国君，可是奇耻大辱,可奇的是这位段素兴,竟然不以为苦,反以为乐,乐呵呵说什么为君有什么好？不过终日案牍劳神，令人头晕脑涨罢了，如今不用当国君，正好放开手脚好好玩去。这位被废国君段素兴，暮年时分，玩够了，也出家为僧去了。

用李侍郎的话说，大理国有段素兴这么洒脱的国君，那是因为有高氏那样的贤明的相国。大理国立国数代之后，国柄便被高氏掌握，形成段氏为君，高氏掌权的传统，段高二氏，几乎平分国权。但奇特的是，段高两家，竟能长久和睦相处，相安无事。如有段素兴这样的不肖君主引起众臣不满，就会由段高两家，商议废去，另立段氏新主。而被废之君，也不用担心杀身之祸，为庶为僧，随其所愿，都能善终。这个传统，沿自一位名叫高升泰的相国。高升泰平乱有功，执掌大权，一时权欲膨胀，废君篡位，别改国号。但高升泰临终时，却当众立下遗嘱，让其子复国号为大理，还政于段氏。自此，段高两家，君相依旧和睦如初，如此相承百年，直至大元忽必烈军入大理，大理国迕才告终结。历数史书，君臣相合之事虽不鲜见，但能如大理国这样君臣相睦共掌国家达数百年之久者绝无仅有。因段高两家福德，大理国灭后，两家后裔亦未灭绝。在滇中，段高两家民望甚高，大元年间，段高子孙依旧奉朝廷之命，或为总管，或为土司，分别治理滇中各地。其中的高氏后裔，直至本朝改土归流之前，还在做姚州土司。其中一位名叫高奣映的土司，亦道亦释亦儒，博学高才，风华俊迈，著述极丰，睹其遗作，其见识超卓不群，丝毫不亚江南儒雅高士。

前几日李侍郎对南诏大理国的描述，让独坐三希堂的乾隆帝神往不已，真想来那么一次云南之巡，亲睹苍山洱水之间流荡的佛国气韵。李侍郎曾说，大理国灭后，自元、明以迄本朝，滇中儒学大兴，虽已不再由“释儒”之徒治理，但因长达五百年的佛国流风所及，直至今日，滇中佛教依旧兴盛，与内地相比，不仅毫不逊色，甚而有过之而无不及。本朝世祖、圣祖年间，就曾有诗人吴梅村盛赞滇中佛教说：“苍山与洱水，佛教之齐鲁。”以西南偏僻一省之地，而能得此盛赞，真真令人称奇！

可是，巡游云南，绝无可能！要知朝廷那帮腐儒，自古把皇帝巡游视为劳民伤财的荒谬之举。在他们看来，一位皇帝，成天待在皇城宫苑里就行了，有什么可巡游的？如果要外出，在春秋大祭的时候到皇城之外转悠转悠就够了。再说了，如果皇城里待腻了，想看风景，不是还有承德避暑山庄吗？难道一年数月，甚至大半年待在那里，看那里的七十二景还看不够吗？那帮腐儒如何知道，一位拥有万里江山的皇帝，如不出去逛逛，那万里的江山其实就只是留在《皇舆图》上的一堆线条、图形和文字罢了。皇城再大，也只有一座，又怎么大得过天下的州府城镇？七十二景再美，也不过是方圆数十里的景致，又怎么能和天下那么多大山大水的奇美绝域之境相提并论？那帮腐儒怎能知晓，一位皇帝，他拥有的江山越是广大，他所能亲临的境域便会愈加狭小，他越是对天下充满好奇，就越是被困锁于貌似奢华但却了无生气的一隅之地。那帮腐儒以为，天下越大，需要处理的政务就越多，一位天子就应更加勤勉，除了每天上朝议政之外，下朝之后还应该批阅那些永远批阅不完的奏章，怎么还能有闲心出宫去瞎转悠呢？那帮腐儒，除了外敌入侵国家危亡的时刻怂恿皇帝御驾亲征振作军心民气之外，从来想不起皇帝也想到大江南北转转。他们年老疲惫的时候大呼小叫，说什么宦游经年，恩请告老还乡，他们不知道皇帝待在皇城里，从来没有告老还乡的机会，一生走过的地方，还比不上他们宦游所历之地的半个小指头。假如皇帝想到哪里走走，他们便会立马搬出秦始皇、隋炀帝、前朝的正德帝，说什么殷鉴不远，所谓巡游天下，不过是祸国亡家的荒淫无道之举。那些腐儒，简直无法和他们理论！难道那些终年待在皇城里的皇帝就是有道之君，就不会祸国亡家了吗？想想十二年前那次江南之巡，自己花了多大力气！为了能够成行，自己老脸皮厚，暗示江南的地方督抚接连上奏，请求驾临，以慰士民渴仰之望。为此，那几位地方督抚，老大不情愿，勉强上奏，没少受朝廷那帮言官的弹劾羞辱，说什么他们如此谄媚邀宠，鲜廉寡耻，简直想用口水把他们淹死。为此，自己不得不连下两道上谕，阐明南巡江南的四条理由。可那四条理由，在那帮腐儒眼里，又怎么能算什么理由呢？最后还不是被他们一一批驳，弄得自己当朝发火："怎么了？朕就是昏君！朕就是荒淫！朕就是要去江南！谁再阻挡，就是让朕不爽！谁让朕不爽，朕就要他的脑袋！"如此发火，那帮腐儒才被吓到，那次江南之巡才能成行。可是，自己想要的这次云南之巡准是没影了。远在万里之外的极南、极边之地，朝臣有一万个理由阻挡。再说了，自十二年前那次南巡之后，仅仅六年，又再次南巡，之后五年，就是去年春天，又第三次南巡。说来也是，每次南巡，所耗确实不菲，最近这些年，是别再指望什么南巡了。遥远的云南，李侍郎嘴里，杨升庵文里见之"如醉而醒，如梦而觉，如久卧而起作"的苍山洱水，就只能在眼前这卷古画里神游了。

如今，在养心殿三希堂的一尊龙案上，细致把玩这卷来自宋时大理国的长卷古画，乾隆只能在心中默默做了一个小小的圣断：让南薰殿的那些画画人们，不，最好是让他们之中的梵像画第一高手丁观鹏，临摹这卷古画。

对于这个圣断，乾隆有着充足的理由。传了八百年的这卷古画太旧、太破了，再有一点风吹草动，再经一点折腾就会烟消云散。为了它能长久存留于世，必须有一个新的摹本，否则，哪一天原本毁了，天下就将再也不知还有这么一卷稀奇的绝世古画了。

在这个圣断之中，乾隆还有另一个小小的圣断：得让丁观鹏在临摹的第一幅图中，就是那幅“利贞皇帝骠信画”的图中，以自己的面容取代利贞皇帝骠信。也就是说，乾隆决定，要让画画人丁观鹏临摹之时，把大理国利贞皇帝骠信画成自己。丁观鹏画时，人物衣饰、器物可以不变，但那位从容自信，雍容华贵，点苍山麓玉带云之下率领皇后、群臣、侍女、护卫、仪仗礼佛的皇帝，必须画成爱新觉罗·弘历而不是那位什么大理国的利贞皇帝。

对此，乾隆同样有着充分的理由。

其一，数日前，他梦入苍山洱水，身穿画上那位利贞皇帝所穿黄袍，仿佛变成了大理国的利贞皇帝。梦里，只有眼前的苍山洱水和身上大理国黄袍是真切的，其他物事，全都依稀恍惚。记得梦中自己还曾哂笑，为何放着大清皇上不做，却偏要跑去什么大理国做那么一个偏僻之地的小国之王？自己刚一哂笑，那个梦境便倏忽而逝，被另外一个梦境取代。梦醒之后，自己忍不住猜想：是不是宋时的那位大理国利贞皇帝骠信，正是自己八百年前的前身？是不是正因如此，经过八百年的流转，这幅当年自己命人所画的画卷，又物归原主，和自己在此邂逅重逢？而当重逢之时，这幅画卷早已残破沧桑，而自己却正春秋鼎盛，正在做着大清国的皇帝。既然自己八百年的前身，就是大理国利贞皇帝骠信，那为何不把利贞皇帝骠信画成自己呢？何况，自己如今已是中原大国——大清国的皇帝，今日的面容，必定压过八百年前的面容，那为何不以今日的面容，替换昔日的面容呢？昔日的那张面容虽然还好，可经历八百年的光阴洗刷，早已太过沧桑古旧。而今日自己正当五十二岁盛年，天下升平，又刚刚讨平北疆、南疆，文治武功，就算和过往的许多伟大帝王相比，自信也毫不逊色，以自己今日的面容替换自己昔日利贞皇帝骠信的面容，只会给新摹的那卷画作大大增添色彩。

其二，在新摹的那卷画里，把大理国的皇帝画成自己，能够有资教化。按汉人的说法，皇帝就是天子，权柄授之于天，奉天承运，替天统御万民，天子之威，不容僭越，如此，天下才能不乱，万民才能得享太平。由此可知，自己生在世间，能贵为大清皇帝，那是天意。而如此尊贵的天意，自然不会随便降临到一个普通人头上。它不降临到别人头上而降临到自己头上，说明自己的智慧福分远远高于常人。自己如今的智慧福分高于常人，那是早在八百年前，就已高于常人。在新摹的那册画卷里，臣民将会看到，早在八百年前，自己就已经贵为大理国的皇帝。而佛教的看法，与此并不相违。能贵为大清皇帝，那是自己宿智超迈，宿福深厚。在新摹的那册画卷中，臣民将会看到，早在八百年前，自己就在西南边地的那个妙香佛国——大理国中为转轮圣王。而如今，自己则是名曰“大清皇帝”的，更大的转轮圣王。

其三，退一步说，就算自己昨夜梦为利贞皇帝神游大理国，只是一个错觉，梦里的前身利贞皇帝骠信，只是一个虚妄不实的幻念，那又如何呢？

所谓画儿，不过游戏罢了。日常里，皇上只能做皇上，不能做别的角儿，可皇上一个角儿，却又怎么能够满足一个人想做各种角儿的念想呢？天下人最大的念想是做回皇上，可一旦贵为皇上，做腻了皇上，就会发现，所谓的九五之尊，实则了无生趣。皇上也是人，是人就想做各种角儿，尤其是那些他没做过的角儿。这就是为何历代有许多皇上，不爱做皇上，却偏爱去做什么大将军、和尚、道士、词人、画师，甚至什么商贩、木匠、戏子之类宵小之流的角色。当然，大清列祖列宗虽然心作此想，可行止却没这么胡闹。大清天子只在梦中，只在画里做各种角儿的游戏，朝堂之上，臣民之前，依旧是威仪万方、行止端严的皇上。远的不说，先皇考雍正大帝，尊居大位十三年，日夜忧勤，无一日懈怠，毫无土木、声色之娱，为天下人做了一位最勤勉的好皇上，可在画里，他却做了许多梦里想做而光天化日之下不能做的角儿。这不，在这里，还恭存着先皇的《雍正帝行乐图册》呢。在那些画儿里，先皇不再以一位威严天子的装束示人，他变成了猎人、隐士、道者、渔父、农夫、喇嘛、蒙古王公、诗人、儒生、琴师。在画里，他身处的地方，也逃脱了皇城宫廷的困锁，得以置身天地大块之间；他面对的，也不再是那些朝堂争议，案牍劳神的破事。在那里，先皇得以随心所之，逞意驰怀，尽情做他心底想做的各种角儿。或持弓问天，或荷杖溪涧，或倚树逗猿，或论道深山，或飘逸擒龙，或俟水沉思，或摩崖冥禅，或临渊休憩，或绝壁题诗，或独坐幽篁，或横槊刺虎……在西洋画家郎世宁的笔下，先皇甚而穿上西洋的装束，或上山猎虎，或独坐闲庭，幽默风趣，令人莞尔。先皇这些角儿和姿态，在那帮腐儒看来，简直荒诞不经，不伦不类，他们哪知在他们眼里性格急躁、不苟言笑的先皇，实则对世界充满好奇，甚至连对远在西洋的异域也充满兴趣，想做一回西洋人呢。爱新觉罗家族可不像那帮汉人腐儒，眼里只有汉人的衣冠才是好的，别的服饰、物事都是上不了大雅之堂的不伦之物。以前满人的服饰、物事，不是也被他们这么看吗？简直荒谬！所以咱满人坐了天下，就逼他们剃发改服，为的正是要灭掉他们的这种迂腐和傲慢。否则爱新觉罗家永远都是他们眼里的蛮夷之辈，如何配座在他们心里只有汉人才能座的江山？

先皇在画里可以变成梦里想做的各种角色，乾隆又何尝不是如此呢？除了大清天子，在梦中，他变成驰骋沙场，秋季点兵的将军；雅阁之间淡然鉴宝的雅士；古阁庭院之中怅然观月的汉家公子；深山寻采灵芝的仙人；古装捻须、对雪温酒、执笔沉吟的诗人；猎场射熊刺虎的壮士；围猎野餐的主人；观画听琴的高人……在梦里，他还精通佛法，明心见性，得大涅槃、大自在。他化身维摩诘居士，对众敷演佛法；他化身普贤菩萨，高踞莲座，悠闲观看侍者给自己的坐骑——大白象扫洗洁身；他化身文殊菩萨大德法王，结跏趺坐，头戴黄色班智达帽，左手托法华轮，右手施说法印，右为普贤菩萨，左为地藏王菩萨，座前莲花盛开，池边众僧围绕，头顶天花纷坠，下界大黑天、吉祥天母、降魔阎尊三位天神前来护法，人天大众，听他说演甚深微妙大法……这些梦里想做的角色，或凡或圣，或庄或谐，他都让丁观鹏、郎世宁、张宗苍等人在画里帮他实现了。如今，在这些角色里，再加一个小小的大理国皇帝，又有何不妥呢？

2

正午时分，大清皇宫画院南薰殿，画画人丁观鹏接到乾清宫总管太监赵德胜宣说的上谕，由他主笔临摹《宋时大理国描工张胜温画梵像》。赵公公特意嘱咐，在新画儿里，一定得把那位大理国蛮王的面容画成当今圣上，丝毫不得闪失。赵公公还一并带来了那册画卷，说先让他看上几日，心里记熟了，就得送回三希堂。画画儿的时候，如果忘了那册画卷的模样，画不下去，想要再看看那册画儿，再和他说，他回禀圣上，再从三希堂借出来。赵公公还问，这卷新画儿得花多少工夫才能画成？丁观鹏回说，数十尺的画儿，一百二十多幅画，工笔描金，敷彩上色，那是极细活儿，别的活儿什么也别干，起早摸黑，少说也得个三年五载。赵公公说皇上虽不着急，可也是越快越好，别说五载，三年画好得了。丁观鹏打了个折扣，说三年不说，五载不论，四年如何？赵公公说，好，那就四年吧，我这就回禀皇上了。赵公公转身刚走，又折回来，说看这记性，这么紧要的事儿也差点忘了！皇上特意叮嘱，得先画好第一幅画的稿本，就是那幅把那位大理国蛮王换成圣上面容的稿本，请皇上过目。得等皇上中意画了圈儿，整个活儿才能开工。

南薰殿一间画室里，丁观鹏盯着那卷古画发呆。那卷古画，自内府从琉璃厂古玩店搜购进宫之时他就和南薰殿的画画人唐岱、郎世宁、金廷标以及自己的弟弟丁观鹤一起鉴定玩赏过了。前几日，他们还被召进养心殿三希堂，和圣上一起玩赏议论过它。那时，他就隐约知道圣上有意临摹这卷古画，并且圣意所属主笔临摹的人很可能就是自己。这不奇怪，谁让南薰殿待诏画画人里，自己的梵像画功夫无人能及呢？如今接到上谕临摹这卷古画，丁观鹏一点都不意外。不仅毫不意外，丁观鹏还觉得这是自己和这卷古画的一段奇妙因缘。细细翻阅这卷古画，读着上面众多的题记，他陷入了对这卷古画在八百年时光中如何奇妙旅行的遐想。

《梵像卷》共有大理国僧人释妙光、明洪武间宋濂、僧人宗泐、来复和前朝永乐大帝时曾英、天顺无名氏的六则题记。当然，丁观鹏明白，如果不出意外，喜爱题记的圣上迟早还会在这卷古画上加上自己的第七则题记。

画卷最早的题记为大理国描工张胜温请大理国僧人释妙光所作：

大理国描工张胜温描诸圣容，以利苍生，求我记之。夫至虚至极，有极则有虚，虚极之中，自生明相矣。明相生一气，一气成大千，有众生焉，有佛出焉。众生无量，佛海无边，一一乘形，苦苦济拔，知则皆影相济也。实如神慕张、吴之遗风，恰武氏之美述者耳。当愿众生心中佛，佛心中众生，唯佛与众生，无一圣凡异。妙手一出，灵显于心，家用国兴，身安富有。盛德五年庚子岁正月十一日释妙光记。

看着这则题记，丁观鹏不仅产生一丝疑惑：难道这么一幅长卷画，只是张胜温自己起心动念画的吗？如果那样，得花多长时间啊？如果这位张胜温先生不是极其富有，怎么对付这么长时间一家的生计呢？一位画工，能有多少资财啊？像自己这样的宫廷一等画工，一月的俸禄不过十一两银子而已，比一位七品县令强不到哪儿去。何况京城居之不易，靠这点银子，只能勉强住在南柳巷，每天到皇城供职，光是路上往还，就得费尽气力。想要住到北柳巷，或者离皇城更近一点的地方，那是难上加难的事情。供奉宫廷画院，每年一百三十二两银子几乎就是所有进项，想画几张画补贴家用，那更是想都不能想。既然在皇家画院供职，那就只能奉旨作画，画的每一幅画，都是为圣上画的，都只能放在南薰殿、如意馆或者圣上的御书房三希堂。即使回家后，在家里画的画也是圣上的，万万不可流出去，只能带进宫里。如果流出去，被人知晓告发，轻则丢掉饭碗，重则获罪皇上，那是万万不可的事情。

故此，很难想象，如果没有金主襄助，那位大理国描工张胜温先生能够独自完成这么一件巨作。那襄助人是谁呢？从第一幅画的题字“利贞皇帝骠信画”以及其后那幅“南无释迦牟尼佛会”的题图文字“奉为皇帝骠信画”来看，襄助人显然就是画里的大理国利贞皇帝骠信。可见，这幅长卷画就是为皇家画的，这位张胜温先生的身份也和自己一样，就是一位宫廷画画人。可这位妙光和尚为何不说这是奉大理国皇家之命画的呢？而只简单提说张胜温先生此举是为了“描诸圣容，以利苍生”？或许，妙光和尚题记的时候，“奉为利贞皇帝骠信画”这事儿早已不必再提了。可是，这幅长卷的所有者，又好像是张胜温先生而不是那位大理国利贞皇帝。如果这画是大理国利贞皇帝的，那请妙光和尚题记的人，就应该是大理国皇家的人而不是张胜温先生。或许，张胜温先生仅只是替大理国皇家向妙光和尚请求题记的，这幅长卷画的所有者还是大理国皇家。算了，不追究了，这幅长卷画的主人管他是谁呢？正如妙光和尚所言，作这幅长卷，是“描诸圣容，以利苍生”的，它到底属谁所有，这就是一种执念。或许，正如李侍郎所说，在佛国大理，这幅长卷虽奉皇家之命而画，但完成之后，可能并不存放在皇家内府，而是存放在某一个寺院。因为大理国佛教画像、造像极多，而这些事儿需要一份可以依循的精美范本。这幅长卷，就是这么一幅范本，可为各处寺院画像、造像以作参照的圭臬。是否真是如此呢？妙光和尚的题记里找不到答案。这位和尚关心的只是佛法，不愿在这些琐碎的事相上纠缠。从他的简单题记里可知，这位和尚，确是一位精通佛法的高僧。好吧，就不纠缠这些事相了。可是，丁观鹏还是有一丝遗憾：妙光和尚的题记里，丝毫没有画者张胜温先生的只言片语。算了，想知道张胜温先生的事情，只是对同行的好奇。可一位画画人，从古到今，又算什么角色，值得提起呢？想到这里，丁观鹏想起两位从前善画人物的画画人。一位是春秋时的敬君先生，齐王建造九重台，召他入宫作画。敬君久不得归，渴念妻子，就画了妻子的像，挂在居所，早晚视之流泪。没想到，这幅画被齐王看到了，知道他妻子是位绝世美人，竟然派人找到他的妻子，据为己有。另一位是大唐画画人阎立本。某日，下朝之后，唐太宗李世民与侍臣泛游春苑，见有南诏国所贡两只奇鸟嬉戏池中，太宗喜爱不已，急召阎立本进宫描绘。那时，阎立本刚刚回家，屁股还没坐热，太监就来大声宣召画师阎立本进宫作画。那时，阎立本虽已做到郎中之职，并非专职画画人，但还是急忙携带画具进宫，奔走流汗，俯伏池侧，手挥丹素，描绘那两只破鸟。他狼狈的样子，引来太宗和侍臣、太监哄笑。耐着性子画完那两只破鸟，回家之后，阎立本召来几个儿子，慎重对他们说："我从小就好读书辞章，但今天却因为丹青闻名，所以才会有各种描画的苦差，以及今日的奇耻大辱！你们应该引以为戒，从此我要立下家训，子孙再也不能习画，否则就是不孝！"后来，他还一路高升，做到了右丞相。那时，左丞相是姜恪，曾在西域立有军功。时人曾嘲讽他们："左相宣威沙漠，右相驰誉丹青。"阎立本的才能本来足堪相位，可人们还是认为他只配作丹青。而丹青，和做官相比，只是一种下流不堪的技艺。和大唐相比，如今宫廷画画人的地位更是江河日下，更加不堪了。今日供职大清皇宫南薰殿的画画人，不过奉旨专为皇上作画的仆役之徒罢了，许多人做梦都想着哪天能得皇上恩赏个官家出身，以便名义上能跻身仕流，脱离画画人的身份。可是，这样的机会又有多少呢？自己供职南薰殿数十年，也只见到一位画画人张宗苍，在乾隆十九年（1754 年）时得到恩赏，以一名户部主事的头衔放还终老。那时，张宗苍已经六十九岁，竟然为此喜极而泣，遥对乾清宫不停叩头谢恩，还破费请南薰殿的画画人们大喝了一顿。那时，因常年劳累，用眼过度，张宗苍的一双老眼早已坏了，再留在画院，也没用了，这才赏个头衔，恩准放还。放还之后，仅仅过了两年，就听说他在吴中老家过世了。不过，他也算功德圆满，好歹在临终之前弄了个清流出身，光宗耀祖了。如自己这般，虽也得到皇上恩宠，但能否有张宗苍那样的归宿，是很难指望的。如今，自己目力和壮年时相比，也大大减弱了。或许，摹写完这幅长卷，将是自己此生供职南薰殿所能干完的最后一件活计。对了，不知那位八百年前的大理国描工张胜温先生，他的来去之处如何？得了，不用再纠缠他的来去之处了，反正接下来的数年里，隔着八百年的时光，自己将他切磋技艺，朝夕相处，和下棋的人对弈手谈一般，于无声之处，和他进行无数次目谈、手谈、心谈。

妙光和尚题记之后，是大明初年宋濂和宗泐和尚的题记：

凡其施色涂金，皆极精致，而所书之字亦不恶云。……其所谓庚子，盖宁理宗嘉熙四年，而利贞者，即段氏之诸孙也。夫以蛮夷窃弹丸之地，黄屋左纛，僭拟位号，固置之不必言，然即是而观，世人乐善之诚，胥皆本乎天性，初无有华夷中外之殊也。东山禅师德泰以重购获此卷，持以相示，遂题其后而归之。

宋濂把这幅长卷画完成的年代“盛德五年庚子”推算为南宋嘉熙四年（1240年），丁观鹏不知是否可靠。而李侍郎的意见也是如此，他还说宋濂名声虽大，但如他那样的前朝之人，考据功夫稀松平常得紧，他这个断语大可不必相信。确切考据，要待他搜罗大理国相关文献之后才能确定。而宋濂对大理国段氏皇族所谓“夫以蛮夷窃弹丸之地，黄屋左纛，僭拟位号，固置之不必言”的不屑之论，丁观鹏也只是一笑而已。宋濂被前朝洪武皇帝誉为“开国第一文臣”，位高权重，自是有几分自负，有这种议论毫不奇怪，可他不该连个岁次也不题啊，这真是有违一般题记的常理。不过，他还是题了这句重要的话：“东山禅师德泰以重购获此卷，持以相示，遂题其后而归之。”丁观鹏虽为画者，但精于画佛像，常年茹素礼佛，对前朝传灯之事颇有所知。这位重金购买长卷的东山德泰禅师他虽不识，但下面一位题记者——宗泐和尚，丁观鹏却是知晓的。这位大和尚可是昔日大明初年京师南京城三大寺之首——天界寺——善世院的住持啊。大明前朝管理天下佛法事务的总衙门——僧录司，就设在天界寺中。宗泐和尚博学通儒，善诗文，为洪武皇帝赏识，是当时声望极高的法界名宿。他的题记留下了岁次记录，是为“洪武戊午”年，也就是洪武十一年（1378年）。至此，为何宋濂会与宗泐和尚一起题记也就清楚了。洪武皇帝曾令设“元史馆”撰修《元史》，而“元使馆”就设在天界寺，监修“总裁”就是宋濂，那时，宋濂和宗泐和尚是在同在天界寺居止的。看着宋濂和宗泐和尚的题记，丁观鹏明白：诞生于宋时大理国的这幅长卷画，历经宋、元数百年的辗转，在洪武初年被游方的东山德泰禅师发现，重金购买，带到南京天界寺。东山德泰禅师深爱这幅长卷，所以要请当时最富声望的僧俗两界名宿为这幅长卷题记，加持护佑，以期望它能得到更好的保存。而当时常住天界寺的“元史馆”总裁宋濂和天界寺善世院住持宗泐和尚名重天下，是最好的题记人选。所以，宋濂和宗泐和尚的题记应该都在“洪武戊午”年，而这，也就能解释为什么宋濂题记不落岁次，因为宗泐和尚已经落了，他不必再多此一举。想到宋濂这一年的题记，丁观鹏自然想到宋濂的命运。他在题记之后不久便告老回乡，离开时，洪武皇帝还亲自为他饯行，弄得他感恩叩头痛哭，和洪武帝约定说：“臣没死之前，请允许臣每年来宫内觐见陛下一次。”回乡后，他每年都如约进京陛见。可刚过两年，也就是洪武十三年（1380年），他的长孙宋慎就被牵连进胡惟庸案，导致一家遭祸，长孙宋慎与宋濂次子宋璲都被斩首。朱皇帝还想处死宋濂，幸亏马皇后及太子朱标力保，才得免一死，恩准流放至四川茂州安置。可他还没到茂州，便死在流放路上的夔州了。虽说自古伴君如伴虎，而如洪武朱皇帝那样的刻薄寡恩之君，也是千古罕有，如果宋濂先生那时知道李侍郎描述中的大理国君臣相合，数百年间极少杀戮的故事，不知他还会不会看不起那位他所鄙视的蛮夷之君？

接下去的题记是洪武十二年（1379年）前灵隐寺住山和尚来福禅师应德泰和尚之请所提的。丁观鹏纳闷，为什么刚刚请宋濂和宗泐和尚题记一年之后，德泰和尚又请来复禅师题记？何况，这位来复禅师寂寂无闻，声望名气，和前二位不可相提并论。解释只有一个，宋濂和宗泐和尚的声望让德泰禅师很满意，但他们题记的内容却有敷衍潦草之嫌，似在德泰禅师坚请之下不得已勉强应付了事。所以，德泰禅师觉得仅只如此，还对不住手中的这幅长卷，必须再请一位高人题记。而这位高人，必须和他一样，是真正挚爱这幅长卷的人。而来复禅师的题记，应该让这位德泰禅师满意了：

滇池之南，有国大蒙；作藩中夏，惟佛是宗；王妃宰臣，以善为宝；胶彩糜金，成此相好；菩萨罗汉，慈威俨然；亦有龙鬼，拥护后先；幡盖旌幢，树林池沼；莲花交敷，旃檀围绕；集兹众妙，间错庄严……

在来复禅师眼中，这幅长卷的精致华丽固然宝贵，但深深打动他的却是画卷中所载南诏大理国崇尚佛教的情景，并为此虔诚地焚香稽首，礼拜赞叹。来复禅师眼中，这幅长卷中南诏大理国众生，并没有宋濂等传统儒者“华夷之辩”的分别心，而是一切众生，在佛的国土中都是平等的，所谓“众生与佛同体”，无论何地之人，只要心中有佛，虔敬礼佛，都同体庄严灿烂。来复禅师虽然无名，但有了他的题记，这幅长卷的精气神，总算和这幅长卷的第一个题记——大理国僧人妙光的题记接上了。

想到德泰禅师对这幅长卷的挚爱，丁观鹏不禁感慨，为了让这卷画能得宝爱，能得流传，这位禅师可谓费尽心力！他不仅不惜重金购买，还辛苦请宋濂、宗泐、来复等人作记。成住坏空，以一切国土之坚固，都尚且如此，何况一纸之脆弱，水火刀兵，瞬间化为乌有，如没有德泰禅师这些人的宝爱维护，自己又如何能有如此福分，在南薰殿正午的阳光中细细把玩这件人间至宝呢？

之后，这幅长卷得以暂时安身于南京天界寺。接下去的题记则是永乐十一年

（1413 年），也就是距离洪武十一年之后六十八年的事情了。这一年，曾英为这幅长卷题记。他对大理国描工张胜温极为赞叹，说“虽顾虎头、李伯时辈，亦可与颉颃者矣”。对此，丁观鹏微微一笑。这位曾英，不知何许人？他说张胜温画技能与顾恺之、李公麟相提并论，似有过誉之嫌，但他能把张和顾、李二人相提，说明他亦是颇通画艺之辈，明白这幅长卷的技法重在线条勾勒，而不在色彩敷设。曾英题记中让丁观鹏留意的是这么一件事。他说这幅长卷在德泰禅师“自游方时获此卷，珍藏什袭，亦有年矣”之后，“自东山（德泰）仙化，此卷流落他所”。看到这里，丁观鹏心里一紧，担心这幅画遭到什么不测之事。幸好，这幅长卷命不该绝，它从天界寺流往他方之后，竟又安然无恙地被德泰禅师弟子月峰禅师重新购回，存于东寺，也就是慧灯寺。看到这里，丁观鹏记起，天界寺曾在洪武二十一年（1388 年），也就是德泰禅师请宋濂、宗泐、来复等人题记仅仅十年后，经历一次火劫，全寺悉数化为一片废墟。或许，这个时候德泰禅师已经入灭，而这幅长卷也刚好在此时流出天界寺，冥冥之中似有菩萨护佑，刚好躲过了这次劫难。

那么，画卷流出之后又在永乐十一年被月峰禅师购回所藏的这座东寺，也就是慧灯寺，是哪一座古刹呢？对此，丁观鹏困惑不解。慧灯寺不少，宁波府有座慧灯寺，峨眉山有座慧灯寺，南京是否也有座慧灯寺呢？从曾英题记来看，他说的这座慧灯寺似乎在南京，但又没确指是不是在南京。即使在南京，这座慧灯寺也应该不是原来的天界寺了。曾英题记之后仅仅十年，曾于洪武十一年毁于火灾又奉洪武皇帝之命重建，并赐名“天界善世寺”的这座古刹，在永历二十一年（康熙六年，1667 年）再次遭逢火灾，几乎毁灭殆尽，只剩下大雄宝殿。如果这幅长卷此时保存在寺中，那当绝无幸免之理了。

幸好，天界寺两次火劫之时，这幅长卷都保存在慧灯寺。可是，逃得过火劫，逃不过水劫。曾英题记之后十三年的英宗天顺己卯年（1459 年），一位佚名者的题记（此记不全，缺下文及署名）中，接着记录了这幅长卷另一次让人揪心的磨难：正统己巳年（1449 年），洪水骤涨，漫及慧灯寺，这幅长卷被水浸漫，幸被月峰的弟子镜空和尚及时从水中捞出。虽然画还完好，但已被水浸渍得几乎散落，只好请人装裱成册，以便保存。那次水劫的浸渍之迹，如今还很显眼，让人心疼不已。而这幅长卷如今以册页，而不是卷轴的面目出现，应该就是那次重新装裱的结果。

至此，大明前朝的题记再无新续。或许，这幅长卷，从云南流落辗转，到洪武初年被德泰禅师发现购买，携之藏于南京天界寺，再到流出天界寺，再到被月峰和尚回购，藏于慧灯寺，经历一次水劫，幸存之后，就一直安住在慧灯寺了吧？从那位佚名者题记之后，到眼前的当今圣上的乾隆二十三年（1758年），掐指初算，已经过去了三百余年！难道这三百余年里，它就一直安住在那座慧灯寺？

其实，丁观鹏隐隐有一种猜测，但又不敢断定：这个慧灯寺，应该就在浙江宁波。从三百余年前题记中这幅长卷遭逢的那次洪水浸漫入寺的情景看，慧灯寺的地势应该不高，而浙江省宁波府的那座慧灯寺正符合这种情景。那里地处大海之滨，江河湖汊纵横，水患是常有之事。而更加巧合的是，去年李侍郎还在浙江学政任上，宁波府是他常去之地。今年六月他才调任礼部侍郎，进京不久，就说在琉璃厂搜到一件古画长卷，跟乾清宫总管赵公公说要不要叫南薰殿的画画人们看看，购进宫来。于是，这幅长卷就从琉璃厂一位古董商的店铺里购入皇宫了。皇上看到长卷，自然龙颜大悦，喜不自胜，大大赞美了李侍郎一番。有没有这种可能，李侍郎就是在宁波慧灯寺里搜到这幅长卷的，并且借擢升进京之际将它献给皇上以谢皇恩？如有这种可能，那他为何不直接献上，而要绕一个琉璃厂的大弯子？这也容易理解，李侍郎毕竟素有清望，如果他直接将画献给皇上，那就会有许多麻烦。如那样，有人会问，李侍郎你是怎么弄到这精贵玩意的，有没有巧取豪夺？如果没有，是买的，那你花了多少银子？你俸禄多少，为何舍得花那么多银子？就算你舍得花那么多银子，那你买画献给皇上，是不是献媚邀宠？你知皇上爱画，就这么干吗？作为朝廷重臣，你这不是让皇上分心，耽溺于此等嬉戏游乐伎俩吗？你这么做，不是陷皇上于不仁、不义、不礼、不信、不智吗？那帮言官的嘴巴可比刀子还要锋利，精明的李侍郎，做事滴水不漏，绝不会给他们留下这样的把柄。

和那帮言官不同，就算这幅长卷真是李侍郎在慧灯寺搜罗到，带进京来，绕着弯子献给皇上的，丁观鹏也认为李侍郎此举，实在高明，毫无不妥之处。理由很简单，如果他是李侍郎，看到故乡云南有这么一件珍宝，而又无比宝爱这件珍宝，想为它寻个更能得到善待，更加安全，更加久远的所在，那这个所在会是哪里呢？当然是皇上的御书房！对这件珍宝，天下还有比这更好的所在吗？！不管李侍郎是怎么弄到这幅长卷的，但为了这件稀世之珍能有个更好的所在，李侍郎竟能放下悄悄占为已有的贪念，将它献给皇上，想到这里，丁观鹏不禁对李侍郎多了几分敬意。

可是，就算这是真的，但李侍郎就真的为这幅长卷找到了一个最好的所在吗？

正午灼人的空气里，小心翼翼摩挲打量着这幅长卷，丁观鹏眉头渐渐锁上。他想起，前几日自己和郎世宁等人被皇上召到乾清宫，和皇上一起把玩这幅长卷，一起看这些题记。皇上和李侍郎对这幅长卷爱不释手，于是，自己就忍不住多了一句嘴，说这幅长卷既然进了三希堂，成为皇上珍爱的藏品，那皇上为何不为这幅长卷作个题记呢？

没想到的是，平时偏爱给各种藏画题记的皇上，竟然沉吟不语，似有深意，故意把话题岔开。

如今，想起当时的情景，又想到赵公公适才所传上谕，在新摹的画里，需把那位蛮邦大理国利贞皇帝画成当今圣上的嘱咐，丁观鹏心中隐隐泛起一股说不清道不明的不安。

3

将皇上圣容入画，这样的事儿丁观鹏干得多了。专为皇上画的《大阅图》《平安春信图》《观荷抚琴图》《佛装像唐卡》《采芝图》《射熊图》《古装图》《射猎图》《刺虎图》《围猎聚餐图轴》《观画图》《洗象图》……这些画里的皇上，不都是大多出自自己和郎世宁之手吗？南薰殿画画人里，要论画皇上肖像，就自己和郎世宁最拿手，既逼真，又传神，深得皇上欢心。在这些画里描绘皇上圣容，丁观鹏没有什么不安的。就算把皇上画成文殊菩萨、普贤菩萨，也是如此。即心是佛，只要觉悟，人人皆可作佛。皇上把自己当成菩萨转世，那就当皇上是菩萨转世吧。或者，皇上并没这么狂妄自大，他只是想着他如今虽然还不是菩萨，但历劫之后终能够成为菩萨，那就当皇上未来之世终究能成菩萨吧。无论如何，皇上想把自己画成菩萨，都表明皇上心中有菩萨心肠、菩萨善念，照着皇上所愿去画就得了。皇上不仅喜欢在这些新画的画儿里把自己画进去，还喜欢把自己画进临摹的古画里呢。自己不就临摹过那幅宋徽宗赵佶、宋高宗赵构曾经收藏过，如今又被皇上收藏的宋人无名氏画作《鉴古图》吗？那幅自己的临摹之作里，构图不变，可画里的陈设换成了皇上收藏的古物，图中那位端坐牙床的鉴古高士换成了当今圣上。一起换了的，还有牙床背后屏风上挂的那幅肖像，它也换成了皇上的肖像。或许因对自己的鉴古水平颇为自负，皇上对这幅临摹之作极为喜爱。为此，皇上不仅对自己颇多慰勉，还兴致勃勃在画中题记："是一是二，不即不离。儒可墨可，何虑何思？"皇上也是有趣，画里鉴古的人只是皇上的影儿，屏风上又挂着画里皇上的影儿的影儿。皇上意思是说这两个影儿既是一影儿，又是两个影儿，他既可做这个影儿，又可做那个影儿。更有意思的是，皇上还在这幅画上加盖了一枚"上皇义人我不为也"的印章。如此，这幅画里又多了"上皇"和"义人"这两个影儿。上皇、义人，这两个影儿加起来的意思不就是讲仁义的好皇上吗？一个讲仁义的好皇上，这可是皇上最大的影儿，每天都得扮演的影儿。这可是世人嘴上不敢说，但人人梦里却最想扮演的影儿。放眼当今大清天下，能光明正大地扮演这个影儿的人也只有当今皇上一个人而已，别人若是扮演这个影儿，那就是大逆不道的灭族之罪。这可是最令天下人羡慕的影儿，可皇上却说自己不想扮演这样的影儿，而想扮演画里各种各样的那些影儿。人在世上，扮演来扮演去，都不过扮演一些影儿罢了，都是些梦幻泡影，捕风捉影的游戏之事。既然皇上这次想在那幅大理国梵像卷的临摹之作里扮演一回那位八百年前的大理国皇帝，又有什么打紧呢？不过给皇上多加一个画里的影儿罢了，作为听皇上差使的画画人，照做不就行了吗，又有什么可纠结呢？

可丁观鹏还是有些纠结，不安感越来越强烈。在南薰殿自己那间画室里，他一直盯着那幅长卷，仿佛它很快就会在眼前烟消云散，自己看它的每一眼都将是最后一眼。本来，应该开始琢磨如何描画稿本的事儿，可他却无法琢磨下去。按一般作画规矩，都是先画好线描稿本，呈给皇上预览，皇上认可画圈之后，再以稿本为底本，细描勾画，敷彩上色，正式作画。这幅长卷虽有一百二十多幅图，单是制作稿本就是一件极费工夫之事，可这事儿其实并不耗神。毕竟，这又不是新画，得费尽心机工巧，琢磨如何让皇上喜欢，大家也喜欢。这只是临摹，除了第一幅画的稿本中得把那位利贞皇帝的面容、姿态画成当今圣上，需多费点心思外，其他图画依葫芦画瓢，尺寸、线条、构图、物事，照着原本一幅幅描将下去就是了，没多少可费心思的，只需尽量描得和原本一致就行了。至于极少地方和原本有细微差异，那是不可避免的，对此，皇上也会理解。这就如唐太宗李世民当年把褚遂良、虞世南、冯承素、欧阳询召进宫中临摹《兰亭集序》，四人对着王右军兰亭真迹临摹，都能形似兰亭，但若仔细观察四人手笔，却会发现四件摹本之间，都有细微差别。这说明他们每一人所临的必定和王右军的真迹有细微差异。这就是说，他们四人的临本，没有任何一本能和兰亭真迹毫无二致。尽管四人之中，冯承素名气在其他三人之下，加上性格谨小慎微，他临兰亭之时，必定小心翼翼，一笔一画完全依照王右军真迹书写，而不会如其余三人任性纵情，依照胸臆有所发挥，因而冯之兰亭，最近右军真迹，甚或和右军真迹极少分别。可惜的是右军真迹在四人临摹之后，随唐太宗李世民一起入葬昭陵，早已湮灭于无形了，右军真迹如何，四人临摹之作和右军真迹比对又如何？这样的事儿早已无从知晓，只能空留遗憾！

想到兰亭掌故，丁观鹏心头一震，似乎明白适才听到赵公公所传上谕之后为何感到不安了。其实，他心中早已隐约有了那个念头，那个他不敢细想，大逆不道的念头。

丁观鹏明白，那个可怕的念头，只是他妄测的上意。从正午到午后，从午后到日头西斜，他都待在画室，思忖着他所妄测的上意，直到另一位画画人，他的弟弟丁观鹤走进画室和他打招呼，邀他一起同行回家，他才回过神来，起身离开画室。

他们有一搭没一搭闲聊着走出皇宫，再出宣武门，穿街过巷，走过琉璃厂。路上，丁观鹤曾问他为何闷闷不乐，是不是有什么心事。丁观鹏这才知道，和弟弟闲聊的时候，自己走神了，不止一次。他轻描淡写，随意敷衍过去，弟弟就没再问。走到北柳巷，丁观鹤家住在那里，二人拱手别过，丁观鹤再独自走到南柳巷，回到家里。

在路上，尤其是走过琉璃厂的那一段长路，丁观鹏心中一片悲苦。这所谓的"京都雅游之所"，各种书肆、古玩店铺林立，是自己闲暇时常来光顾的地方。可这里虽然热闹，却罕有机会碰上什么书画珍品。书画珍品都被私家秘藏，怎么会轻易弄到这种地方来呢？再说了，在京城，又有谁的藏品，比得上皇上乾清宫的御书房呢？自己在宫里做一等画画人，为皇上奉旨作画，名分好听，在京师众多画人里虽然颇受推重，可多年以来俸禄微薄，一直手头拮据，为此，可没少受夫人抱怨。如果不是皇上的画画人，凭自己高超手艺，在琉璃厂开一家字画店，既为他人作画，又经营别人字画，各种进项少说也在宫廷画画人数倍以上，手头岂会拮据？可自己为何偏偏要在宫中作画，做皇上的画画人呢？还不是冲着皇上御书房里那些古字画、古玩、古籍藏品去的。琉璃厂虽大，可所有的稀奇玩意统统加起来，又能有几件可堪入眼的玩意儿？它们连皇上御书房的一小个角落都比不上！如果不是身为宫廷画画人，自己怎么能有机会进皇上御书房，见识那么多稀世名画古玩呢？又怎么能在最近几日，得睹这无比珍奇的大理国梵像长卷呢？这幅长卷从琉璃厂进宫，但这种事儿太稀罕！自己和那么多高手常那里逛，怎么闻所未闻，却偏偏被到京城没几天的李侍郎偶然遇上了？一件宝物能进宫，那定是有人特意要将那件宝物弄进宫。将宝物弄进宫的人，用意也不外两个，一是取媚皇上，二是想卖个好价钱。只要是皇上看上的玩意，皇上没有出不起价的。可对皇上要价也不能太离谱，否则，引皇上动怒，皇上就可下旨征用那件玩意，弄得你鸡飞蛋打，一两银子都别想得到。十余年前那幅黄公望《富春山居图》赝品，不就是这么进宫的吗？那虽是一幅赝品，可也技法高明，仿得不错，轻易骗过了皇上。那位胆大包天的无良画商为了冒充真品，故意漫天要价。而皇上也爱极那幅画，没等南薰殿画画人们加以鉴别，就轻易断定那是真品，急忙在那件赝品上题记。其实，那幅赝品不难鉴识，只是皇上既然认定为真，大家也就不便忤逆点破。再说了，如果点破，那位画商不定就得掉脑袋了。他不就是为几千两银子吗？那幅赝品虽不值那个价，可也算一件稀罕玩意，收在皇上书房未尝不是一件好事，又何必要坏人之事，让人家丢掉性命呢？可是，那家伙也太贪婪，听说皇上将那幅赝品认定为真迹，并且已在上面题记，竟然临时变卦将索价翻番，弄得赵公公不好做人。最后，连一向温和的赵公公也怒了，故意在皇上面前说那人坏话，皇上龙颜大怒，下旨征用那幅画，弄得那家伙一两银子都没得到，气得差点跳了护城河。在皇宫就是好，什么珍奇玩意都能见识。没过几年，又一幅黄公望《富春山居图》进宫了。那可是真迹，真正的黄公望《富春山居图》前半部分“无用师卷”。两幅画放在一起，大家都看出后面进宫那幅才是真迹。可皇上既然已断定前面那幅赝品是真迹，为了不让皇上尴尬，大家谁也不敢点破。皇上圣明，皇上应该也能看出后面进宫那幅才是真迹。元人作画，尤其是长卷画，一般都在卷末题记，哪有在卷首空白处题记的呢？前面那幅赝品竟然在卷首空白处伪造了几个人的收藏题记，那简直是欲盖弥彰，怎能骗过人呢？可皇上却被骗过了！那是皇上太爱那幅画，初见之下，一时兴奋，忽略了这个细节，忍不住匆忙题记。后面那幅进宫，不仅神乎其技，让前面那幅相形见绌，收藏题记也都落在后面，符合元人习惯，一看便知是黄公望真迹。两幅画放在一起，一看便知一真一假，以皇上圣明，此时也该明白自己错了。可君无戏言，皇上说的每句话都是金科玉律的圣谕，就算错了也都是对的。故此，前面那幅赝品，只能当作真迹了，而后面那幅真迹，则只能当赝品了。为了证明自己永远圣明，皇上为此召了几位德高望重的臣子进宫，和自己一起给后面的那幅真迹题记。当然了，题记只能说那幅画大家和皇上一起鉴定过了，是赝品。可皇上心胸广大，境界澄明，心中无真无伪，只要画得妙的，都珍爱宝藏，所以心知其伪，但却一样宝爱，不因其伪而对其轻忽视之。那几个家伙何等样人，都是精明的老狐狸！他们的题记，既抬爱了皇上，照顾了皇上的脸面，又暗示自己其实已经看出来了，他们题记说是伪作的这幅画，其实正是黄公望真迹。这帮老狐狸，他们既不愿在眼前忤逆皇上，也不愿在身后留下浅薄无知的骂名。没过多久，皇上也看出了他们的用意，很不高兴，便又请梁诗正、沈德潜两位大人进宫，让他们在后面进宫的这幅真迹上再次题记，明确地说明这幅画是赝品，并且特意让梁诗正写了一段痛加贬损的话在上面。皇上就是这么随性，就算明知自己错了，那也要错到底，即使知道后世可能被人嘲笑，也要多拉几个垫背，跟着他一起被嘲笑。

想到此处，丁观鹏突然冒出一个念头。那个念头甚至把他自己吓了一跳。其实，皇上是有一个法儿，可让自己后世免在这事儿上被人嘲笑的。

这是一个什么法儿呢？想一想，丁观鹏都觉得很无耻，可他又忍不住那么想。那法儿很简单，皇上根本不用费那么多周折请那些大人进宫，给那幅真迹题记。皇上既然对那两幅真假黄公望《富春山居图》那么宝爱，只需学唐太宗李世民对王右军兰亭真迹那样，驾崩之时把它们带进陵寝不就结了吗？那样，后人不就再也看不到它们，更不会知道他曾经对它们看走眼，真假颠倒了吗？

想到这里，丁观鹏不寒而栗。他为那幅黄公望《富春山居图》真迹担忧起来。皇上圣明，自己一个画画人想得到的，难道皇上就想不到吗？

想到此处，丁观鹏一个激灵，仿佛明白了一个问题。即使皇上真作此想，皇上也不可能那么轻易地将它们带进陵寝。皇上一旦驾崩，说话算数的就将是新的皇上。皇上宝爱此画，难道新的皇上就不会宝爱？就舍得让它们随皇上封入地下，埋于九泉之下了吗？所以，皇上要真的将它们带走，就不能留下后路，就只有一个法儿。

那个法儿就是将它们在自己眼前一把火烧掉。

黄公望那幅《富春山居图》不就差点被这么烧掉了吗？

这幅画黄公望画成后题款送给好友无用禅师，之后四百多年间，这幅画不断辗转，先后经历无用禅师、沈周、樊舜、谈志伊、董其昌、吴正志之手，再传到吴正志孙子吴洪裕手上。本朝顺治年间，吴洪裕于“国变时”仓皇南逃，置其余家藏于不顾，唯独随身带了这幅《富春山居图》和南朝王右军七世玄孙智永法师手书其祖王右军集字的《千字文》真迹南逃。顺治七年（1650 年），吴洪裕在江南宜兴吴府卧病在床，弥留之际，气如游丝，但却死死盯着枕头边的宝匣。家人明白，他放不下匣中宝物，便打开取出，展开在他眼前。里面藏的正是这幅《富春山居图》和智永手书《千字文》真迹。看着这两幅字画，吴洪裕眼角慢慢滚落两滴老泪，半晌，憋足剩余力气，清晰而生硬地吐出一个字："烧！"说完，慢慢闭上了眼睛。家人惊呆了！老爷这是要焚画殉葬呢！一家之中，家主就是一家人的皇上。这两幅在吴家传了三代，早已成为传家之宝的宝物，就得按照吴洪裕的旨意一把火烧掉，谁敢不遵，谁就是大逆不道。吴洪裕不仅要烧，还要亲眼看着它们烧掉。于是，吴洪裕就让人扶出卧房，命家人在庭院之中生起火炉，亲眼看着传了上千年的《千字文》真迹被投入火炉，冒出青烟，焚烧殆尽。接下去要烧的就是黄公望《富春山居图》真迹了。看着《千字文》焚尽，吴家有人实在不忍，失声痛哭。颤颤巍巍的吴洪裕也忍受不了，于是就说，明天再烧《富春山居图》吧。第二天，吴洪裕又被扶出来，同一个炉子的火点燃了。最后时刻，吴洪裕让家人以美酒相祭，将一壶绍兴老酒泼进火炉。酒助火力，火势更盛。家人抱着宝匣，从中取出《富春山居图》，准备投入火炉。看着此景，吴洪裕实在不忍，最后瞥了一眼，把头转到一边去，示意家人将他扶回卧室。他并没改变主意，他最后不忍的并不是烧掉这幅画，只是不忍亲眼看着烧掉这幅画。

于是，在他回卧房之后，这幅《富春山居图》真迹在众目睽睽之下被投进了火炉。火苗一闪，冒出青烟！

就在这幅画即将付之一炬的瞬间，人群里猛地窜出一个人，他是吴洪裕的侄子吴静庵，他窜到火炉前，一把伸进火炉，将这幅刚刚冒出火苗的画轴抽甩出来。与此同时，为了担心吴洪裕再出卧房察看，他往火中投入了另外一幅画。

吴静庵救出了《富春山居图》！可这幅画还是有一部分烧毁了，从中断成两段。前段被重新装裱，还叫《富春山居图》"无用师卷"，就是数年前进了皇上御书房的那卷真迹。后段更短，听说也被装裱收藏，名为《剩山图》。可惜，那幅《剩山图》自己无缘得见，也不知它今日身居何处，可否安好？

想起这幅画如何被烧的掌故，丁观鹏仿佛明白了什么。看自己这副记性，真的老了！适才还有的念头，怎么被吴洪裕那厮一把火给烧没了呢？

哦，对了，那厮烧了两把火，不是一把火。他前一日那把火烧的是智永和尚手书王右军集字《千字文》真迹。那厮心也太硬，竟然下得了那个狠手！这不，看这记性！《兰亭》真迹不就是被智永和尚精心收藏的吗？

遥想当年兰亭之会，书圣王右军醉中挥毫而得冠绝千古之《兰亭集序》，封于密函，传之子孙。大唐贞观年间，唐太宗李世民打探到《兰亭》真迹在王右军七世玄孙智永和尚的弟子辩才和尚手里，就派御史萧翼故意接近辩才和尚，巧取豪夺取得《兰亭》真迹，气死辩才和尚。唐太宗得到《兰亭》真迹，无比宝爱，将褚遂良、欧阳询、虞世南、冯承素召进宫，玩赏临摹。临终之时，李世民向太子李治请求"赐一物"，随葬入昭陵。李治涕泣应允。贞观二十三年（649年），太宗驾崩，《兰亭》真迹从此长埋于九泉之下。从东晋穆帝永和九年到唐太宗贞观二十三年，王右军《兰亭集序》真迹存世近三百年，终于陪伴唐太宗李世民一起寿终正寝。自此，《兰亭》真迹灭，正如宋人陆放翁诗中所叹："茧纸藏昭陵，千载不复见！"

可《兰亭》真迹真被埋入昭陵了吗？唐亡之后，五代十国，天下大乱，耀州刺史温韬把唐太宗昭陵打开，所获宝物甚多。温韬行事决绝，无所顾忌，他不仅敢冒天下之大不韪盗掘皇陵，还敢明目张胆，炫耀盗墓所得之物，将它们一一登记罗列在册。可在他罗列的册子里，却没有《兰亭》真迹。这是怎么回事呢？难道太子李治同样宝爱《兰亭》，太宗驾崩之后并没遵旨将之随太宗葬入昭陵吗？以前，自己也是这么想的。或许，《兰亭》真迹至今还在，就躺在高宗李治和武则天同赞的乾陵里。历代帝王陵寝，罕有没被盗过的。可不知为何，乾陵却至今没被盗掘过。这么说，《兰亭》真迹还有再现于世间的一线希望，因它可能还躺在乾陵某一个地宫的一只宝匣里。可是，适才想到吴洪裕临终前焚毁智永和尚手书《千字文》和烧坏《富春山居图》的典故，让丁观鹏明白了这么一件事情：《兰亭》真迹绝无再现世间的可能了！它没被葬入昭陵，也没被葬入乾陵，而是被太宗命人在眼前焚灭了！吴洪裕能想得到的事，唐太宗李世民怎么会想不到呢？他要干净利落，不留余地占有《兰亭》真迹，那只有一个法儿，就是将它在眼前焚化。而这，也能解释为何耀州刺史温韬登记所获的昭陵宝物里，并无任何一纸字画的缘故。而以唐太宗李世民行事的一贯作风看，他也是下得了这种狠手的人。他在一生征战里，亲手格杀上千人，他连自己的亲哥哥、亲弟弟都下得了手，张弓射杀，又有什么理由对区区一张兰亭"茧纸"下不了手呢？

是的，他有什么下不了手呢？别看世人对稀罕字画那么珍爱，一幅宋、元和大明前朝的珍稀玩意动辄千金难求，或藏于私家秘府，或收于皇宫大内，可一旦糟蹋起来却是匪夷所思，毫不含糊，狠心毁文灭画的人又岂止只他唐太宗李世民一位？

说什么“夫画者，成教化，助人伦，穷神变，测幽微，与六籍同功，四时并运，发于天然，非由述作”，这不过是如张彦远、如自己一样的爱画之人一厢情愿的幻念罢了！别看古今字画这么珍贵，可自古以来，又有几人真爱字画呢？恰是相反，各种毁灭字画的事儿倒是史不绝书！图画上古之时便有，书画于绢帛之上。而书画之妙，则始自秦汉，汉武帝创置密阁，以聚天下藏书。汉明帝雅好丹青，别开皇家画院，又立鸿都学，广召奇才异士，天下奇艺云集。可转眼就到汉末董卓之乱，皇都洛阳西迁长安，内府秘藏书画绢帛，对那些乱军而言，哪有丝毫文采？汉代数百年间所收七十余车的历代书画，不过尽是些遮风挡雨之物，被用来当作帷帐革囊，身披背负，一路向西。途中道阻，遇雨则弃之入泥，人踩马踏，尽入泥壤；遇寒则焚之取暖，化为灰烬；及至长安，所余不过十之一二。魏晋之间，书画多有收聚，可刘曜乱，洛阳陷，所收图书，一时尽焚。宋、齐、梁、陈的君王，多重文采风流，雅好图画。至桓玄性贪好奇，天下有名字画，必使归于己有。桓玄篡逆之后，东晋皇家府藏，尽为桓玄一人之物。转眼，桓玄败亡，宋高祖刘裕急令人入宫，尽收桓玄所藏书画。梁武帝萧衍，对书画更加宝爱，在位既久，搜罗更广。太子萧纲，雅有才艺，诗文俱佳，善画丹青。侯景作乱，萧纲夜梦秦始皇复生，想要再焚天下藏书。不久，侯景攻陷京师，内府图画数百函，果然焚于侯景之手。侯景之乱平，天下所余书画尽载归于江陵。不久，西魏大将于谨兵临城下。梁元帝萧绎知道城将不保，聚集字画典籍图书，共十四万余卷，命后阁舍人高善宝举火焚之。所藏吴越宝剑，也令人在柱子上折断。面对书籍字画燃起的大火，元帝想要投火自焚，但被宫嫔拉住得免。可气的是，这混账东西竟然临火哀叹：“萧氏至诚，遂至于此，儒雅之道，今夜穷矣！”好像他萧家亡国，全是这些字画书籍惹的祸！这混账简直疯了，明知这些书籍字画关乎天下儒雅之道，为什么还要一把火将它们烧掉？一个人坏到这个份上，和暴君秦始皇又有什么两样？西魏大将于谨入宫，只在灰烬之中抢出书画四千余轴，载归于长安。这次惨祸，自始皇焚书以来所未有，所以颜之推《观我生赋》浩叹云：“民百万而囚虏，书千辆而烟飏。溥天之下，斯文丧尽！”

江陵焚画之祸后，陈后主肆意搜求，又有所聚。隋平陈，文帝命裴距收罗，得后主所藏字画八百余卷，运入洛阳皇宫，在观文殿后筑二台，一名“妙楷台”，藏自古名书，一名“宝迹台”，藏自古名画。隋炀帝巡幸扬州，将二台字画尽装一船，随驾玩赏，中道船覆，大半沦弃。炀帝败亡，所余字画，尽归宇文化及。宇文化及败亡，尽归窦建德、王世充。唐高祖李渊武德年间，窦、王败亡，二人所藏，全被司农少卿宋遵收于一船，溯黄河西上，期藏之于长安。不料大船触礁沉没，幸存字画，只不过十之一二……自此之后，又有安史之乱、五代十国之乱、宋灭之乱、元灭之乱、大明前朝灭国之乱，兵火江波，年代浸远，自古名字名画，失散弥多。再加吴洪裕之徒据为己有，为一己之私狠心毁弃，古之名画，别说秦汉、魏晋、唐宋真迹儿不可睹，就算元、明真迹也所存甚少，难得一见！至于自己今日能有幸得睹大宋时大理国所传这幅长卷梵像画，不知是几世累积才能修来的福分！

4

丁观鹏一夜辗转难眠。第二天，他还是和往常一样，起个大早，七时抵达宫门，向门禁点卯报道，来到南薰殿画院。

在专供自己作画的画室里，他又在画桌上展开那幅《宋时大理国描工张胜温画梵像》，怔怔地仔细观看。他知道，接下去数年里，自己就得和这卷画儿做伴了。自己先得把这卷画儿整个儿装进心里，再一幅幅将那 129 幅画儿全都画将出来。自己先得将它们画成稿本，请皇上过目首肯，然后再将按那些稿本，一幅幅重新绘制，细笔勾描，敷彩上色，直至完成整个活儿。

眼前要干的活儿，是绘制这幅长卷的第一幅图"利贞皇帝骠信画"的临摹稿本。得按赵公公所传上谕，把画里的利贞皇帝骠信画成当今圣上。赵公公说了，得先完成这幅画儿，后面的活儿才能开工。如此看来，对临摹这幅长卷，皇上最在意的就是这幅画，所以急着让自己先完成这幅画的稿本，再按照稿本绘制成画。后面的活儿，快点慢点，皇上其实并不在意。

丁观鹏取了一张宣纸，铺展在画桌上。端详着这张鲜亮素净的宣纸，他的心中一片苍茫，不知从何处落笔。他太困倦了。他坐在椅子上，轻轻闭上眼睛。他得在心中打理一番思绪，打上一番腹稿。可他的思绪不知不觉离开了即将描摹皇上圣容的第一幅稿本，变成了许多幅别的稿本。

恍惚中，他看到在南薰殿，或者在别的地方一间画室里，一张画桌上静静铺展着一卷摊开大半，被镇纸压住的宣纸，宣纸前面默然立着一位画者。那位画者，像自己，又不像自己，只见他凝视宣纸，若有所思，终于缓缓提笔，在宣纸上轻轻一点。

于是，那卷宣纸上就有了最初的一点墨迹，一根线条。它们连绵不绝地延伸、浸染，逐渐变成一幅完整的画儿。接着，这幅画儿继续延伸、浸染蔓延，成了第二幅画儿。接着，便有了第三幅、第四、第五、第六、第七幅画儿……直到变成许多幅画儿绵延在一起的长卷。

这幅长卷的第一幅图，是《宋时大理国描工张胜温奉旨观摩大理国皇帝骠信送子剃度图》。为了画好这幅长卷的第一幅图，大理国描工张胜温先生全程观摩了利贞皇帝骠信为太子举行的剃度典礼仪式，把参加典礼的人，尤其是利贞皇帝、皇后、太子、高相国、相国夫人等人的面孔、神态、姿势以及他们的服饰和仪仗、器物记在心里，并在仪式结束之后匆匆勾勒下他们各自的草图，形成草本。

这幅长卷的第二幅图，是《宋时大理国描工张胜温画大理国皇帝骠信送子剃度草本图》。张胜温根据日前观摩仪式后分别所绘人物、物事的草本，凝神构思绘制了流传至今日的长卷梵像第一幅画“利贞皇帝骠信画”的草本。这幅草本中大理国利贞皇帝骠信带领众臣、家眷、依仗为太子举行剃度典礼仪式，但这幅草本里没有背景，也就是没有背后那列苍茫雄奇的点苍山。

所以，就有了第三幅图，那就是《大理国描工张胜温遥望点苍图》。都以为画画这事儿，画山易，画物易，画人难，画人之神情更难，岂知画山，尤其画山的神情也是不易。若画山易，岂有黄公望、石涛等辈长年浸淫山水之间，有时形同野人，饱历奇山异水，搜尽奇峰打草稿之事？自己在南薰殿以善画人物著称，可山水却不是长项，盖因自己笔下之山水，多是画中所学之山水，非搜尽天下奇峰打草稿之山水。《宋时大理国描工张胜温画梵像》第一幅图中之点苍山，虽寥寥数笔，略加勾画点染，但却气象万千，尽显波谲云诡，开阔浩荡之气，若非技艺高超，并对点苍山熟稔于胸，岂能及此神妙之境？若当时奉命画此图的人是自己，那人物、仪仗、衣饰都不是问题，唯一的问题就是这些物事背后的点苍山。为了画好点苍山，自己少不得多花费些功夫，多方行走，多方打量点苍山，直到胸中有点苍，熟点苍，才敢在纸上画点苍。不过，或许那位大理国描工张胜温不用如此，或许他就自小生长于点苍山下，梦中都会有点苍，因而画这幅图时根本不用再看点苍。不过，还是再让他看看点苍再画吧。李太白诗云：“相看两不厌，唯有敬亭山。”小小敬亭山尚且如此，长卷中的点苍山，李侍郎口中的点苍山，宏阔深邃，那是比敬亭山大千百倍的山水，在画点苍之前让他再好好遥望一下点苍山又有何妨呢？

而第四幅图，是《张胜温梵居礼佛图》。长卷中利贞皇帝骠信送子剃度典礼图之后，便是护法天王图、佛祖释迦牟尼图以及诸佛菩萨、各种应真罗汉图和南诏大理国诸祖师图。画好诸佛菩萨罗汉像，必须心中先有诸佛菩萨罗汉像。自己心中的诸佛菩萨罗汉像来自哪里？当然来自心中所思所想！可心中所思所想，并非无本之木，无源之水的凭空妄想，而是有其来龙去脉的所思所想。梵像画，心中所思所想，不外张、曹、吴、周“四家样”，张胜温所处宋时大理国，流行梵像画则又不过吴、周两家样。以张胜温所画长卷观之，勾线施彩，线条柔顺，设色精美，构图奇巧，视之简约奇妙而又灿烂绚丽，更近吴、周两家画样之风，而非张氏晕染凹凸之法和曹氏“曹衣带水”铁线紧身之姿。画梵像该依循哪家画样，虽然是画者的要务，但却并非至关紧要之事，最紧要之事是要心中见佛。而心中所见之佛，则并非全是前人画样中所画之佛，那不过前人心中所见之佛的影儿，而并非自己心中所见之佛的影儿。而若非自己心中所见之佛影，则难言具足梵像应有清净庄严、智慧慈悲的神态。如此所绘之梵像，是为欺世盗名，而非真具佛心慧眼之梵像。故此，对于一位梵像画者，最难之处并非依照哪一家样来画梵像，而是心中须先能见佛，先有自己心中所得之梵像。那梵像画者如何能见佛，如何能让自己心中先得清净庄严、智慧慈悲之梵像？除了亲近佛、法、僧三宝，一心向佛外几乎别无他法！而即使如此，临画梵像之前，还得多日清净持戒，发心许愿，虔诚礼佛。如此至诚，方能如妙光和尚题记中所言：“至虚至极，有极则有虚，虚极之中，自生明相矣。明相生一气，一气成大千，有众生焉，有佛出焉。”一位梵像画者，清净持戒，至诚恳请，方能至虚极，或在梦中，或在心中，生诸佛菩萨之明相，能得见佛。如此，方能作梵像，所作之梵像，方能妙手应心，利益众生。所以，大理国画工张胜温能作此神妙梵像长卷，需在点苍山下择一庄严梵刹而居之，清净持戒，虔诚礼佛，直至心中见诸佛菩萨清净庄严智慧慈悲像，才能画梵像！

在此之后，则有《张胜温作梵图》《张胜温礼请妙光和尚题记图》《元灭大理国张胜温梵像不知所终图》《德泰和尚游历遇张胜温梵像重金购买图》《德泰和尚天界寺礼请宋濂题记图》《德泰和尚天界寺礼请宗泐和尚题记图》《德泰和尚天界寺礼请灵隐寺来复和尚题记图》《东山慧灯寺曾英题记图》《东山慧灯寺遇水浸漫镜空和尚救梵图》《浙江学政李因培游慧灯寺得梵图》《礼部侍郎李因培携梵入京秘藏画琉璃厂图》《乾清宫三希堂乾隆得梵玩赏图》……

接下来一幅该是什么图呢？丁观鹏略一思忖，微微苦笑，这就是《南薰殿画画人丁观鹏奉旨临摹宋时大理国描工张胜温画梵像并易大理国利贞皇帝骠信为当今皇上圣容图》了。

那之后的图呢？

之后的图便是《乾隆临崩毁宋时大理国描工张胜温画梵像图》！

丁观鹏知道，这幅图大逆不道，除了在心里画画之外，是不能在纸上落一点墨迹的。

皇上如此宝爱这幅长卷，但却会毁了这幅长卷！这个念头跳出来的一瞬，曾把他暗暗吓了一跳。可如今，这个念头却越来越清晰：是的，皇上没准会毁了这幅长卷，而他丁观鹏，则会成为皇上的帮凶！

丁观鹏知道，这是一个可怕的念头，可这个念头，却不是凭空而生的。这个念头其实早在昨日正午时分，坐在南薰殿画室的时候就冒出来了。这个念头冒出来时，大热天，他把自己吓得打了个冷战。其实，这个念头早在此数日之前就隐隐而生了，那是自己应召进乾清宫养心殿三希堂和皇上一起玩赏这幅长卷的时候。那日，和皇上一起看了这幅长卷的六个题记，又看皇上那么宝爱这幅长卷，他就贸然恭请皇上再为这幅长卷题记。千古帝王之中，恐怕很少有别的帝王如皇上这般喜爱在字画上题记落款了，可出乎意料的是，皇上竟对自己的提议默然不答，环顾左右而言他。那时，他就隐隐不安，觉得什么不妙的事情将会发生。皇上才思敏捷，对为字画题记落款之事往往迫不及待，几乎都是提笔展纸，一挥而就，如今却为何迟疑犹豫了呢？昨日赵公公拿来的这幅长卷上，依然没有皇上的题记，这是不是皇上不想题了呢？皇上既然不想题记，那就说明皇上并不想收藏这幅长卷了。可既然如此，皇上为何又对这幅长卷如此宝爱呢？这个谜儿，昨日上午赵公公匆匆赶到南薰殿，向他宣达临摹这幅长卷的上谕之后揭开了。赵公公特意嘱咐，皇上明示，必须把画里那位大理国利贞皇帝骠信的影儿拿掉，把他空出来的位置，换成当今圣上的圣容。那个时刻，他心里一咯噔，坐实了这个可怕的念头。

丁观鹏明白，这个念头绝不能向任何人透露！如果透露出去，那就是妄测圣意，诽谤当今圣上，那可是掉脑袋的罪过！

自古画画人被皇上砍掉的脑袋不是一两颗。汉元帝不就砍掉毛延寿的脑袋了吗？后宫那么多美女，元帝竟然懒得亲自去看，偏要用画画人描摹的美人图挑来宠幸，本就荒唐！还是王荆公有见识，知道“意态由来画不成，当时枉杀毛延寿”。王荆公只是从大致理儿上明白毛延寿冤枉道理，作为画画人，就更能知道毛延寿为什么冤了。虽说秦汉画艺始妙，可也妙不到哪儿去。要知道秦汉那会儿画人，王僧粲的凹凸法还闻所未闻，“曹衣带水”“吴带当风”也是后来才有的事儿，更别提今日宫廷流行的郎世宁所擅长，自己也能熟练掌握的西洋明暗晕染画法了。秦汉那会儿，即使神乎其技者如顾虎头、陆探微之辈，线条神韵虽能鬼斧神工，可所画人物与其真实样儿相比，也仅能略似而已。画里模样与真人模样能够纤毫毕致，不差分毫，唐宋时都不能做到，直到大明前朝末期西洋画法开始传入时才能勉强做到。可元帝是不管这些的，他一看眼前即将远嫁匈奴的王昭君，姿容神态，竟然是宫里前所未见的美人，就一股脑儿怪在毛延寿身上，要杀毛延寿。皇上既然要杀一个人，何况是根本不入流的一个小小画画人，那有司就得为皇上找一个杀他的罪名，所以毛延寿收了许多美人贿赂而没收王昭君贿赂所以故意没把她画好的罪名就被罗织出来了。其实只要身在宫中就会知道宫里耳目众多，大臣贵胄尚且伴君如伴虎，不得不小心谨慎，处处留心，何况毛延寿那样身份低贱卑微的画画人，又为元帝做那等紧要之事，给他一百个胆儿，他也不敢做那种荒唐之事。可他做没做有什么关系呢？既然皇上要杀他，那有司就会说他做了。一个画画人，是不能为自己分辩什么的。就像大明前朝为洪武皇帝画像的几位画画人，洪武朱皇帝长那个样子，如实描摹，皇上说怎么把他画那么难看？杀！于是一名画画人脑袋没了。第二位画画人多加修饰，把他画得很好看，皇上说怎么把他画得那么好看，一点不是他，如此谀媚取宠，欺君罔上，杀！幸好当今圣上姿容也算风流伟俊，性情也较平和宽厚，为他描摹圣容不是一件难堪之事，自己能在今日供奉南薰殿，用不着那么提心吊胆，已经是前世修来的福分。

想到当今皇上和汉元帝、洪武帝相比的好处，丁观鹏再次感到庆幸。他明白，作为一位宫廷画画人，他遇上了难得一遇的明君。皇上虽不是宋徽宗那样的高明画家，但也算粗通画理，对画画人也颇能善待。皇上登基之前，宫中造办处发放银钱的册子上还把画画人称作“南匠”，把画者和一般工匠等同视之。正是皇上下旨，以后册子里一律不能再写“南匠”，而要写作“画画人”。“画画人”虽然比不上“画士”“画师”，但在皇上眼里，画画人毕竟不再是一般工匠了。而在正式的皇家图书中，画画人则被一律写作“画院供奉”或者“画院供奉候选”，这说明皇上已经把画画人当作“臣”看了。尽管这样的臣，依然是没有正式品位的“微臣”，可毕竟是臣了，这早已让大家对皇上感激不已。而且，皇上对自己也算不错，一直把自己当作一等画画人，每月赏给钱粮银八两、公费银三两，有时完成一幅皇上中意的画儿，皇上还有别的赏赐。而最值得感怀的，是皇上曾御笔题词，赞美自己仿佛前朝大画师丁云鹏的转世再来之身，画艺绝伦，不在丁云鹏之下。能得皇上如此亲笔御赏，这可是光宗耀祖的事儿，作为一位宫廷画画人，自己早已知足，对皇上感恩戴德，夫复何求？！

可是，自己为何还要妄测皇上将要毁掉这幅宋时大理国梵像长卷？先别说这样的念头大逆不道，皇上对自己如此，而自己却如此妄测圣意，于心何安？

丁观鹏忍不住再次检视自己这个念头是不是荒谬绝伦？

就算自己不是妄测圣意，而是猜中了皇上的心思，那皇上的心思又是如何？他为何要把自己画成大理国的利贞皇帝，又为何要毁了这幅长卷梵像？

是的，自己起意猜测，是因为皇上不想为这幅长卷题记。但皇上今日不想题记，怎知皇上今后就不想题记了呢？就算皇上不想为这幅长卷题记，不愿宝藏这幅长卷，那也并不能推测皇上必定要毁掉这幅长卷。

接下来的关窍就是皇上要把第一幅画中的大理国利贞皇帝换成自己的圣容。皇上如此，不过一时神往那位大理国利贞皇帝罢了。那位大理国利贞皇帝，虽然比不上今日大清皇帝的威仪，但在李侍郎描述中，自有一种匪夷所思的风雅快活，不仅能在当皇上的时候饱览人间美景，还能在当得累了不想再当的时候潇洒脱身，找一清净梵刹皈依佛门，从此清风明月，息心灭妄，悟道成佛。如此的皇上，风流成仙两不误，是当今大清天子也难以做到的极品皇上！皇上有这点心思一点儿也不奇怪。皇上有此念，不过多一个想做的“我”罢了。皇上在那么多的画儿之中做了那么多的“我”，多做这么一个八百年前大理国皇帝的“我”，又有何不妥呢？反正这些“我”，都是皇上心中的一个个影儿。就如皇上在《鉴古图》中的那两个影儿，都不过是一时颠倒妄想要做的影儿罢了。在皇上眼里，就连大清天子这个身份，也不过一个时时在做，而又不大想做的影儿。这些影儿都不是“真我”，都不过心中的一个个妄念罢了，并不是那个明心见性，见性成佛的“真我”。皇上要在临摹的新画中做一回八百年前的大理国皇帝，不过一时兴起，想做另一个假我，不过梦幻泡影的游戏之事，有什么紧要的呢？

可是，一转念，丁观鹏觉得皇上这回的游戏还是有些紧要，因为皇上在乾清宫养心殿三希堂玩赏这幅长卷时的一句话让他难以忘怀。

“八百年前，朕就是皇上，大理国的皇上！八百年前，朕就是画里的这位大理国利贞皇帝骠信！”

这句话，是皇上得意忘形的时候说的。皇上说完这句话，哈哈大笑。大家也跟着哈哈大笑，纷纷附和皇上。当时，包括丁观鹏自己，谁都没在意皇上这句话。这话有何值得在意的呢？皇上已经是大清天子，刚刚平息了青海、南疆、北疆之乱的天子，率土之滨，普天之下，万方来朝！皇上治下，北过蒙古草原荒漠，东临大海苍蓝之水，南达广西、云南林莽森森之地，西极西域、西藏戈壁雪山之巅，当今圣上的皇舆之广，文治武功之盛，早已在当年大理国十倍百倍之上，皇上说出这样的话，大家都当一句取乐的戏言罢了，谁都不会当真。可是，如今丁观鹏却不能不当真了！因为皇上已经传下旨意，让他临摹张胜温长卷时把大理国利贞皇帝骠信拿掉，换成皇上的圣容。而这，意味着这幅临摹的新作完成后，传诸后世，人们将会看到，距今八百年前的大理国皇帝骠信，正是大清皇帝乾隆爷距今八百年前的前世之身！

丁观鹏知道，当今皇上一向心思缜密，绝不会随意做一件事情。他让临摹这幅长卷时把利贞皇帝骠信画成自己，那就是要告诉后人他八百年前就已经是皇帝，就是足以跟大宋争锋，清乐治平的大理国皇帝。他要告诉天下臣民他当大清皇帝不是凭空而来的，而是有着深厚福德因缘的。他是转轮圣王，早在八百年前，他就在观世音菩萨护佑的妙香佛国大理国当皇帝。

皇上这些心思，丁观鹏不敢质疑，也不想质疑。

但他担心的一个问题出来了。

如皇上所愿，临摹的新画完成了，睹画的人一眼便知当今大清乾隆皇帝正是八百年前大理国利贞皇帝骠信的转轮应世之身。但如果人们再看到《宋时大理国描工张胜温画梵像》真迹时，那会作何想呢？那人们就会知晓，他丁观鹏临摹的时候，故意把利贞皇帝的面容换成当今圣上乾隆爷的面容！那时，人们会做何议论？说他丁观鹏故意篡改原画，以取媚皇上？对此，他丁观鹏并不在意。自己只是一名小小的宫廷画画人，生时既已卑微，又何用关心那些身后名节的余事？他若在意这些，也早就不会甘愿受此奉旨作画，作茧自缚的羁绊了。他担心的是，他不在意，但皇上必定会在意。因为人们看到真迹，便会知晓他丁观鹏不过是尊奉皇上圣谕，把大理国利贞皇帝骠信的面容换成皇上的圣容罢了。如此一来，人们便会知晓，所谓八百年前大理国利贞皇帝骠信是大清乾隆皇上的前世之身，或者说今日的乾隆皇上是当年大理国利贞皇帝骠信的转轮应世之身，不过是一个妄想戏论罢了。

而皇上绝不愿此成为一个妄想戏论！以皇上的缜密慎重，如果只是一时游戏，不会特意下旨把自己画成那位利贞皇帝。在画儿里，遵照旨意，把皇上画成猎人、隐士、道者、渔父、农夫、喇嘛、蒙古王公、诗人、儒生、琴师、鉴宝高人，甚至文殊菩萨、普贤菩萨这些影儿是一回事。画前面那些影儿，无论皇上还是别人，都知道这是游戏之事，可把当今皇上画成昔日另一位皇上，则是另一回事，因为这样的事儿从未有过。皇上要做这等前所未有之事，必有非同寻常的用心。而这个用心，丁观鹏认为自己猜测到了，皇上便是要用这么一幅画，无可置疑地证明自己是转轮圣王，并且八百年前就是转轮圣王。

丁观鹏不敢质疑，也不愿质疑乾隆的用心。他只是感到，自己奉旨临摹的新作完成之时，已经艰辛传了八百年的《宋时大理国描工张胜温画梵像》真迹缘尽入灭的时刻便也将随之而来了。

那时如果真迹还在，自己的临摹之作与之对照，那皇上的用心便会被后人识破，沦为戏谈笑料。

所以，皇上绝不会让那卷真迹活下去。皇上临驾崩之时，或让之陪葬入陵，或一火焚化，必会毁了那卷真迹。并且，以皇上心思之缜密，绝不会留下尾巴，定会命人在眼前一了百了，燃了那卷真迹。

或许，一起燃的，不仅那卷真迹，还要搭上那卷黄公望《富春山居图》真迹。以皇上聪敏，他必定早已发现他认为是伪作的那卷黄公望《富春山居图》其实正是真迹。让它传下去，后世之人就会知晓以风雅自居的皇上真正的鉴古水平到底是怎么回事儿了。对了，一起燃的，自然还有那幅皇上御笔提真的黄公望《富春山居图》伪作。那幅伪作燃了倒没多大可惜，既然有它这么一幅伪作，那就说明天下还有更多《富春山居图》伪作没被搜罗进皇上的御书房。

黄公望那幅《富春山居图》真迹是否会被皇上毁掉，丁观鹏虽然关心，但却知道那和自己没有什么关系，所以不太放在心上。

他放在心上的，还是这卷《宋时大理国描工张胜温画梵像》。他知道，如果他奉旨临摹，把那位大理国利贞皇帝骠信画成皇上的圣容，自己就有可能帮着皇上毁了这卷真迹。

而自己如果帮着皇上毁了这幅真迹，那后人就会在心里画一幅《乾隆帝临崩毁宋时大理国描工张胜温画梵像》。丁观鹏知道，后人心里的这幅画里，乾隆的卧榻之侧，必然挂着一幅他的临摹之作。那时真迹毁弃，伪作流传！那时，自己该早已不在世上了，不知那时黄泉之下的自己，将以一幅什么样的面孔，面对后人心里的这么一幅画作？

可是，作为一位小小的画画人，只有一颗脑袋的画画人，除了遵旨作画之外，他又能干些什么？

他自然什么也干不了，只有奉旨作画。

可他忍不住转念一想，或许，这些都是自己的妄测，皇上未必是这样的心思？即使这些就是皇上的心思，皇上也未必会真的毁掉这卷真迹。皇上心地宽怀仁厚，到时心里或许会有那么一丝不忍，回心转意，留下这卷真迹。当年吴洪裕焚智永和尚《千字文》真迹时，不就是有那么一丝不忍，把焚《富春山居图》推迟到次日的吗？次日焚《富春山居图》，他又有那么一丝不忍，不忍直视，转身进屋，才给侄子吴敬庵留下抢救这幅真迹的机会。一幅真迹，和人一样，何时生，何时灭，自有命数，不容妄测。或许，自己担心它的命数，只是妄测，不过自作多情，自寻烦恼？！皇上正当春秋鼎盛，即使自己今日奉旨临摹，离皇上驾崩之时也还有许多年月，这些年月里，皇上就不会转变心意，留下这卷真迹吗？即使皇上未能转变心意，决意临崩之前毁掉这卷真迹，难道他就不会有如吴洪裕当年焚《富春山居图》时一样的一丝不忍，转身不忍直视吗？那时，又会不会有一位如吴敬庵一样的人，逮住机会，救出这卷真迹呢？应该不会有那么一个人，那么一只手吧？毕竟，这可是皇上，不是吴洪裕，谁敢这么做，那就是抗旨，掉的可不是一只手，而是一颗脑袋。那时那些到底会怎样？自己真的无从知晓了。毕竟，自己如今年过六旬，到时定已作古，墓木已拱了。

5

半月之后的一个下午，丁观鹏奉旨临摹的第一幅图《利贞皇帝骠信画》稿本已快完成，只差最后点上那位大理国利贞皇帝骠信的双目了。自然，这张面孔是当今皇上乾隆爷的圣容，即将点上的也是他的眼睛。在南薰殿画室，丁观鹏俯身对纸，握着细笔，凝神屏息，准备点将下去。可是，正当笔尖即将触及纸面的一瞬，他的胸部，突然隐隐痛了一下，手腕也跟着微微颤抖起来。他顿了顿，放下画笔，长叹一声，颓然落座。此时已近五时，快到歇息出宫之时了，这样的活儿，还是留待明日再说吧。

和往常一样，依旧和弟弟丁观鹤一起步行回家，在北柳巷口拱手作别。回到家，草草用过晚饭，丁观鹏进书房掩上门，独自发呆。他明白，明儿一早，皇上的眼睛就会点到那张面孔上，皇上就会在稿本中变成那位八百年前的大理国利贞皇帝骠信。完成稿本之后，得送皇上预览，如皇上首肯，就将正式作画了。丁观鹏预计，这幅画儿，今秋就能完成。自己虽然觉得大大不妥，可除了如此，又能如何呢？罢了，罢了，一切的罪孽，还是自己承担吧，谁让自己身为皇上的画画人？

不知不觉中，夕阳的余晖隐隐褪去，夜幕从窗外，从南柳巷、北柳巷、从京城的大街小巷中，从护城河里，从京城大大小小的河中缓缓升起。虽很困倦，但丁观鹏毫无睡意。料想，这将是又一个不眠之夜。搭着一条薄巾，斜倚在靠窗一只躺椅上，怔怔盯着窗外不断加重的夜幕，丁观鹏若有所思。恍惚之中，觉得那墨汁般黝黑的夜幕是从京城地里的裂缝中爬上来的，四面八方，正在向他聚拢过来，拂之不去，推之不开，正将他紧紧包裹。他想呼喊家人，可那股黑暗压住了他的胸膛，让他无法喘息，堵住了他的喉咙，让他无法喊出声音。

丁观鹏只觉被那股黑暗包裹、挤压、席卷，身不由己，向着黑暗的深渊急速下坠。这是梦中被魇住了吗？此前也被魇过，只要默念佛号，就能从梦魇中醒来。他定下心神，赶紧在心中不停默念“南无阿弥陀佛”。然而，他并没从黑暗中出来。相反，他在黑暗中越坠越深。丁观鹏发急，难道，这是命终之时降临了吗？前面深不见底的黑暗之处，难道会是阿鼻地狱吗？自己一生敬佛，行善积德，到底作了什么孽，会坠入阿鼻地狱呢？丁观鹏一阵恐惧，但在瞬间心念电转，自己虔心向佛，断无轻易坠入阿鼻地狱之理！他再次定下心神，不停默念“南无阿弥陀佛”佛号。不久，他就看到一股金色的光柱从头顶的黑暗之处垂照下来。那股光柱照遍他的全身，其中如有无数的纤细柔软的手指，将他轻轻托住，让他慢慢停止下坠。接着，那股光柱旋转起来，裹挟着他向前飞奔。光柱旋转越来越快，飞奔越来越快，快得让他心慌意乱，只有不停默诵“南无阿弥陀佛”佛号才能稍稍安定心神。就在他心神快要混乱的一瞬间，突然一声轰响，他顿时感到虚空粉碎，自己整个人都消逝无形了。但一瞬之后，他就回过神来，发现眼前突然大放光明，一片前所未见的金色光芒呈现在自己眼前。他仔细打量那片光芒，天下怎么可能有如此灿烂、洁净、晶莹的光芒呢？这样的色彩和光芒，该用什么样的颜料才能调配出来呢？瞬间，他就确定，人间的颜料根本不可能调配出来。再看那光芒和色彩，它们在慢慢晃动，荡漾，浸漫，通透而有质感，逐渐聚合成一种熟悉稳定的形状。那是再熟悉不过的形状，在自己笔下画过无数次的形状。没错，这是一片莲瓣，一片前所未见，无比明艳、柔软、鲜洁而巨大的莲瓣。注视着那片莲瓣，他的心被一股喜悦的暖流充满。那是一股陌生的，前所未有的喜悦的暖流。他的目光离开那朵莲瓣，发现这片莲瓣的旁边是另外几片莲瓣，同样美好而神奇，他发现自己就在几片莲瓣的包裹里，正躺在一片巨大的莲花的花蕊之上。一股美妙的声音远远传来，那是前所未闻之音，他一时无法判断那是什么样的声音。莲花缓缓摇动，一左一右，一右一左，一上一下，一下一上，幅度轻柔而舒缓。多么熟悉温暖的摇动，久违而又陌生的摇动，恍如孩童时在母亲目光注视下的摇篮里。舒展舒展身子，无比舒适而清爽。缓缓坐起，在莲蕊上坐起，在莲花上坐起。扶着一朵莲瓣站起身来。抚摸那莲瓣的手感无比奇异而舒适。抬起头来，眼前的景象让他惊讶无比！一片多么壮丽的湛蓝啊！他在一片多么壮丽的湛蓝的大海上。说什么东临碣石，以观沧海，人间的沧海怎能和眼前这片沧海相比啊！？自己所坐的莲花，就漂浮在这片前所未见的沧海之上。除了自己所坐的这朵莲花，这片湛蓝的大海上还漂浮着无数朵莲花。微风拂过，风中充满奇异的香味，他翕动鼻翼，分不清那是莲花的芳香还是大海的芳香。对了，这是不是佛经中描述的香水海呢？他打量那些莲花，看见有的莲座上空无一人，只有花瓣和莲蕊随着清风安静地摇曳。有的莲座上坐着人，那是各种姿态，各色各样的人，穿着各色各样的衣饰。在朵朵莲花之间，是连绵不绝的湛蓝水域，水中鱼龙潜跃，各种前所未见的生灵，或在水中嬉戏，激起阵阵浪花涟漪，或在水面滑行，犁出条条白迹，或升腾于碧波之上，带起根根水柱，撒下团团轻纱似的薄雾。最近的几朵莲花上，有人向他颔首致意，他们一个个似曾相识。对了，他们手里都拿着画笔，应该是些和自己一样的画画人。他看到他们手里的画笔，不经意地垂首看了一下自己的右手，发现手掌里不知何时，已经多了一支画笔。那支画笔笔管有如荷梗形状，但却没有荷梗的细刺，而是视之晶莹剔透，握之温润腻滑，无比精美而舒适的一根笔管。再看笔毫，那是一朵小小的花蕾，含苞欲放。他不由画兴大发，不假思索挥起画笔，在眼前的虚空中划过一条弧线。他惊奇发现，咫尺之外的空中，留下一条金红色的划痕，正在清风中随风摇曳，缓缓浸漫开去。在那浸漫荡漾的金色中，挥笔轻轻一点，一朵绀青出现了。他童心大起，忍不住凌空随意挥洒，各种线条，各种色彩从毫端连绵涌出，呈现在他的眼前。可是，这些线条和色彩虽然华丽美妙，但却都随风摇曳漫涣，渐渐荡漾消散于无形。对了，这是在海中。海波飘荡，海风吹拂，要能到岸上就好了。佛经之中，有香水海处，必伴须弥之山。须弥之山在哪里呢？心念刚起，莲花突然离开海面，腾空而起，带着他凌虚蹈空，向着前方飞驰而去。转眼间，莲花缓缓降落，一列雄伟森然的山峰赫然横亘在眼前。那列山峰奇峰叠起，连绵不绝，白雪覆顶，玉带缠腰，从所未见，但又似曾相识。他离开莲座，站立在一片平畴广野之上。这片广野平坦似镜，水晶碧玉为地，光滑润洁，这里一片，那里一片，长满各种奇异瑰丽的宝树，上面开满各种形状色彩的花朵，结满各种形状色彩的果子，散发着各种美妙诱人的芳香。他盯着前面一棵宝树，思忖着如何才能画出这种宝树的稿本，调出这种宝树的色彩。花果诱人的芳香钻进的他的鼻孔，他突觉饥肠辘辘。心念刚起，目光所聚的一枚果子，就缓缓飘落，悬停在他的口边。他一张口，还没来得及细看那枚果子，那枚果子就缩成他嘴巴大小的形状，咕噜一下钻进他的口里，接着变成一股甘甜爽舒芳香的汁液，钻进他的喉咙，浸润他的身心，让他满口余香，心满意足，饥饿的感觉瞬间荡然无存。他在宝树之间且行且停，但见广野宝树之间，立着一座座金碧辉煌的佛刹。只听梵音袅袅，从最庄严宏伟的一座宝刹中飘出。他不由自主，向那座宝刹走去。山门敞开，走进宝刹高大雄伟的山门，前面立着天王殿。走进天王殿，殿宇正中，立着两位面目狰狞的天神，看他进来，对他怒目而视。他有些心惊，这两位天神，正是《宋时大理国描工张胜温画梵像》中第二幅图上的那两位天神。不同一般佛刹、佛像里的天神，他们的名号虽然在梵像卷里有标识，但字迹已经模糊不可辨识。但李侍郎却知道他们的名号，说他们是大黑天神，是南诏大理国佛教的护法神。只是如今，他们正站在自己面前，牙呲尽裂，恶狠狠地盯着自己，似要把他生吞活剥。丁观鹏忙向他们不迭礼拜，接着赶紧离开天王殿。天王殿后面是弥勒殿，里面香花围绕，妙音袅袅，但不知为何，弥勒菩萨所坐的莲花座上，却是空的。虽然心里纳闷，但他还是向莲座礼拜。走出弥勒殿，眼前豁然开朗，一幅宏伟壮丽的图景奇迹般出现在眼前。最近之处，是一座巨大的莲池，湛蓝的池水，池中的莲花，潜跃的鱼龙，飘荡的清风和气味，情景一如适才所历的香水海，只是要比香水海小得多。但只消看上一眼，就知道它的色彩、质地，远比香水海精致优雅得多。比如，池边的石阶，晶莹剔透，是用碧玉铺砌而成的，而围栏，金黄灿烂，分明是用黄金雕琢而成的。丁观鹏知道，世间绝无此等华贵精美的莲池！莲池正中，跨着一道数百丈长的虹桥。丁观鹏站在桥边远眺，看到莲池对面的场景，一如平日所做的梦中那么神奇。不，自己平日所做的梦中，怎会有如此的神奇庄严呢？！这不正是自己心里画过，手中画过的《极乐世界图》吗？只是，那和眼前的图景相比，如何及得万一呢？虹桥的尽头，成十、成百位天女迎风舞蹈，那是迎接从莲池中莲花座上化生而来阿弥陀佛土的人，他们正前来参加阿弥陀佛会，聆听阿弥陀佛正在妙演的法音。远远望去，天女背后，装饰美妙严整的巨大莲座之上，宝幢之下端坐的，不正是宝相庄严，慈悲智慧圆满的阿弥陀佛吗？来自诸佛国土的无数诸佛菩萨、罗汉、护法天王、优婆塞、优婆夷，上下左右围绕环护，正在恭敬虔诚谛听他正在敷演的无上微妙清净法音。只是，眼前的景象中，有一点和他平日所想、所画不同。那就是在阿弥陀佛和诸佛菩萨的背后，巍然横亘着一列雄伟的大山，正是自己适才目睹的《宋时大理国描工张胜温画梵像》第一幅画里所画的那列大山。但见那列大山的雪峰之上，升起团团七色的云朵，顺着峰壑，缓缓流淌下来，流淌到半山腰，便向这里飘来，从云中撒下各色香花，漫天飞舞。看着那列高山，丁观鹏思忖自己可从未想过应在《极乐世界图》里画上这么一座大山，因为净土三经里，都说阿弥陀佛国土里，四处都是平坦无碍的无边广野，生长着无数的宝树香花，并无高耸之山或者低洼卑湿之地。可眼前的这列高山，不但丝毫无碍阿弥陀佛国土的清净庄严，反而为阿弥陀佛国土增加了不少庄严宏伟之感。心念及此，再次举头望山，丁观鹏发现那山时而清晰，时而隐约，似有实无，似无实有，变幻不绝，在空中幻化着各种美妙绝伦的图景。佛经有言，无边刹境，随所知心，现所知量。是不是心中有山，眼前自然有山，心中无山，眼前自然无山？阿弥陀佛国土的一切，包括这座山在内，一花一树，一草一木，一线一色，都在和阿弥陀佛一起敷演着甚深妙法？

丁观鹏举步，走上那道横跨莲池之上的虹桥。他想走到对岸去，走到阿弥陀佛周围的大众里，在那里亲睹阿弥陀佛的圣容，谛听他敷演的无上妙法。刚走几步，一低头，他吃惊地发现，脚下有图画。怎么能踩在图画上呢？他赶紧跳到一边，紧挨玉阶雕就的护栏，侧身而行。但看脚下，依旧是图案，熟悉的图案，对了，那是《宋时大理国描工张胜温画梵像》里画页边上装饰的铎铃图案，隔几步就有一个这样的图案。他再看桥面正中的图画，十几位衣饰怪异的蛮王，正神情肃穆，赤脚履地，一起走向前方。那不正是《宋时大理国描工张胜温画梵像》里最后那幅“十六国大众朝圣图”吗？只是，这幅图在这里被放大了，在桥面上延伸了两丈左右的距离。走完这幅图，丁观鹏看到桥面画的是长达丈余的两幅“护国经幢图”，图中那些梵文写就的奇怪文字，连博学的李侍郎也一个都不能辨识。接下去，走出数十丈，丁观鹏看到了脚下的《守护摩醯首罗众图》《伏烦拙菩兽伽金刚图》《大圣大黑天神图》《大圣福德龙女图》《大女药叉神图》《金钵伽罗神图》《大圣三界转轮王众图》《诃梨地母众图》《南无如意论界图》《南无资意金刚藏图》等图。前面还有一幅幅图，一直绵延到桥的尽头。丁观鹏明白，整座虹桥的桥面上，都画着《宋时大理国描工张胜温画梵像》这幅长卷画册，只不过这幅长卷画，从自己这头看，是被倒着画罢了。它们每幅图长五六尺、一两丈不等，粗略一算，这座桥该有不下百丈之长。他无暇一幅幅细看下去，他加快脚步，想尽快走到桥的那边。临近桥头，低头一看，最后那幅图果然是《利贞皇帝骠信画》。他仔细看那幅图，看利贞皇帝骠信的面容。没错，他依旧是那位大理国利贞皇帝的面容，就是《宋时大理国描工张胜温画梵像》里出自大理国描工张胜温先生手笔的面容。其实，从虹桥那头的第一幅画开始，他就辨别出来了，这是出自张胜温先生手笔的画卷，放大了十余倍以上的画卷。即使放大了十余倍，但它依旧是出自张胜温先生手笔，而不是自己或其他人临摹的画卷。

目光离开画卷，抬起头来，隔着桥头只有数十步了，桥头站立的婀娜多姿的天女已在向他弯腰致意，预备迎接他的到来。丁观鹏抬足向前，前面只剩一两丈长的几幅题记文字了，他不想再细看，只想快点走到桥头，加入阿弥陀佛法会大众的行列。可就在他刚刚举步的瞬间，却发现立在桥面上那只脚一软，带着自己的身体往下一沉，弄得他赶紧收回刚刚抬起的那条腿，急忙踩到桥面上。可那条腿也往下一沉，弄得他一个趔趄，上身一倾，差点摔倒。定睛一看，他吃惊地发现，就在一瞬之间，虹桥的护栏消失了，脚下的玉阶消失了，甚至连整座虹桥都消失了，只剩一幅长长的画卷，悬浮在莲池上。而他，就站在那册画卷上。那册画卷像一条长长的金红色的绢带，随风飘荡在莲池之上，弄得他在上面摇摇晃晃，难以立足。幸好，在这里，他的身体似乎并不那么沉重，摇晃了几下，好像又找到了平衡。他开始慢慢挪动脚步，试图走到似乎近在咫尺的莲池彼岸去。可是，刚挪动了几步，他就发现这幅画卷连接彼岸的那一端，冒起了青烟，接着又冒出火苗，开始燃烧。他还发现，那火苗不是红色的，而是黑色的。对，那是黑色的火苗，把一切线条和色彩一股脑儿归于黑色的火苗。他一转身，发现数步之外，正在这幅画卷第一幅图里的大理国利贞皇帝面孔上也开始冒出青烟，冒出黑色的火苗。他呆呆看着那里，不知所措，正在想着是否跳下莲池，把画卷扯到池里去，用水熄灭上面的火苗。可一转眼，他就看到整幅长卷的许多地方，都开始冒出青烟和黑色的火苗，而有的地方，已经断了，断成了黑色的一片虚无空洞之物，且正在迅速扩散，以不可阻止的速度扩散。很快，整幅长卷，包括自己立足的地方，都变成了黑色虚无。整幅长卷都不见踪影了，只剩一条宽达丈余，长达百丈余的一条巨大的黑色之物。可自己还在，还悬空站在黑暗之处，站在距离莲池水面几尺高的地方。接着，目光越过身旁的那一溜黑色，他发现莲池湛蓝的池水也开始褪色了，一片一片，一块一块，由蓝转白，由白转黑，一片一片的黑色不断浸漫，连接成更大的一片片黑色。一起褪色的，还有池中的莲花和池水中的鱼龙。它们都变成没有色彩，没有线条的黑色。他再看远处阿弥陀佛敷演妙法之处，发现宝刹、莲花、经幢、宝树、仪仗、漫天飞舞的香花，甚至连远处的那列群峰，都正在褪色，由各种金碧辉煌、艳丽绝伦的色彩和线条开始褪色，一直消退成一无所观，一无所别的黑色。随着色彩消退的，是众天女、诸佛菩萨、罗汉、护法天龙大众，甚至连正在敷演妙法的阿弥陀佛，都开始四方星散。很快，周围的色彩和线条就所剩无几了，适才还无比灿烂辉煌、庄严华美、见所未见的阿弥陀佛国土就只剩下残山剩水般的一点点色彩和线条了，支离破碎，惨不忍睹。丁观鹏心想，若给它们取个名字，是不是也可以叫它《剩山图》呢？只是，这可不是自己未能目睹的黄公望富春山居《剩山图》，而是《丁观鹏游阿弥陀佛国土剩山图》。他刚作此念，残余的色彩和线条四方汇聚而来，在眼前飞舞，交汇，浸漫，以自己熟悉的笔意和色调，组合成一幅崭新的画图。那幅画图刚刚固定下来，悬空飘在他的眼前，他就忙着仔细打量。那可不是什么黄公望《剩山图》，也不是什么《丁观鹏游阿弥陀佛国土剩山图》，而是一幅《利贞皇帝骠信画》图。那幅新图，一看就是出自自己手笔的临摹之作。里面的利贞皇帝骠信，面容无比熟悉，正是大清国皇帝乾隆帝爱新觉罗·弘历的圣容！再看这幅图的落款岁次，“乾隆二十八年癸未秋”几个字赫然在页。看到这幅图，丁观鹏心里一惊，突然想起了什么可怕的事情。是不是因为自己画了这幅图，才让那幅《宋时大理国描工张胜温画梵像》真迹毁掉了？

是不是那幅真迹毁掉了，自己通向阿弥陀佛国土的那座这幅真迹铺就的虹桥跟着毁掉了？自己通向阿弥陀佛国土的虹桥毁掉了还不打紧，是不是这幅真迹毁掉了，一个以这幅真迹为虹桥的清凉壮丽佛土就跟着毁掉了？想到这里，丁观鹏悲从中来，一股从未有过的恐惧和罪恶感从心中升起。他对眼前这幅图，自己曾经奉旨临摹的这幅图充满嫌恶！他恨不得它在眼前立马消失。很快，他发现这幅图开始褪色，各种自己熟悉，有时甚至感到得意的色彩和线条开始褪色，直到褪成一片苍白，直到退成一片黑色。然后，整个世界都只剩下黑色了。连自己的整个身心都只剩下黑色了。整个世界，没有一丝色彩，一根线条，一点气味，一点声音，一点暖意。只剩黑色，永无休止的，了无生趣的，冰凉冷寂的黑色。

对于一位画者，一位以色彩和线条的游戏为最大快乐的画者，丁观鹏不知道，身处这不剩一根线条，一丝色彩的永无止境无边无际的黑色世界是不是最令人恐惧的阿鼻地狱？他只知道，他又开始下坠，急速地下坠，向着更为幽深，更为黏稠的黑暗之处下坠。他知道，再这么坠落下去，他很快就会被幽深稠密的黑暗压得粉碎……

次日，丁观鹏眼疾复发，不能视物。他让家人告知弟弟丁观鹤，托他向画院告假数日。

在家将养的数日里，丁观鹏苦思冥想。他更不能进谏，让皇上放弃自己的想法。作为一名卑微的画画人，他连向皇上进谏的资格都没有。他知道，他不能抗旨，如果那样，他将搭上自己的身家性命，还可能祸及家人。而即使抗旨，对皇上的念头也不会有丝毫改变，他会命别的画画人，取代自己按旨意完成临摹那幅梵像长卷。

但在那几日里，他终于想到了一个人。他知道，只有那个人，或许能让皇上改变自己的念头。

6

丁观鹏病愈入宫供职之后的第二天正午，三世章嘉呼图克图章嘉·若贝多杰大国师进宫，觐见乾隆皇帝。

自地安门附近的嵩祝寺居所到紫禁城乾清宫养心殿，行程不到小半个时辰。路上，想起此日觐见皇上，为的竟是一幅小小画卷的事儿，章嘉国师心中不禁微微一笑。

前日一大早，南薰殿画画人丁观鹏前来，跪拜啼泣，如有天大的事儿相求。没想到，竟是为了那么一卷画儿。听完丁观鹏的话，自己只是淡淡问他，丁先生如果奉旨行事，皇上就定会毁了那卷画吗？先生应知，这或许只是先生的一个妄念罢了！丁观鹏说这个问题，他也反复问过自己，也希望这只是自己的一个妄念，但各种迹象，各种推测，以及他的噩梦，明白告诉他这不是妄测，倘若自己奉旨行事，皇上定会毁了那卷画儿。即使这只是一种妄测，但也应该以防万一，央求自己想个法儿，断绝皇上今后毁了这卷画儿的念头。面对这位自己和他学过唐卡，也曾礼请他为自己画过唐卡的画画人，如此执着于那么一卷大理国的画儿，章嘉国师不禁也对那卷画儿生出亲眼一睹的好奇。不过，自己当时并未轻易答应丁观鹏，而是对他说，法界万物，都逃不过成、住、坏、空，一卷画儿也是如此，缘至而生，缘尽而灭，该灭之时，灭了又有什么可惜的呢？先生又何必挂怀？就如你们汉人念念不忘的那幅被大唐皇帝李世民毁掉的王右军《兰亭集序》真迹，自晋至唐，一张传了三百年的茧纸，想必早已残破不已，存之不易，即使当时不毁，也未必就能传至今日。再说，为了那张破纸，许多人贪、嗔、痴三毒如火焰般疯长，竟至使人干出许多欺骗偷盗、杀人越货之事。如此不祥之物，坏人性命，毁人道业！大唐皇帝李世民毁了它，断了后人念想，正是断了后人因此物而造的恶业，又怎知不是一大功德呢？再说，《兰亭》真迹又怎么毁得掉呢？要知道真正的《兰亭》真迹，不是灭了的那一张破纸，而是人们心里对王右军兰亭笔意的念想。或许，正是那一张破纸没了，人们从冯、褚、柳、欧的临摹之作的对照中对王右军笔意的追寻念想更为强烈。灭了那纸真迹，人人笔下便都可有一幅兰亭，人人心中便都可有一幅兰亭，那幅兰亭，虽非右军真实笔意，又是右军真实笔意。所谓的右军兰亭笔意，不就是右军挥毫之时那一丝俯仰万物，任性骋怀，物我两忘，与物无碍，洒脱澄明的一点妙心吗？真正的兰亭真迹，乃是实无一物可寻的真迹。把兰亭真迹当一物，实乃颠倒妄想，逐梦寻影的可笑之念！大唐皇帝李世民灭了那一张破纸，灭的正是这种颠倒迷妄，而不是真正的兰亭真迹。或许，那一纸兰亭真迹，正是因为灭了，才在人们心里活得更加鲜亮久远！

可那画画人丁观鹏也是机智，并未被章嘉国师的话头绕进去，让他免除这么一趟劳役。丁观鹏说这是一幅传了八百年的梵像卷，和一般文人字画不可相提并论。他竟还搬出章嘉国师自藏文翻译成汉文的《造像度量经》立论，说明佛教造像、画像的重要，论证这卷梵像万万不能毁弃。其实，自己又何尝不知呢？玩玩话头，只不过和丁观鹏多日未见，戏言取乐罢了。佛法虽然稀有难得，但人心五毒炽盛，魔道盛行，佛法难传，古今如此！佛祖世尊临近涅槃时曾经授记，自己寂灭之后，正法流传一千年。正法流传一千年之后，像法流传一千年。像法流传一千年之后，进入末法时代。末法流传一万年之后，佛法在世间寂灭无闻。想当年大唐玄奘大师入天竺求取《瑜伽师地论》时，距离佛祖寂灭已过千年，正法已然式微，佛法进入像法时代。如此算来，自玄奘大师入天竺千年之后，已到大明前朝将亡之时。那时，像法已尽，末法兴起，如今的本朝，正是末法开始流传的年代。正法时代，人们学法，尚能遵循佛祖的言教，不离佛法大义根本；像法时代，佛法虽不至背离佛祖言教的根本，但却已经开始走样，只能和佛的言教大致相似而已；末法时代，人们开始背离佛祖言教根本，无论如何努力，佛法都将日渐式微。末法时代初始，人们虽有背离，但尚能大致依照佛法经、律、论三藏所说理解佛法。之后数千年，世俗之法大兴，出世之法渐灭，经、律、论亦灭，佛祖言教，只剩支离破碎的一堆佛教造像、画像和一些佛菩萨的名号。之后数千年，连这些造像、画像，佛菩萨名号也将烟消云散了，世人除了一句“阿弥陀佛”名号之外，对佛祖的言教，甚至对佛祖释迦牟尼和众菩萨的名号都一无所知，闻所未闻了。那时，佛法就灭了。之后数千年的婆娑世界，就连一句“阿弥陀佛”名号也终将消逝。之后，婆娑世界将陷入地、水、火、风和刀兵大劫，延续数十亿年。直到四十六亿年之后，未来佛弥勒佛世尊才会降生人间，教化众生。那时，佛法才会重兴，但却已经是弥勒佛世尊的教法而非释迦牟尼佛世尊的教法了。末法时代里，人们学习佛法，能够依赖的便是经、律、论三藏和佛的造像、画像。这些物事的毁坏，便是毁坏佛法在世间的根基。所以，从佛法来说，毁坏这些物事是罪孽深重的，因为这会毁坏人们学习佛法的凭依之物。故此，每一本佛经里，都要不停提醒人们爱护此经，护持此经，传扬此经，功德无量，不可思议；而诽谤此经，毁坏此经，则罪孽深重，必下阿鼻地狱。佛经如此，佛菩萨的造像、画像又何尝不是如此？佛虽说不可以相貌音声求我，以免执迷，但这并不是说佛、菩萨的造像、画像就完全无用。不仅不是无用，反而大大有用，因为佛菩萨的造像、画像能帮助人们对佛菩萨生起思慕、敬爱之情，对佛法生起敬信、肃穆之心，功德同样不可思议。故此，多数佛经里虽不明言塑画佛菩萨像的功德，也不大谈论毁坏佛菩萨像的罪孽，但护持或者毁坏佛菩萨像的功德与罪孽，却是历历分明，不可轻忽的。对一般佛像、梵像尚且应如此，丁观鹏说到的那卷大理国梵像卷，先别说它是否真如丁观鹏说那样神乎其技，但它能够流传八百年，本就是一种殊胜因缘，又怎能轻易毁弃？果真如丁观鹏所说，这卷梵像可能毁在皇上手里，那更是不能接受的事儿。毕竟，当今皇上不仅是皇上，还是和自己一起伴读发蒙，一起长大的朋友和兄弟，怎能忍心看他造下这等罪孽？

但章嘉国师清楚，皇上毕竟是皇上，有大多数皇上都有的执拗和骄傲。如果他真有如丁观鹏所说的那种念头，那要让他放下，也不是轻而易举的事儿。为此，早在昨日晨，他已命人向乾清宫主管赵公公禀报，说想念皇上，恳请面圣。赵公公很快传话，皇上也想念国师，次日正午便可觐见。

转眼来到乾清宫养心殿前。和往常一样，章嘉国师早已掐准时辰，正在皇上罢朝小憩时分来到这里。乾隆听值班太监唱喏“章嘉呼图克图觐见——”便早已出殿，下玉阶相迎。章嘉国师作势下跪，但没等他跪下，早已被乾隆趋前扶起。乾隆笑言：“早已说好，国师不必行此大礼，怎么又来这一俗套？”乾隆既然如此，章嘉国师也就不以为意，和他相携进殿。

其实，章嘉国师早已不用对乾隆下跪了。自从乾隆十一年（1746 年）皇上下旨将雍和宫改建成藏传佛教寺庙，自己奉命为首任堪布，并向皇上传授了“胜乐”灌顶密法，皇上跪受灌顶之后，就再不好意思接受自己的跪礼了。但自己见驾，还是坚持向他行此大礼，不仅为了随顺世俗方便，还因为皇上虽把自己当大国师看待，但自己心中实无什么大国师之念。但每次面圣，皇上都在他作势下跪之时快步趋前，将他搀起，这早已变成他们见面时的固定举止。皇上的这种举动，让章嘉国师追忆起当年从青海西宁跟随大将军年羹尧入京觐见先皇雍正爷的情景。那时，正值青海罗卜藏丹津叛乱之祸，西陲之地，战祸惨烈，血腥满地，不少僧众参与叛乱，而朝廷大军也毫不留情，对叛乱僧众痛加杀戮。后来，还是先皇慈悲心起，想起章嘉二世大师临终授记说要转世到西北之地，如今应该早已转世，约有十余岁了吧？先皇担心自己死于战乱，紧急颁下谕旨寻访章嘉二世转世灵童，西北地方僧俗，无论参与叛乱与否，十五岁以下之人一律不得杀戮。由此，被青海佑宁寺僧众冒死保护的自己才能前往拜会岳钟琪将军，并在一年之后随年羹尧大将军进京面圣。见到先皇时，自己给先皇下跪，先皇急步上前，将时年八岁的自己一把抱起，抱进殿中的御榻上并排共坐。从四岁时被认定为章嘉二世的转世活佛起，自己就很少被人抱过了。活佛是只能跪拜的，怎么能被随意抱起呢？所以，当先皇抱起自己的一瞬间，自己不由想到早已过世的双亲，心中竟有一种说不清是酸楚还是欢喜的感觉。记得当时先皇还对一起入宫觐见的年羹尧大将军说，他最高兴的不是年大将军打了胜仗，平定了青海叛乱，而是年大将军帮他找到了自己，找到了章嘉二世的转世灵童。觐见之后，先皇命二世土观·罗桑却吉嘉措活佛照料自己的日常起居，并给自己传授显密佛法和朝廷的各种礼仪。不久，自己就移居当年章嘉二世昔日驻锡的嵩祝寺，获准按前世所得封赏，乘坐黄马车，坐九龙褥。先皇还命自己和皇四子弘历，也就是今日的皇上等皇子一同在宫中读书，学会了汉、藏、蒙、满等多种语言，与比自己大六岁的当今皇上结下了同窗之谊。或许，正是幼年亲历惨烈战祸，见过了太多杀戮血腥，此生除了尽力弘传佛法之外，自己最用心的事情，便是辅助皇上维护各族、各教的祥和与安宁，消弭那些能够消弭的战乱与杀戮。为此，十余年前，清军平定了西藏珠尔墨特那木扎勒叛乱事件之后，自己曾力劝皇上，将西藏的政教权力交给七世达赖喇嘛，并授权他管理西藏地方政务，一切重大事宜，概需事先呈请驻藏大臣和达赖喇嘛共同定夺。以前，西藏屡服屡叛，战乱不绝，皇上此举，成功维护了西藏雪域十余年的祥和气象。但愿这样的气象一直能够维持下去！八九年前，蒙古活佛哲布宗丹巴发动叛乱，皇上正在新疆征讨，无暇顾及，为了消弭战祸，自己冒死前往面见哲布宗丹巴，多方劝解，方才平息了事端。自己身为京城掌教大喇嘛，但性喜宁静，平日常居嵩祝寺，潜心汉藏佛法经论的翻译和著述，对教中事务，能不过问的尽量不加过问。皇宫虽在附近，但若无事，却也很少进宫觐见皇上。如若进宫见驾，那一般都是皇上对西藏、蒙古、西北事务有何难决之事，召自己进宫商讨。如此次为一卷古画进宫，那还是前所未有的事儿。

相携进入养心殿，并排落座，宫人献茶。乾隆说："朕正想念国师，想到嵩祝寺见国师呢，国师就来看朕了！这不是心意相通吗？"

章嘉国师颔首："皇上为天下夙夜繁忙，岂敢有劳皇上？还是臣僧来见皇上合适。"

乾隆说："国师前来，想必有何要事，但说无妨。"

章嘉国师微笑："此番来见皇上，实无要事。只是听说皇上新近得了一幅稀罕画儿，一时好奇心生，想要一睹，不知皇上可否开恩赏脸？"

乾隆一听章嘉国师前来，竟是为了赏画，顿时兴致大发："没想到国师今日有此雅兴，甚好！甚好！不知国师想看哪幅画儿？"

“皇上新得那卷宋时大理国卷梵像，可否一观？”

“哈，甚巧！甚巧！”乾隆拍手而笑，“那卷画儿确是奇妙，朕让丁观鹏临摹一卷，日前送到了南薰殿画院处。昨日知晓国师要来，不知为何，朕忽然想到那卷梵像，其中有些画儿，朕颇有不解，正想着国师来了，好向国师请教，朕就让人从南薰殿取回三希堂来了。真是心有灵犀，没想到国师也要看这卷画儿！”

片刻，《宋时大理国描工张胜温画梵像》卷册摊开在三希堂一尊龙案之上，章嘉国师俯身一幅一幅展卷细看。

一盏茶功夫，章嘉国师看完画卷，缓缓转身，对乾隆说：“皇上适才所说不解之处，是在何处？”

“不解之处甚多！”乾隆指着章嘉国师指掌所按的那几幅画儿，说：“比如这幅《神会大师图》，前面数幅画了禅宗诸祖图，从迦叶、阿难等‘天竺诸祖’到达摩、慧可、僧璨、道信、弘忍、慧能等‘中土诸祖’就该完了。六祖慧能之后，‘一花开五叶，结果自然成’，以后的禅宗高僧，就很难说谁是七祖、八祖、九祖了。怎么这里六祖慧能之后，又画了这么一幅《神会大师图》？难道说六祖慧能的传法弟子神会大师是禅宗七祖不成？更加不解的还在后面！怎么神会大师之后，画的是《和尚张惟忠图》？这位和尚闻所未闻，竟然也跟禅宗诸位祖师同列！再说这位和尚的名号，既然称为和尚，怎么会没有法号，而只是一个汉人姓名呢？还有和尚张惟忠之后的几幅画儿，又是什么纯陀大师、湛光和尚、摩诃罗嵯、赞陀掘赤！这几位和尚，同样闻所未闻，也和禅宗诸位祖师同列！这到底有何深意？还请国师详解！”

章嘉国师注视着画卷，微微一笑，说：“皇上圣明，能作此问！此卷画中确有不少不妥之处。正如皇上所言，中原禅宗诸祖，画到六祖慧能就该打住，不应再画一位七祖神会大师。可皇上别忘了，这可是南诏大理国的梵像卷，不是宋朝的梵像卷。南诏大理国地处西南边鄙之地，宋时北与大宋四川和吐蕃国接壤，南与安南、暹罗国相连，西与大宋广西为邻，去天竺国也不太远。如此之地，虽是佛国，但佛祖教法传承，自然与中原大为异趣。这就好比今日西藏、蒙古，所传佛祖教法为密宗喇嘛教法，与中原所传显教禅宗，景象亦有许多不同。这本属自然，没什么可奇怪的。观此画卷，宋时大理国佛教，似有中原禅宗显教、吐蕃密教、天竺密教诸多浸染，多宗并存，共居无碍，而又以除佛祖释迦牟尼之外的阿嵯耶观世音菩萨殊为第一崇奉菩萨，殊为有趣。据说今日云南佛法鼎盛，有‘苍山与洱水，佛教之齐鲁’

之说，原是有南诏大理国时种下的深厚佛根善源啊！皇上所说卷中六祖慧能之后，似不该有七祖神会大师之图，那正是宋时大理国佛教景象与中原有所差异所致。或许，南诏国时把中原禅宗传到南诏大理国的高僧，正是神会大师的弟子，他们把神会大师奉为继六祖慧能之后的中原禅宗七祖便是自然之事。此等说法，中原禅宗世系里或许不伦，但在天遥地远的南诏却深以为然，一直沿袭到这位大理国描工张胜温画这卷梵像的时候。而这位名叫张惟忠的和尚，以及以下的几位和尚，他们在中原文献中闻所未闻，应该不是中原人士，而是南诏大理国本地僧人或者天竺所来梵僧。看他们既然列在图中的中原禅宗七祖神会大师之后，这就表明他们在南诏大理国是被奉为祖师级的高僧，或许，可称他们为'南诏诸祖'也无不妥。只是，和前面诸位祖师不同，他们所传的未必都是禅宗，而是我们今日说不上名号的一种什么宗。可宗派的名号差异，只是佛祖教法的名相之别罢了，无论是何宗派，只要传的是佛祖教法，那就都是正法。至于皇上所说的这位张惟忠和尚，为何没有法号，而直称其姓名，并不难解。这位张惟忠，初时应是一位大居士，大理国不是有'释儒'吗？亦僧亦儒，儒为其表，僧为其实，想必这位张惟忠，既被列为'南诏诸祖'之一，必是释儒中之最杰出者。或许，他晚年正式出家为僧，亦有法号，但张惟忠的名字早已叫得太响，法号反而不大为人所知，故南诏大理国人还是习惯以张惟忠和尚称他。想是南诏大理国佛法不拘一格，并不在乎僧俗之相，只要佛法修为高妙，堪为宗师者便以宗师视之。此梵像卷南诏诸祖师像后，便画《文殊请问》图，想是该国极重修礼讲文；而在此图之后便画《维摩大士》图，想是此国极尊维摩诘大士这样深得佛法的在家居士。而张惟忠和尚，便是这样被尊为一代宗师的得法居士。"

"国师妙解，令朕大开眼界！可朕还有一事未解，还请国师开示。护法龙王之后，便是《十六应真罗汉图》，何以这十六位罗汉，名号也和惯常所说，大有差异呢？"

章嘉国师微笑："这是翻译的缘故。画卷中装饰有多幅梵文书就的护国经幢图，由此可知这些应真罗汉的名号，自是梵僧由梵文译成汉文的。梵文译成汉文，自佛经翻译之始，佛经中地名、诸佛土名、诸佛菩萨罗汉名，出自不同译经僧之手，便有不同称呼名。这些汉文称呼名号，直到大唐梵经汉译大致完成，《大藏经》修订之后才固定下来。想是南诏大理国译经僧，来自南天竺，初习汉文，又未得见中原汉译佛经，便各自以汉文译之，故此这些应真罗汉名号，便和中原所说有所差异。"

乾隆笑道："朕明白了，原来是翻译所致，其实并无不同。国师适才观画，若有所思，想必此画，还有别的问题？”

章嘉国师说：“除了前面所说之外，观世音诸多名号，也和常说有所不同，有的差异想必也是翻译所致，而有的名号，则是梵、藏、汉文中所无，想是南诏大理国民众口中所传。这些差异都是小事，最紧要的是卷中诸佛菩萨罗汉、护法龙王、天王的排列顺序，多有不妥之处。想是此画如题记中所说‘装池屡易’，由卷轴变成图册，再由图册变成卷轴，再由卷轴变成图册，多次变更，以致造成如此混乱。比如卷中第一幅图《利贞皇帝骠信画》，是画大理国利贞皇帝送子剃度礼佛的，那它后面跟着的就应是卷末那幅《十六国大众朝圣图》，可那幅图不仅没跟在这幅图后，还居然隔着上百幅图，变成了最后一幅图。这两幅图，原本定是排在一起的，前面这幅图之后，后面那幅图便应接上，此后才应是那幅《护法天王图》。”

章嘉国师说罢，乾隆若有所悟，点头称是：“还是国师法眼清明，能识破这些关窍。朕和李侍郎，还有那些南薰殿画画人佛法修为浅陋，只留意此画技法如何，流传如何，没留意此画中最大不妥，原来是诸佛菩萨、罗汉应真的排列顺序大有颠倒混乱之处。朕深爱此画，如此不妥，可不是小事！朕想烦劳国师，厘定各幅图之间的排列顺序，重新装裱此画。朕知此事劳心费神，如此劳烦国师，大有不妥，国师以为如何？”

章嘉国师微笑，手指画卷说：“皇上看看，这卷画儿可还经得起折腾？”

乾隆注视这卷画儿，皱起眉头，苦笑说：“再装裱一次，朕这卷画儿可就更加残破不堪了，也罢！也罢！朕就不烦劳国师了！”

“可为皇上厘清这卷画儿各幅图画之间的前后顺序，臣僧还是不敢推辞！”章嘉国师说。

“国师这是为何？”乾隆不解。

“适才皇上不是说要让丁观鹏临摹这卷画儿吗？”

“正是如此，朕已传谕让丁观鹏临摹这卷画儿……哦，对了，国师之意是让丁观鹏按照国师重新厘定的各画顺序临摹此画？”

见章嘉国师微笑点头，乾隆拍掌称快：“这倒是个好主意，这样一来，这卷画儿最大的缺漏就算补上了！只是这样，又要烦劳国师了，真是过意不去！”

章嘉国师微笑：“无妨，小事一桩罢了，岂敢惮劳？！”

乾隆说：“如此甚好！”转身招呼太监赵德胜宣南薰殿画画人丁观鹏觐见。又转身对章嘉国师说：“那以后就烦劳国师了，丁观鹏临摹此画，若有何不妥之处，还请国师加以指教。”

章嘉国师说：“丁观鹏精通画技，技法上的事儿，无需臣僧置喙。臣僧只是重新厘定各幅画的顺序，订正各位佛菩萨应真罗汉的称呼，其余事儿，一任丁观鹏去做。只是，如何临摹此画，臣僧还有一议，还请皇上定夺。”

乾隆说：“国师请说。”

章嘉国师正色说：“臣僧观此画卷，如观无数佛菩萨国土，佛法源流，清晰可见，庄严佛土，清净微妙，浩渺宏大……”

“朕观此卷，亦有如是之感，故朕对此画卷，异常宝爱。”

章嘉国师话锋一转：“可这毕竟只是宋时大理国一小国之画卷，今日大清文治武功胜过昔日大理国何止百倍，皇上英明神武，睿智圣明，也胜那大理国利贞皇帝何止百倍，该当有一卷远胜此卷的佛国世界源流图卷。”

乾隆心中一动：“国师此是何意？”

章嘉国师说：“临摹这幅画卷，少说也得花费数年功夫。若全照此卷一笔一画，一色一线，丝毫不作更改临摹下去，不过又得一卷此画翻新临摹之图，临得再好，也不过一卷仿作罢了，何值花费如此功夫？既然费力临摹此作，需重新厘清更改各幅图画排列顺序，订正诸佛菩萨应真罗汉名号，那临摹出来的画卷，已是大作更改后的画卷，实则已是一卷新画了。既然需作此更改，不如就作一番大改，只需临摹大理国描工张胜温梵像笔意即可，其余图卷技法、诸佛菩萨应真罗汉，护法天王、天龙排列顺序全改。如此，皇上既可宝藏这卷大理国梵像真迹，又可得一卷焕然一新的佛法世界源流图卷。如此两全其美，也不枉费画画人丁观鹏这数年辛苦功夫。再说，以今日丁观鹏、郎世宁等画人而论，其技法精妙，丝毫不输那位当年的大理国描工张胜温，甚或远甚于他。出自他们笔下的这卷新画，无论色彩技法还是境界气象，必当不输眼前这卷画儿，甚或还能远胜于它。如此一卷新画儿，承续彰显诸佛菩萨佛法源流，不光有助佛祖教化，是为一大殊胜功德，还能彰显我大清文盛佛兴气象，岂不两全其美？”

乾隆略一思忖，说：“如此甚好！还是国师想得周到，如此一来，比照旧临摹这卷画儿确是要好！想我大清画院广罗天下身怀绝世画技之人，如丁观鹏、唐岱、张宗苍、金廷标等人，画技本已高明，又从郎世宁、王至诚等处习得西洋画法，中西技艺，融汇一体，画艺更臻精妙。最难得的描人状物，色彩敷设，无不穷形尽相，精彩绝伦，尽得微妙。而这位丁观鹏，众人之中又显超迈，仿佛前朝画师丁云鹏转世之身，云鹏技艺本已精微，而观鹏之技似又远胜于他。今由国师细致厘定各幅画儿排列顺序，订正诸佛菩萨应真天龙名号，梳理佛法世界法脉源流，再由丁观鹏按国师指点画出稿本，由国师与朕审阅定本，再让观鹏按照定本细细画去，数年之后，朕必得一卷精妙绝伦，远胜大理国此卷的佛法世界源流长卷梵像图！想我大清从太祖、太宗、世祖、圣祖以至先皇，历代奉佛，又多有如国师等高僧大德辅佐，佛法之盛，毫不输于前朝，更不输于那南诏大理国，也该是有这么一卷远胜于此的梵像长卷图！”

章嘉国师颔首微笑：“皇上英明，不如就把这幅新画名之曰《法界源流图》？”

“《法界源流图》？”乾隆略微沉吟，“好，丁观鹏新摹之画就叫《法界源流图》！”

“这卷新画既名《法界源流图》，那这卷大理国梵像中的两幅画再放进去就不妥了……”章嘉国师说。

“哦，国师说哪两幅图放进去不妥？”乾隆不解。

章嘉国师俯身指着画卷的第一幅图《利贞皇帝骠信画》，又翻到画卷最后一幅《十六国大众朝圣图》，说：“这两幅放进《法界源流图》不妥！《法界源流图》虽说临摹张胜温笔意，但已是我大清的梵像长卷，不再是什么大理国的梵像长卷，是我大清的《法界源流图》，不再是什么大理国的《法界源流图》。在我大清的《法界源流图》里，再放什么大理国皇帝和大理国的十六国大众，那岂不滑稽可笑！？”

乾隆略为思忖，说：“如国师所言，在我大清的梵像长卷《法界源流图》里，再放这两幅画确实不妥。不过，这两幅图，尤其是第一幅画，朕亦宝爱不舍，这可如何是好？”

章嘉国师微笑：“无妨，只要让丁观鹏把这两幅图合在一起，另外临摹一幅新图即可。”

章嘉国师如此说，心里别有一番计较。他知道，如此一来，即使皇上定要让丁观鹏在新临摹的这两幅图中把那位大理国利贞皇帝骠信画成自己，那也无妨。今后，即使真如丁观鹏所料，皇上要毁了眼前这卷大理国梵像卷，那皇上也没必要全部毁了此卷梵像了。按自己计较，这卷大理国梵像卷中的第一幅图和最后一幅图，实则已从临摹整幅画卷中分离出来。今后，即使丁观鹏已奉旨把皇上画成了那位大理国利贞皇帝，皇上要毁了原先的真迹，以免让后人知道皇上篡改原画，那皇上至多只需毁了这卷大理国梵像卷中的这两幅图就行了，而绝不至于毁了整幅画卷。虽然，若皇上今后真要毁了这两幅图，以丁观鹏看来那也殊为可惜，可这幅整幅大理国梵像长卷真迹，毕竟能够大半保存下去了。

乾隆沉吟。

但章嘉国师并不担心。皇上先前已经允诺对新临摹之作进行大改，名为《法界源流图》。这可是大清的《法界源流图》，不再是大理国的《法界源流图》。在大清的《法界源流图》里，怎么能再容得下一位大理国的皇帝呢？皇上对那幅大理国利贞皇帝骠信送子剃度图虽有不舍，但还不至于把适才说定的全都推倒重来。

乾隆终于颔首："国师所言甚是，若把这位大理国利贞皇帝骠信和那十六国大众朝圣图放进我大清《法界源流图》里确实不妥，那就把这两幅图剔出来，另摹一卷新图。只是，这卷新图，称作什么好呢？"

章嘉国师说："就名《蛮王礼佛图》吧，皇上以为如何？"

乾隆笑言："就叫《蛮王礼佛图》吧，这位大理国利贞皇帝骠信，虽然号称皇帝，可当时那大理国只是大宋属国，向大宋称臣，他实则只是一位国王，哪里能称皇帝呢？"

章嘉国师说："当时宋太祖一统天下，面对天下皇舆图，挥玉斧而划界，说'大渡河以西无复我有'，大理国遂得保存。名虽为大宋属国，实则一切事务，大宋无从置喙，其国之王自称皇帝，大宋也听之任之，无可奈何。此骠信国王，当时自称皇帝，虽属自然，但今日摹写其人之图，乃我大清之图，非大理国之图，况复今日大理国故地云南，早已入我大清皇舆教化，当日一大理国皇帝，以今日大清观之，不就一蛮王？故此图只能称为《蛮王礼佛图》。"

乾隆展卷，再次凝视那幅《利贞皇帝骠信画》，说："国师所言甚是。可不知为何，这位蛮王大理利贞皇帝，朕似乎还与他颇有因缘呢！数日前朕还在梦中，去了趟大理国，在那大理国，朕似乎就是这位蛮王，这位蛮王，仿佛就是朕大宋时的前身呢！怪不得这幅画卷辗转流传，最后还是落到朕的手里，而朕第一眼看到这位利贞皇帝，也觉得似曾相识呢！"

章嘉国师看看那幅图上的利贞皇帝，又看看乾隆面孔，莞尔而笑。

乾隆："国师何笑？"

章嘉国师正色："请谅臣僧浅陋，以臣僧观之，这位大理国利贞皇帝似非皇上大宋时前世之身。皇上梦入大理国，为利贞皇帝，不过皇上宝爱此画，日有所思，夜有所梦，颠倒妄想，寻梦逐影罢了，不可以为真实！再说皇上身为大清天子，文治武功，神武圣明，历代前朝没有几位帝王能和皇上相提并论，以臣僧浅陋，不明皇上为何羡慕这么一位小小的大理国国主？”

乾隆微笑：“国师过誉，历代帝王，文治武功远胜于朕者多矣！不过今日大清，确实远胜昔日偏安一隅之大理，可朕就是不明为何偏偏羡慕这位大理国国主？或许，是朕常有出尘之想罢了。李因培侍郎说大理国数百年清平无事，君清臣明，历代皇帝晚年都能安心逊位出家，不用担心家国变乱。想来朕继大统也有二十八年了，有时，还真想放下皇位，逊位出家，云游天下呢。国师不是数次向朕请求，想要朕革去国师掌教喇嘛职位，到五台山闭关清修吗？朕未答应，那是天下还未大定，朕还要国师劳神辅佐，掌管天下喇嘛事务。待天下大定之时，朕会答应国师的。可朕，就未必能有国师的福气了！朕还想到五台山闭关清修呢！朕羡慕那位大理国利贞皇帝，是羡慕他身为一小国之君，却有如国师一样的深厚福德！”

章嘉国师说：“臣僧明白皇上出尘之意。可皇上菩萨心肠，身负天下大任，自然不能随性所之。皇上甚深福德亦不可思议，臣僧些许福德，有赖皇上、先皇、圣祖护佑，岂可和皇上福德相提并论？”

……

正说着，堂外太监呼唱：“南薰殿画画人丁观鹏觐见——”

乾隆转身说：“宣他进来！”

丁观鹏走进养心殿三希堂，看见章嘉国师和皇上在一起。

丁观鹏作礼下跪：“微臣丁观鹏叩见皇上！”

乾隆扫了一眼跪在地上的丁观鹏，冷冷地说：“丁观鹏，前日早上，你在何处？”

丁观鹏心里一个咯噔，心念电转，如实禀奏：“回禀皇上，前日早上，微臣去了嵩祝寺。”

乾隆说：“丁观鹏，量你也不敢欺瞒！你该到的是南薰殿，却到嵩祝寺何干？”

丁观鹏额头冒出汗珠子，如实禀奏：“微臣到嵩祝寺拜见章嘉国师。”

乾隆说：“你有何事拜会章嘉国师，谈佛论道吗？”

丁观鹏回禀：“微臣浅陋，不敢和国师谈佛论道，微臣拜会国师，为的是为皇上临摹大理国梵像卷的事儿。”

“此事与章嘉国师何干？”乾隆故意不紧不慢地问。

章嘉国师微微一笑，平静注视着跪在地上的丁观鹏。

丁观鹏不敢抬头：“回禀皇上，微臣拜见章嘉国师，是临摹大理国梵像卷，有事不明，故向国师请教。”

“何事不明，要向国师请教？”

丁观鹏平静回禀：“臣观大理国梵像卷，多幅画图次序混乱颠倒，诸位祖师，菩萨罗汉名号前所未见，不明所以，故向国师请教。”

乾隆说：“丁观鹏，你还敢说自己浅陋，不敢和国师谈论佛法？你既然识得这些事儿，难道它们岂止是画画的事儿吗？”

丁观鹏跪在地上，不知如何回禀，只是叩头不止。

章嘉国师神色不动，依旧平静注视着跪在地上的丁观鹏。

一阵清风吹进养心殿三希堂，放在龙案上的宋时大理国描工张胜温画梵像卷的一角微微颤动，发出细碎轻盈的响声。乾隆转头，看了一眼窗外，红檐黄瓦之上的天空清澄高远，少顷，回过头来，对丁观鹏轻声说：“平身罢。”

丁观鹏没听清，依然跪着，不敢起身。

乾隆又说了一遍：“起来吧。”

丁观鹏这才作礼起身。

乾隆说：“丁观鹏，知道朕为何召你？”

丁观鹏说：“回禀皇上，微臣不知。”

乾隆说：“还敢说不知！”

丁观鹏说：“皇上恕罪！”

乾隆说：“临摹那卷画儿，今后全听章嘉国师吩咐，活儿干完之前，不必再向朕回禀。”

丁观鹏微微一愣，继而大声说：“微臣遵旨！”

乾隆说：“丁观鹏，你得尽心尽力，为朕好好画一幅大清梵像卷。若尽心画好了，朕说不准赏你一个头衔，让你像张宗苍那般放还终老。”

丁观鹏说：“临梵之事，赌上一双老眼，微臣必定尽心画好！至于皇上恩赏，微臣所领早已心满意足，岂敢再有他望？！”

乾隆说：“哼，量你丁观鹏也不敢再有他望！”

7

当年（乾隆二十八年，公元1763年）末，丁观鹏临摹《宋时大理国描工张胜温画梵像》第一幅《利贞皇帝骠信画》与最后一幅《十六国大众朝圣图》，合为《蛮王礼佛图》，献于乾隆皇帝。乾隆帝收藏于乾清宫养心殿三希堂，似乎不甚宝爱，今日早已不知所终。

乾隆三十二年（1767年），在章嘉国师指导下，丁观鹏按“张胜温笔意”临摹《宋时大理国描工张胜温画梵像》的《法界源流图》长卷梵像完成，敬献乾隆皇帝，宝藏于乾清宫养心殿三希堂。同年，乾隆皇帝为《宋时大理国描工张胜温画梵像》真迹御笔题记，述其令丁观鹏在章嘉国师指导下临摹该梵像卷为《蛮王礼佛图》与《法界源流图》因缘始末。是为该梵像卷自大理国妙光和尚第一次题记之后的第七次题记。

同年，李因培于福建巡抚任上被诬陷，以“属员亏空不实”之罪，降为四川按察使，不久，被乾隆皇帝下诏赐死，年仅51岁。20年后，曾被李因培好友袁枚在《随园诗话》中称赞为“一代闺秀之冠”的李因培长女、诗人李含章，省父墓，作诗奠曰：“空余马鬣五湖隅，不见巫阳降紫都。万里云山栖大鸟，廿年风雨泣诸雏。及门尽望西州树，此地曾还合浦珠。回首音容竟何处，白杨萧瑟惨啼乌。”（《七子山省先大人墓》）

乾隆三十五年（1770年），南薰殿画画人丁观鹏双目失明，离开宫廷画院，未得皇上恩赏。次年，丁观鹏以庶民身份病逝于京城。因《清史稿》不载，不知丁观鹏生于何年，故不知其享年几何。

乾隆五十一年（1786年）四月二日午后，三世章嘉国师章嘉·若白多杰在五台山圣地圆寂，享年七十岁。

乾隆五十七年（1792年），八十一岁的乾隆皇帝玩赏丁观鹏《法界源流图》，睹物思人，命宫廷画画人黎明依照丁观鹏所摹《法界源流图》，再重摹一卷《法界源流图》，是为黎明本《法界源流图》。

丁观鹏本《法界源流图》原藏清宫内廷。民国十三年（1924年）十一月五日，冯玉祥无视清宫优待条件，派鹿钟麟带兵入紫禁城，逼溥仪离宫并乘机掠得大量宫中财物，史称“北京政变”。溥仪携带包括丁观鹏本《法界远流图》在内的大批文物离开故宫，住进北府（载沣的居处），继而又逃进日本公使馆，并于次年被日本人护送至天津寓所。1931年，丁观鹏本《法界源流图》被溥仪携至伪满洲国长春宫中，1945年后，转由其亲属携至吉林通化玉皇山某寺。1969年，丁观鹏本《法界源流图》幸被通化市生产指挥部送至吉林省博物馆，免遭浩劫，馆藏至今。黎明本《法界源流图》命运与丁本大致相同，同被溥仪携出清宫后带至长春伪宫。1945年后流散民间，今为辽宁省博物馆收藏。

《宋时大理国描工张胜温画梵像》真迹一直秘藏清宫，不为人知。清亡，“北京政变”，不知何故，并未被溥仪携出故宫，后被保存于国立北平故宫博物院。1937年抗日战争全面爆发，梵像卷真迹随故宫博物院藏品内迁重庆，并于1944年在重庆中央图书馆展出，引起学人震惊，掀起研究热潮，至今不绝。1949年，《宋时大理国描工张胜温画梵像》流转到台湾，今藏于台北故宫博物院，和黄公望《富春山居图》“无用师卷”一起，同为该院“十大镇馆之宝”。

2015年6月22日一稿

7月6日二稿

9月30日三稿

11月13日四稿

（选自《钟山》2016年第3期）

叙事难度、主题陷阱与创作突围

——读《临梵》(评论)

// 徐兴正

1

雷杰龙在中篇小说《临梵》里，借主人公之一丁观鹏的心理活动，写出“临梵”之难：“梵像画，心中所思所想，不外张、曹、吴、周‘四家样’，张胜温所处宋时大理国，流行梵画像又不过吴、周两家样。以张胜温所画长卷观之，勾线施彩，线条柔顺，设色精美，构图奇巧，视之简约奇妙而又灿烂绚丽，更近吴、周两家画样之风，而非张氏晕染凹凸之法和曹氏‘曹衣带水’铁线紧身之姿。……画梵像，最紧要之事是要心中见佛。……故此，对于一位梵像画者，最难之处并非依照哪一家样来画梵像，而是心中须先能见佛，先有自己心中所得之梵像。那梵像画者如何能见佛，如何能让自己心中先得清净庄严、智慧慈悲之梵像？除了亲近佛、法、僧三宝，一心向佛外几乎别无他法！”

“临梵”一词系作者自造，字面意思为临摹梵画像。这部小说里，临摹的梵画像，是《宋时大理国描工张胜温梵画像》长卷册页。宋时大理国描工张胜温，本有张、曹、吴、周四家样（流行的是吴、周两家样）可资参考借鉴，但是，作为临摹者，清代乾隆宫廷画画人丁观鹏十分清楚，这幅长卷册页梵画像之原创，最紧要之事并非绘画技法，不可以从四家样（两家样）中直接汲取经验，而是要心中见佛，只有一心向佛才能做到。作为同行，丁观鹏深知张胜温当初之难。也正是因为张胜温在一个高难度上完成了这幅梵画像，丁观鹏才对他充满崇敬之情，并将此画视为珍品。这部小说写了 7 节，丁观鹏观画后，由这幅梵画像而进入梦境，作者用了整整 1 节来写这个梦境，占去全文 1/7 篇幅，写得细致入微、密不透风。这一点留待后文再说。仅凭以上这两点，都可以得出一个结论：丁观鹏是张胜温隔世的知音。相隔 800 年，到了临摹这幅梵画像的时候，张胜温当初面临的难度，在丁观鹏这里依然存在。丁观鹏临摹梵画像毕竟属于再创造，其难度再大，按说也不会比张胜温原创更大。而且，如果说来说去，说的就是创作梵画像难，临摹梵画像也难，那么，又有什么意思呢？是的，问题还在于，丁观鹏所面临的难度是多重的，而临摹梵画像这件事本身只是其中一重，很可能只是最微不足道的一重。或许，正因为如此，作者才用得着自造一词，以"临梵"为题，来写这部小说。

我不是王顾左右而言他，而是就像在这部小说里，作者借助主人公之一丁观鹏，言说"临梵"之难一样，我也借助以上这些，引出本文第一个话题：叙事难度。

那么，《临梵》究竟想要讲述一个什么样的故事？讲述这样的故事，为何像"临梵"一样难，甚至比"临梵"还要难呢？

这部小说里的梵画像，名叫《宋时大理国描工张胜温梵画像》，可以说，它不同于所有的梵画像。这些"不同于"，不妨略微加以分析：其一，它是宋时的，距"临梵"之际，已时隔 800 年，当然这算不了什么，比这更久远的梵画像肯定是有的；其二，它是大理国的，大理国虽然在大清眼里无非一个蕞尔小国罢了，却是一个佛国，王权更替数百年鲜有流血事件发生，况且多位君王退隐为僧；其三，它历经几世几劫，多次易主，每次易主都留有题记，到了大清皇城乾清宫养心殿三希堂，乾隆皇帝对它宝爱有加，却一反常态不肯留下题记；其四，它散发出 800 年前的佛国光辉，几乎可以笼罩现世，就连贵为大清皇帝高宗、文治武功盖世的爱新觉罗·弘历，也想梦中摇身一变，变为画中大理国这个蕞尔小国利贞皇帝骠信……

乾隆皇帝之所以圣谕"临梵"，至少是因为这幅梵画像，有着如此之多的"不同于"。

这当然只是"临梵"故事的一部分。

故事的另一部分是，奉旨临摹这幅梵画像的丁观鹏，虽然不敢想，但又不得不想的是，他的"临梵"一旦完成，张胜温梵画像真迹就会被毁。据丁观鹏所知，唐太宗李世民手里的王右军《兰亭集序》真迹，乾隆皇帝本人手里的黄公望《富春山居图》赝品，还有《富春山居图》真迹，以及智永法师手书其祖王右军集字的《千字文》真迹，这些作品无不命运多舛，要么被毁灭于无形，要么只留下残水剩山图。这些作品尚且如此，遑论这幅梵画像？它被临摹，梵像中的大理国利贞皇帝骠信被画成大清皇帝爱新觉罗·弘历之后，必遭毁灭，在劫难逃。而作为宫廷画画人，身家性命朝不保夕，一己之力无所作为，受命或是抗命都毫无意义，根本就不可能去改变任何一幅作品的命运，更不用说存在众多“不同于”的梵画像了。然而，尽管一切都已如此，但丁观鹏还是试图让这幅梵画像摆脱将被毁灭的命运。

其实，这才是丁观鹏“临梵”的最高难度。临摹者面临的这个难度之高，是原创者所不曾面临的。从这个角度看，虽然张胜温找到了丁观鹏这位隔世的知音，后者能加倍体悟到前者创造出来的佛国妙香，但前者即使在天有灵，也无法感知后者“临梵”面临的最高难度，这个难度，就是小说作者用了整整1节文字写到的梦境，梦境之中的黑暗。

讲述“临梵”故事，难度也有多重。

最显而易见的一重难度，就是知识的储备和调度。作者写这部小说，毫无疑问，缘起都是《宋时大理国描工张胜温梵画像》，至于是机缘巧合呢，还是命中注定，那就不重要了。重要的是，完成这部小说，作者必须通晓这幅梵画像的来历和去处，只有这样，想象才得以展开，至少，想象才可能合理。这还远远不够，作者还得与小说的主人公之一，临摹者丁观鹏，一道“认识”这幅梵画像。做到了这一点也不够，此前，作者必须以乾隆皇帝的眼光和心思，玩赏和宝爱这幅梵画像。仍然不够的是，来自云南的礼部侍郎李因培，还要向乾隆皇帝讲解这幅梵画像，顺带也讲解一下他的故乡云南，如何讲解？这也需要作者做好准备。除了这幅《宋时大理国描工张胜温梵画像》，这位乾隆皇帝御用宫廷画画人丁观鹏，还有这个时代和之前的其他绘画作品和画师，包括当时已经传进来的西洋画，以及它们所构成的中国绘画史，作者不说熟悉到了若指掌的地步，至少也得有侧重地知晓一些吧？

这幅《宋时大理国描工张胜温梵画像》毕竟是梵画像，这部小说毕竟题为“临梵”，因此，不难理解，作者还得有起码的佛学准备，否则小说难以完成。我猜测，这甚至超出知识的储备和调度，因为在佛学里，知识可能只是一个很低的层面。

从文本来看，作者确实构建起了大清乾隆皇帝之前中国绘画的一个庞杂知识谱系，而且让这幅梵画像散发出佛国的光辉，也就是说，他完成了这一重难度。

最秘而不宣的一重难度，则是讲述的角度和方式。

这部小说共7节，每一节都有一个角度。第1节是大清乾隆皇帝的角度，同时采用了礼部侍郎李因培这个角度，有意思的是，这两个角度之主次，一直在不断切换。第2节是《宋时大理国描工张胜温梵画像》的角度，比较刁钻的是，由数则题记写出这幅梵画像之命运无常。第3节是其他绘画作品和画师的角度，言远意近的是，都在写御用宫廷画画人丁观鹏的忧心。第4节是"临梵"的角度，见心见性的是，临摹者读懂了原创者，心中有佛，顿生敬畏与苍凉。第5节是丁观鹏的角度，令人恍惚的是，他的梦境之中，既有黑暗，也有光辉。第6节是章嘉国师的角度，峰回路转的是，国师以过人智慧说服乾隆皇帝，换一种方式"临梵"，以此保全这幅梵画像真迹。第7节是一个全知的角度，看似波澜不惊，实则惊心动魄的是，以"史海钩沉"的笔法，冷静道出这幅梵画像的下落。

从叙事学上讲，仅仅是角度多，并不意味着难度就大。但我要说的是，这部5万多字的小说，除去第7节篇幅短一些而外，每节8千字左右，这一结构匀称的叙事网络，将上述内容一网打尽，难就难在这里。如此庞杂的内容，讲述角度变换过来变换过去，一节一节写过来写过去，没有枝蔓缠绕、旁逸斜出，始终皈依佛法、秩序井然，叙事技术确实高妙。

这部小说里，乾隆皇帝对《宋时大理国描工张胜温梵画像》尚有不解之处，经国师章嘉解惑释疑，方才明白这幅梵画像历经数次装裱，时而卷轴，时而册页，装裱造成了混乱。这个混乱很有意味，至少，它为章嘉国师说服乾隆皇帝，换一种方式临摹，取其意，将一幅真迹一分为二，画成《法界源流图》和《蛮王礼佛图》两帧，提供了玄机。打个比方来说，作者也是找到了种种玄机，要不然，"临梵"这个庞杂的故事，讲述起来是难免造成混乱的。说到这里，似乎有必要强调一下，作者既然能为他的小说人物章嘉国师说服乾隆皇帝提供玄机，当然也就能为自己讲述"临梵"故事找到玄机。

更有必要强调的是，这部小说并非单纯的限知叙事或全知叙事，而是在全知俯瞰之下，以限知推进，同时又步步为营，通过限知一点一点地抵达全知。这对叙事的弹性、韧劲和耐心，几乎是一次极限考量。这次考量，与张胜温当初原创这幅梵画像，丁观鹏后来"临梵"，形成一个同构关系。何以同构？其实也没有多么复杂，减省地说，将三者联系在一起的，可能就是梵画像、"临梵"和《临梵》散发出来的，佛的光辉。

还有必要强调的是，即使将“临梵”故事当作是如实道来，如前所述，难度也够大的。更何况，作者讲述故事，先由实而虚，又由虚而实，再由实而虚，属于正面推进，比起迂回包抄来，难度就更大了。

2

如果我将雷杰龙5万多字的中篇小说《临梵》，与豪尔赫·路易斯·博尔赫斯5千字的短篇小说《秘密的奇迹》放在一起，来谈论它们的主题，会不会让人感到有些奇怪？

《秘密的奇迹》就要收尾了，主人公亚罗米尔·赫拉迪克被处决，“他发狂似的喊了一声，扭过脸，四倍的枪弹把他打倒在地”。“四倍的枪弹”，这是典型的博尔赫斯式的写法，为中国评论家和读者所津津乐道。我很清楚，即使我的谈论真会让人感到奇怪，奇怪的也绝不是，要是它们有着相同主题的话，为何《临梵》的篇幅是《秘密的奇迹》的十倍？不过，我的话题确实会说到小说篇幅的。

《秘密的奇迹》主人公亚罗米尔·赫拉迪克是布拉格一位剧作家，因有犹太人血统和在对德国兼并奥地利的抗议声明上签名而被捕。在被捕前五天的夜晚，这位剧作家梦见了他未完成的剧作中的人物，梦境使得剧作的故事情节更加缜密完善，主题也更加意味深长，可以说是天助神力，让他对剧作的完成充满了期待。还来不及动笔完成这部剧作，他就被捕了。他在一天傍晚被捕，次日上午九时被处决。这一天是三月二十九日，他在夜里克服了死亡的恐惧，掌握了时间的秘密，将此时此刻想象为三月二十二日，这样，他就有了七天时间，如法炮制，他还可以拥有一年的时间，甚至一生的时间，这些时间多么充裕啊，足够他从容完成并反复修改剧作了。而剧作的继续创作，其实是在次日上午八时四十四分开始的。最终完成，则是在行刑前的一瞬间。这一瞬间究竟有多长呢？一滴雨水落在他的脸颊上，由于水珠的张力停留了一下，然后滑过脸颊，最后落到地上。

在主人公亚罗米尔·赫拉迪克那里，时间是混沌的，而这种混沌并不是他自己造成的。可能很多读者都会忽略一点，就是博尔赫斯写道：“三月二十九日，当局接到举报；当天傍晚，亚罗米尔·赫拉迪克被捕。”“人们除了自己的本行之外对别的事情都容易轻信；两三个用德文字母印刷的形容词足以让朱利乌斯·罗特相信赫拉迪克不是等闲之辈，决定以'煽动人心'的罪名判处他死刑。执行日期定在三月二十九日上午九时。这一耽搁（读者马上会看到它的重要性）由于行政当局办事希望像植物生长和天体运行那样客观而按部就班。"

那么，《秘密的奇迹》的主题究竟是什么呢？这部短篇小说有着双重主题：艺术之中的时间，以及时间之中的艺术。博尔赫斯抱持时间永恒信念，他也相信艺术不灭。这正是秘密的奇迹。

接下来，我要说的是：其实，《临梵》也有着这样的双重主题。不过，由于两位作者不同的旨趣，以及两部小说不同的归依，博尔赫斯只是让读者相信，在剧作家身上，秘密的奇迹发生，被处决前最后一刻完成了他的剧作，而雷杰龙则用梵画像和"临梵"描绘出世道、人心和众生之相，所以，他使用了十倍的文字。

从立意上讲，《临梵》真是遍布"主题陷阱"，只有逾越陷阱，这部"有来历"的中篇小说，才能"有去处"。《临梵》的叙事与主题，就像一张纸币的两面一样，可以说，叙事时每采取一种角度和方式，主题就会有一个陷阱埋伏在那里。第 1 节，很可能掉进大清乾隆皇帝和礼部侍郎李因培这个陷阱里，停留在权力书写上，或者与之相反，停留在对权力的反讽上。第 2 节，很可能掉进《宋时大理国描工张胜温梵画像》这个陷阱里，一味去陈述大理国和描摹梵画像。第 3 节，很容易掉进其他绘画作品和画师这个陷阱，写成绘画作品的毁灭史和画师的血泪史。第 4 节，很容易掉进"临梵"这个陷阱，大谈特谈佛学，而忘了小说本身。第 5 节，很容易掉进丁观鹏这个陷阱，只有实，而没有虚。第 6 节，很容易掉进章嘉国师这个陷阱，去写他"三寸不烂之舌"。第 7 节，很容易掉进作者全知这个陷阱，不厌其烦地提供知识，而不是美学。这 7 个"很容易"，属于写作学上的判断。阅读《临梵》时，每读一节，我都会担心作者掉进陷阱，读到第 5 节，见他以细密画的手法和风格，写出了丁观鹏梦境的黑暗与光辉，这让我想起芥川龙之介小说《蜘蛛丝》，那根蜘蛛丝，是佛陀慈悲，垂下来的，我就放心了，知道他不会掉进去了，哪怕真是掉进去了，我也相信他能顺着这根蜘蛛丝爬上来，最终完成这部小说。

在这里，我还是忍不住抄录第 5 节之中的几句话，作者是怎样写黑暗的："恍惚之中，觉得那墨汁般黝黑的夜幕是从京城地里的裂缝中爬上来的，四面八方，正在向他聚拢过来，拂之不去，推之不开，正在将他紧紧包裹。他想呼喊家人，可是那股黑暗压住了他的胸膛，让他无法喘息，堵住了他的喉咙，让他无法喊出声音。"

以及，作者是怎样写光辉的：“不久，他就看到一股金色的光柱从头顶的黑暗之处垂照下来。那股光柱照遍他的全身，其中如有无数的纤细的手指，将他轻轻托住，让他慢慢停止下坠。接着，那股光柱旋转起来，裹挟着他向前飞奔。光柱旋转越来越快，快得让他心慌意乱，只有不停默诵‘南无阿弥陀佛’佛号才能稍稍安定心神。”

3

本文写到这里，《临梵》“创作突围”就是一个简短结语了。

对于这部小说，我做出过 7 个“很容易”掉进主题陷阱的判断，针对的是写作学上的迷思，主要有：一是对小说材料的迷思，以为存在特殊材料，而这些特殊材料的价值是天然的，也是充足的，不走先由实而虚、又由虚而实、再由实而虚的必由之路，要么随便敷衍，要么任意编造。二是对小说批判的迷思，以为立场、态度、观点决定小说品质，很大程度忽视甚至完全忽视美学。三是对小说地域的迷思，以为某个地方，比如云南，就是最好的故事发生地点，不以一个地方为小说出发地，还没迈出一步就停下来了，根本谈不上小说疆域。四是对小说时代的迷思，以为某个时代，比如当下，就是最好的故事发生时代，殊不知，正如意大利哲学家、历史学家克罗齐所言，“一切历史都是当代史”，亦正如《传道书》所言，“日光之下，并无新事”。五是对小说民族性的迷思，以为民族性即世界性，只从民族性看人性，而不从人性看民族性，等等。

《临梵》之所以不曾掉进我认为“很容易”掉进的主题陷阱，主要是因为作者破除了对小说材料、批判、地域、时代和民族性的迷思。正是基于这个结论，我将这部小说视为作者的一次创作突围。无论是作为一个十分挑剔的读者，还是作为拥有文学愿望的同行，我都深知，在世界文学的坐标上，陷入或沉醉于这些迷思之中，不能或不愿自拔者众。因而，这部小说实现的创作突围，让我感到和产生少有的欣慰与敬佩。

当然，我更愿意认为，作者不曾有过或者很少有这些迷思。果真如此的话，那他真是一位眼明心亮的小说家。

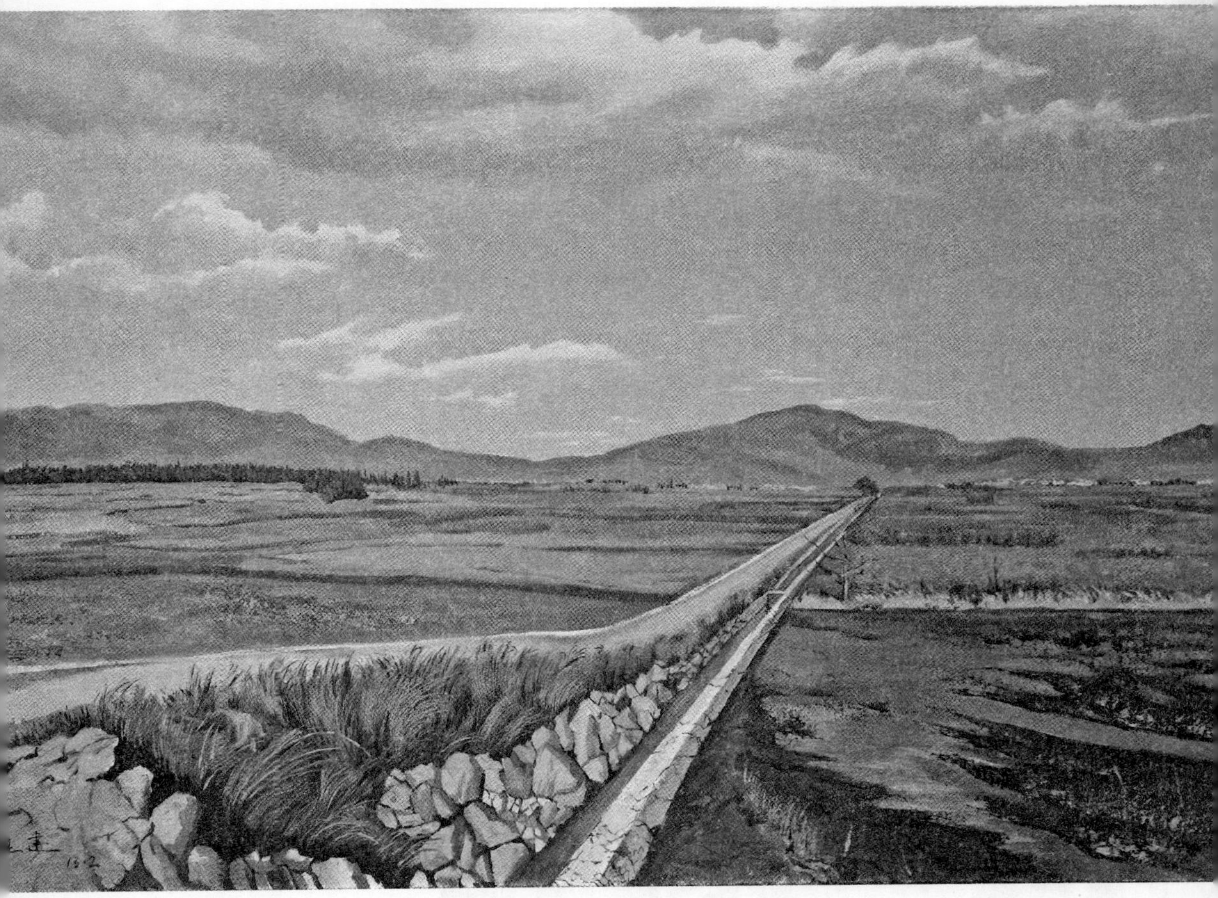

《即逝——藕田》

王建

60cm × 90cm

布面油画

深夜里带你回家（短篇）

// 刘广雄

刘广雄，1970年生。做过秘书、记者，后从军，已退役。现为自由写作者。

大约是九六年初，以 VCD 影碟机为核心，配以 DOLBY 降噪功能及环绕立体音响系统的“家庭影院”訇訇然闷雷般滚过小城的天空。山崩地裂的云层中电闪雷鸣；白宫前的草坪上外星人硕大无朋的飞行器投下巨大的缓缓移动着的阴影；天与地之间灿烂的金黄中有少年白衣如雪，白马如雪，流星般飞驰而去。

有一天白马少年来到了一个热闹的地方。那是华灯初上的时分，少年牵着他的马，马儿垂着头嗒嗒地走上了东门河上的小桥。倒映在黑色水面上的星星灯火使少年和马儿都产生了一瞬的迷惑，然而马儿依然向前不紧不慢地走着，因为他们已经听到了人间的声音，那种杂乱的，如一个接一个的水泡汩汩地浮出水面，紧接着又一个接一个炸裂的声音。

少年和马儿来到了一条小巷前，小巷是热气腾腾的小巷。卖吃食的遥遥地尖着嗓子；穿街过巷的人们脚底沙沙地擦着青石板的街面，宽大的衣袂划动空气；高高的窗户里传出推骨牌的哗哗声，间或还可以听见新婚夫妇拌嘴的声音，女声细些、尖些，男声低声、粗重些。

马儿嗒嗒的蹄声渐渐被市声的潮水所淹没，这时有一种声音开始占据少年的听觉。少年微微有些疑惑地摇了摇头，细细聆听，这样他便回忆起这是歌舞特有的绮丽缠绵之音。

少年的目光缓缓流穿小巷，小巷的尽头豁然开朗。那时车流如水华灯齐放一如河流两岸猝然绽放大朵大朵艳丽的花。

少年的目光越过摇曳的大花，投向大街的对面，清丽婉约的歌声变得响亮起来的时候，少年就看见了那家灯火红红绿绿的歌坊。

是一个女声在唱，合着几个粗哑的男声。一波一浪涌动着的市声簇拥着歌声飘过来又飘过去，遥远的地方有无数的人窃窃私语。歌声落下，掌声响起，热烈地，夹杂着打开啤酒瓶的噼卟声，人们杂乱的谈笑声。歌声又起，歌声再落，掌声响起，掌声落下，人们走来走去，车马流来流去，遗下一地的白瓜子皮儿，星星点点，黑黑白白。

终于掌声变得稀疏，渐渐地便有些零落了。而最后这一切都消失了，大街上空无一声，曾经热闹一时的大街和小巷突然变得安静，孩子们业已安睡，夫妇们已经就寝，小贩们正准备收摊，他们打着冗长的哈欠，懒洋洋地熄灭炉火，收起鲜红的阳伞，慢慢消失在小巷的尽头。

歌坊的门开了，小惠走了出来。这是一个看上去只有十八九岁的姑娘，而她的实际年龄，恐怕只有十六岁呢！叫小惠的姑娘穿着一件艳黄色的绵绸旗袍裙，也许她的确不该穿这样的裙子，那裙子是那样的窄小，衬托出小惠尚未充分发育的身躯，仿佛田野里一枝随风摇曳的高秆油菜花；那裙子的衩开得又是那样的高，露出小惠的腿，细细的像一根油菜的秆，连那廉价而花哨的玻璃丝袜也几乎要滑落下来，皱皱巴巴地有些发卷。

歌坊的红灯绿灯一个接一个地熄灭了，最后留下一个昏昏黄黄的白炽灯，朦朦胧胧洒一笼光，舞台的追光般照着小惠。

这个叫小惠的姑娘，原本也不叫小惠的。她原先叫什么名字，别人不知道，她自己也忘记了。小惠是姑娘春天里到了这家小城的歌坊之后，客人们叫的名字。第一个客人这样叫的时候，她觉得不是叫她，木木地站着。客人便不高兴，气冲冲地站起来叫老板。于是老板娘就走过来，大声地对小惠吼叫：“叫你呢，听不见？有客人叫你坐台，是你的福分，还不赶快去！”于是小惠便坐了台。原先端茶送水散场之后打扫卫生清理场地的工作便让其他几个女孩子去做。她们中有和小惠一起来到小城的，便对小惠说：“你是小姐了呢！”声音听起来好像很羡慕的样子。

小惠打了一个长长的哈欠，小惠有些累了。今晚客人们没有逼着小惠一杯接一杯的喝酒，而是让她一首接一首的唱歌，还拼了命地给她拍手，末了一个年轻的客人还送了小惠一枝花。现在这枝粉红色的月季就拈在小惠的左手上，于是小惠抬起右手，轻轻地拍了拍自己因打哈欠而张得很大的嘴，嘴里便发出一串轻微的喔喔声。

小惠迷迷糊糊地看着天空，一天的星星，这是一个十分晴朗的夜晚。

阿健像往常一样远远地站在大街的对面。大街的两侧有一些树，阿健永远就站在那棵最高的大树下。小惠远远地看见了阿健，像往常一样招了招手，阿健便一步一步稳稳地走了过来，一直走到小惠的跟前，站住了，好好地看着小惠。

阿健清亮的眸子里映了星星的光，仿佛朦胧而迷人的忧郁。

小惠像往常一样对阿健说：“下班了，我们回家吧。”阿健便也就像往常一样一声不吭地迈开了步子，一步一步稳稳地走在小惠的前头。

他们一直走到大街的尽头。大街的尽头原本是农村地界，征了地，正在建设新区。零零星星修了一些房子，租给外乡人住。进城打工的姑娘小伙，江浙一带跑单帮做生意的男人女人，还有修皮鞋包皮蛋的四川人大都在这一带租房而居，小惠一来，领她进城的村里姐姐就已经给她安排下了住房。

住房是二楼上一个小小的单间，起先小惠嫌贵，说一个人住一间房太不合算，不如跟姐姐合住。姐姐一笑，说真是乡下来的，没见过世面，哪有做这种事情的两人合住一间房？小惠也不太懂姐姐说的这种事情是哪种事情，隐隐想起村里人私下里对姐姐的那些说法，微微地便红了脸，也不再问。想想房租反正是老板包起的，又不要自己出钱。

小惠开了门，阿健便进了屋。小惠在觉得困的时候便觉出了热，她坐在床沿上，脱了鞋，十个指甲盖红艳艳地拈着那双奶黄色的凉鞋，煞是好看。小惠手里拿着鞋的时候便有些发呆，但发呆只是一瞬，小惠便把鞋胡乱往地上一扔，像跟谁赌气似的把艳黄的旗袍裙从头上褪了下来，倒在了床上。

“睡吧，阿健，你也睡吧，我累坏了。”小惠伸手拉灭了灯。阿健呆呆地坐了一会儿，摸着黑在屋子里走了两圈，找到了小惠的两只鞋，不动声色地把鞋在小惠的床前摆好，然后又坐了下来，木木地看透过碎花窗帘缝的不多的几颗星。

那枝粉红的月季小惠随手扔在了门后，小惠实在是不喜欢这些花花草草的东西，她自小便是在这些花花草草中间长大的呢。借着透过窗棂的月光，阿健慢慢地站起来走到月季前，捡起了那枝月季，小心翼翼地搁到门后的那个鞋盒里。

鞋盒里已经有了好些花儿，都是客人们送给小惠的，其中一些已经枯萎了。

阿健再次坐下来的时候当然不知道小惠正在做梦呢，她正在梦见今晚送花给她的那个年轻人。小惠只能凭感觉知道是他，因为梦中人的面孔实在是太模糊了，变来变去的，一忽儿是老头，一忽儿是张满是硬虬虬的胡须的脸，小惠想自己比较喜欢那张没有胡须的，光光滑滑像个鸡蛋皮似的脸，那会是今夜送花给她的年轻人吗？

第二天晚上依然是个星星很好的夜晚。阿健再次看见小惠的时候，发现事情有了一些变化。今天晚上小惠从歌坊里走出来的时候，不是像往常一样一个人站在那盏昏昏黄黄的白炽灯下，像往常一样打一个长长的哈欠。阿健看见小惠笑着，努力地笑着，这是一种阿健觉得非常陌生的笑容，这使阿健觉得迷惑不解。紧接着阿健就看见另一个人从歌坊里走了出来。这是一个男人，一个年轻的男人。

年轻人很自然地走到了小惠的身边，很自然地伸出一只胳膊，搭到了小惠的肩上。阿健看见小惠没有把那只手拂开，而是轻轻地把那只男人的手从自己的肩上拿下来，搁到了自己的后腰上。这样看起来，年轻的男人便很亲昵地搂着小惠的腰，像那些正在恋爱着的城里人一样。

年轻人原来背在身后的那只手突然伸到了小惠的眼前，阿健看清了，年轻人的手里拿着一枝粉红色的月季花，跟第一天晚上的那一枝一样的月季花。小惠当然也看见了月季花，小惠的脸上露出一种在阿健看来显得十分夸张的兴奋，她从男人的手里接过了花，甚至把花朵伸到鼻子前嗅了嗅，阿健想，小惠大概是发了晕吧，从开满鲜花的地方来的女孩子，不可能不知道月季是永远不会有香味的。

另一件与往常不同的事情发生了，小惠没有招呼阿健，甚至望都没望阿健一眼。这使得阿健简直有些怀疑自己是不是站错了地方。阿健低下头看了看地，又抬起头看了看头顶的大树，这样阿健确信自己依然站在每天晚上那个固定的位置上。

阿健这样想着的时候，发现小惠和那个年轻的男人已经走远了。阿健有些不知所措的从喉咙深处发出一声低低的吼，垂下了头。然后阿健就远远地跟着小惠，当然还有那个送花给小惠的年轻男人，一直走了下来。

后来他们来到一片楼群之中，阿健一直很小心地记着路。阿健看见男人领着小惠走进了一幢很高的楼中。阿健知道这里是城里人住的地方。

小惠和男人的身影消失在漆黑的楼梯间里，阿健抬起头来，便看见楼梯里的照明灯一层一层地亮上去，又一层一层地熄下来。阿健很想跟上去，但阿健不敢，阿健也不知道自己究竟是在害怕着什么。

有一扇窗户里的灯亮了，亮了又熄了。

阿健呆呆地站着，站了很久，然后阿健就蹲了下来。最后阿健就在泛着森森凉气的水泥地上睡着了。直到太阳升起的时候，阿健听到很多的人走动的声音，很多人说话的声音，阿健便醒了过来。

这样阿健就看见了眼圈黑黑的小惠。斜斜射到阿健眼睛里的阳光使阿健不得不眯着眼，阿健看见小惠正低着头有些呆呆地看着自己。

“你怎么会在这里呢？”小惠这样问阿健的时候打了一个长长的哈欠：“好了，你是跟来的吧？算了，我们回家吧。”小惠一边说一边用手掌连连地拍着自己的嘴。阿健真的有些生气了，阿健什么也不说，站起来就走。

然后他们便回自己的家。小惠知道阿健在生气，在上床之前，小惠对阿健说：“我向你保证，我不会把他们带到这里来的。”然后小惠很快就睡着了。

阿健一声不吭，呆呆地坐看窗帘缝里透进来的阳光，阳光很亮，像一个一个的小银球跳落在碧绿碧绿的池塘里。

从那以后，阿健便发现小惠开始经常地不回家。每天晚上，阿健依然在歌坊对面那株高大的树下耐心地等着小惠。阿健看着小惠一式地笑着，有时是一个年轻的男人，有时是一个不那么年轻的男人像往常一样出现在小惠的身边，有时送小惠一朵花，有时什么也不送，然后他们便像往常一样消失在大街的尽头。阿健总能找到小惠，阿健总会像往常一样在人家的门口或楼下蹲上一夜。

每次事后小惠都会向阿健保证，她不会把他们带到只属于他们俩的“家”里来的。但阿健总觉得有些担心，阿健也不知道自己在担心着什么。阿健只是觉得小惠的眼眶变得越来越黑，而且常常是在阿健毫不在意的时候，“喔”的一声张开嘴，打一个很响亮的哈欠。

阿健的担心决不是没有理由的。

日子渐渐地变得寒冷了。秋天已经开始了。

当小惠和那个送花给小惠的年轻男人再次出现在歌坊门前时，空气里突然吹起了一阵风。这突如其来的风使得阿健不得不眯了眯眼睛。阿健就着眯眼的工夫悲哀地摇了摇头，又摇了摇头。再次抬起头来的时候，阿健发现一件让人惊奇的事情发生了。小惠正踮起脚尖，双手环绕在那个年轻男人的脖子上，努力地仰着头。而年轻的男人则把头低了下来，像一块布一样盖着小惠小小的脸。他们两个人的嘴唇紧紧地粘在一起，像城里正在恋爱着的年轻人通常做的那样。

阿健从喉咙底部发出深深的一声吼，然而小惠和那个年轻的男人都没有听见！

然后年轻的男人便像往常一样搂着小惠的后腰，旁若无人地走了起来。更让人惊奇的事情发生了，阿健发现他们竟然向着“家”的方向走去！

这突如其来的变故让阿健有些不知所措，阿健只能茫然地跟在他们的身后，向“家”走去。阿健很想跑到他们的前面，回头看看小惠的脸，要不就跑到小惠的身后，悄悄地拉一拉小惠的裙子后摆。阿健觉得怒火中烧，同时又委屈万分，阿健只能远远地跟着他们，不敢发出声音，也不敢贸然做出任何举动。连阿健自己都觉得奇怪，自己到底在害怕着什么？

小惠和年轻的男人上了楼梯。小惠开了门，年轻的男人便进了屋子。阿健抬着头，看着年轻的男人很自然地就把脚迈了进去，仿佛一脚跨进的是他自己的家门。

因为是在自己的“家”门前，这次阿健没有丝毫的犹豫，阿健三步并作两步地跑上了楼，径直向“家”跑去，跑到门前的时候，阿健习惯性地往里一拱，脑袋在门上撞了一下，这样阿健才发现房门已经关上了。

阿健无论如何也想不通小惠为什么要把阿健关在门外。阿健在楼道上来来回回地走着，无可奈何地看着紧闭的门。屋子里传出小惠和那个年轻的男人低低的谈笑声，他们说些什么，阿健听不清。紧接着便有一些奇奇怪怪的声音，那是阿健从来没有听到过的声音。

这奇奇怪怪的声音使阿健觉得十分焦急。阿健烦躁不安地在楼道里走过来又走过去，一次次走到门前，从喉咙的深处发出无可奈何的呜呜声，又一次次地离开那扇紧闭的门。然而里面的人似乎已经睡去，只在梦中发出无意识的梦呓，无人给阿健打开房门。

这是一个星星很多的夜晚，月亮很明，清清爽爽的光均均匀匀地洒落到阿健不停来回走动着的楼道上。

阿健突然看见了窗子，那悬垂着碎花窗帘的窗户并没有关严。阿健发出一声惊喜的欢叫，一头跃起，撞开窗户，等到阿健落下来的时候，阿健发现自己已经在屋子的中央了。

一团被撞开的月光明明亮亮地照着阿健。阿健蹲在屋子的中央，看上去像一只威风凛凛的狮子。

阿健摇了摇被窗户撞得有些发晕的头，这样阿健就看见床上的两个人正目瞪口呆地看着自己。两个人都光着身子，男人压在小惠的身上，仿佛要把薄得像张纸似的小惠一丝丝一缕缕地撕裂。

阿健“呜”地狂叫了一声，便向男人扑了过去。紧接着阿健的舌头便尝到了血的味道，这鲜血的味道使阿健回忆起自己已经很长时间没有发出过这样响亮的叫声了。

男人理所当然地发出一声十分响亮的痛呼。

然而鲜血的味道已经使阿健兴奋了。阿健完全不理会男人徒劳的抵抗和小惠声嘶力竭的喝骂，只是一个劲扑击着男人，撕咬着男人，鲜血从男人的身上流到阿健的脸上和身上，鲜红的血染红了阿健白色的毛，红红白白在明明昧昧跳动着的月光里。

就在阿健不顾一切撕咬着的时候，阿健突然感到自己被一只手提了起来，阿健知道那是小惠的手。紧接着阿健就感到自己被小惠用很大的力气扔了出去，阿健的头狠狠地撞到了墙上，这次阿健尝到的是自己的血的滋味。血是从阿健心里流出来的。

阿健“呜”的发出一声惨痛的呼叫。

阿健用力地摇了摇头，摇摇晃晃地从地上站了起来。鲜红的血从阿健的鼻孔和口腔里流出来，滴滴答答地落到阿健的胸口上。阿健“呜呜”地咆哮着，再度向床扑了过去。阿健来不及想为什么小惠会把自己狠狠地摔出去，阿健觉得兴奋，因为阿健知道，这血里不仅有自己的血，还有那个压在小惠身上的男人的血。

直到阿健又挨了小惠狠狠的一脚，这一脚再次把阿健踢撞到墙壁上，阿健才算是有些清醒了过来。阿健挣扎着从地上站起来，再没有扑向躺着两个人的床，而是有些呆滞地站在房子中央的一笼月光中，木木地看着床上的两个年轻人。

血滴滴答答地从阿健的嘴里落下来，阿健的胸口已经红了一片。

是年轻男人的声音，虚弱的，沉痛的，他对小惠说：“别打了，别打了。”他的声音听起来像是痛，又像是哭。

阿健摇晃了一下，这时阿健感觉到自己真的受了很重的内伤。阿健又摇晃了一下，便在房子的正中斜斜地倒了下去。

阿健醒来的时候，年轻的男人已经不见了。阿健发现自己正躺在一个人的怀里。月已西斜，透过窗棂落到屋子里的月光把他们的影子拉得更长了。

小惠正紧紧地把阿健搂在怀里，阿健听见她贴着自己的耳根，正在轻轻地说话：

“对不起，阿健，真的对不起阿健。阿健你知道吗，我是真的爱他，他也爱我。阿健你知道吗？等我有了足够的钱，我就会嫁给他。”

阿健是只狗，狗当然不会明白这些话是什么意思。阿健只要感觉到小惠把自己搂在怀里，阿健就原谅了小惠。

当小惠最后躺到床上去的时候，阿健也钻到桌子底下趴下了，这是与往常不同的，往常阿健总是警惕地趴在屋子中央的。

桌子底下还有一块蛋糕，蛋糕是小惠买的。阿健把头枕在自己的前爪上，伸出舌头，轻轻地舔了舔小惠特意分给自己的那块蛋糕。阿健觉得蛋糕上的奶油味道特别好，于是阿健就小心翼翼地舔着那蛋糕上的奶油，慢慢地沉入到了弥漫着奶油甜香的睡梦之中。

渐渐地，夜里来到他们的“家”的男人便多了起来。有年轻的，也有不那么年轻的，有干干净净的，也有看上去显得肮脏而凶恶的。自从有了那次挨打和流血的经验，阿健便开始慢慢地学着习惯陌生的男人出现在“家”里。

每当这样的情况出现，阿健要么一声不吭地趴在桌子下面，耐心地啃食着晚饭剩下来的骨头，要么就干脆到屋子外面去，月光透不过高大的建筑物，便投下巨大的阴影。阿健就在这巨大的阴影里野狗一样游荡着，有时一直游荡到天明。

那个给小惠送花的年轻男人再也没来过。小惠脸上的笑便一日少过一日，终于有一天，阿健发现小惠再也不和自己说话了。

然而阿健是一只狗，是不是对一只狗说话，又有什么关系呢？阿健也是这样想的，阿健从来没有想过离开这个“家”，离开小惠，在这样一个几乎没有土地和植物的城市里，离开了“家”，阿健又能上哪里去呢？

阿健始终弄不明白那个满脸硬虬虬胡须的男人为什么会那样子对待自己，但不管这只狗是不是想得通，事情就那样发生了。

男人一进“家”门，就看见了阿健。

阿健当然也看见了那个男人。阿健几乎没有丝毫的犹豫，懒洋洋地弓着腰站了起来，准备和往常一样钻到桌子下边去，像往常一样微微地闭了眼睛，趴着。只在床上的声音变得十分响亮的时候阿健会把眼睛睁开一条缝，斜斜地睨上一眼，仿佛那种古怪的声音干扰了它的休息。

“哔，一条狗！”满脸胡须的男人像发现了什么秘密似的大声地叫了起来。说着男人便伸出手去摸阿健的头。

阿健后退了一步，本能地从喉咙深处发出一声浅浅的闷哼。

男人立即狠狠地给了阿健一脚。阿健一声惨叫，本能地咬住了男人的裤管。男人就在那时暴怒了，他俯下身子，准确地抓住了狗脖子上方的软皮，一下子就把狗悬空提了起来。然后男人拉开房门，毫不迟疑地把狗从门里扔了出去。

狗像一块腐败了的猪肉一样从二楼的门里飞了出来，越过栏杆，带着一道弧线，落到硬硬的水泥地面上，水泥地上旋即出现了一摊血红的阴影，像是突然开了一朵花。

“那是我的狗。”一个女人的声音。

“一条土狗，有什么大不了的，老子赔你。”一个男人的声音。

那是一个深秋的夜晚，秋风吹动树梢，发出略微有些凄厉的呜呜声。

白衣的少年牵着他的白马，走过空无一人的长街。秋风横横地吹过街市，卷起一地枯黄的落叶，空空荡荡地飘着。

歌坊最后一盏昏昏黄黄的白炽灯灭了，剩下清清冷冷的月光，小雨一样淡淡地飘飞着，洒一地银白。

白衣的少年俯下身去，小心翼翼地拾起一只蜷卧在落叶之下，瑟瑟颤抖着的小白狗。

白衣的少年右手把白狗抱在怀里，左手牵着马的缰绳，一人一马如雪的背影慢慢消失在无边的秋夜之中。

他知道，就在他清晨时分策马而过的小村旁，他会看见一个只有十六岁的姑娘，背着一个小小的行囊，正急急忙忙地穿过那开满鲜花的村路，一直向远方走去。她的身后是一只小小的白色的小狗，像一个滚动着的雪团一样追着姑娘，一直追到了那个陌生的地方。

原野上开满了齐人高的油菜花，一地动荡不安的金黄，晃花了白衣少年的眼。

（选自《人民文学》1998年第3期）

猪嗷嗷叫（中篇）

// 李司平

李司平，傣族，1996 年生于云南普洱。青年作家，诗人。

一

猪走路的时候一点都不好看，尤其下坡的时候，像醉汉划拳。

身负重任，猪从北方的养殖场一路扭着屁股来到了南方高原的村庄。为什么我要说它扭着屁股呢？因为它是头母猪，托付终身于村民发顺，负责繁衍。这里的繁衍包含着另外一层意思，坚决杜绝好吃懒做之人在脱贫和返贫二者之间不停地循环。这是一个修补短板难以突破的怪圈，一贯如此的事在人为，无论好事与坏事。

年久失修的土坯墙上搭着同样岌岌可危的房梁和破瓦，房檐之下是发顺乱糟糟的家。客台的一侧拢着火塘，火塘中杵着几根尚未干透的柴火棒子，不见明火，冒着浓烟熏着吊在火塘上面无物可装的几个编织袋。每个可视的角落结着蜘蛛网，蜘蛛网一层层堆积起来，挂满了火塘升起的烟尘以及蚊虫的尸体。这是一个破败的农家，或者它就不曾兴盛过。

自古破檐之下鲜有自视清洁之人，所以刚从宿醉中挺过来的发顺以及他邀来的酒友惺忪着眼，老岩打着哈欠，二黑朝着院子远远啐出一口痰，被狗吃掉。三人乃臭味相投同病相怜从而惺惺相惜的好友，唯一不同的是发顺在前些年忽悠回来一个少言寡语的媳妇，叫玉旺。少言寡语一定程度上我们习惯将其归类为痴傻，发顺喊——“憨婆娘！”别人也跟着喊：“发顺家的！”一样的后缀：“憨婆娘！”

至少发顺还有一个女人可供他呼来喝去，所以发顺更加神气一些。有理的，无理的，他都要呼来喝去。甚至于，昨夜三人大醉之后，发顺揪醒睡梦中的玉旺，为老岩和二黑表演打婆娘这个节目。绝非周瑜与黄盖，玉旺的一贯示弱和一贯隐忍，不断加重着发顺的这股男子本位的戾气。

“我婆娘！水腌菜好了没有？”发顺在客台上喝着，前一句喝给二黑和老岩听，是炫耀。后一句喝给村里人听，所以声音很大，因为村子很小。发顺的唯一长处，贫穷得善于自欺欺人并苦中作乐。基于一无所有，这算是一种乐观。

“好！”玉旺的声音从偏房传出来。玉旺的眼角还余留着昨夜发顺“边演节目”的青痕，此时玉旺正伸手朝着一个缺边少角的坛子深处抠。劣质的坛子里盛着大部分发霉的腌菜，所以希望在深处。

当然，今天发顺家有点人样的还有被请来杀猪的黑顺。黑顺是个小老头，焦瘦，干巴。因为没有一处是大的，黑顺在火塘边咕噜噜抽水烟筒的时候，三分之二的脸皮要用来蒙住烟筒口。普遍公认的，黑顺是个没有原则的杀猪匠，将杀猪视作为他的一种复仇。黑顺号称方圆十里唯一的也是最精巧的杀猪匠。

以村庄为中心的方圆十里，都是山。

二

猪还小，长了架子还没开始结膘。

猪圈失修漏雨，猪圈在雨季积蓄的泥塘入冬还未干涸。猪喜群居，落单的猪娃不好喂养。简易而又枯腐的猪圈栏才打开过半，里头的单猪便迫不及待冲出，从人的胯下钻出，从另外一个人的胯下钻出。还未结膘的猪最灵活，紧实的皮子下没有多余的脂肪累赘。前蹄短粗有力，后腿细长有力。这是起初自然给予猪觅食和逃生的造化，这只落单还未肥化的猪最大程度保持了本能，这是优势。

磨刀霍霍，还要猪活着，这是故事安排。

当然，为了敬神，准备了香纸，啧啧，充满了仪式感的宰杀一头猪。这里，是万物有灵的南高原。另外，还准备了茶叶、糯米和酒水。玉旺寡言但不呆巴，不忘习俗，要为一头猪超度亡魂。杀猪的人要下地，死了的猪要升天。

虎视眈眈，这里的虎视眈眈是相对的。发顺一干虎视眈眈盯着出圈的猪，院里的猪也虎视眈眈盯着围着它的一干人。人与猪的对峙，人为了吃肉，以便下酒，猪也察觉到不怀好意的人。人走近，猪退。人走进，猪后退。猪屁股擦到墙根的时候已退无可退，所以猪哼哼，从低沉转向慌张的激昂。单枪匹马的猪，人多势众的人，局势足够明朗。

杀心已定的糙汉眼中的猪，只不过是暂时会挣扎几下的肉。

发顺张着蛇皮袋，准备套住猪头。

二黑备着结好扣子的绳索。

老岩在大醉中夸下海口，从黑顺手中夺权。持着尖刀，今天他做凶手。

被夺权之后的黑顺站在一边，口授着杀猪的经验。不过，似乎现在没人听他的。

所以猪哼哼，有时候猪哼哼比人哼哼好听。比如现在，猪哼哼得就比较有内涵。说明一个重要的问题，此猪非彼猪，因为它还未见刀眼却先红。红眼之兽类并非善类，绝非漫不经心听天由命之辈。当然，这句话是从人那儿得来的经验，人本兽类，人如此，猪犹如此。

所以猪哼哼，低着头寻着地，两只前蹄刨着光滑的水泥地。发顺张好蛇皮口袋顺势往猪头套去，猪一惊，后撤两步，发顺首套猪头的动作落空，收不住力的发顺往地面上摔了个嘴啃泥：“奶奶个奶嘴！”顺便吮了吮嘴唇擦破流出的血，往墙角远远的啐出一口带血的痰，爬起来往掌心啐两口唾沫，搓了搓拍拍屁股。后退两步的猪摇摇晃晃的屁股抵近二黑，二黑顺势一把揪住猪的尾巴，往上提。猪尾巴往上提，后退悬空使不上力气。所以猪嗷嗷，前蹄往前刨，二黑跟着猪屁股后边提着猪尾巴跑：“快点来帮忙，别看猪小，特别有力道！”

老岩放下尖刀，揪住猪耳朵。

发顺作势捉住猪的右前蹄，想用绳索将右蹄和左蹄捆牢。

黑顺站在案桌上吆喝：“推过来，推猪过来，我抓住猪鬃把它提上来！”黑顺口中所谓的“提”不过是基于他半生屠猪所积攒下来的一刀毙命人人皆知的口风。也正因为这样，没人质疑，包括揪耳和提尾巴往上拽的。

这是一场人多势众的必胜之仗，所以猪嗷嗷，声音有些嘶哑和绝望。人往案桌攘，猪往案桌边上靠。

推至案桌下的猪嗷嗷，众人齐心协力：“一……二……”

绝不是黑顺的功劳，猪被抬上一米多高的案桌之上侧躺着，二黑放下紧揪的猪尾，双手钳住猪朝上的右腿，用力别着。黑大爹向下一压，用身子按住猪的腹背：“老岩，你掐准猪大腿的酸筋，让它使不上力气。发顺，你别提猪耳朵了，快去拿绳子来捆住猪嘴。”被众人控制在案板上的猪还在案板上嗷嗷乱叫，悬空在案板之外激烈地摇头晃脑，咧着沾满腥气白沫子的猪嘴嘶嚎。每一声悠长嘶嚎声的起来到落下，都伴着以身压猪的黑大爹在猪腹背处上下起伏：“老岩你快拿刀……发顺赶紧捆住猪嘴，然后提着猪耳朵！”

所以猪的嘶嚎持续不了多长时间就变成了憋而不通畅的呜呜声，因为它的嘴很快就被发顺捆牢扎紧。

完全受制待宰的猪此时唯一能用作防卫的部位只剩下眼睛，它侧躺着。朝上的眼睛恶狠狠地看着朝它身上忙得团团转的人。从猪的视角里，最先看见捆嘴巴的发顺这会儿紧紧扯着它的耳朵，手指紧紧地扣着耳朵上钉着的蓝色号牌，余光向后方扫见俯在它身上焦瘦的黑顺。它还感觉到后腿受制，无奈猪脖子上只有一条筋，无法大幅度转过头来看见别住猪后腿的二黑。

你见过绝望吗？关于一头猪。

案桌上的猪突然停止了激烈的挣扎，鼻子出声，呜呜着。

黑顺："都好好摁紧啰！这畜生开始蓄力了！"

黑顺："尖刀已经够锋利了，老岩你快点……"

如果这会再从猪的视角看，那个持着尖刀走近的猥琐男人就是老岩。老岩终得偿所愿，昨夜醉酒之后夸下杀猪的海口今日得以实现。没酒作胆，酒醒的老岩可没有没有那么勇敢，颤颤巍巍持着尖刀，无从下手。

黑顺："狗鸡巴日呢！愣着干嘛！快点过来捅，我们摁不住了。"

老岩："要从哪里杀进去嘛？没杀过。"

随着案桌上的猪又开始发力，别着猪后腿的二黑有些别不住了："没有杀过猪，昨晚上灌了几口麻栗果（自烤酒）你吹什么牛逼！快点来杀进去！"

老岩："……"

趴在猪腹背的黑顺在猪的喘息声中起伏："从脖子往左下方深深地戳进去，干穿它的心。狗鸡巴日呢，干穿它的心！"

战战兢兢持着尖刀的老岩右手放低刀尖，伸出左手试探性地指了指猪脖子的部位："要从这里扎进去？"

"是嘞！是咧！猪嗓进，扎猪心。要扎猪心，要从猪嗓进！"

"使点大劲，千万杀准一点，不然血喷你一脸。"黑顺匍匐在猪身上传授着有关杀猪的经验，猪又开始挣扎，他有些不耐烦。

找准了一刀致命的部位，老岩右手握紧刀把，蓄力准备往里面捅。发顺揪紧耳朵好让老岩的左手端起猪头。发顺媳妇也端着接猪血的盆，盆里放了少许的水和盐巴。尖刀在猪脖子处比画寻找最佳的下刀口，最终抵在猪正嗓处。"那我就杀进去了！"老岩在地上搓了搓破拖鞋的底，双脚踩实，握紧刀把，抵进。

猪也感受到了尖刀一点点的正往肉里扎，它开始奋命挣扎。呜呜呜，嘴被捆牢，头端在老岩左手上。"那我杀进去了！"托在手上的猪头挣扎得越来越厉害。

"废话多！你倒是快杀呀，按不住了！"二黑别住猪后腿的手有些疲软。猪在发力做最后的奋命一搏。

发顺："杀准点，我家没存款。"（南高原的传统，有经验的杀猪匠能一次性放空猪心室的血。而心室的血放不空，吉利的说法，腹心血越多，主人的存款越多）

"等等等，先用刀背敲三下前蹄再杀进去。"黑顺急忙阻止着，还有工序没做完。

蓄里待杀的老岩收回力气，照做。黑顺的话是不可违抗的权威，至少在杀猪上，是这样的。案桌上的猪挣扎地越来越激烈，这是垂死的挣扎。焦瘦的黑顺几乎全身的重量都压在猪的身上。

老岩第一敲，猪看见尖利的屠刀，挣扎。

老岩第二敲，猪看见老岩紧握的刀把，是放血槽，全力挣扎。

老岩的第三敲，还没来得及落下，猪还在奋命挣扎。

是的，最终第三下没落下，因为腐朽失修的案桌率先散架。案板和猪，以及俯在猪上的黑顺的重量率先落在二黑的脚背上。

的确有些意料之外。"嘭……啊……"这是案板落在二黑脚背上以及二黑吃痛的声音，前者带着腐气，后者带着劣气。

二黑受痛而放开别住的猪后腿。这是猪的机会，猪健壮有力的后腿接地从而受力弹地而起："嗷嗷嗷！啊啊啊！"猪在嗷，人在啊，惊慌失措，人比猪还要惊慌。因为压在猪背上的黑顺跟着案板落下，又被惊慌的猪驮起。黑顺在猪背上，越惊慌，他反而越抓紧猪鬃。因身载负荷，猪急切想要甩脱，所以猪嗷嗷，挣断了前蹄的捆绑，弹地而起后又跃身疾行。疾行的距离很短，止于院墙。猪急停，黑顺这把老骨头在惯性和重力的双重作用下，摔在地上。嘭！尘土飞扬，像极了一口痰落在尘土上。

猪嗷嗷，红着眼，在院墙下杠着脖子，呼呼喘气刨着蹄。

"哎哟哟，哎哟哟！"蜷在地上的黑顺揉搓着纤细干巴的小脚杆："哎呦呦，手疼！"转而又拍了拍头顶上的尘土："哎哟哟，好像是屁股疼，不，腰杆也疼。"

黑顺的这种疼法多少有些不够具体，锈迹斑斑的老部件坠落而抖落下来的些许锈迹，只不过锈迹之中包裹的是一副老骨头。或者这种疼法在于一个精于一刀毙命的老屠夫在案桌上放跑了一头猪，这种疼法叫作失魄，也可以叫作一个屠夫的晚节不保。

"哎哟哟，哎哟哟！"黑顺仍旧蜷在地上，想等人来将他搀扶起来。他将这个视作台阶，杀猪匠最后的稻草。尽管他完全可以自己起来，尽管不会有人去扶他。

受伤最严重的是二黑，百斤的重量砸在脚背上。不过他的疼痛不像黑顺那样广泛，就是单纯的脚受伤了，脚疼，特背疼。抱着开始发肿的脚一点点挪坐在客台上，两只手紧紧捏住脚杆子，不让血液往患处淌。这种砸伤，起初的疼痛在于麻木，疼过极限以后的一种自我保护。发顺一言不发，咬着牙。发顺媳妇想去管他，又不敢。

自家杀猪，不但猪没杀死，还伤了人。发顺自然火冒三丈："马咧个逼！老子今天一斧头劈死你个畜生！"疾步进屋寻找斧头。可是家里没有斧头，转而找榔头，可是也没有榔头。匹夫之怒是最为廉价的，发顺即匹夫，对现实最无力的那种，所以他掀翻了屋内的桌子。

发顺媳妇走进去收拾残局，发顺骂骂咧咧又走出屋来。

"黑顺大爹你有经验，接下来咋整嘛？猪都放脱了。"发顺阿谀。

此时的猪在院墙角，喘息着红着眼瞪着人，一并还有鸡飞，狗吠。是在跟人示威，或者这头猪再想亡命之法，反正红眼的猪即是兽类，不再是家畜。

"现在可不好办了，案桌散了，按猪的人也受伤了。"被玉旺搀扶起来的黑顺坐在客台上咕噜噜。

"都怪老岩，都说要用刀背敲三下猪蹄才可以杀进去。年轻的后生啊，气盛！"这是黑顺即时总结出来的失败原因，第一是推卸，第二还是推卸。他是方圆十里最好的杀猪匠。

老岩蹲着一言不发，双手捏着受伤的脚，痛而且失神。他没想到一头猪求生的时候所爆发出来的力量是那么猛烈。一言不发，蹲着，像个过失杀人的悔罪者。尽管他杀的是猪，尽管他杀的猪现在还活蹦乱跳的。

发顺急速升起的怒气也急速地退去，显然，他不具备积蓄怒气转化为勇气的能力。不得不再走到黑顺跟前阿谀："黑顺大爹，你经验丰富，肯定有办法把这畜生杀掉！"

"办法也不是没有，就是腰杆有些疼！"黑顺唏嘘着，用有点疼的手掌扶着全无大碍的瘦腰杆。

"黑顺大爹，这样吧！先把猪杀了，你提着猪腰子回去补一补腰杆。"发顺赔着笑脸。

"杀是可以杀，就是没人按猪。匹子猪架子大，瘦肉多，力气最大。"黑顺关于猪腰子的目的达成，但是还另有盘算。

"猪下水你提着回去吧！我家不吃那臭玩意！"发顺再说。

“要不，在村里再请几个人帮忙按猪吧？”玉旺怯怯说到。

“边去，男人的事女人别插嘴。”发顺蹬了玉旺一眼：“多请一个人来按猪，就得多一张嘴。”唯有玉旺还悸于发顺的余威，退去。发顺的盘算丝毫不顾及一旁的二黑和老岩这两张他盘算在内的嘴。二黑和老岩心不在焉，反正认了真理，今天待在发顺家有肉吃。

“要不直接用榔头直接砸吧！就像杀牛一样，先砸晕了再杀。”老岩回过神来。

“或者，干脆在猪身上泼水，然后拉电线电死它。”坐在客台上的二黑稍有恢复：“对，用电，直接电死这狗日的畜生。”二黑欲报砸脚之仇。

虽然同样的要猪的命，不过现在讨论出来的方式已变成了几个人对一头猪的行刑。一旁默不作声的玉旺悄悄收起准备好的香纸和茶米。

“那就直接电吧！省事。”黑顺决定。

“那就直接电吧！电死它。”发顺附和着黑顺。实际上，发顺家也找不出一把斧头或者榔头。

杀猪的过程中途歇了半个小时，现在又继续。二黑的脚受伤了，没法参加杀猪了。疼的没有人样，因而没有坐像的摊在客台上。脚背发肿不过没有伤及骨头，再玉旺打来半盏劣质白酒之后，自顾自的开始揉脚。老岩打趣：“二黑，不杀猪你还带着这干吗？回去吧！”

二黑咧着嘴：“我要等着吃肉。”再补充：“我要吃猪鸡巴！”

发顺：“杀母猪，吃个鸡巴！”

老岩借机：“对，你吃个鸡巴的猪鸡巴。”

二黑极力反驳：“就是等着吃猪鸡巴。”

三人建立在互相需要的友谊从未牢靠。

“叫个鸡巴！猪鸡巴没有就吃猪逼嘛！小母猪逼。”黑顺结束三人无聊地叫战。

这次是黑顺拿刀，老岩提溜着水桶握着瓢准备往猪身上浇水。发顺扯来电线，零火分开各自拴在长杆子上。

院墙角的猪继续与人对峙，从案板上侥幸逃生的猪草木皆兵。三人走近，猪先是后退然后向前冲向三人。猪向前冲，人往一侧避让。老岩瓢里的水泼过来，猪向前一跃。水再泼来，猪嗷嗷着再次朝着人这边冲过来。一桶水泼完，战意十足的猪也被全身浇湿。

“发顺，快电他，快电死狗日的！”挥着空瓢的老岩喊。

老岩喊，发顺电。发顺持着两根拴了电线的杆子朝满是防备的猪身边试探：“那我电了！黑顺大爹准备杀！”

左手零线，右手火线，杆子朝着湿漉漉的猪身上一次一次地试探。猪还在跃跑，最终被三人围在角落。接下来就是零线和火线相碰产生的电流在猪的身上贯穿，猪就晕了。黑顺的尖刀再杀进去，猪就彻底死透了。当然，这只是预想。

即使猪再一次身处绝境，但猪还得活着。这也是故事的安排，据村子的扶贫干部李发康回忆，这一年的村子杀猪，真的有一头猪在零线火线之下顺利完成逃亡。所以，我讲的，还真的是真事。

零线和火线即将在湿漉漉的猪身上相碰的时候，门口来人了。来人正是扶贫驻村干部李发康，发顺家是他的重点挂钩对象。“砰砰砰！”李发康的敲门身急促，一边敲门还一边叫喊。不过猪嗷嗷，听不清李发康的叫喊。

“玉旺你聋了？还不快去开门！憨婆娘！”发顺举起长杆对玉旺喊，然后又放低杆子往猪身上伸。零线碰到猪的时候猪又冲向人，火线放空。

玉旺打开大门的时候，三人还在继续在狭小的院子里赶着饱含斗志的猪。大门彻底打开的时候，三人还没能把猪电翻。不过大门打开倒是一个亡命的大好时机，猪又开始奋命冲锋。首先朝着黑顺的方向，这次猪奔得更快，黑顺来不及避让，疾奔的猪钻胯而过。黑顺这把老骨头再次驮在猪背上，再次被带出，砰！又摔下。

人咿咿呀呀呀呀，猪嗷嗷哇哇，冲过黑顺的猪往敞开的大门冲去。猪来势汹汹，李发康还在门中。“书记吆住他！”话还没说全，猪便从李发康的胯下钻过，跑出发顺家。李发康个子高大，所以猪没有将他带翻。猪从李发康的背后跑出，李发康继续往发顺家院子里：“发顺你这是干啥呢？这猪还杀不得啊！杀不得。”李发康的来的本意就是阻止发顺杀猪的，此时猪已跑远。

“我的年猪啊！跑了。”发顺一怔，将手中拴着电线的杆子撂在湿漉漉的地上，往门口跑，追猪。冷下准备对他严厉说教的李发康在院子里黑着脸。发顺撂下杆子跑没问题，可是穿着一双破拖鞋在泼水的老岩却中了招。噼噼啪啪在湿漉漉的地上触电战栗，晕厥。所幸电路短路电闸自动关闭，捡回一命。老岩触触电晕厥的过程很短，在李发康回过神之前就已经结束。李发康愕然，发顺家的院子乱作一团。这里的乱包括摊在客台上抱脚的二黑，被猪掀翻在地还没爬起来的黑顺，在地上触电昏厥的老岩和一地弯曲打结的电线，以及早些时候散落一地的案板和桌子腿。这里比乱还乱的场景，已经上升为一个程度，是一种心境。

以辣居多的五味杂陈在此刻被打翻一地，火从即刻起，李发康却也无处发："狗日的发顺，发顺！"这是李发康参加扶贫工作首次对贫困户骂狗日的，虽然也可以将这个狗日的看作无实意的语气词。不过李发康有这个权利骂发顺，李发康是发顺的堂家亲哥。

"发顺，发顺，狗日的发顺！"李发康在找狗日的发顺，可是发顺此时不在院子里。无人回应。此乱的始作俑者和助推者——发顺的猪，已经跑出家去。猪嗷嗷亡命，发顺突突跟在后边追。

三

村子很小，猪跑起来的样子一点都不好看。

可两种情形加在一起，就成了全村的一道风景。像是一场闹剧，哦！不，是一场啼笑皆非的喜剧。

"看，奔跑中的猪和发顺是多么滑稽可笑。"作为观众的村民中有人道出实情。

可不会有人向发顺伸出援手，绝不会有。发顺十几岁开始至今，不知从何处学来的好吃懒做以及小偷小摸早已耗尽了村里人乡情最后的耐性。偷东家的鸡鸭、撒西家的鱼塘、欺负北家的孩子、放火烧南家的菜园子、药死这家的狗，掐死那家的猫。勿以恶小而为之，发顺用了三十多年时间将这种小恶做绝，做到极致，所以发顺是将众怒惹犯到极致的人。帮他很容易，不帮他也很容易，人之常情。村子很小，村民也很少，这种团结一致的一致对外。很显然，发顺被见外了。

猪跑起来的时候，四只三寸金莲的蹄子前跃后刨，其间伴随着一个抖动的过程。肥猪抖膘，而瘦猪抖着松垮垮的肚皮和耳朵。从发顺家死里逃生的猪贯穿村庄土道，嗷嗷嗷向西亡命，发顺跟着后边气喘吁吁地追。亡命的路径途经村庄绝大部分人家的门口，村民纷纷掩住大门，顺着门缝往外瞧。猪在前面跑，跟在后面的发顺有些跌跌撞撞，边追边喷着唾沫星子："杂种，杂种！"

骂猪，也像在骂人。可是猪不回头，嗷嗷嗷向前跑。

发顺力不从心地追，边爬边嚷："杂种，憨杂种！"

村民的门缝中有人奚笑："哈哈，发顺家的猪疯了！"不过发顺听不到。此时这条村庄土道中充斥着猪的嗷嗷叫，发顺的叫骂，以及大多数亡命的过程所卷起的尘土，还有少量的猪粪。

不一会儿，猪亡命奔西的路跑到了尽头。村西边是个截断的土崖，懂得逃生的猪不笨，所以它掉头往回跑，可往回跑的路被朝后追来的发顺截住。

人与猪在土道上对峙。"哟哟哟！你倒是再跑啊！你个杂种。"截住猪的发顺嚷嚷着，灰头土脸，气喘吁吁。猪嗷嗷，向着土道的侧边往回冲，被发顺一脚蹬在拱嘴上堵回。猪嗷嗷，后退一截与发顺保持安全距离，前蹄刨地："嗷嗷嗷！"挑战发顺最后一点耐性。还是唾沫星子飞溅着，发顺臭骂的语言和唾沫星子一样散乱以及不卫生。发顺沉不住气了，弯腰抓起路边的石头和土块朝着猪所在的方向砸："杂种，老子今天把你砸死在这里！"大石头搬不动，小石头砸不准，土块一扔就碎，发顺徒劳无功累得够呛。作为一个人，在一头猪这儿屡屡挫败，用气急败坏形容发顺的现状再好不过。现在的情形似乎比自家院里还要糟糕，一人一猪的狭路相逢，猪是无畏的勇者。"莫非，这猪成精了？还是疯了？"发顺打量，胆怯起来的时候，发顺想求得支援。

"老岩、二黑、玉旺，都死哪儿去了！还不快来跟我一起把这杂种撵回去！"村子不大，但是发顺的叫喊声很大，往外喷着沫子。即使发顺不叫，玉旺，老岩以及李发康也正在赶来的路上。

"这几个杂种怎么还不来帮我！"发顺再一次叫骂，在叫骂声传出的同时发顺手中的一块石头冲向猪。叫骂声传进了猪耳，石头在猪的一侧空空落下。事与愿违，这反而又使得原本紧张的猪再次受到了惊吓。所以猪再次杠起头来朝着发顺截住的方向冲锋，受惊的猪此时多了一股子莽撞，像炮弹一样向着发顺射过来，无谓于前方有什么阻挡。

"啊！"吃痛声先于叫骂声脱口而出。发顺被射过来的猪楞头一撞，再被猪拱嘴向上一挑。砰！没有任何悬念，发顺被掀翻在地上。

"猪真的疯了，疯了！"发顺痛喊。撞翻发顺的猪没有停留，径直往回跑。发顺也迅速爬起顾不上拍一拍身上的尘土，竭力跟在猪后边追。得快点结束这一场人与猪的追逐啦，这场闹剧吸引了几乎全村的人成为观众。隔岸观火的快感在于能看到发顺这块共同点心病灰头土脸。

“猪疯了！肯定是。”人们议论。“还没有见过猪疯了呢！”“那你今天好好看看。”人们议论。猪还在前头嗷嗷疯跑，发顺跟着追。

“猪疯了？不会吧！”正在赶来的玉旺，黑顺和李发康一行人听到发顺的叫喊，加快脚步。

嗷嗷亡命的猪再次奔回村中央，这里是个十字路口，猪停了片刻。南边路玉旺一行人已经赶来堵上，西边有气急败坏的发顺追上来。猪要立即做出逃亡方向的决断，因为李发康和黑顺正悄悄往另外两个放空的路口上堵过去。

南边路口只剩玉旺一人，玉旺结结巴巴吆猪：“哟哟，啰啰，来来！啰啰，哟哟，来来来！”这种百试百灵的吆猪号子在今天宣布失效。地上无食，人慌张，这头猪在生死边缘安装了逃亡之心。

猪扭头，朝着北边的路口又开始奔袭。

堵向北边路口的人正是已经被猪掀翻两次的黑顺，黑顺自然清楚此猪的厉害，不敢再靠近向炮弹般射过来的猪。李发康喊：“堵住它，堵住它！”发顺战战兢兢靠在一侧的墙上：“让它跑，让它跑，跑死它！”追猪的发顺也赶到这里：“喂！狗日的黑顺，堵住他！”再次强力补充：“喂！狗日的堵住它，那边是林子，猪窜进去了就难撵了。”

形势所迫，发顺无奈，伸手追向刚擦肩而过向北奔出两三米的猪。之后，是黑顺揪住了猪尾巴，然后猪再次将干巴的黑顺在地上拖行。尾巴负载黑顺的猪奔跑受限，停了下来。猪掉过头来看向揪着尾巴的黑顺，黑顺也看着猪。又是人与猪的对峙，黑顺率先败下阵来，黑顺松开手里揪住的尾巴，双腿微软向下曲：“这猪的眼神怎么那么像一个红眼愤怒的人？”发顺这么想的时候，猪嗷嗷张大拱嘴向着发顺扑过来。“啊啊啊，妈咿呀！”发顺即将成为历史上第一个葬生猪口之人，而且黑顺是个杀猪匠。可是没这样，扑上来的猪嘴并没有在发顺身上咬合。嗷嗷扑过来的猪喷了黑顺一头一脸的腥臭沫子，发顺蔫了，猪继续向北亡命。

李发康赶来，拉起发顺：“猪，猪呢？”

黑顺心有余悸：“成精了，跑了。”李发康紧追上去。

发顺也到达：“狗日的，我的猪呢？”

黑顺拉了个呻吟的长调——“成精了！”

发顺紧跟着李发康追了上去。心有余悸的黑顺继续留在路口，两条干巴纤细的小腿打着弦，摊坐着嘟囔：“再也不碰这猪了！给十副腰子也不干。”玉旺欲要扶起摊坐地上的黑顺，黑顺有气无力：“让我缓一缓！”

“你家那成精了，你信吗？”黑顺自言自语或者问玉旺。

“信！”玉旺回答。

“听过牛马成灵，麂子马鹿成仙，大象狗熊成圣，猫狗成神，就从没听过猪也成精的！”黑顺疑惑或者自言自语。

“猪仙人！”玉旺自言自语。

村子北边是森林，森林的最外围是退耕还林后村民栽下的松树林，往深处走，就是自然林。植被茂盛的自然林在缴枪禁猎禁伐之后，村民也只有在雨季采集山野的时候才会涉及这里。此时猪已经逃出村子窜进了树林。李发康这个不擅运动的干部在松林里跑岔了气，叉着腰呼呼大喘。发顺很快就在松树林中追上李发康，发顺丧气，灰头土脸，二人在林中呼呼大喘。喘得差不多了，憋着的话从嘴里涌出来。发顺：“书记，你说这叫花子猪咋这么能跑啊？太野了，杀都杀不了，按不住。”

李发康仍大口喘着：“匹子猪嘛！架子又大，皮肉又紧。”

李发康回过神来：“不是，你要杀猪？狗日的，你要杀猪？谁给你的胆子，你要杀猪？”

李发康厉声，发顺即软，怯懦委委：“这不是马上就要过年了嘛！杀头猪吃肉解馋，下下酒什么的。”

李发康怒：“什么？狗日的，我问你为什么要杀猪？你为什么要杀了它当年猪？”

李发康再怒：“狗日的发顺，老子辛辛苦苦申请来的扶贫项目，给你们建档立卡户发母猪种，是让你们养母猪生猪崽过好日子的！”

“狗日的，还想杀年猪，母猪种什么价格你没个逼数吗？”

“公猪母猪还有什么种猪都还不是一样，都是猪吗？”发顺唯唯诺诺地辩驳。

李发康有些怒不可遏将发顺一把推倒，又毫无间隙地揪着发顺脏兮兮的衣领提起来。口对着口，喷着唾沫：“狗日的，不要说话，听我说。”李发康叫停发顺的反驳，喘息还没有缓过来。

林外有人言：“发顺今天给李发康吃火药了。”林外有人，可谁也不敢进林中，林中是一摊浑水。

谁也记不清林中传出多少句狗日的，而狗日的均出自李发康之口。当狗日的不再传出来，就无趣，林外的人各自散去。林中，在怒火三丈的李发康臭骂之下的发顺本来就灰头土脸，而现在灰溜溜地夹着尾巴。待到二人差不多都平息下来之后：“李书记，那要咋办啊！猪都进林子了。”李发康在发顺一激之下，火又起来：“咋办，凉拌啊！趁这几天杀年猪，把你狗日的油炸了！”

“进林子去把猪找到，撵回来！”李发康平复怒气后。他好像又习惯了发顺这种无赖式的漫不经心。

猪穿过松林的痕迹还在，二人顺着痕迹穿过松林，往更加茂密的自然林深处钻。植被茂密的自然林里，二人很快就失去了猪亡命的痕迹。南方高原的原始森林里，头上是遮天蔽日的巨大树冠，底下是低矮而茂盛的灌木。无迹可寻后，找猪的二人自然也无处可找，无计可施。

起伏的群山和茂密的森林，二人此时所在的位置是山谷，山谷擅回音。

发顺耳朵最尖：“李书记你听，有猪嗷嗷叫！”李发康细听，果然有猪在嗷嗷叫。

“猪在哪里嗷嗷叫？”

“我也不知道，猪在哪里嗷嗷叫！”

“猪真的在嗷嗷叫。”

“我也知道猪在嗷嗷叫！”

闻其声，而不见其影，这是一个有方向而没有去向的僵局。

猪确定是在嗷嗷叫，可是二人不知道往哪个方向去找。猪真的在嗷嗷叫，回声良好的山谷，猪嗷嗷的叫声来自四面八方。

四

猪嗷嗷叫的声音真的一点都不好听。尤其在无人迹的寂静山中，你能听到自己的心怦怦跳，嗷嗷的猪叫仿佛在为你的心跳敲着锣打着鼓。

在林中找猪的二人在林中目标漫无地游走，听得见猪叫，但二人都知道觅音寻猪这个办法不可靠。二人很少话，无从下手无计可施的李发康在前面走，此时灰溜溜的发顺是他的随从。不断传来的嗷嗷叫声加重着二人各自的烦躁，就丢猪这一事件而言，二人各有烦恼。发顺短浅，但也知道自家丢了一头猪，不是死了，是跑丢了。李发康深远，他更加知道此猪对于扶贫攻坚工作的重要，丢猪事小，领导下来视察的时候没有猪，事大。他早有听闻，县里的领导过不了多久就要下来实地考察验收扶贫工作的进展和成果。

上天予人饥馑，我们有教育、政策和国家。李发康看看身后灰溜溜的发顺，心中存疑，是不是有些揠苗助长了？想了想，即刻否定。发顺是短板，短得像一艘随时可以沉没的破船，不过终还是要将其补回来。顿生同情，李发康觉得自己和发顺同病相怜。一个是破船，一个是补船的，二者兼备，破船也要扬帆。

山里的天黑得早，找猪的二人决定返回村庄，再从长计议。

“唉！”二人长叹。从林中往回赶。

返程，发顺和李发康相互确认不是虚幻，林子深处嗷嗷的猪叫声又传来，不过二人已经听得厌烦。他们并不指望从声音中分析出什么，比如，窜进森林深处猪，上半天还是案板上待宰的家畜，下半天就在林中率领着一整个野猪群嗷嗷叫。

暮色在山中笼罩迅速，基本上等同于太阳从山尖埋头山根的速度。势单力薄的人们不敢在山中逗留，那些昼伏夜出的生物的任何响动都会被人误以为鬼在风中叫。

入夜，发顺家中，火塘旁。虽猪已亡命山野，肉荤也没能碰上，老岩和二黑依然赖在发顺家中不肯走。这里的赖，指的是老岩和二黑这两个一人吃饱全家不饿的孤家寡人，要把晚饭的希望寄托在玉旺这个善良无二的女人。一天中被同一个猪掀翻三次的杀猪匠黑顺也没走，本着出门不走空的原则，他等着吃顿饭。一张瘦小干巴的老脸蒙在水烟筒口咕噜噜地抽着。

发顺心中有火，但也得强压着。李发康和他一并坐在火塘边上，相互冷着脸。25瓦的白炽灯昏黄，沾满了黑乎乎的苍蝇粪便更加昏黄，灯头以上的电线挂满了残破的蜘蛛网。火塘里偶尔冒出的浓烟熏得睁不开眼。灯黄火亮，每一个人的脸都很黑。来者即是客，况且还有李发康。发顺理所应当表现出主人的热情与担当，冷冷的有气无力：“婆娘，整点饭吃嘛！都干巴巴地坐着，饿着。”

李发康冷着脸不过仍故作客套：“不用了，不用了！我坐会儿，回家吃去。”在山中追了半天猪，李发康饿了。

黑黢黢的铁锅架在同样黑黢黢的铁三脚架上，玉旺往锅里加水。发顺抱着二郎腿组织着希望对答如流的语言，因为他知道今晚必有一顿李发康的所谓说服与教育。尽管李发康数次的说服与教育都没能将他说服。发顺不是顽固分子，只不过是劣质的狗皮膏药，越扯越粘，发不出任何功效。不过一旁的李发康却组织不出来任何用来教育发顺的语言，苦口婆心的说服嘱咐是吆猪的号子。脱贫攻坚的口号喊大了，发顺听腻了。政策讲细了，又有些烦琐晦涩了。发顺这个重点扶贫挂钩对象早已耗尽了李发康的耐心。爱谁谁了！烂泥糊不上墙，但要扶的对象是个人，烂泥一样散漫的人。说不扶，但不可不扶，他是共产党人。只希望发顺这块狗皮膏药在越扯越粘的时候，再给他一股劲，粘在墙上。

“发顺，猪跑了，咋办啊？你说说你怎么打算的？”李发康放下紧绷着的脸。

发顺：“不知道！发康哥，我也不知道咋办！”

李发康：“停停停，别叫我哥。我担待不起。”

发顺：“跑了，就跑了罢！那畜生没准过几天就死在山上了！”

发顺绝对是李发康的冤家，再一次精准度地激到李发康，李发康强压怒火：“去找找吧！明天去山上找找吧！找到了就撵回来继续养。”

发顺：“书记，说真的，别找了！丢了就丢了，我不心疼。”

李发康又怒了：“狗日的，你不心疼，我心疼，老子千辛万苦找来的扶贫项目，你们说杀就杀？谁给的胆子？”

发顺：“猪是国家的，哥……不……书记，你别生气，气大伤身。”

李发康大怒，前呼后仰，差点没一头栽火塘上。右手高高抬起，却无桌子可拍，往下啪一声拍在左手上：“狗日的发顺，明天去把猪给我找回来，过些天县委领导要下来检查工作，别给老子出岔子。”

发顺蔫了下去不敢再搭话，李发康把矛头对准了黑顺，老岩和二黑：“你们仨明天也跟着去找。”

黑顺一听便不干了，水烟筒里伸出嘴巴：“凭啥呀？他家的猪跑了凭啥我也要去找啊！我只是个杀猪的。”

‘你不来杀，猪会跑了吗？明天去找猪，不然明年的低保别想要了！”李发康严词驳斥，加以低保这个并不存在的威胁。低保是黑顺的命根。

老岩和二黑倒是漫不经心的，他们此时只关心锅里已经滚开的面条，不断往火塘里添柴火。今天院里杀猪，明天山上找猪，日子对于二人而言今天和明天只不过是换种方式虚度。老岩和二黑也是建档立卡户，只不过考虑二人都是孤家寡人，所以没给他俩发母猪种。

有人统计，在这个世上，坏消息的传播速度和广度是好消息的一百倍。议论纷纷是一种乐趣，隔岸观火也是。丢猪的次日，那只亡命于山野之猪被重新定义名字——“建档立卡猪”。猪只是一个广泛的概念，而加了建档立卡这个前缀后，一头猪的身份就有了精确的辨识。方圆十里朝着方圆十里之外集体讶然：“昨天有胆大的人杀建档立卡猪啦！”“发顺家把建档立卡猪杀了！”以讹传讹：“建档立卡猪把人杀了。”关于这只建档立卡猪的事件四处皆闻的，众人议论纷纷的时候，发顺和李发康一行找猪的人已经在山中。他们还不知道乡野之间从芝麻到西瓜的议论，在山中寻摸着到达猪最后失去踪迹的位置。

“这么大的山里找一头猪，怎么找啊！”才走了小半天的山路，黑顺这个小老头累得不行。

“怎么找？用眼睛、鼻子、耳朵嘴巴找！”喘得最厉害的李发康上气不接下气驳道，尽管他也没有任何办法。上山之前又接到县委的电话，县委领导下来检查工作的日子提前了很多天，绝不能出任何岔子，这是死命令。

“你去这边，你去那边，他去那边。”气喘吁吁的李发康不耐烦地挥手随意指点了几个方向，几人分头行动。

还是那千篇一律百试百灵的吆猪号子：“哟哟，啰啰，来来！啰啰，哟哟，来来来！”尽管这号子已对此猪不奏效，几人仍旧噘着嘴撇着声朝着各个方向走开。

一天下来还是寻不见猪的踪迹，几人累得够呛。第一天潦草返程，路上，身后的丛林深处又传出嗷嗷的猪叫。

发顺：“你们听见猪叫了吗？”

李发康：“记下位置，明天再找。”

黑顺：“不对，你们听，不止一头猪在叫。”

接下来的几日，几人顺着声音继续往深处找。唯一的发现就是在路上不停地发现地上有猪遗留下来的粪便，可以肯定，不止一头猪。不过仍没有寻见猪的身影。

黑顺有扰乱军心之嫌：“别找啦！都是野猪的粪，可能那头家猪已经被野猪咬死了！”李发康狠瞪了他一眼，黑顺不敢再言，尽管李发康也这么认为。

几人已经受够了找猪的生活，生活绝不止找猪这件事，可是目前找猪是重中之重的大事。李发康的烦恼是其他人不能理解的，这是他的认为。领导下来的日子越来越近，可是这猪迟迟不见踪影。这时李发康又接到县委的电话，通知：“县委领导以及部分市委领导将于三天后到村实地检查扶贫攻坚工作的进展和成果。”放下电话的李发康心急火燎，领导要来了，可是重点挂钩扶贫对象的猪却跑了。对于他这种扎根基层的干部而言，这绝对是一件大事。事关他在领导眼中的形象，而这猪，就是他的工作态度。可再看看几个一同找猪的人，发顺倚在树根上没个正形，黑顺瘫坐在地上抽烟。老岩和二黑略好，在前头开路，不过心不在焉。

气不打一处来，虽然李发康也毫无办法。气不打一处来，李发康再次把火撒向几人："你们四个狗日的，如果你们不杀猪，今天老子也不会在这里找猪！狗日的！"李发康真不该骂狗日的，他是干部。不过自从建档立卡猪亡命山野后，狗日的就成了他的口头禅。发顺、老岩、二黑和黑顺真是狗日的，所以李发康骂狗日的，目的在于将自己和他们区别开来。

越找，几人越垂头丧气。越是垂头丧气的时候，林中就有嗷嗷的猪叫声传出来。这是对于几个将败之人的挑衅，李发康骂着狗日的，指挥："顺着声音分头找，找到以后包抄。"这是既定的一成不变的战术，每听到猪嗷嗷叫，几人就寻着声音往林中深处奔跑，每一次都徒劳放空。如此这般，打了鸡血奔跑的人，被失望之棒当头一喝。重复性徒劳无功的劳动掏空的是心力。闻其声不见其影，是心力的煎熬。宁信山中有鬼，不信山中有猪，终耗尽几人找猪的最后一丝愿望。累死啦！包括李发康在内。

歇一会儿吧！都找了好几天了。几人没有坐姿，没有睡姿，摊在地上。李发康也这样。找猪的几人都一样，一样的愁眉不展，一样的气喘吁吁，一样的灰头土脸。

黑顺这个小老头最先受不住了："李书记！我真的受不了了！再折腾的话，我这把老骨头就要扔在山上了。"黑顺说的是实话，老，是经不住消耗的："书记，低保我不要了，猪我也不找了！"这是黑顺最后的妥协。

李发康气喘吁吁，不想搭话。

老岩和二黑异口同声："不找了，不找了，爱怎样就怎样吧！"二人也受不了，宣布罢工不干。

李发康长叹："其实最不想找的是我，只是这建档立卡猪丢不得啊！过几天领导就要下来检查工作了，猪丢了应付不了！"李发康对几人讲出心声。

几人讶然，沉默。

三分钟后，发顺："书记，原来是这样啊！不找猪了，应付检查的事情重新想办法……"发顺在李发康耳边私语。

似乎有了台阶，李发康妥协："那好吧！你负责这事，我回去取钱给你！"

李发康："不找了，不找了，猪都丢了好几天了，没准饿死在山上了！"

再返程，身后的林子深处仍然有嗷嗷的猪叫声传出来。几人累了，烦了，恼了，他们就听不见。

五

猪是没有表情的，千篇一律的耳朵和拱嘴，熟悉到陌生的老嘴老脸，使得普遍人观念里所有的猪都只有一个共同的名字——还是猪。

物竞天择是一种富有进步性的规律。人于猪而言，人的能动性略强于猪，所以猪就成了被人驯养的家畜。一贯如此的漫不经心和自我满足的怡然自得是一种要命的毛病。猪嗷嗷叫的原因不外乎饿了、发情了、又饿了、要死了这几种。因而，不到饭点村庄响起来的嗷嗷猪叫声属于外来户。发顺赶着一头猪回来的时候，距离他上次追着猪贯穿村庄已经过去数日。

再次回到最开始对猪的描述：猪不大，长了架子还没有结膘。猪走路的时候一点都不好看，尤其下坡的时候，像醉汉划拳……猪在前面走，发顺挥着一根紫茎泽兰的秆秆跟在后面，嫁鸡随鸡的玉旺跟在发顺后面。像鬼子进村，前头的猪是太君。更像溃军过境，发顺家两口子一次比一次更加灰头土脸。此猪显然已经被驯服过度，和后边跟着的人一样，气喘咻咻。

穿村而过的土道上，发顺欲弄出一些响动出来，所以他挥下一鞭抽在猪屁股上。

猪嗷嗷，向前一段小跑。发顺再抽，猪嗷嗷。

"够啦！"玉旺阻止。发顺再抽，猪再嗷嗷。

显然，让猪嗷嗷叫着穿过村子是发顺想要达到的效果，因为李发康骑着摩托车在后边跟着，这也是李发康想要的效果。

村子中央，老岩，二黑和黑顺三人在懒洋洋晒着太阳。远远看到发顺赶着猪回来，三人远远的就想撤走。几日前发顺的猪对于三人而言是肉荤，现在就是祸水。对发顺和他的猪敬而远之，是最明智之举，也才像三人应有的做法。

远远的："你们仨别走，给老子站着！"发顺喊住三人，赶着嗷嗷叫的猪过来。

黑顺："回家收衣服，要下雨了！"晴空万里，构不成逃开的理由，发顺和他

《春分》
王建
100cm×150cm
布面油画

的猪已经来到跟前。

发顺："猪已经找到了！"找到猪的声音并不是讲给三人听的，所以发顺大声阔嗓的将消息在村中炸开。

老岩和二黑异口同声："哇呀呀！在哪里找到这畜生的？"

发顺："在后山的野芭蕉林里面找到这畜生的！"声音继续炸。

老岩："过几天再杀的时候，一定要多请几个人来。"

发顺拍了一下老岩的头："杀个屁！建档立卡猪是留着怀崽下猪的，建档立卡猪是国家为了扶持建档立卡户脱贫的重要举措……"发顺的声音继续在村中炸开，像复读机，不，像村中宣扬政策的高音喇叭。是发顺突然觉悟了吗？李发康跟在后头。

黑顺："莫扯卵子！白猪进了一趟山就变成花腰猪了？"黑顺看出端倪，黑顺是杀猪的。

发顺："莫废话！老子撵猪过去再掀翻你！"黑顺不会质疑发顺真会这么做，欲言又止，闭口逃开。

亡命山野的猪找回来的消息传达完毕，发顺和玉旺赶着猪回家。留下三人懒洋洋的继续晒太阳继续懒洋洋地侃："黑顺，这猪真的不是跑进林子里的那只？""肯定不是嘛！品种都不同！""那发顺哪来的钱买猪？他这是要干啥？"

李发康骑着摩托从三人身边疾驰而过，给三人扑了一脸尘土，三人议论止于中途，低声谩骂："妈的！骑个摩托了不起！"李发康骑着摩托车拐了个弯进了发顺家。

发顺家再传出猪嗷嗷叫声，发顺揪着猪耳朵，李发康拿着打孔器，二人在院子里又跟猪搅作一团。此猪换彼猪的主意出自发顺，而真自李发康，假戏做成真戏。借来的打孔器要在赶回来的猪耳朵上打孔戴上建档立卡猪特有的标识耳牌。而这标识耳牌是杀建档立卡猪的时候发顺从猪耳朵上扯下来扔在院子里的。打孔戴牌比杀猪容易，二人很快就在猪耳朵叶上装上标识牌，把猪放回猪圈里。

李发康嘱咐："明天领导下来检查工作你知道怎么说的，不要大口马牙的乱嚼。"

李发康威逼或是利诱："这次检查应付了，这猪你继续养，给你了。出了岔子谁都不好受！"

失而复得的发顺自然高兴，咧着嘴龇着牙："李书记你放心吧！你交代的话我都快背得了！""支持扶贫干部工作是贫困户的义务和责任，坚决摘掉贫困帽子是每个建档立卡户应持有的想法和态度……"

“莫要在这给我耍贫嘴，明天去领导面前耍去。”说完，李发康夹上摩托车离开，为明天迎检做其他准备。此猪换彼猪的确是个好办法，李发康悬着的心得以放下。

绝无鸠占鹊巢之嫌，此猪本就是为了填补空窝而来。猪圈里刚进新家的猪卸下一路奔走的躁动后，在猪圈一角挪了一个窝躺下。耳朵叶子上刚打下的孔流血止，耳朵叶没过多的神经，微疼。只不过耳朵叶上带了一块身份标识牌，扑棱扇呼着耳朵。猪有灵敏的嗅觉，毕竟标识牌是别猪的，还有别猪的气味。

看着李发康走远，发顺把视线转向玉旺身上来。猪失而复得确实能让发顺欣喜。发顺拉过三旺的手，久违的，玉旺猛地缩回，发顺继续拉过来：“媳妇啊！特困户的帽子好啊！上头照顾咱照顾得这么周到。”发顺点了根烟叼着，摇晃着小脑袋盘算着：“这顶帽子可千万别被摘掉。”

玉旺并不懂发顺口中所谓的帽子，咿呀着从发顺手中挣逃。又有猪可喂了，玉旺要去砍芭蕉。喂猪。

六

大概很少有人会观察，猪嘴优美的举止是进食。

拱嘴寻着地，呼哧呼哧大口进食。无论是在猪食槽中还是就地而食，猪都能保证吃个精光。灵活有力的舌头伸出，舌苔上众多的凸起不过放过任何食物的残渣，一一舔舐干净。这里的美，指示一点都不浪费，也指示猪圆滚滚的肚皮是一种美。

迎检当天清晨，发顺想起李发康的嘱咐：“多喂猪一些芭蕉，少喂谷糠！”最大限度地呈现猪圆滚滚的肚皮，也是一种政绩。

发顺向喂猪的玉旺歧义转达：“多喂些芭蕉，多喂些谷糠。”

玉旺弱弱地嘟囔：“谷糠吃多了撑！”不过嘟囔不是话。

发顺无暇细听：“废话多，破事多！李书记叫怎么做，我们就怎么做！”

玉旺低下头继续咔咔剁芭蕉。

村子远，山路弯。零落不整的石块和星罗棋布的坑坑洼洼，以及大面积积蓄的尘土。轿车行驶在山路上的样子像猪走路，犹犹豫豫，前呼后仰左摇右摆。前一辆车卷起尘土，后一辆钻进尘土，最后一辆被覆满尘土。

可算是即将抵达，车在山路上蹦跶。蹦跶最高的李发康，他骑车摩托在前头带路。

跟在后边蹦跶的是轿车，村民没有级别概念，车上坐着的都是大官。

随着咣当一声后，首车停在村口，咣当两声后，两辆跟车停在路边。路面上同一块凸起的石头三车无一幸免。村子，已经到达。先头赶到的李发康把摩托车停在路边，挥手示意停车。车子所到扬起的尘土，有的已经落下，有的正在落下，路面是一层厚厚的尘土。车门打开，几双油光锃亮的皮鞋插进尘土中。走一步吧！尘土即覆住皮鞋的光泽。

李发康和村民小组长刘四咧着嘴挥手相迎，一旁散落着的还有老岩、二黑，黑顺和发顺，五个人的迎接队伍是李发康能组织和拿得出手的最高迎接礼遇。尽管政令一再重申不搞排场，不过这也算不上排场，顶多是人气。

三辆车共下来六人，不包括车上的司机。走在最前面黑瘦干练的干部是县委书记唐松，唐松两侧各拥一人，左边的是副县长王冬，右边的是乡党委书记兰正义。王东挺着肚子背着手，兰正义鞠着身子跟唐松介绍情况。还有其余三人，李发康没见过。县里的？市里的？管他哪里的！

兰正义：“书记，到了，这个村子就是我县我乡最偏远的贫困村了！”

唐松有着从任何角度切入工作的本领：“一路上见识了！挺远挺偏的。不过越是这样的村庄越是不能放松我们的工作。”

“是是是，书记说得对！”通常而言，这是书记每一句话结束之后异口同声的回音。

兰正义引荐一旁随从的李发康：“唐书记，这就是这个村子的扶贫驻村干部李发康。”

唐松伸手向李发康，李发康欣喜相迎，结结巴巴：“书记好，书记好！”

唐松点点头表示会意：“辛苦你了！小李。”

李发康阿谀：“不辛苦，不辛苦，都是在为老百姓做事情，服务。”

阿谀的话唐松很受用，仔细再瞅李发康几眼：“我想起来了，五月份有一批用来给贫困户脱贫的母猪种就是你找我签发的！”

“对对对！书记那么忙还记得这种小事。”李发康继续阿谀，激动万分。

唐松：“母猪种都给贫困户发下去了没？”“今天咱们就去看看这些猪的长势如何！”

李发康：“发下去了，长得挺好的，贫困户们也很高兴。”

“那个什么，王副你带着兰正义到村子里四处转转，记得访问各个农户都缺什么，需要什么，我们党和政府能做什么。让小李给我们四个介绍情况就行。”唐松亲自点将。

唐松：“小李，你今天就带着我和这三位市里的专家四处看看！”

“好好好！”李发康回应着。原来其余三位李发康不认识的人是市里来的专家，李发康心旦一个激灵。善于糊弄的是专家，善于不被糊弄的也是专家，这是一次带着照妖镜的检查。

村子很小，很适合检查工作。有什么突出的工作成果很容易看见，有什么工作中的不足和缺憾也会暴露无遗。为了避免后者情况的出现，李发康还在临检之前跟各家各户打过招呼，甚至给发顺家重新买了猪来李代桃僵。现在还把发顺、老岩、黑顺几个扶贫工作的重难点作为随从带在身边，一方面为了防止几人乱说话，第二方面就是几人始终还是李发康心头的重中之患。走访各家各户是工作方式，进村入户访问谈心是工作方法。李发康的准备工作做得充实，所以一路上带着唐松入户调查之时，唐松看到的是他想看到的，听到的是他想听到了。看到的和听到的都是唐松希望李发康交上的令他满意的答卷。

唐松勉励：“小李，做得很好！党和政府就需要你这样能吃苦能做事的干部，很好，给你一个口头表扬，继续努力。”

李发康官套：“唐书记过奖了，我只是做了自己应该做的！”

唐松：“刚刚还说到五月份我给你签发过一批母猪种的，转悠了一圈都没看到。你带着我们去看看。”

李发康继续阿谀和官套：“书记真的有心了，心系下属和老百姓，我就带你去看看。这批猪分给了八户困难户，都养得挺好的，老百姓用心，猪长势都不错，再过几个月就发情可以配种怀崽了。”村中共八户发母猪种的农户，七户集中在村东边，和发顺家隔得远远的。李发康引着唐松一行检查视线往村东边走，尽最大可能避开发顺家这个隐患。发顺，老岩和二黑几人蓬头垢面地跟在一行的最后边。唐松疑惑，指了指几人：“小李，这几个老乡不必跟着，让他们回去吧！”李发康自有官套好听的解释：“书记，这是发顺，这是老岩，他们都是村里脱贫攻坚的重点挂钩对象，让他们跟着学习学习，接受教育。”

发顺收到李发康的眼色：“是的，是的，我们是跟着学习的。”

唐松拍了拍李发康的肩膀以示器重："哈哈！这村有你这样的驻村干部是福分，我县有你这样的干部我放心。"李发康激动万分："还得跟唐书记学习，看齐！"唐松："相互学习，我多向你学习！"

见此，发顺揪了揪一旁的二黑和老岩的衣角："向领导们学习！"几个参差不齐的口号在李发康又一个眼色中响起。排场有些激动，唐松挥手叫停："不搞形式主义，不搞这些虚的。相互学习，领导干部多向人民群众学习，为人民服务。"

用精致华丽的面子包装里子，中国人自古就擅长这样，因为很少有人具备向事物内部剖析的勇气。即使唐松一眼即明这是李发康为迎检而提前准备的花哨，不过唐松秘而不宣。知而不言也是一种鼓励。

继续走，到农户家中去，各家各户都提前做好了热烈欢迎的准备。糖果瓜子和茶水："领导您到家里坐会儿！"同时也准备好了对答如流的台词："米饭管饱，不存在饥荒。猪肉吃腻，偶尔杀鸡。屋子修整，不漏雨也不进风。"再汇报猪的长势："母猪种好养，不挑食，长肉快。"最后是感谢："感谢党和国家的政策，市上县上乡上，然后是李发康……"如此对答如流而大相径庭的客套寒暄，首先让市里三位畜牧专家听腻了："那就带着我们去看看猪吧！""再把猪拉出来，遛一遛，看一看。"

好吧，猪被从猪圈里放了出来，在院子里嗷嗷叫。三位畜牧专家掏出手机："猪耳朵揪过来，扫一扫。"建档立卡猪耳朵上戴着的标识牌上有条码，扫一扫，猪源，品种，用途一应既全。

先后进了七户农户家，重复的访问和重复性地得到大相径庭的回答，这绝对不是此行想要的，不过是想要听到的。也重复性地扫了七头猪耳朵上的条码，数据规范记录上表。三位专家也及时做出反馈："养得好，喂的也好，不过要注意配种受孕的时候不能喂得太胖。"见专家都连连称好，唐松再拍拍李发康的肩连连称赞："好，好，小李干得不错。"顺便给予鼓励性质的暗示："等扶贫工作结束，人事不再冻结，县里会考虑给你换一个大舞台！""谢谢书记，谢谢！"李发康心中狂喜。唐松幽默："别谢我，你要谢就谢这些猪，养得多好啊！"

李发康见检查总算是比较圆满的对付过去了，暗自庆幸。可三位畜牧专家："那个书记，记录上显示这村有八头建档立卡猪，再看完最后一头，今天的工作圆满结束了！"

唐松："哦，还有一头。那小李再带我们去看看。"

提起最后一头猪，暗自庆幸中的李发康汗毛又起，此猪已亡命山野。带着三个畜牧专家去看一头赝品，李发康心发慌，底气全无，想法拖延：“书记，那个，那个现在都快到饭点了，要不咱们先吃饭吧！”

唐松：“饭就不在村里吃了，有规定。看完最后一头猪我们就回乡上吃工作餐。”

李发康仍在想方设法：“哦！是啊！都到饭点了，你们都还饿着。要不我把那家的户主给你喊来当面汇报。”慌乱中故作：“来来，发顺！你来跟书记说说你家猪的长势咋样。”

又该发顺表演了，结结巴巴地把台词背上：“我家的猪吃得好，睡得好，长得……也好，关键是党和政府发的猪品种好。感谢政府，感谢政策……”

唐松打断：“那个小李，你再带我们去他家看看，大家都辛苦了。再辛苦也要把工作落到实处。”

发顺还在背，虽然没人听。李发康揪了揪发顺的衣角：“快别汇报了，去你家。”李发康冷了发顺一眼，心又悬了起来，希望可以糊弄过去吧！除非专家眼瞎了。

唐松看出李发康不对劲：“怎么，小李，有什么困难吗？”

李发康现在已是惊弓之鸟：“没没没，只是发顺家有些远。”

一行人往发顺家赶，这次是发顺在前，他是户主，在前带路，村道中穿行。还未到发顺家，先听到有哭声，一行人脚步加快。一贯没心没肺的老岩和二黑赶上前头的发顺：“怎么了？你婆娘哭哇哇的，你家死人了？”发顺黑着脸驳：“你家才人死了，你全家都死了！”

李发康也冷着脸：“别废话，回去就知道了。”转回头冷脸转热：“唐书记，就到了，就到。”

发顺家，为了迎检而拾掇一番后，破败之中能见一丝整洁。院子里悬晒着床黑黢黢的棉絮，棉絮下边是一农家妇女抱头摊地而悲泣，呜呜然，咿咿呀，此人正是发顺婆娘玉旺。有客登门，而家中有人在哭嚎，发顺自然不开心。发顺黑着脸上前伸出脚尖碰了碰摊在地上哭嚎的玉旺：“咋个了嘛？你哭什么？”发顺语气加重，喝令：‘咋个了嘛？不准哭！”弯腰钳起玉旺。

玉旺露出哭脸，抽噎着：“猪，猪……那猪……不动了……死了……”

“啊！死婆娘，好好的猪怎么就死了。”发顺愤，用力摇晃着抽泣的玉旺。

玉旺继续抽噎，有些颤抖：“不动了……就……死了……”

发顺愤而挥手欲打："死婆娘，喂个猪都干不好。"手挥在半空被李发康制住："发顺，你要干什么？再犯浑。"

作为旁观的唐松几人在边上看着院里搅作的人，唐松厉声："小李，怎么回事？"

李发康吞吞吐吐："她说，她家的猪……死了？"

唐松的脸转黑："什么时候，怎么死的？猪在哪？让专家看看怎么死的！"唐松示意一旁的专家去看看情况。

几人径直走向猪圈，留着发顺和玉旺两口子坐在客台上，发顺挠着头，玉旺继续抽噎。比房屋还要破败的猪圈里，猪躺在角落里。畜牧专家进猪圈当机立断："这猪还没死嘛！"专家用手捅了捅猪，猪哼哼。"猪还没死吗？"躺在地上的猪无视一旁的人，顶着圆滚滚的肚皮，睡着，不动，像死了。专家转身看向猪圈内的猪食槽干干净净："今天都给猪喂了什么？"发顺在院子里有气无力的回答："就是芭蕉和谷糠嘛。""那应该没事，就是这猪吃撑了！""早上喂了多少猪食？"发顺回答："喂了不少呢，这猪能吃得很。"

猪没死，只是吃撑了不想动。猪圈外的李发康长舒一气，教育发顺："以后一定要注意了，引以为戒，科学饲养。"

畜牧专家继续在猪身上比画打量："不对，这猪有问题。"

李发康："有什么不对的，你扫一扫耳朵上的标识牌嘛，会有什么问题嘛！"

猪圈里的畜牧专家被李发康一驳："标识牌是对的，可这猪不对。品种不对，而且这头小母猪被劁过，根本不是母猪种。"

李发康勉力的一副宁死不屈："怎么可能嘛！会不会是……搞错了。"

专家依据有理："劁猪的刀口都还在，况且这猪是小耳种，跟建档立卡猪不是一个品种。"

被专家当场戳穿，李发康支支吾吾，无语应答。一直在旁观的唐松感觉被糊弄了，而且是不能罔视的糊弄，厉声喝道："李发康，你给我过来。"

"怎么回事？"

"就是这猪，不是那个猪。"前言不接后语。

"到底这猪是什么猪？"

"唐书记，就是这猪，它不是原来的猪。"

"那原来的猪呢？"

“原来的猪原来也在这圈里……后来不在了……这猪才来了。”

“原来的猪哪儿去了？”

“原来的猪丢了，找不到了！”助攻，发顺摊在客台上说。

“好好的猪怎么就丢了呢！”

“就是我们杀猪，猪挣逃，猪跑我们追，我们追猪跑，然后就丢了。”再助攻，发顺摊在客台上。

“啊，你们杀猪，你们竟然杀这猪？”唐松吃惊，“那猪呢，猪在哪里？”

“猪在山上。”

“猪怎么会在山上呢？”

“因为猪跑到了山上。”

唐松和李发康院中的对话，在加之发顺的助攻，一场杀猪，追猪，此猪换彼猪的闹剧呈现在人们面前。此时另一行人马，副县长王忠和乡长兰正义闻声赶来。进门，唐松对李发康的批评教育立即转向了一脸疑惑的乡长兰正义身上：“小兰，这种弄虚作假的面子工程一定要严厉批评及时处理，该处分的处分，不能手软。”一脸疑惑的乡长兰正义受到迎头呵责更加疑惑：“唐书记，怎么了？出什么问题了吗？”唐松冷着脸厉声：“怎么回事？你问问这个好干部李发康吧！”李发康在一旁低着头。

唐松转身对低着头灰溜溜的李发康拍拍肩：“李发康同志，好自为之。”

“三副，看来这个脱贫攻坚的工作形势严峻得很啊！走，回县里。”

村口的车子再次启动，在山路上蹦跶而回。乡长兰正义的车还留守，兰正义还要留在处理问题，问题即指李发康。

还是发顺家中的院子，发顺冷着脸，李发康黑着脸，兰正义的脸更黑。玉旺不再抽泣，因为所有的人都黑着脸。老岩和二黑潜伏在门外，对于他们而言，门内任何事都是热闹。

兰正义：“发康，说说吧！怎么回事。”

李发康：“乡长，我也没办法啊！建档立卡猪丢了，为了迎检我才换猪的。”

兰正义：“好端端的猪怎么就丢了呢？”

李发康：“发顺他们杀猪，猪挣脱了跑进了山里。”

发顺抬起头：“这个我可以证明，猪是我们杀的，跟发康没有关系。”

兰正义勃然大怒：“闭嘴，没问你！”

发顺吃瘪，低下头继续挠头发，灰溜溜夹着尾巴。

兰正义："发康，那说说接下来你打算怎么办啊！"

李发康支支吾吾地憋出："我也不知道。"

兰正义："你这也算情有可原，关键是这事情办出马脚了。不处理你是不行了，惊动唐书记了。这样，处理你的事过几天再说，先把猪找回来。"

李发康委屈巴巴："这猪贼得很，找过了，找不到。"

兰正义："猪找回来，是工作的失误。猪找不回来，就是工作的错误，你自己看着办。"

停在村口的最后一辆车也启动蹦跶着开走了，村子恢复如常。换个方式形容吧：刚刚打完一场必败之仗的溃兵收获更大的败果，进而使得自身陷入更加窘迫的局面。李发康和发顺坐在院子石头上，现在的李发康跟发顺一样了，一样的灰头土脸，一样的右手挠着头，左手掐着烟屁股。

猪还没死就意味着玉旺又有事可做了，在院角咔咔剁着芭蕉。

老岩和二黑适时摸了进来。绝大部分时候，发顺、老岩和二黑是一体的，都是热闹的一部分。

猪回来，是失误。猪不回来，是错误。这句话是两个极端的结合，朝着李发康重压而下。李发康深知失误和错误的最终定性，有什么本质的差别。

"要不，明天我们再去山上找找那猪！"李发康说，语气略软，带着恳求。

"找什么找，猪不是在猪圈里吗？"丢了一头猪又重新得到一头猪，发顺自然没有什么损失，他盘算着，发硬的拒绝着。

尽管气大伤身不好，不过发顺总能屡次成功挑起李发康的火。不要试图去点燃任何人心中的火把，引火自焚的人不在少数。李发康迅速被激起怒气，朝着发顺咆哮："憨杂种，要不是你们造作，会有现在这么多事吗？"发顺被李发康揪着衣领提起来，再推倒在地。李发康继续咆哮："憨杂种，一群憨杂种！社会好，政策好，好好过日子还不好？"

遇硬则软，发顺被推倒在地后就索性不起来，这是他的自保方式。任由李发康燃着怒火咆哮发泄。而一旁附和的老岩和二黑显得更为明智，躲着，不敢上前沾染怒火。不料李发康放过赖在地上的发顺，转而捏着拳头走向二人。二人赔着笑脸："李书记别这样，别这样！"二人磕磣地后退："别这样，这样不好，不好。"李发康继续逼近，二人退到墙根再无退处的时候妥协：“好好好，我们错了，错了！明天继续上山找猪，找猪！”

李发康得到想要的回答，随之软了下来：“不好意思，不该跟你们动粗的！”

“没有，没有。”二人继续赔着脸，顺便拉起赖在地上的发顺。一对三的男人之间的对局以李发康完胜宣告结束，玉旺还在院角剁芭蕉，咔咔咔的。

七

入夜，发顺家的人各自散去。

一天之中逐级传递的怒气还没有消除，从县委书记唐松到乡长兰正义，从兰正义到驻村干部李发康，再从李发康到发顺。这种逐级传递的怒气在传递过程中不断得到积累和加重，发顺承受着这股巨大的怒气。不过发顺并不是开阔之人，他消受不了。

所以，玉旺成为这股怒气的最终承受者。

两个人的落魄家庭，发顺充当着暴君。暴君必有暴行，首先发顺得先喝点酒，酒劲上头就趁着酒兴挑玉旺的毛病，以便为想要实施的暴行寻找合理的依据。一曰批评教育和指正，二曰拳头之下长记性。而玉旺最大的毛病在于一贯的示弱和一贯的隐忍，所以整日咔咔剁芭蕉喂猪成了发顺挑出的毛病。

“憨婆娘，大事不做，整日只会剁芭蕉喂猪！”发顺挑起。

剁芭蕉的玉旺受骂，无言之杠，往下剁的力度加大：“嗒嗒嗒。”今夜，发顺家又不得安宁。

最先传出发顺的酒后没有条理污浊的叫骂声，叫骂声一直持续，越来越大声。其间伴随着锅碗瓢盆落地，玻璃器皿破碎的声音，玉旺隐忍不回应，发顺独角戏唱罢。紧接着就是拳头击打肉体的闷声，头颅撞击门板的砰砰声，且越来越大声，越来越凶狠。

邻里以及全村今夜又跟着不得安宁：“发顺又发酒疯打婆娘了！”“发顺疯了，打得这么厉害，会不会打死人？”暴行愈演愈烈，从未有过的激烈，因为清楚的能听到玉旺绝望的惨叫和求饶声：“不要打了……啊……不要打了……”邻里乃至全村不由得为玉旺揪心：“去看看吧！劝劝，不然发顺这畜生真把媳妇打死。”也有异议："别人家的家事别去掺和，别去粘到发顺。"

坐等，观望，持续的惨叫和求饶。

"嘭！……啊！……砰"驻村未离开的李发康闻声而来，暴行止于李发康破门而入。嘭！一脚踢开门。啊！一脚踢在发顺屁股。砰！发顺在地上狗啃。发顺接着酒劲弹地而起欲反击，再次被李发康一脚蹬倒，在地上借酒耍起赖："管得真宽，管教自己婆娘也要掺和。"砰，又成功获取李发康一脚："你婆娘不是人啊！怎么经得住这么打！"李发康朝着地上的发顺咆哮："老子是干部，但也是你哥！"

李发康曲蹲一把揪起发顺的头发，厉声斥责："你看看，你婆娘被你打成什么样子了，狗杂种！"

房间角落，玉旺倚着墙柱，脸肿着，眼青着，流着鼻血用袖子揩着。哭失了声，瑟瑟发抖抽噎着。地上散落着实施暴行的衣架、扫把和柴火棒子。

李发康指着墙角的玉旺："打女人，一个大男人。滚过来！道歉。"

发顺赖在地上："怎么可能跟一个女人道歉！"不容置疑，发顺话还没说完又再次获得李发康以暴制暴的一击。李发康揪着发顺的头发在地上拖行，拖到玉旺跟前，厉令："道歉。"

发顺不得不屈服，嘴角流血，面部狰狞，朝着玉旺大声："对不起，以后我不打你了！"这不算道歉，抽噎中的玉旺再次被狰狞的发顺刺激，浑身战栗，双手无力地向前挥舞："啊……啊……别过来，别打我……"

清官难断家务事，而现在李发康管了，最直接，以暴制暴的方式。平息好这场别人家的暴乱以后，李发康还要去村民小组长家，明天要组织全村的劳力上山找猪。

"发顺，你再打婆娘，我把你手脚卸下来。"李发康临走之前警告。发顺失了神，蔫在一边抽着烟不做回应，算是一种妥协。玉旺在另一边继续抽泣，李发康的眼睛扫过来，干巴的咧嘴表示感谢。

"玉旺，这狗杂种以后还打你，你告诉我，过不下去就离婚！"听到李发康建议离婚，发顺瞪了李发康一眼。

绝不试图去赞美，只需要真实的描述。单纯的描述一个场景，从发顺家出来李发康接着奔赴下一家，从一件事奔赴另一件与上一件毫无关联的事。着重于时间，深夜，狗都不吠的深夜。基层干部扮演着一个类似于父母的角色，喋喋不休，殚精竭虑，苦口婆心以换来民众早就该具备的觉悟。基层干部的工作类似于在琐碎的河流中浮沉，这种琐碎的处理，要么细致入微，要么身败名裂。

次日，天还未亮。发顺的疯叫声又将整个村子喊得不得安宁。这种疯喊还不同以往，是沿着村道疯跑的疯喊。仔细一听发顺疯喊的内容：

“哇呀呀！李发康，我婆娘跑啦！不见啦！”

“哇呀呀，李发康，你个狗杂种，你促我婆娘跟我离婚！”

“李发康，你个憨杂种！”

发顺的疯喊一直持续到天亮，重复性地奔走叫喊以至于全村的人起来知道的第一件事情是这样的：驻村干部李发康建议玉旺和发顺离婚，从而导致了玉旺现在不知所终。

宁拆十座庙，不毁一桩婚的传统真理面前，村民一致认为发顺打婆娘是自家的小事小恶，而李发康一举则是大恶。这是大多数人的认为，可暂且成为正确。

疯喊到天明的发顺终在喊累的时候静了下来，木讷，两眼无神。现在他终于是一个人了，他从未想过会一个人。不过还想推脱责任或者是博取更多的同情，有气无力地嘟囔着：“狗日的李发康！”

老岩劝解：“发顺，怎么了？”

发顺捏着烟屁股：“狗日的李发康促玉旺和我离婚，玉旺就跑丢了。”

老岩：“那你婆娘到底跑哪里了？”

发顺：“昨晚那疯婆娘揩干净鼻血就往外跑，跑进了林子里，跑得太疯，我追不上她。”

二黑附和：“嗯，真的狗日的李发康。”

再次将行动轨迹倒述到起初找猪的林子来，还是一样的场景描写：村北边是森林，最外围是退耕还林后村民种下的松林，往深处走，是人迹罕至的原始森林。为什么要旧景重提呢？因为据发顺的描述，昨晚玉旺就是趁着月色跑向这个方向的，并最终音讯全无。

外围的松林中，大规模的人群聚集。昨夜发顺家的叫喊，成为今早众人的谈资。议论纷纷的众人最终统一意见：“玉旺失踪的原因可归结为，由于李发康这个外人擅自插手发顺家的家事。”

乡长兰正义一大早便闻讯赶来，贫困村特困户丢了，这是天大的事。此时兰正义正训斥着奔忙一夜的李发康：“猪的问题还没解决好，现在你又弄出个丢人！太丢人了！”

李发康：“发顺都快把他婆娘打死了，所以我就……”

兰正义：“自己的事情都还没处理好，还有心思管别人的家事。”

旁观李发康被训斥的发顺这会又有了力气，恨恨地：“兰乡长，就是他要管我教育我自己的婆娘，我婆娘才丢的。他还促我婆娘跟我离婚……”

兰正义：“发顺，你给老子闭嘴。”

太阳出来，林子中的浓雾散开。村庄里的能动劳力组成的搜索队伍进入森林，本来是要找猪，现在还要找人。因为要找人，惊动了兰正义，兰正义带来的乡派出所的全体警员和消防人员。当然，还有一只警犬，以及若干只村民家中品种不纯的撵山犬。

“找猪和找人两件事碰在一起，开干！”兰正义一声令下。

山大了，再多的人也自然就少了。本来计划的地毯式搜索不奏效，所有参与此次搜寻的人员在林中铺撒开来，往森林深处找。边走边喊，这边的人喊着玉旺，那边的人学着猪叫。

“玉旺这个小女子怎么这么能跑呢！这么多人找都还找不到。”

“都快找了一天了，怎么还找不到？”

发顺，老岩和二黑又聚在一起，跟在队伍的最后面，他们三人又一样了。漫不经心。

“发顺，婆娘跑丢了，你怎么一点都不心焦？”

发顺：“死了最好，这疯婆娘！”

“发顺，我劝你还是好好找找，没了婆娘怎么过日子。”

发顺：“那疯婆娘是李发康弄丢的，他要负责。”发顺将责任推脱得一干二净。此时李发康正带着人在林子深处找，听不到。

“发顺，你是个畜生。”

进山搜寻的队伍在山中一直搜寻到傍晚依旧是毫无头绪，唯一的收获便只是越往深处走，地上散落的猪粪越多。村民跟兰正义打趣：“兰乡长，派出所该发枪了，不然这野猪又要下山祸害人了。”兰正义：“莫要扯卵，找人要紧。”“不过要说玉旺这小女子进山也应该走不了多远，怎么就找不到呢？”警犬在嗅了玉旺的衣服气味汪汪汪撒出数里后也在山中丧失了气味的方向，众人不禁为玉旺的安危担忧起来。

村民甲："林子里有豺狗和豹子！"

村民乙："林子里有吃人的狗熊！"

村民丙："林子里还有大黑野猪，也吃人！"

村民甲乙丙代表群众的声音，代表群众的猜测里，玉旺的死因。因为找了一天了，丝毫不见玉旺的踪迹。

兰正义中断众议论："干部留下连夜找，村民回家，今晚找不到，明天接着找。"

村民回村，山中入夜。兰正义、李发康等一众干部继续留守山中，人命关天。消防和民警打着大电筒在前，兰正义和李发康打着小手电跟在后面。山中的夜里幽冷，林中的每一丝响动都会被放大得诡异。

"嗷嗷嗷！"猪叫声在夜里响起。

"你们听，猪在嗷嗷叫！"

"果然有猪在嗷嗷叫！"

众人闻声，手电筒齐刷刷朝着嗷嗷叫声的地方照，众人朝着手电筒照到的地方奔跑。约估摸半小时后，离嗷嗷的叫声越来越近。手电筒所照的灌木丛中因为反射亮起数十双小灯泡："是野猪，很多的野猪！"有人惊喊。嗯，是的！灌木丛中亮起的小灯泡正是野猪群的眼睛反射着手电筒。与野猪在夜里不期而遇，众人愕然。野猪在夜里被强光所照，怔住三秒。待野猪回过神来嗷嗷往漆黑中逃的时候，众人还在愕然中。

"还愣着干吗？追上去。"李发康喊，众人打着手电筒追上去。

森林，尤其是夜里的森林，那绝对是属于野物的领地。野猪群往山顶上窜，众人跟在后头追。野猪群至山顶，野猪群向下翻下了山梁子后不见了踪影。兰正义和李发康跟在最后，气喘吁吁跟上来

兰正义："大半夜的跟着野猪瞎追什么？万一野猪转过头来咬人怎么整！"

李发康穿着粗气："你看见了没？野猪群里夹着一头白猪？"

兰正义："乱逼麻麻的！谁顾得上去看黑的白的？"

李发康喊住一个民警问："那你看见了没，有一头白猪？"

民警："没有，光看猪眼睛了！"

"你……唉……"李发康问不出个结果。

“野猪群里夹进了家猪，家猪还不得被咬死！”

李发康把手电夹在腋下，双手揉了揉眼睛：“应该没看错啊！我就看见一头白猪夹在黑野猪中间。”李发康再揉揉眼睛，一拍脑门：“我敢肯定有一头白猪夹在里面！”李发康自我拍板，确定看见一头白猪，此猪极有可能就是发顺家跑丢的那头建档立卡猪。

“那猪呢？”兰正义打断李发康。其实众人与野猪群只不过在慌乱中照过一面而已。

山中搜寻人员在夜遇野猪群的消息成为第二天早上人们的谈资，议论纷纷的一致结论：发顺跑丢的媳妇玉旺有极大的可能已经死在了山上，根据玉旺踪迹全无以及野猪成群的事实可以正面得出悲惨的推测，玉旺死了，肉已经被野猪吃了，骨头也被嚼碎。同时也得出一致的同情和愤慨：把发顺这个畜生也丢到山上让野猪嚼碎，李发康这个多管闲事的间接杀人犯也丢到山里。

发顺在玉旺走丢次日，又伙同着老岩二黑，呼呼大醉。仿佛丢了的不是她的媳妇。呼呼大醉时坚持的醉话：“玉旺，是李发康弄丢的！必须由李发康负责。”

李发康领着人在山中继续找，他走在最前面，背后是千夫所指。

一天一夜的山中引吭，留守山中一天一夜的搜寻人员累得够呛。乡长兰正义糊弄个理由一大早就回了乡上，其余搜寻人员散在地上，横着，倚着，侧躺着。玉旺山中走失，谁都没法安宁。

随着玉旺走丢的时间拖长，这支搜寻队伍的规模不断扩大。第二天，相邻的几个村的劳力加入进来。第三天，县上派来一支专业的消防队员。地毯式的搜寻在玉旺走失后第三天正式形成，林中已撒出去千余人。可是在千余双眼睛之下，丝毫不见任何一丝有关玉旺的踪迹。县上每天的指示大相径庭——设法减小这事的影响。但是这事没法不大，这种类似于人间蒸发的音讯全无让这场千余人找一人的事件无边扩大，一直寂静冷清的山林在大规模的人群介入之后变得热闹又沸腾。

不断加长的失踪时间消耗着李发康的耐性，在山中坚持三天三夜的李发康灰心丧气，心里打着突，脑子发着木。眼前一黑，累晕之前仍然不屈从：“活要见人，死要见尸！”如果搜寻的第一天是人和猪一起找，第二天就是单纯的找人，第三天第四天就是活要见人死要见尸。而第五天，千余人期望着在林中张大鼻孔单纯地寻找一具发臭的遗体，以告结这件费时费力的搜寻。可是没有，什么都没有。

人们认为的玉旺的死讯满天飞的时候，发顺不得不接受玉旺已死的现实。酒越喝越发酸，接受死讯就意味着不得不悲伤，发顺不敢再扯着嗓子喊一个死人疯婆娘了。

所以发顺从村子一路哭喊着上山去："狗日的李发康，你还我玉旺。"

发顺的这种哭喊来得快，去得也快。就像是可以的走走过场，在散落着千余人的林中哭嚎一气后，被老岩和二黑钳下山去。把悲伤哭喊出来不一定有缓释功能，不过能博取同情，这是发顺的目的。晕倒被抬走的李发康自然而言成为发顺这个可怜之人可怜的可恨制造者，这是一致认为，不可说服。

无所谓始，也无所谓终。发顺，老岩二黑三人又继续成为一体，喝上了酒。

老岩："给玉旺立个牌位供一下吧？"

发顺又开始醉话："不弄，浪费香火。明天去告狗日的李发康。"李发康又开始盘算着。

二黑："嗯嗯，人命，赔死狗日的李发康。"

八

玉旺走丢的第十天。

县委书记唐松的办公室热闹非凡，名为接待失踪者家属，实则是发顺率领着老岩和而在在这里赖作一团。发顺的小盘算，以一条人命为筹码，肯定能在这里吃到一些甜头。唐松冷着脸，寻找着解决之法。办公室的皮沙发上，二黑穿着污兮兮的袜子蹲在上面，老岩靠着。抽烟，吐痰。发顺跷着二郎腿，假装丧妻之痛。对，是假装。

发顺："唐书记，都是李发康弄的鬼，我要一个说法，我家媳妇死得不明不白。"

唐松冷着脸："你媳妇不都没死吗？"

发顺："那么多人找了十天都找不到，跟死了有什么区别。"

发顺继续一脸哭相："唐书记，建档立卡猪是李发康发到我家的，换猪迎检的猪也是李发康买的，我那可怜的媳妇也是因为李发康才弄丢的……"

二黑和老岩附和："是啊，是啊，我们可以作证，都是因为狗日的李发康。"

唐松好言细语："我们县里会仔细研究这个事情，尽快给你们一个满意的答复。"

发顺无赖："我们好不容易来一次县里，今天必须要一个说法，不然就不走了！"

唐松无奈，也只得继续见证三人的无耻："那说说吧！你们的意见。"

发顺愤愤："李发康促我媳妇和我离婚，我媳妇才跑丢的，一定要处理他。而且李发康买到我家迎接检查的猪，我希望政府可以帮我变成钱……以后……政府再有什么发猪崽发鸡儿的，直接帮我变成钱发给我……还有就是……我媳妇死了，政府方面多少给点赔偿……"

唐松一听发顺一口气说出一系列无理的要求，冷着的脸转黑。"啪！"一拍桌子："死了婆娘还狂了小鬼？李发康的事情我们县里会处理，你们的意见我们也会开会讨论。现在，请你们出去，我们要开会了！"唐松对三人下着逐客令，不过三人丝毫不见要走的意思。唐松无奈，打通乡长兰正义的电话愤愤："兰乡长，快来把发顺他们带回去。"转而对坐在沙发上的三人说道："你们喜欢待就待着吧！我要开会去了。"

"唐书记，唐书记！"三人看着唐松的背影。

还是唐松办公室内，二黑："发顺，你狗日的不会说话！"

发顺："要怎么说，我说的都是实话嘛！"

老岩："本来可以弄点补偿款的，现在完蛋了。"

三人又开始百无聊赖没有结果的内斗。

玉旺走丢后的搜寻工作在搜寻十二天无果后宣告结束，玉旺成为失踪人口。李发康是躺在病床上被当作问题处理的，扶贫的母猪丢了，是工作的错误。处理基层问题的时候用不当的手段造成严重的后果，这是严重的工作错误。数错加在一起，发康成为特别严重的，可以作为其他干部引以为戒的反面典型。革去公职——当李发康听到县上给自己的处理意见的时候，李发康瞬间释然："唉！"长舒一气："就这样吧！"其间，发顺率领的老岩和二黑三人的无赖队伍从乡上到县上再到市上，闹遍了所有他们认为可以管到这件事情的部门。以至于从乡上到县上再到市上的各个部门都一致认为——此人，无赖。避之不及。

卸去公职之后的李发康倍感轻松，他要离开这个地方。插手别人的家事从而导致别人媳妇跑丢了，他已背负着千夫所指的罪名。解释不清，不可说服。当李发康身无一物坐上离开的客车的时候，那个消失数月音讯全无的玉旺从山里回来了。

嗯，没说错！那个跑进山林里失踪数月的玉旺，那个千余人搜寻而不见的玉旺回来了。一同和玉旺回来的还有那头所谓的建档立卡母猪种以及母猪身后跟着的一群小猪崽。母猪嗷嗷嗷，小猪呀呀呀，被玉旺赶着穿村而过。这一天，村里的人打开大门，玉旺和猪回来，像战士凯旋。

“玉旺不是死在山上了吗？怎么回来了？”

“怎么还赶着猪回来了？还有一群小猪崽子。”

“那群小猪崽是小野猪呢！”

“肯定是小野猪，大概是那母猪跑到山上跟野公猪配的种！”

“不是，玉旺不是死了吗？怎么又回来了？”问题又回到原点。

玉旺和猪继续在村中穿行，一路走，背后跟着的人越来越多，都想看一看这个失踪在林中数月的女人。

玉旺赶着猪回到家中的时候，发顺刚打包好行李，他准备到省里去上访。大门开，见玉旺进门，发顺一愣，接着一惊：“啊！你他妈不是死了吗？”赶进院子里的猪嗷嗷，见玉旺不回话，发顺大声吼道：“你他妈不是死了吗？怎么回来了，没死成？”玉旺的嘴嘟囔了几下，发声：“李……李发康……在哪？”见玉旺回来的第一句话就是问李发康，发顺愤愤：“李发康都他妈差点把你害死了，你还跟我提他？”发顺挥手欲打玉旺。

不过这次发顺失算了。“啪！”玉旺响亮的一耳光抽在发顺脸上。挨了一巴掌的发顺发着懵捂着脸向后退却：“这疯婆娘，真的疯了！”天旋地转，天旋地转，这里的天旋地转指的是发顺在捂着脸的瞬间看到门外奚笑的人群。这当然很让人没面，发顺在此时酸软，摊在地上。世界仿佛倒置，然后变了个色。

“李……发康……”

从山中归来的玉旺变得强硬，但是依旧痴傻。不过人们改变的说法，玉旺这是淳朴的无害。玉旺吆喝着从山中带回来的猪群，沿着山路走，最终被林海淹没。

列车向东走，驶出南高原，革去职务的李发康在车上。换个环境也许是种逃离，而逃离偶尔是逃命。列车向东走，李发康的电话响，接通，乡长兰正义的声音：“发康啊！误会啊！误会，发顺家媳妇回来了，建档立卡猪也回来了！”

李发康并不惊讶：“回来就好，回来就好！”

兰正义：“我们乡里和县上已经更正了对你的处理，你可以回来了！”

“……”电话那头李发康不作声，兰正义接着说：“发顺媳妇回来，带回来建档立卡猪，还领回来一窝野猪的杂交崽子。乡上准备在村里建立一个野猪杂交的示范基地。”

“……”兰正义接着说：“回来吧！村里的工作需要你！”

“嘟……嘟……嘟”电话忙音，李发康挂断电话，列车驶出高原。

“唉，累了！结束了！”李发康自言自语，倚着车窗，睡去。

九

现在，我经常在电话里喊李发康：“嘿，倒霉蛋！”

他回：“滚球！说人话！”

我：“爸！”

他现在在沿海的某个城市的建筑工地，有时候扎钢筋，多数时候扛水泥。

我：“爸，村里的野猪养殖场弄起来了！村里的人都顺利脱贫了。”

我爸李发康：“那就好，现在国家政策那么好，好好过日子比什么都强！”

我接着：“玉旺养殖场的每一头猪，都是我爸！”

玉旺管养殖场的每一头猪，都叫作李发康。

（选自《中国作家》2019年第5期，并为《小说选刊》2019年第5期转载。另《作家文摘》《新华文摘》《太阳河》《老山》《七都晚刊》等刊物转载）

《滇池瑞雪》

王建

160cm × 100cm

布面油画

《香水》是这样炼成的！（随笔）

// 谢挺

谢挺，1988 年毕业于云南大学地球物理系。1990 年开始文学创作，在国内重要文学刊物发表文学作品百万余字，并有多篇作品为国内各选刊选本转载。曾获北京文学奖、贵州省政府文艺奖等奖项。出版长篇小说《爱别离》《留仙记》，小说集《想像中的风景》《有青草环抱的房间》《沙城之恋》《杨花飞》，散文集《当爱已沧桑》。中国作协会员。现为山花杂志社副主编、编审。

我得承认，再次面对《香水》，十几年前那种颠覆性的阅读感受没有再发生。当然，这也正常，就像一个熟悉地形的司机对前方的路况再无意外一样，《香水》至少技术层面已无秘密可言。我们常常用一部文学作品能否抚慰人心来衡量它的价值，就此而言，显然这并非《香水》的长项，但时过境迁，《香水》仍不失奇妙，并俨然已成幻想小说、寓言小说中的经典，甚至有着教科书般的标杆意义，不难发现，现在很多中国当代小说都受过这部小说和作者聚斯金德的启发和影响。

现在，我们就来试着聊一聊这部用传统手法创造出来的带有现代气息的小说。

“试着”是我们对这部小说背后来自作者的那种强大的想象力的敬意。如果想象力是文学作品的一个维度，那么就《香水》而言，作品抵达的人性的深度也足以让人瞠目结舌。但从效果来看，它们的获得既自然，又是轻松，且纯粹的，足见作者对题材的掌控力。

作者帕特里克·聚斯金德，出生于1949年，联邦德国的阿姆巴赫。在20世纪的1984年他写出了《香水》，1987年完成了一部叫《鸽子》的中篇，加上之前的一部叫《低音提琴》的剧本，好像近三十年过去，它们还是聚斯金德作品的全部。当然这些书、作品也已经从畅销书成为常销书，据说已经在全球翻译成至少23种文字。有些作家可能天生就不是高产作家，他们只为一部或某几部作品而生，也许这些东西已经包含了他们想要言说的全部，仅凭着这些有限的言说，他们已经超越了无数长篇累牍的唠叨，以简胜繁，《香水》就是这样。20世纪80年代，这几部作品的诞生轰动了整个德国文坛。1987年，《香水》更以唯一一部外国小说获得了巴黎书籍博览会“古滕贝格奖”。

“十八世纪，在法国曾出现了一个人”。“此人便是最有天才和最残暴的人物”，“他名叫让·巴蒂斯特·格雷诺耶”。

《香水》开宗明义，把作者和整部小说的意图先说了出来，他要为一位气味世界的怪杰立传，这个人的天才和野心因为仅仅局限在气味，这样一个时效短暂的王国，因此他在整个文明史上也找不到痕迹。这自然是小说家语，目的也是使这种“无中生有”最终让人“信以为真”！

传统的欧洲小说开场会有大面积的景观描写或者社会关系的陈述，作者通常用这种方式让读者知道他们的主人公的所处的社会环境和生活状态，对他的宗教背景，情感类型，以及他们即将面临的艰难险阻都有所预期和心理准备，同时这对人物形象的塑造也会有所帮助。

《香水》却不做这些努力。

我们现在已经知道了故事的来龙去脉，相当于从一个事件的末尾来追溯它的成因，作者最终创造了一位气味世界令人恐怖的芳香之神，在这个基础上，我们反问一下，这个神祇是如何诞生的？循着故事脉络，我们也许可以找到这个偶像从无到有的蛛丝马迹，或者在故事源头，那些材料的初始状态，找到作者的用心！

首先，这个气味之神被作者安排在一个鱼肆诞生，因为这里也是巴黎，书中原话——“整个王国”最臭的地方。

香水大师诞生在一个腥臭的鱼肆本身就具有强烈的反讽，关键作者还想说明，这个香水大师生命力有多强大，他母亲将他在鱼肆中就地生产后，用剖鱼刀割断脐带，然后将他像之前处理所有的弃婴那样丢在一个装鱼内脏的垃圾桶里。那些婴孩都如愿一一死去，而格雷诺耶却能在危险之际大放悲声，声音之凄厉，立即召来了邻近其他的市民，包括警察，于是他母亲的身份也立马由弃婴者转成了杀婴犯（她存有此心，有前科，也是咎由自取），杀婴犯被处以绞刑。格雷诺耶在人间的第一记哭声不仅宣布自己的降临，还把他的第一个敌人，他的母亲送上了断头台！

我们可以看到大师格雷诺耶没有父亲（书里只说他是私生子），母亲随即被杀，也让他几乎一落地，就成为一名孤儿！

这种生育方式近乎动物，而且在遍布尘土、垃圾的最底层。无父无母，则让这份孤独少了来自血缘、家族关系的影响和支持。可见作者这种极端的安排，要的就是一种纯粹，从一开始主人公就必须置身一种孤立无援的境遇，他要独自面对各种组合灾难，他要用自己的力量来保证自己的生存。毋庸置疑，这个肮脏的地方不会给他任何一丝与爱有关的信息，哪怕一缕和煦的风也吹不进来。而我们的主人公格雷诺耶却要于此出发、生长，他能长成什么样呢？

小说结尾让他成为一名企图用香水控制世界的野心家！

小说也可以看成格雷诺耶版的“在路上”——

格雷诺耶没有气味。

一个人如果天生没有气味已经让人匪夷所思了，但他却还要成为一名香水大师——这中间有多少必然性？它的真实性或许也只存在《香水》文本中，是作者用权利为他设定的，姑且我们先来接受一个“现实”：格雷诺耶是个无气味的人，这一“空缺”的设定也让他立马成了整个世界的异类。这既让他自惭形秽，同时又让他有了仇视这个世界的理由。事实上，最后格雷诺耶也用自己的方式让这种特质获得意义上的提升。

作者之所以要让主人公与众不同，一方面是要为他涂一层神话色彩，另一方面也是要他在寻常的苦难之外，更增添一种与生俱来的压力，至少一开始，格雷诺耶就很痛苦，他与众不同，没有体味，于是他饱受歧视，各种迫害也纷至沓来……

没有气味与嗅觉灵敏——两种矛盾熔铸一身，可以看出作者多少有点游戏的意思：气味既然是世俗众生人人俱备的，且最接近动物的一面，那么没气味就意味着他不属于这个世界，也远离动物那一面——

小说中格雷诺耶很快被人视为异类，甚至魔鬼！首先是他第一个乳母，让娜·比西埃，她因为发现婴儿没有气味，恐怖得不行，非要把他退回修道院。这一点连修道院的泰里埃长老都受影响，他觉得“这东西（格雷诺耶）必须滚得远些……人家不会隔一小时又把它送回来”，结果格雷诺耶再次被送走，这次能接受他的加拉尔夫人没有嗅觉。

之后，格雷诺耶就在加拉尔夫人、制皮匠格里马、香水商人手中辗转，他们无一不是悭吝、贪婪，包括他后来遇到的巴尔迪尼侯爵、香料寡妇阿尔努菲夫人、里希斯参议员，他们收养或收留格雷诺耶都是因为利益驱使，要从他身上榨取更多，斩获更多——其实这些人也构成了格雷诺耶社会关系的全部，或者就是由他们组成了格雷诺耶眼里的巴黎、法国。

从阶级论的角度，这些利欲熏心者都是压迫者，而格雷诺耶是被压迫者，最后的结局也可看成格雷诺耶的一种抗争和反叛，哪里有压迫哪里就有反抗（这时我忽然冒出一个念头，很想知道聚斯金德有没有读过《资本论》，巧的是他也是德国人）——因此格雷诺耶的杀人行为也是合乎“阶级斗争”伦理的，格雷诺耶充其量只是残酷的资本主义的牺牲品。

也是在这一段从童年到少年再到青年的过渡中，这个世界向格雷诺耶展示只有罪恶和残忍，也让他经历了常人难以想象的灾难和病痛，比如差点被同室室友用被子闷死，在制皮工场他得了炭疽病，到了香水店则得了一种化脓性麻疹……几乎每次重病都危及生命，但格雷诺耶每次都如履薄冰，用他那强大的生命力支撑过来。作者形容格雷诺耶的生命就是一只倔强、执拗的扁虱，“沉默地活着”，“本能地等待着机会”。一边让自己在饥饿、伤害、疾病等等组成的灾难中，小心地看护着自己的奄奄一息的生命，另一边还让自己在弱肉强食环境中，做一个顺从，无所需求的样板。因此，对格雷诺耶这样好用、听话、高效率，很难找到替代的好伙计，在他每次遭遇命难时，他的主人们都毫不掩饰地都表示了遗憾和惋惜。

如果小说仅仅讲述这些，未免会让读者失去阅读趣味，还好，小说迅速地回到嗅觉——这个人与许多动物都与生俱来，类似基本能力的功能上来，而格雷诺耶是这方面的天才。

在人五种基本能力中（视力、听力、嗅觉、味觉、触觉），嗅觉可能属于最难以描述，也最不容易吸引重视的。本书恰恰于此入手。

格雷诺耶的嗅觉奇才，在他 6 岁时就被自己无师自通地开发出来。

格雷诺耶长相古怪，丑陋，性格孤僻，加之他无气味的特质，让他与周围世界处于绝缘状态。这一点也可以看出作者的决绝：除了嗅觉一项，所有可以引人注目、好感的东西通通拿走！

格雷诺耶对气味的认识也是被动的，起初他并不清楚自己拥有一个世界上最灵敏的鼻子，他只是凭着本能，把所有气味都毫不遗漏地吸进来，并转成自己的记忆。最初，这更像一个游戏。

格雷诺耶很快就拥有了上万种，甚至十万种气味的储备，并能“清清楚楚地加以区别，随意加以支配”，“他重新闻到这些气味时，不仅回忆得起来，而且当忆起这些气味时，他事实上又闻到了这些气味”。

“他的天才或许可以和一个音乐神童相比拟，音乐神童从旋律与和声中听到一个个音的字母后，可以谱写全新的旋律与和音。”

作者在这时变得异常的大方，对格雷诺耶的嗅觉才能基本都是溢美之词，而且认为他对气味态度公正，没有好、坏，香、臭，好、恶的判断，只要是新鲜的气味，他就喜欢，就会把它们收纳进来，在头脑中对这些气味分门别类。他还可以随意地分解，再重新混合，产生新的气味。

从此我们也可以看出，格雷诺耶对气味的理解和认识，从一开始就超越审美。

到了格雷诺耶作皮革学徒时，他已走遍巴黎的大街小巷，在各种场合去搜寻气味，尤其那些卖花和香料的市场是他狩猎场。并且这时格雷诺耶嗅到了真正的香水，那些香水像彩带一样从华丽的马车上飘来——他很快地猜到香水的意图就是起到使人陶醉和吸引人的作用。构成香味的个别香精质量优良，但它们作为整体却是粗劣的，他相信，只要有同样的原料，他就可以做出完全不同的香味。

这期间，格雷诺耶还停留在对气味单纯的执着中，他的气味收藏的仓库不断地扩大，世界已经没有任何语汇能帮助他做细致的梳理、划分和命名。它们只是像小孩手里的积木，不断重组，再不断地被破坏。格雷诺耶这时候还不清楚他举世无双的嗅觉意味着什么。

这时候发生了一件事，从此改变了格雷诺耶对香味和自己的认识。

这是一个节日的夜晚，当人们都在塞纳河边观看烟火表演，并忘我的欢呼时——格雷诺耶却在这些单调的硫黄、硝石混合的气味中，捕捉到一丝不同：风把某种东西朝他吹来，一点碎屑，一个香味原子，不，还要少："是对一种香味的预感，而不是真正的香味。"

小说中有几处关于香味精彩的描写，我们都知道嗅觉、味觉这类感受，都难付诸文字，但作品既然是写一位嗅觉天才，于是作者也用不同的方式，不同的手段，来突显、捕捉这种顶级香味对天才的嗅觉系统，乃至心灵所产生的震撼和冲击，比如他借格雷诺耶的感受继续评价："这种香味是了解其他所有香味的一把钥匙，倘若不了解这种香味，那就对所有的香味一无所知。接着他又让格雷诺耶去尝试分离气味的组成，这气味是由两者，即挥发性的和滞重的两部分混合的，不，不是混合体，而是统一体，既少又弱，但结实牢靠，像一段闪闪发光的薄绸……但又不像绸，而是像蜂蜜一样甜的牛奶——可是无论如何，牛奶和绸子，这怎么能联系在一起呀！这种气味无法理解，无法形容，无法归类，可能根本就不存在，但它又千真万确地存在着。'

格雷诺耶很焦躁，绝望，因为他可能随时可能会失去这种对他意味不凡的香味。但还好，它消失了一阵，美妙的气味又重新现身，在那些污浊的市井气味中漂浮着，像一根牵引着格雷诺耶的柔和而又清晰的带子。"他不需要看什么，这气味万无一失地领着他走"，最后他来到马雷大街，之后他在一个僻静的巷子里看到这个香味的来源：一个背对着他正在去李子核的女孩。

“顷刻间，他被搞糊涂了，以致真的认为，他这辈子还没见到像这个少女这么美丽的东西……当然他是指他从闻到过如此美妙的气味，由于他了解人的气味，他不敢相信，这样美妙的气味是从一个人身上散发出来的。”

格雷诺耶入魔般贪婪地嗅着这人世间罕有的气味，对他来说，“面对这种香味，十万种香味都会毫无价值。这是一个更高的准则，根据这个准则的样板，必定可以整理出其他的香味。这香味就是纯洁的美！”

格雷诺耶的美学课还在继续，他一边吮吸着女孩身上飘来的香味，一边想着如何占有它。最后他来到女孩身后，在她发现危险之前，格雷诺耶已经用双手攒住了她的喉咙——女孩没有叫喊，格雷诺耶没有看她那张美丽的生有雀斑的脸庞，那对发光的绿色的大眼睛，因为这时候他紧紧闭起双眼，不让她的香味跑掉一分一毫。

女孩断气了，格雷诺耶也从头到脚把她残留的最后一点香味吸纳干净。然后，安然地离开。

对格雷诺耶来说，他并没有犯罪感，对女孩的死也没有内疚，他只是在占有一种气味，而不是杀人。到此为止，他都像动物一样生存，但这一晚，马雷街少女的香味让他忽然间觉醒！他忽然明白自己是个什么人，并顺带清楚了未来生活的意义、方向、目的。他还知道他是世界上唯一占有一切手段的人：他那出色的鼻子，不寻常的记忆力，以及最重要的——马雷大街少女芳香。“他必须做个芳香创造者，不是随便一个制造者，而是一切时代的最伟大的制造者！”

格雷诺耶与香水商人巴尔迪尼的相遇也充满了戏剧性……

公正地说，格雷诺耶这时候还只是个皮革学徒，他对香水的认识，还止于想象，他的天才还没有合适的机会和地点展现出来，尽管他对香味构想整个世界都罕有匹敌，但至少这时候它还是个无人知晓的秘密！

而走在末路上的落魄商人巴尔迪尼也在苦寻机会，过去靠一点祖产，靠一两张配方就能霸占香水市场的时代已经过去。他已经被他竞争对手层出不穷的香水表演弄得走投无路，只有苟延残喘、勉力支撑的份儿，他已经做好随时退出的准备，离开这个喜新厌旧又让他精疲力竭的香水界。

严格说，巴尔迪尼的香水才能是无法与格雷诺耶比拟的，前者不过是按图索骥、照本宣科的匠人，一个唯利是图的商人，他的财富累积完全靠早年用钱换来的两张配方，只会依葫芦画瓢，没有多少创造力。但他却是整个巴黎发现格雷诺耶真正价值的人。

当时正是他心情最沮丧的时候，对手的挤兑已让他进退维谷。于是他破例同意一个来送皮革的制皮伙计，使用他的实验室。因为格雷诺耶取笑他对手名扬巴黎的香水，并许诺可以为他不走样的复制出来。

巴尔迪尼鬼使神差地答应这个要求，随即他又后悔，因为这个口无遮拦的丑八怪伙计，粗鲁得就像一头失控的蛮牛，看起来他根本就没有接触过香水，各种实验用的量杯滴管他基本就视而不见，甚至根本不去触碰，他只是把香料倒在一起，混在一起……这些盛着价值连城香料的器皿随时可能爆炸，会摔在地上砸个粉碎！

巴尔迪尼终于忍不住制止，但他叫停的口气是虚弱的，且越来越虚弱，最后自己停下来，因为空气中他已经闻到了，就是他苦苦想去仿制又苦无头绪的“阿摩尔与普绪喀”的香气……

格雷诺耶说这款香水并不好，他可以再给他配两款好的，奇迹面前，巴尔迪尼也无力拦阻。果然，那是两款无与伦比的香水。

第二天，他做的第一件事，就是把格雷诺耶从皮革匠手中赎出，让他意外的是，格雷诺耶像已被告知，已经打好行李包在等他了……

表面上，巴尔迪尼对格雷诺耶有知遇之恩，但他只是需要格雷诺耶的香水配方为他抢占市场，创造财富，在巴尔迪尼看来，格雷诺耶就是上天给他送来的香水大师，他可以同时给全巴黎的香水匠提供香水配方，且绝对不重样！有了这个人，他就不再惧怕任何对手！

这一段格雷诺耶进入芳香世界的过程写得很有趣，同时它也几乎颠覆了巴尔迪尼多年小心翼翼建立的香水观，格雷诺耶的香水是用一种野蛮的方式创造出来的。当然巴尔迪尼也在教育，乃至规范、纠正格雷诺耶，比如教他使用天平、量杯、滴管，每次配香水，都要把分子式写出来，在他看来，有了分子式，之后的香水才是可靠的。又比如，他要格雷诺耶把酒精当成溶剂，而不是香料来使用，要最后才允许倒入……

对格雷诺耶来说，写出分子式去配香水，明显是条弯路，是一种累赘，但巴尔迪尼看来，却是进步，至少格雷诺耶给他带来的香水冲击，不再是无解的，无规律遵循，不再是花样翻新的魔术，他甚至还能纠正一些格雷诺耶犯下的错误，于是感到自己也在参与，甚至引领了这些香水研究和发展。

行业规则和香料的制造技术对格雷诺耶来说，自然是后者更让他感兴趣，前者他学来用来应付巴尔迪尼，包括他嗅香水时那种伤风的小姑娘一样抖手帕的动作，也学得惟妙惟肖。但人们制作、隔离、浓缩、保存香水并使之具有更高用途的工作方法才是他用心所在，至少这时候的格雷诺耶还没有能力像占有物品一样占有一种气味。他心里因为马雷街少女的芳香而有了一个了不起的愿景。

他学习各种萃取香味的办法，尤其巴尔迪尼工场里最常用的蒸馏法，这种方法可以用火的热量，把植物最纯正的部分，即植物的精华，气味很浓的香精，分离出来。很快他就成了蒸馏专家，因为别人是看热候，以火的温度来判断对蒸馏液品相的影响——但格雷诺耶更直接，他用鼻子就能判断出芳香是用武火还是文火更适宜。这期间他也继续着自己的香水试验，比如他试图蒸馏玻璃的气味，“即光滑玻璃像黏土一样凉爽的气味”，蒸馏了黄铜、瓷器、谷物、砾石，土、血、他自己的头发，最后还蒸馏了塞纳河的河水。他想象从百里香、薰衣草中提取香味那样，把这些材料中暗藏的味道提取出来——结果，他失败了。他不明白蒸馏其实是把易于挥发的芳香油与其他无香味的剩余物质分离开来，他花了几个月时间证明这是个错误，于是格雷诺耶大病一场。

损失最重的要数巴尔迪尼，他直接感觉这个时间死神把格雷诺耶从他生活中拿走，是对他最大的打击和惩罚。此时，因为有了香水天才格雷诺耶的支持，他已经有了一个全面征服法国、欧洲，乃至全世界香水市场的计划，包括那些王室都必将成为他的拥趸，但现在这一切都要因为“这个用金子也买不到的小鬼”格雷诺耶的离开而消失。巴尔迪尼请了巴黎最好的医生，让他住最好的房间，并不顾那些脓疮的恶臭，亲自照顾，为的就是能在格雷诺耶离世前多拿到一个新香水的分子式。

有一天，昏迷状态的格雷诺耶忽然问了一个问题：

“请您告诉我，师傅，为了取得一个物体的香味，除了压榨和蒸馏外，还有别的办法？”

巴尔迪经回答有的，有三种办法：热提取法、冷提取法、油提取法。人们使用这种些方法可以得到一切芳香中最美的芳香。

“在哪里？”

“在南方，主要在格拉斯市。”

格雷诺耶没有死，他还有非常伟大的计划要去实施，有了这个答案，他未来的方向终于清晰起来。他安然入睡，健康又迅速回到他的身上。

又过了三年，巴尔迪尼才决定让格雷诺耶满师，并给他一个自由身份。这期间巴尔迪尼已经让自己以七十岁的高龄成了欧洲最大的香水专家和巴黎最富有的市民之一。他向格雷诺耶提了三个条件作为自由的前提：第一，在巴尔迪尼这里生产的一切香水，不许他自己制造，也不许把它们的分子式传给第三者；第二格雷诺耶必须离开巴黎，在巴尔迪尼有生之年不得再来；第三，必须对前两个条件绝对保密。

格雷诺耶同意了。虽然他不相信圣者，也不相信他母亲的在天之灵，还是向他们发了誓。而香水配方他更无所谓，只要他愿意，他就可以极短的时间编出等量齐观的东西。他从巴尔迪尼工场带走的，只有一只旅行背包，一件衬衣、两双袜子、一大条香肠、一条粗羊毛毯和二十五法郎。

这些格雷诺耶曾经的主人，作者聚斯金德都没有给他们一个好结果。前面的加拉尔夫人最后还是不幸死在主宫医院，在她最担心的，许多陌生人的注视中死去；皮革商人咯里马则在出卖格雷诺耶后，因醉酒坠河而死；巴尔迪尔，则在随后的一起事故中．连带他所有的房屋和财产一起坠入塞纳河。

接下来，格雷诺耶去了南方。

但作者此时让他做了一次停留，也许换个作者，会让格雷诺耶直接抵达目的地，也即他的理想国，他的芳香世界，但作者却要挫一挫这种阅读上的预期，让格雷诺耶在这中心目标之外一停就是七年。作者这时候想干什么？

格雷诺耶走出了巴黎，也是当时世界上人口最稠密的地方，他离开这座城市越远，他周围的空气就变得越明朗、清新和洁净。这里不再有成千上万种不同的气味相互追逐，飞快地变换着，彼此污染，只有沙土、草地、植物、水的气味，迎面缓缓吹来。

格雷诺耶感到一种自由，这种自由的状态是他远离人，尤其是他们的气味后获得的。这时候他心情舒畅，而此前他在巴黎十多年时间里，没有一刻不在吸纳巴黎污浊而混沌的气味，再被它覆盖着、压抑着，这个气味的主角就是人，甚至没有一个角落，没有哪块石头一块土地不在散发人的气味，因此他凭着一种本能远离了这些气味，也就是远离了人——他为此而幸福！

于是格雷诺耶听凭自己的鼻子引领着他，远离城市，最后是远离村庄，一切凡是与人有关的气息都是他规避的。这样，鼻子领着他从四面八方离开人，就向一个指南针那样，旋转着，后来这个指南针变得像一只陀螺，不再指明方向。于是格雷诺耶明白过来，他来到一个气味的极点，从这个地方朝任何一个方向迈一步，就意味着向人靠近一点。

这个极点，即整个王国的最远点，在一个名叫康塔尔山的两千米高的火山顶上。这座山峰由一块巨大的铅灰色圆锥形岩石构成，周围是一望无垠，贫瘠的、只生长灰色苔藓和灰色灌木林的高原，这个地方如此萧索，就连最穷的牧羊人也不把他的羊群赶到这里来。在这座山方圆数里的地区内无人居住，也没有像样的温血动物，只有几只蝙蝠、甲虫和游蛇。几十年来就有人登上过这座山峰。

格雷诺耶于 1756 年 8 月的一个夜晚抵达这里。破晓时分，他站在山顶，很快用鼻子知道现在朝任何一个方向，都离开了人（也朝向人）！他用整整一天，甚至用眼睛，视觉来一点点印证，最近他确信自己已经从可憎的人类和他们的仇恨中逃脱出来！

他现在是这个世界唯一的人，唯一的存在！

格雷诺耶高兴极了。就像一位乘船遇难者在经过数周海上漂流后忽然看到了一个岛屿，格雷诺耶也庆祝自己来到这个荒僻的山上。他高兴得喊叫起来，把随身的旅行背包、羊毛毯都扔掉，双臂高举，转着圈跳起舞来。他一边跳，一边朝四面八方呼喊自己的名字，直到深夜，就像一个疯子停不下来。

在山顶他找一个坑道，深三十米左右，坑道尽头狭窄不堪，格雷诺耶只能弯腰站立，但可以坐，可以蜷缩着入睡。格雷诺耶还闻出来，这地方没有其他生物来过，他小心在上面铺上羊毛毯。随后睡上去，他觉得就在天堂一样。这里虽然处在法国最荒凉的山中五十米深处，更像一座坟墓，但格雷诺耶就像在他母亲的肚子里，他从未感到自己如此安全。以致他忍不住幸福地哭了。“但他不知道，他这么幸福该感谢谁？”

这之后，他到坑道外面，只是为了舔水、大小便和猎获蜥蜴与蛇作为食物。此外，他唯一关心的就是尽快回到自己的墓穴。他一天有二十多个小时坐在完全黑暗、完全寂静的石道尽头，那块粗羊毛毯上，背靠着卵石，自得其乐。

这就是格雷诺耶的内心帝国，他的芳香世界，在宫殿的房间里摆着货架，架子从地板直到天花板，架子上放着他有生以来收集的所有的气味，有数百万种。格雷诺耶每天像视察工作一样，把某个年份的气味调出来，这样同时被它们带出来的，还有当时的气氛和情节。比如一杯让他流眼泪的香水，是1752年的香水，它们是那年春天日出前在国王桥上向着西方吸来的，当时吹来一阵轻风，风里混合着海的气味、森林的气味和码头上的小船散发的一点点焦油味。那一晚也是格雷诺耶未经皮革商格里马许可在巴黎游荡度过的头一个夜晚，当时这气味向他预告了自由。是一种希望之气味。他小心翼翼地保存下来，并且每天都要喝它——

"是的！这是他的王国！独一无二的格雷诺耶王国……在清除往昔令人作呕的臭气之后，他如今要让自己的王国散发出芳香！他迈着坚定的步伐到达无人耕种的田野上，播种了各种香料作物……当他看到，事情做得不错，整个大地都播上了他那神奇的格雷诺耶种子，伟大的格雷诺耶就降了一阵酒精雨……不久种植场上已是枝叶茂密，花蕾几乎全从花被中绽了出来。……这时伟大的格雷诺耶制止降雨。他派遣他的微笑的温和的太阳普照大地，一下子出现了万花竞放、鲜艳夺目的景象。伟大的格雷诺耶看到这很好，非常非常好。他把自己气息形成的风吹遍大地，可爱的花朵散发着香味……对他这伟大人物，独一无二的人，美丽的格雷诺耶表示敬意！"

"伟大的格雷诺耶看到这很好，非常非常好。"这句话的句式可能有人会觉得耳熟，的确——这是《圣经》中的话语方式，"于是神说要有光，于是便有了光——神说光是好的！"

作者让格雷诺耶在坑道中隐藏七年，其实就是让他，这个没有教养也没有文化的人，在一种绝缘的状态中，发现，主要是创造自己的神性！因此这是一次属于一个人，格雷诺耶自己的造神运动！

其实历史上也有过不少人用一种孤独的修行方式，来忏悔，来使自己更趋于神性。但这一切与格雷诺耶无关的，他不忏悔，也不期待获得更高的灵感。他只是安住在自己用鼻子创造的神奇中。并在这种观念的支持下，开始想象去控制这个世界，控制他人！

七年后的一天，格雷诺耶崩溃了，在一个梦境中，他梦到自己被一团雾气包围，这团雾气他知道其实就是他的气味，但他却嗅不到！他可以分辨成千上万种气味，且从不混淆，却无法闻到自己的气味！对一个用气味来了解和判断世界的人来说，这也意味着他不了解自己，他对自己来说是陌生的！——从前，他就知道这一点，并不觉得这是个问题，但七年的独处，尤其他在这种了了分明的寂静中，对自己却一无所知，尤其不能原谅。

格雷诺耶激动地大喊大叫，就像他最初发现这个山顶上只有他一个人！他想尽办法，把衣服脱光了，让寒风把自己的裸体吹个透彻，最后他伏在旧衣服上，还有他住了七年的坑道中都没有闻到属于他的气味，他的记忆力惊人，能准确地回忆起七年前这地方散发的气味，这气味如此纯洁，说明任何时候都没有生物、人或动物来过……

格雷诺耶纠结的其实还是一种身份感的缺失，他没有一点归属感。前面他虽然通过各种想象，把自己塑造成一个香水之神，但在现实中他还从来没有实现过。

格雷诺耶受不了这种感觉。他走到坑道口，穿上自己破烂的衣服，把粗羊毛毯披在肩上，当天夜里他离开康塔尔山，向南方走去。

可想而知，格雷诺耶的野人形象把见到他的第一拨人，一些种地的农民吓得够呛，而在城里他则引起了轰动。人们猜测他的来历，有人认为他是个逃犯，有人则认为他不是人，是人与熊的后代，或者印第安人。他被送到市长那里，展示过他的满师证书，接着格雷诺耶囫囵地介绍自己的经历：他是被强盗袭击后，绑架到一个洞穴中，关了七年之久，七年中没有见过阳光，也没见过一个人，靠一个看不见的手送的篮子里的食物生存，最后借助一个梯子才逃脱。这自然是格雷诺耶编造的，又是他七年后第一次开口说话，声音哽咽，但他知道这比事实更可信。而真实情况也是这样，类似的强盗袭击事件，在当地层出不穷，市长于是赶紧为格雷诺耶登记备案，并上报给图卢兹的庄园主埃斯皮纳斯侯爵。

埃斯皮纳斯侯爵对格雷诺耶如获至宝，他应该算是第二个认识到格雷诺耶价值的人，因为他一向都在致力于科学研究，比如之前他想培植出一种动植物杂交品种，即一种乳房花。最近又正好在撰写关于接近土壤和生命力之间的关系。因此埃斯皮纳斯侯爵听说格雷诺耶在一个洞穴里——四周完全是腐烂的土壤——住了七年之久，真是喜出望外，叫人立即把格雷诺耶带到他的实验室。

果不出他所料：格雷诺耶被致命气体严重伤害了，他二十五岁的身体已经明显出老人一样衰变现象。他以为，如今只有使他设计的活力空气换气，把有害气体彻底驱逐出云，格雷诺耶才能恢复到过去的健康状况。为此，侯爵召集了四百位这个城市中所有医学院、植物协会、化学物理协会、共济会分会等等学术团体的成员，在蒙彼利埃大学礼堂为他们举办了一场关于致命气体对生命巨大影响的生动讲演。他先是展示格雷诺耶身上的疤痕，畸形的身体，加上衣衫褴褛，每个人都认为他已经烂掉一半，无可救药了。

展示结束后，侯爵就把他送到自家的贮藏室。在那里，侯爵选的几位大夫亲自为他进行空气置换，即把比屋顶高得多的空气从吸气烟囱吸入——这套设备由一组工作人员夜以继日地精心操作，始终保持运转状态。而且每隔一个小时，格雷诺耶就能吃到专门为他定做的那些远离土壤的有营养的食品：鸽子汤、云雀酥饼，长得特别高的大麦做的面包，比利牛斯山产的葡萄酒，等等。

这种去污和恢复的治疗持续了五天。之后，侯爵叫人把格雷诺耶带到盥洗室洗雨水澡，然后用安第斯山的核桃油肥皂从头到脚进行清洗，再剪去手指甲和脚指甲，还请来裁缝和鞋匠为他配置新装。侯爵亲手为他有疤痕的脸涂脂抹粉，给他嘴和脸颊擦上胭脂红，又给他画了拱形眉，最后再为他喷洒自己的私人香水，一种普通的紫罗兰香水。

在新的见面会上，格雷诺耶的新形象让所有人都倾倒不已，一周前，他还像一头蹲着的历经磨难的野兽，现在则是一个体态健美的文明人。侯爵又开始高谈阔论，讲述他的致命的土壤气体理论，他说到激动处，展开臂膀，眼望天空，很多人都模仿他这么做，女人们则放声哭泣。

只有格雷诺耶清楚，使他发生变化，成为一个正常人的并不是鸽子汤或所谓的换气把戏，其实就是那几件衣服、发式和化妆品在起作用。

这段时间格雷诺耶也收益不小。他让侯爵为他找了一家香水工场，他为自己定做了两款奇特的香水。

其一其实不是一种香水，而是一种气味，是对人的气体的一种模仿。它是由类似猫屎、臭蛋之类的东西提纯再回放一些新鲜香油混合而成；第二种则是在第一种的基础上，是它的气味并不像一种芳香，而是像散发香味的一个人，是对一个真实，本身具有人气味的人的整体模仿。假如一个真实的人用这种香水，旁人会觉得他带有两个人的气味，会像个可怕的双重身体的人。但对一个人没气味的人，比如格雷诺耶则刚刚合适。

格雷诺耶把第一种香水喷洒到自己的身上，然后出门去检验正常人对他的反应。他到各种场合，先是广场，然后是婚礼现场，先是小孩、妇女，最后到男人，也许昨天他们还会被格雷诺耶突然地出现吓一跳，现在则有了准备，有了预判。

格雷诺耶很成功，他发现所有的男人、女人和孩子都容易上当受骗，把他用猫屎、干酪和醋拌在一起的臭气，当成和他们一样的气味吸进身体，并把他，格雷诺耶，他们中间的坏蛋，当作人群中的一个人加以接受，他感到无比高兴。他费了很大力气，才克制住不对所有的人呼喊：他不怕他们，几乎也不恨他们。他只是轻视他们，因为他们又臭又笨，因为他们受了他的骗。因为他们什么也不是，而他就是一切！

等人群散去，格雷诺耶蹲在圣坛下的一条长凳上，很久他才回过神来，同时感到一种极大的满足，这不是他在山洞里独自浸淫他收藏的气味时那种满足，今天他意识到自己的力量，是对这种力量产生的一种冷静和清醒的满足。

他终于知道了他能胜任什么。他会设计出一种超人的芳香，一种天使的芳香，谁闻到这香味都会入迷，必定会从心底爱上他，格雷诺耶，这香味的载体！他们就会跪下来，“如同跪在上帝冷冷的香烟之下……”

因为人们可以在美丽的事物前闭上眼睛，对优美旋律和语言充耳不闻，但他们不能摆脱呼吸，因为气味是呼吸的兄弟，如果想生存，你就无法抵御。气味能径直到达心脏，在那里把爱慕和鄙视，厌恶和兴致，爱与恨区别开来。谁掌握了气味，谁就掌握了人们的心。

格雷诺耶要成为现实世界中和凌驾于现实之上的全能的芳香上帝！也就是说他要成为掌握其他人心的人。

在康塔尔山的坑道与在圣皮埃尔大教堂，格雷诺耶实现了两次对自己认知的变迁，头一次是对自己天才能力的认可，后者则让他知道自己要拿这种天才做什么，其实这也是他人格的两次跨越式变化，他由一个颟顸的自然人，变成了一个能掌握全局，又破坏力惊人的恶魔，对这个世界来说，无疑是个灾难，但对格雷诺耶本人来说，也未必是幸事！但事情衍生到这一步，已经由不得小说人物，包括作者回头。

鉴于作者聚斯德金的惯例：每个接触过格雷诺耶的人最终都会非正常死亡，我们也把侯爵的后事提一下，尽管在和格雷诺耶交往的人中，侯爵算不上令人讨厌的。

后来，格雷诺耶凭着他新制的香水，让几乎所有人都忽略了他的存在，他成功地消失在前往格拉斯的路上。

侯爵虽然对格雷诺耶不辞而别心里恼火到了极点，还是告诉别人格雷诺耶是经他同意回老家处理家事的，其实他原本计划带着格雷诺耶环游整个法国，并争取更多的人支持他的气体理论。

不过，虽然没有格雷诺耶，侯爵还是变得很出名，很多身患重疾者，都不惜重金从欧洲各地远道而来。一七六四年夏天，侯爵建立了第一个“活力气体共济会”，在蒙彼利埃有一百二十名会员，在马赛和里昂有支会。十二月，他由一群门徒陪同，出行卡尼古山峰。这个接近老年的男人打算叫人把他抬到两千八百米高的山峰上，在那里待上三个星期，呼吸最纯洁、最新鲜的活力空气，以便如他所宣布的，准时在圣诞前夕变成一个二十岁的健壮少年重新下山。

但埃斯皮纳斯一去不返。

现在故事到了快终结，也是最重要的时候，基本上这个时候作者所持就是一种撒手状态，因为前面所有的铺垫已经做好了，规则也由作者自己严格规定，小说要驶上快车道——当然也可以用河流来形容，在上游时它已经接受了足够的支流和水量，现在到了浩浩荡荡、泥沙俱下的中游！我们来看看故事自己的力量。

格雷诺耶终于来到了南方，他印象中可以学到更好的采集、分离香水的地方，老巴尔迪尼介绍的格拉斯市，他说这个城市就是芳香的罗马，香水行家向往的圣地。

格雷诺耶在格拉斯市的游历是从广场开始的，广场边有一些制革工场，皮革刺鼻的气味，别人不适应，对格雷诺耶却意味着安全感，靠着这个臭气环境他觉得自己不再是这个城市的陌生人。

格雷诺耶开始在城里闲逛，用鼻子去丈量它的大小，去探测那些大香料店的贮藏室和大地下室内，那一桶桶精油，一堆堆薰衣草肥皂，一瓶瓶花精水、葡萄酒和酒精，它们在格雷诺耶的灵敏的嗅觉中显现无遗。

可能这就是所谓的宿命，就在格雷诺耶用鼻子扫描一座宫殿时，从花园里传来一种他久违的香气，就是一七五三年九月巴黎的马雷大街那位红发少女的香味。一度他以为再也闻不到了，现在他重新把它找回来了，怎么不叫他激动且害怕？

小说对格雷诺耶这两次与极品香味的相遇都有精彩的描述，但强调了它们的不同，现在这个还是个孩子的气味，但已经比当时马雷大街的少女好了——“不那么浓，不那么厚，但是更雅致，更吸引，同时更自然。但是再过一至二年，这气味定会成熟，必将获得一种力量！任何人，男人和女人，都摆脱不了这种力量。”

格雷诺耶强迫自己离开那座宫殿，现在他还没有能力去占有这种香味，毕竟马雷大街那个少女芬芳，他只是把香味吸入体内，藏在记忆，但这同时也把它破坏了。现在墙后的这个少女，他要真正掌握，要像从她身上剥下一层皮一样得到它，并把它转变成自己的香味。现在，他还没这个能力，他可以花两年时间进行学习，同时等候这朵稀有之花成熟的到来！

格雷诺耶在不远处找到一家小香水作坊，便打听是否需要伙计。

正如前面说过的，格雷诺耶遇到的东家不是苛刻残忍的小业主，就是爱财如命的暴发户，作者也不想给他什么意外了，格雷诺耶一生中最后受雇的这个雇主，其实只是老板的遗孀，靠一个叫德鲁的伙计支撑店面。

格雷诺耶一见面就立马用鼻子判断出两人的奸情。在壮硕的德鲁还在掂量他会不会成为情敌时，格雷诺耶的扁虱理念开始发挥作用，他看起来笨拙、迟钝、顺从，尤其对他即将得到的微薄的酬劳毫无报怨，格雷诺耶被留了下来，第二天他就开始替阿尔努菲夫人干活。

他到的时候正是水仙花季，水仙花每天早上成山摞海地由农民送到作坊，它们体积庞大，分量却像羽毛，散发着香气。一只大锅里装着由猪油和牛油融化成的奶油状的液体，大量新鲜的花朵被倒入锅中，而格雷诺耶的工作就是用一把扫帚一样的工具搅拌它们，让这些花在临死前把香气交出来，吐给浸泡它们的媒介，之后他再把那些枯萎的花朵打捞出来。到了晚上，外面山一样堆积的花都在锅里处理完备，大多数芳香，都留在锅里，保存在那些看起来不甚好看的灰白色油脂里。

这个过程，称为离析——第二天会继续进行，锅子加热，油脂融化，加入新的花。格鲁诺耶则负责这个循环，把鲜花放进锅里——搅拌——再把废渣清除——再放入鲜花——再搅拌——再清除……直到某一天，油脂饱和，不能再继续吸收香味。

这个过程很辛苦，格雷诺耶的手掌长了老茧，胳膊每天都像灌铅一样，背部也因为疼痛变驼了。德鲁从来不会帮他，除了看火，他就只负责往锅里倒那些羽毛一样轻飘的花，之后去某个酒肆喝酒。格雷诺耶对这些程序从一开始就不抵触，因此很快就能从头至尾独立完成工作，但他从不报怨，况且那些气味交换的过程发生在他的搅拌中，就在他的眼皮底下，他被这个毁灭同时又是新生的过程所吸引。

七月末，茉莉花期开始。八月，又转到夜风信子的季节。这两种花香味优美，花也脆弱，必须在日出前采摘，在前面那种热的油脂中“离析”的制作会使香味完全丧失。于是格雷诺耶又接触到他来格拉斯市前最想学习的冷油脂粹取法。

比起热油脂离析法，冷油脂萃取更像一种哄骗，人们在封闭的房间里把这些花撒在涂有冷油脂的盘子上，再用浸过油的布裹住，要三四天这些花卉才会枯萎，同时把自己的香味全部呼出来交给相邻的油脂，然后小心地把它们扯掉，再撒上新鲜的花。这道程序也要反复进行十几二十次，真至油脂饱和。

格雷诺耶用他绝无仅有的鼻子判断出：在任何情况下，冷油脂萃取法都是获得脆弱香味最巧妙和最有效的手段。

没用多长时间，格雷诺耶在几种获取香味的技法方面超过了他的老师德鲁。但他总是用一种谦卑而谨慎的方式表达，“好像该出锅了——”，“可能时间够了——”，用的都是小心的口气。德鲁只要觉得自己的第一伙计的位置没有被挑衅，他也乐得把所有的程序，后来包括去屠宰场买那些敏感的猪牛油脂，以及处理它们的全过程交给格鲁诺耶，因为他虽不知道格鲁诺耶有一个天才的鼻子，但他相信他有才能的，“手很灵巧”——只是有点傻里傻气，没有一点抱负，对自己的能力也一无所知。这个特点，他当然会好好利用，让格雷诺耶为自己服务。因此到最后，整个工场多数时间都是格雷诺耶一个人。

格雷诺耶却喜欢这种独处，他甚至觉得自己一个人生产的香料通常比德鲁在场时品相更高，气味更纯粹。当然，最主要的是，他一个人在工场里可以做一些他想做的香水试验。他在蒙彼利埃配制的香水快用完了。他要为自己设计一种新香水，不仅仅是仿制，甚至获得一种人的香味，更确切的说法，是多种人的香味。

一开始他为自己制作了一种不引人注意的气味，他身上如果带上这种气味，无论他在最热闹的人群中，他都会不引人注目，同时也不打搅任何人。后来，他的宝库中又多了一种激发同情的香味，在中老妇女中证明最有效——格雷诺耶洒上这种香水，气味形象立马变成一个靠人救济的穷小子。市场上摆摊的妇女发觉他如此狼狈，会立即送他一些硬壳果和干梨。他还模仿了一种人们刚刚从梦里苏醒嘴里呼出的那种腐臭味，如果他不想别人打扰，就会使用，效果奇佳。

格雷诺耶由于自己那个宏大的目标，他不仅对各种实现怀着极大热情，而且也在系统地把自己的武器磨得锋利，使自己的技术精益求精……接着，他开始把在巴黎，巴尔迪尔那里未成功的实验重新拾起，比如从石头、金属、玻璃、木头、盐、水等无生命中提取香味，当时用简单的蒸馏法失败了，但现在通过油脂奇妙的吸附力而取得了成功。

当然这些无生命物质实验就像绘画中的风景画、静物画，不久格雷诺耶就把兴趣转向有生命的对象。

最初是冬蝇、幼虫、老鼠、小狗。动物的不配合也让离析试验很难进行，毕竟动物不像那些花卉，不会乖乖或默不作声地交出它们自己的，而是垂死挣扎，绝望的反抗，这样产生大量恐惧和死亡的冷汗，会破坏热油脂。于是他必须让它们放弃反抗，必须用迅雷不及掩耳的速度弄死它们！

格雷诺耶用这种办法杀了一条小狗，小狗被他用一块肉从母狗身边引开，一直到死小狗都保持着幸福的表情，因为格雷诺耶用木棒迅速地结果了它。格雷诺耶为它涂上油脂，花了十二小时提取它的气味，之后他把蒸馏出来的那点油脂拿给那只母狗闻，母亲先是欢呼，接着哀鸣，久久不愿把鼻子移开。格雷诺耶后来，一直把这只带有小狗气味的玻璃管带在身上，作为他头一次成功地从一只活体上提取香味精华的纪念。

后来，他逐渐把研究转到人身上。起初只是一些人的汗味，比如有一天，大教堂里做了不下七次弥撒，他把它们收起来。这是一种可怕的气味，由各种人从口鼻吐出的气流，还有神香混合合成，令人窒息。

他又从医院，那些长期卧床的病人那里得到被他们汗水、体液浸透的床单分离出气味。冬天他还让一个哑巴女叫花子，让她披着各种油脂混合物处理过的破布待了一整天。

这些试验也让他得到第一手、最可靠的数据。比如在接受人的气味方面，他觉得羊羔油脂和经过多次提纯的猪与牛的油脂比例最好按 2∶5∶3 混合，再加少量摄取人的气味的芳香油最合适。

三月的一个星期天，格雷诺耶又一次到城市另一头去观看城墙后花里的那个小姑娘情况。他刚走到一半，就嗅到她了。她还在那里，像一株无比美丽的植物安然无恙地越过了冬天。她的芳香正如他所期待的，变得更浓，可又不失其精致，一年前还显得非常柔弱、分散，如今已汇成稍显浓稠的香河。

格雷诺耶一直跑到花园后面。内心充满了一位恋人的幸福感，这恋人正从远处窥视他所爱慕的人，知道一年后就将她带回家。格雷诺耶可能是个怪物，他从未体验过爱情，也从未激起过别人的爱，可是在这一天，他就像在恋爱，深深享受着爱情的幸福。

当然他不是爱一个人，他爱的是一种香味，而且把它当成未来自己的东西来爱。他发誓，一年后定要把它带回家！

到了晚上，他躺在床上，再一次回忆这种香味，沉浸其中，爱抚它同时也被它爱抚，但就在这时，一个新冒出的念头吓住了他："若是这香味毁了，可怎么办？"因为现实的香味是会消耗光的，如果它被耗尽，源泉也不复存在。那么我将像先前一样一无所有。

他感觉不寒而栗，甚至放弃的念头都产生了，他想回到过去住过的洞穴中去，并在里面一直睡到死。

当然这只是一个一闪而过的念头，尤其面对的是少女绝妙的香味，哪怕会丧失也要去占有，绝不能放弃！有了这个决定，他感觉自己像个英雄！

现在唯一的问题就是如何让香味的丧失拖延，他将锻造的这顶香味王冠，在王冠最崇高的部分——掺进别的香味并控制住它们。这种制作的香水中，城墙后的那位少女的香味无疑是核心。

从作品的安排来看，其实到这时候，格雷诺耶已经完成了他心智到技术的两重改变，他也由一个懵懂的自然人而一跃而成一个有自我意志力的正常人，格雷诺耶的自我塑造宣告完成。

这一年五月格拉斯东部一块玫瑰园里发生了一起命案。一个十五岁少女被人用棍棒打击后脑勺而毙命。少女是赤裸而亡的。头发被人剪掉，衣服也被剥掉带走。女孩异常美丽，属于那种性情忧郁严肃的类型。

一开始人们怀疑是吉卜赛人干的。因为吉卜赛人会用头发做枕芯。又猜测是意大利季节工人。但到茉莉花季时，又发生了两起凶案。受害者又是像花一般美的少女，同时也属于性情忧郁严肃的黑发女子。发现她们时两人也赤裸着身体，头发被剪，后脑勺有钝器击中的伤口……

人们陷入恐惧之中，格拉斯市每个地区夜里都安排了巡逻，增加了城门的岗哨。但是一切防范措施都无济于事。就在两个少女遇害后几天，人们又发现一具少女尸体，她是在一个水池边洗衣时被打死。

执政官在激动的市民要求下实行了宵禁，天黑以后禁止所有妇女出门——但在这个夏天，没有哪个星期不发现一具少女尸体的。

这些受害者都是发育中的绝美的女性，绝大多数都属于深色皮肤，虽然凶手很快就把本地白皮肤、深褐色的甚至深金黄色的——只要她们不太瘦——也加入牺牲者的行列。凶手好像到处都能追踪到她们，不仅市郊，就是市中心，房子里。甚至没有听到声响，没有哪条狗吠过一声，而在过去，这些狗会追着陌生人狂吠。凶手不可思议的，没有留下任何踪迹，甚至没有身体，就像一个幽灵。

尤其当医生小组检查那些被剪去毛发的少女，发现所有人都仍然是处女。

这种认识让人们的恐惧有增无减，因为每个人的意识中，都相信这些受害的少女已经是被污辱过的。如果真相如此，人们至少可以了解凶手的动机。现在人们束手无策，无计可施。只能通过祷告，通过教会，向主教求救，希望他像他的尊贵的前任于 1708 年诅咒蝗虫那样，驱逐这个妖怪！九月底，格拉斯这个杀害少女的凶手在弄死不下二十四名最美丽的少女后，便不进行活动了。随即两个月在没有凶案的平静中过去，到了年底，政府放松了安全防范，也取消了禁止妇女夜间外出的禁令。公众和私人生活都飞快地恢复正常和平静，人们不再提及凶案，仿佛主教的诅咒不仅把凶手，也把人们对他的记忆驱跑了。

“但在格拉斯有个人却一直怀疑这种太平”，这个人叫安托万·里希斯，是第二参议。他有个叫洛尔的女儿，他们一起住在城东部的一个雄伟的庄园里。而洛尔，就是身有异香，并让香水大师神魂颠倒，并对之香味欲夺之而后快的城墙后的少女。里希斯凭着直觉和理智的分析，判断洛尔会是凶手下一个目标，因此不相信他已经走远。

里希斯是位富商，在欧洲乃至印度都有自己的产业。当然，所有财富中他认为最珍贵的还是他的女儿洛尔，她只有十六岁，红色头发、绿色的眼睛，让每一个看到她的人，无论男女都倾倒不已。

凶案发生时，里希斯还没联想到洛尔，因为杀人犯并不伤害儿童和成年妇女，他只袭击少女。但到了三月里，有一次里杀斯坐在客厅，看着洛尔走到花园。她穿着蓝色的连衣裙，红色头发生在身上，在阳光中像熊熊的烈火。他从来没看到她如此美丽——有两秒钟，她消失在树后，虽然只是两秒钟，他却有一种再也见不到她的感觉。

在八九月，里希斯看到几个被弄死的少女。那景象让他毛骨悚然，却也让他大开眼界。因为这些人又不是百里挑一的美人。凶手的审美观非常出色，而且自成体系。不仅反应在作案的手段上，就是受害者的选择上也表露出一种几乎经济合理的安排。虽然，他不知道凶手对这些受害者有何需求，但凶手不像一个毁灭性的家伙，而一个细心收藏的怪才。如果不把受害者当成一个个体，而是想象为更高原则的组成部分，用某种理想方式把她们融化成一个统一整体，这个整体所呈现的方向性是指向——洛尔的！

里希斯得出这个可怕结论，连续折磨他的恐惧感意外地消失了。

假如他，里希斯是凶手，具有凶手同样狂热的理想，那么他也不会采取与凶手迥异的行动，而且也会全力以赴，杀死美丽无双的洛尔，来实现自己的疯狂……

他甚至有些喜欢这个计划，对凶手也越发地尊敬——当然，这也像一面镜子反射着他对自己的尊重。毕竟，是他里希斯，用自己的细致分析识破了凶手的诡计。

接着里希斯做了一梦，梦到有天醒来，洛尔已经死了，头发衣服通通不见了——这个梦迫使他决定带着洛尔离开自己的庄园。

里希斯玩了一个计，他让自己用人赶着十二匹载货的骡马和自己一起出城，并扬言他们要去格勒布尔。随后，在走出格拉斯不远，他就让男仆带着骡马队去了格勒诺布尔，而他和洛尔带一名女仆向南方进发。最后，他们来到海滨一座小岛上，他们真正的目的地圣奥诺拉修道院。里希斯和修道院非常熟悉，他打算和女儿安顿于此，度过眼前这场劫难……

洛尔和她父亲离开格拉斯时，格雷诺耶正在城市另一头配制他的长寿花香水。他在格拉斯的日子就要结束了，这让他心情愉快。在他面前的一只盒子里放着二十四小瓶用二十四个少女的香气制成的香水。第二十五种，即最珍贵、最重要的一种他想在今天去取。将近中午，他配制好长寿花香水后，习惯地到工场外来了个深呼吸。

第一口气，他就觉得有点不对，不正常，在城市的香味衣服中，在这成千上万条线织起来的面纱里，缺少了一根金钱。格雷诺耶吓蒙了，她死了？他想。更可怕的是，有人抢在了他的前面？格雷诺耶所受的震惊太大了，以致他的眼泪像一串串珠子从鼻子两边滚落下来。

他跑到城边，在城门前的广场上，这时候果然在没经过城市的西风里，他找到他的金线，虽然又细又弱，但很清晰，这时候他听到第二参议带女儿去格勒诺布尔的消息。

他们走的哪条路？他问岗哨。岗哨指了指北边。但他的鼻子告诉他这不是事实，他选择相信自己的鼻子。果然，不久他在一家偏僻客栈找到了伪装出行的洛尔，还有她的父亲里希斯以及一位随身女仆。

里希斯失算的是，他的对手，是一位嗅觉天才，他的常规谋略只能应付正常人，格雷诺耶不在此列。而且他把随从支走，也为凶手大开方便之门。当天夜里，格雷诺耶就利用自己的无体味为掩护，潜入了洛尔的客房。此时洛尔已经入睡，但格雷诺耶还是用木棒让她进入永远的沉睡中……

他随身的工具都是现成的，为了这一刻他格雷诺耶已经准备了两年，甚至更久，包括他所有的生命都似乎在为此作铺垫，他用一块涂了油脂的布单把洛尔像木乃伊一样紧紧地包住，再把她头皮齐根剪去，和睡衣裹在一起。他最后检查了一下这包尸体，确定没缝隙，小洞，折叠处没有裂开，这样确保少女的香味跑不出来。

之后，他坐在旁边花了六个小时，一直到天亮，直到少女洛尔的香味一丝不拉地被包裹她的油脂吸收。“这种等待使他心满意足，他一辈子还从来没有像这几个小时有这么良好的感觉，这么平静，这么沉着，这么同自己融化为一体。”

到了外面鸟开始吟唱的时候，他站起身，完成他的工作。

格雷诺耶揭开布单，像揭一块巨大的橡皮膏似的从死者身上剥下来。他用洛尔的汗衫擦她的身子，就连毛孔上的油脂碎屑也没放过。然后他将它和布单，连同洛尔的头发，睡衣一起打成一个扎实的小包，夹在胳臂下。到这时，他才认为她真的死了，像那些熬过的花屑一样可以丢弃。

其实，格雷诺耶从来就没有认真地看过这个叫洛尔的少女。他对她的外形不感兴趣。对他来说，她作为躯体已经不再存在，剩下的只是一种绝世的芳香。现在，他夹这些芳香，走到窗口，从原路退出去。

少女洛尔被杀的消息在整个格拉斯地区引起轰动，但它引起最大的负面不再是仇恨，而是绝望和恐慌，就连主教的诅咒都失灵了，里希斯是强有力的人物，却无法保护自己的孩子，而洛尔，认识她的人都认为她是圣女，她都死了，躲避凶手还有什么指望？有些人带着妻儿，在教堂祷告、吃饭、睡觉，甚至白天也不再离开。而另一些对教会表现失望的，则自己组织神秘团体，把一些有许可证的巫婆请来，为恶魔举行弥撒，以获得魔鬼的慈悲。还有一些人则通过催眠术，使他们的女儿昏昏入睡，然后可以老实地待在家里……整个格拉斯市的市民都变得无所事事，他们焦虑地等着下一次谋杀的来临。

但这一次格拉斯、德拉吉尼安和土伦的行政长官之间，少有的出现了计划周密且有效的合作。除了担心人民起来暴动，还因为洛尔遇害后，有人提供了一线有益的线索。显然，当天晚上到客栈，第二天又消失的制革伙计有极大的嫌疑：这个人走路姿势偏向左侧，有点跛。

通缉凶手的告示发布出去，有不少制革伙计被捕，其中也刚好有个跛脚，但他有不在场的证据。到了第十天，市哨所的一位上尉来举报说，案发头一天，他值勤时，有人来找问过里希斯第二参议的去向——昨天他刚好又看到他了，就在格拉斯市一家香水作坊前。

而且，那人走回工场时，他发现他走路明显一瘸一拐。

一小时后，格雷诺耶被捕了。通过几个证人辨认，证明他就当天在客栈过夜的制革伙计。人们搜查了工场，在一个角落里，放着洛尔的睡衣、汗衫、和红头发。掘开地面，其他二十四名少女的衣服和头发也显露出来。还有用来击毙受害者的木棒和旅行袋都在。证据确凿。教堂的钟声响起来。法院宣布，杀害二十五少女的凶手在追缉一年后，终于被捕！

审讯进展很顺利，因为不仅罪证俱在，而且被告本人也对这些所犯的罪行供认不讳。唯独问到他的杀人动机时，格雷诺耶的回答总不能让人满意。他一再重复说，他需要她们，因此把她们杀死了。至于为了何种目的需要她们，他却沉默不语。人们给他用重刑，往他身体里注水，施以各种刑法，但他既不呻吟也不喊叫，似乎毫无痛感，如果再问，他的回答还是："我需要她们。"法官认为他有精神病，于是不再审讯，就此结案。

1766年4月15日格拉斯法官作出判决：

"制造香水的伙计让——巴蒂斯特·格雷诺耶将在四十八小时内押到城门前林荫大道上，在那里绑在一个木十字架上，然后由行刑者用铁棍痛击关节、腿、臀部、肩膀等处十二下，致其碎裂，并钉在十字架上示众，一直到死。"尸体将在夜间埋在掩埋动物尸体的地方，该地不做任何标记。

格雷诺耶听他自己的宣判时，毫无反映。法院工作人员问他最后的愿望，他也说没有！

之后一个神甫走进囚室，以便听取他的忏悔，但一刻钟后他无功而返。因为就在神甫提到上帝的名字时，罪犯莫名其妙地看着他，仿佛是他平生第一次听到这个名字。

另一方面，行刑的种种事宜也在准备和进行中。行刑地点已经准备就绪，木匠造了个断头台——在格拉斯，还没有人见过这么漂亮的断头台。另外还用木头搭了看台供绅士们使用，林荫大道两侧的房屋靠窗的位置都以高价租出。果汁汽水销售商已经配制了很多甘草水作为储备，铜版雕刻家印制了上千张铜版画，但这个题材让人失望，因为罪犯戴着手铐脚镣，成天躺在床上睡觉，丝毫看不出残暴……

市民们像对待重大节日一样做着准备。行刑当天，人们用不着干活，妇女们穿着节日的衣服，男人们都把靴子擦得亮亮的，有军衔官衔的都空上制服和官服，佩带勋章、绷带，头上戴着假发。行刑时间定在下午，但一大早，第一批爱热闹的人已经来占好位子。他们带来椅子、坐垫、食品、葡萄酒和小孩。将近中午，本地区的居民由四面八方涌来，广场聚焦了近一万人，街道挤得水泄不通，新来的不得不留在广场那场边的花园和田园里。这也让行刑台显得很小，就像一个玩具或者木偶剧的舞台。只有从刑场到囚室的德鲁瓦大街的一条巷子空了出来。

三点时，行刑官和助力到位，他们把十字架扛到行刑台上。掌声四起。

四点，看台上，许多上流人物，带着穿着礼帽和闪亮衣服的夫人陆续登场，之后是穿紫色法衣的主教。气氛庄严肃穆。

最后在这种寂静中，大家都到马蹄声和车轮滚过的声音——

警察局长用一辆双驾马车，把罪犯带了过来……

这几乎也是格拉斯市民们从未见守的场面，罪犯是乘着一辆豪华的马车，在骑兵的护送下前来受刑的。但这种别出心裁的方式，还是让观众感到满意，因为对待一个如此残暴的罪犯，必须特殊对待。不能像对待普通的拦路抢劫犯那样，把他戴上手铐脚镣拉到刑场上打死。把他从华丽的马车上拉下来送到十字架上，这种个过程看起来更加残酷！

之后，更让他们惊奇的是跟在警察局长身后的是卫队的一名军官，最后是格雷诺耶，他身穿一件蓝色外衣和白衬衣，脚穿白丝袜和有搭扣的鞋——他没有戴镣铐，没有人拉着他的手臂押他走。格雷诺耶像个自由人从马车上下来。

最后，就是奇迹：一个难以理解、前所未闻、令人难以置信的事情发生了，以致一些目击者，参与者谈起它时总是遮遮掩掩的，他们称之为奇迹，但还是忍不住为自己参与其中而羞愧：

事情是这样的，某一个瞬间开始，在街上和周围山坡上的一个人忽然间坚定地相信，刚从马车上下来的那个蓝衣人，不可能是杀人犯！他们不是怀疑他的身份，几天前他们在官厅窗口看到过的他，当时他们还想，如果这个人如果落到他们手里，他们会把他撕成碎片！他和前面那个被判处死刑的人是一个人！

但是——不是他，不可能的，他不可能是杀人犯！

站在刑场上的这个人是无辜的！几乎一瞬间，从主教到汽水商人，从侯爵到洗衣妇，从法院院长到游浪汉，所有人都知道这点。

行刑官帕蓬也知道。他握着铁棍的手颤抖起来，刹那间，他觉得自己像个小孩，胳臂酸软，两膝无力。他举不起这支铁棍，凶手被带上来时，他感到恐惧，不得不靠着那根杀人铁棍，才不致于跪下来。

另外的一万名男女老幼则变得像被情人魅力征服的小姑娘那么柔弱，一种强烈的爱慕的感觉突然向他们袭来，众所周知，这是一种喜欢这个小个儿杀人犯的感觉。他们无力抗拒，也无法抗拒。他们像把自己的心取出来，放到那个蓝衣男子的手中，无论如何：他们喜欢他。

格雷诺耶在车门口站了几分钟，一动不动。他身旁的随从已经跪了下来，卫队军官和警察局长，也无法把格雷诺耶送到行刑台，他们哭着把自己的帽子脱下再戴上，就像发舞蹈病的人在做鬼脸……

绅士们行为失控，激动万分，每个人都放任自己内心的欲望，女士们则渴望追求这个美丽的少年，她们幸福地叹息，再不声不响地晕倒……

所有人都认为这个身着蓝衣的男子是他们所能想象的最美丽、最迷人和最完美的人：修女们觉得他是救世主的化身，开明人士认为他是最高的主宰，少女们相信他是童话中的王子，而男人们以为他就是自己的理想的印象。所有人都感到自己最敏感的部分已经被他识破，仿佛这个男人有一万只手，对他们轻柔地抚摸，撩拨。

结果，一个处决那个时代最可恶的罪犯的行刑现场转变成了盛大的酒神节：此前一直品行端庄妇女，老实持重的男人，都一齐失态，在弥漫的情欲的甜蜜气味中，他们像野兽般交欢，嘟哝和呻吟……

格雷诺耶嘲弄地看着眼前的一切。这一切都是他用自己的能力导演的。他从小就出生在世界上最臭的地方，在没有爱的环境里长大，靠着倔强和仇恨生存，但他丑陋、瘸腿，从里到外都让人憎恶——此时他终于靠自己，使自己受到世人喜爱！受人敬重！被人神化！事实上，他就自己的神，只要他愿意，他可以让所有人对着他，伟大的格雷诺耶顶礼膜拜！

这个胜利却让格雷诺耶感到可怕，因为他一秒钟也享受不到。虽然他洒在身上的香水让周围的人都成了俘虏，但在这一瞬间，他对人厌恶到了顶点，完全败坏了来自胜利的乐趣。

他突然明白，自己在爱之中永远不能满足，满足只有憎恨中才能得到。

格雷诺耶恨不得把面前所有人，愚蠢的、散发臭味、好色的人消灭干净。如果他们能恢复对他的憎恨，并把他消灭，就像他们原来计划的那样就好了。但他希望注定要落空，他用了世上最高级的香水来作假面具，没有人能识破它。

突然，一个男子从绅士看台的最前排跳了起来，动作威猛，黑色外衣使他看上去像只乌鸦或复仇天使。

格雷诺斯认出他是洛尔的父亲。他是唯一没被蒙骗的人，他应该从他身上嗅到他女儿的香味。他是来杀他的。

格雷诺耶张开双臂，迎接向这儿冲来的复仇者。他甚至感觉刀或者剑，一种利器插入他冷酷的心，他也因此得到解脱。

然后，里希斯却靠着他的胸脯躺下，他根本不是什么复仇天使，而是一个软弱、伤心的里希斯，他用两只手紧紧抓住格雷诺耶，就像他是这世上唯一的依靠。根本没有使人解脱的利器，心脏没有东西刺入，没有诅咒、憎恨的叫声。有的是里希斯的眼泪，他在道歉：原谅我，我的儿子！

格雷诺斯昏了过去。

聚斯金德的作品诞生于20世纪80年代，而电影则在2006年才姗姗来迟，对一个轰动一时的作品，电影的反应显得不合理。唯一的解释，就是导演提克威，在《香水》的从文体至视觉的改编与再创作中感到了难度。但实际上，这个气味视觉化的过程，还是出现了偏差，也可解释成对视觉的一种屈从，一种迁就——没办法，谁让电影就是用眼睛看的呢。于是不仅格雷诺耶不再是丑陋，残疾，看起来有些迟钝——电影全部弄得相反，甚至这个在书里，林荫大道的行刑过程只是个过程，在电影中便成了目标，成了观众的视觉狂欢。喜欢的观众估计会赞成这是导演的创新，是成功的二度创作。但从原著的主题的揭露，应该是负效果。

格雷诺耶醒来时，发现自己在里希斯家里，睡在洛尔的床上。里希斯还在深情款款地请他当自己的儿子，继承人。并告之市政府已经撤销了判决，他自由了。

格雷诺耶知道这是他的香水在起作用，虽然它已经转弱，但洛尔香味的核心却像“一种柔和的、深色的、闪闪发光的火焰，更加美妙地显示出来”。至少几个小时内，他不会受到攻击，他是安全的。

第二天一早，天刚刚亮，格雷诺耶离开了里希斯的庄园。

这时候的林荫大道，以及广场和山坡就像一个巨大的破烂的兵营，那些醉得不省人事的人，以及夜里狂欢纵欲的而精疲力竭的人随处躺着，有些人一丝不挂，另一些则半裸着身体，旁边还有灶火在冒烟，他们刚刚还在烤肉、狂饮、跳舞，现在只能胡乱地倒地，发出鼾声和梦呓。格雷诺耶从这些横七竖八的人体中间走过去，小心而迅速走过去。当然即使有人看见他，也认识不出来。格雷诺耶不再散发香味了，奇迹已经过去。

格雷诺耶走在前往巴黎的路上，他准备去巴黎去死。他希望这样。

这句话颇有点“尘归尘，土归土”的意思，作者也有意让他笔下的主人公践行这个过程。

此时，格雷诺耶的口袋里装着他类似核武器一样的小玻璃瓶。瓶子几乎还是满的，格拉斯他仅仅用一滴，就让整座城市若痴若狂，剩下的已经足够迷惑全世界的人。“如果他愿意，他在巴黎可以使十万人围着他欢呼发狂，他可以散步到凡尔赛去，让国王来吻他的脚；他可以写封香水信给教皇，宣布自己就是新的救世主；他还可以在巴黎圣母院当着国王的面涂上圣油，成为太上皇，甚至成为人间的上帝……”

只要他愿意，所有这一切他都可以做……

格雷诺耶到巴黎时是1767年6月25日，一年中最热的一天。他甚至提前一天就闻到巴黎浓郁的气味，这天就像他生下来那天一样。

格雷诺耶来到弗尔大街尸骨存放所的拱廊里。公墓像被炸坏的战场，尸骨遍地，没有树没有灌木，没有草。这里看不到一个活人。尸体的臭味可怕极了，就连掘墓人也已溜走。只有流氓、盗贼、杀人犯、持刀殴斗者、妓女、逃兵、走投无路者活跃在这里。他们正燃起营火煮东西，以驱除臭气。

格雷诺耶刚混入这些人中间时，谁也没有发现他，他可以不受阻碍走到营火周围，仿佛他就是他们中间的一员。因此事后回忆时，他们坚信他是个幽灵，当然也可以是个天使，一个超自然的生物。否则一个陌生人，他们应该会知觉。

这个身穿蓝色外衣的小个子男人突然出现在那里，仿佛从地里长出来的，一只手里拿着一个小瓶子。后来，就看到他用里面的东西喷洒自己的身体，一次又一次，那些液体像闪闪发光的火……

一瞬间，所有的人都发觉自己被这个天使一样的人吸引住了，他们对他又是敬畏又是渴望，于是欢呼着向他冲过去，就像潮水一样，没有哪个人能够抵挡。也没有人想去抵挡……

人们二三十人形成一个包围圈。圈子越缩越小，于是他们开始挤、推、抢。天使被挤倒在地，每个人都想摸他，都想要他一点东西，哪怕一片羽毛，一个小翅膀，他那神奇之火的一个火星。他们撕下他的衣服，剥他的皮，拔光他的头发，用牙齿咬他的肉。可他那么坚硬，最后有人用了刀子，斧头和砍刀朝着关节砍去，刹那间，天使被分成几百块。这些人每人都抢到一块，然后在欲望的驱使下躲到一旁，把肉啃光。半小时后，让——马蒂斯特·格雷诺耶已从地面上消失了，一根头发都没留下。

作者最后这样写道：“大家都有点窘，不敢相互对视。他们中的每个人，无论是男人还是女人，已经参与了一次凶杀。把一个人吃掉，他们想，他们绝不会做出如此残酷的事……奇怪的是，自己尽管非常难堪，却没有发觉有过一点坏心眼……

后来，他们完全公开地相互对视时，他们不禁破涕为笑。他们感到特别自豪。他们第一次出于爱而做了一点事情。”

作家聚斯金德写了一个属于个人的造神运动，一个身处卑微的人，也有控制他人，掌握世界的想法，而且他几乎成功。但他消失在原点，消失和他一样来自底层，有着同样疯狂的人群。

作者用这么一个寓言式的故事，隐隐地告诉我们，这种控制他人的想法，也可能是我们每一个人的想法，我们随时可能自我膨胀，而至疯狂，而这种深藏于人性或文化中的毒瘤，是我们要警觉和拒绝的。

作者的德国籍背景很容易让人想到德国二战时对欧洲，也是对整个世界施暴的罪行，尤其纳粹头目希特勒也是仇视人类的狂人，他通过天花乱坠的邪说把自己推到权力的顶峰，一个近乎神的位置。虽然这些战争狂热者，也和格雷诺耶一样，最后被消灭，但那种狂热、疯狂的造神因子，那种情绪、氛围，还是在这个世界的任何一块土地上存在着，一刻也没有离开过！

散文的常态与殊途（随笔）

// 谢挺

1

上个月的某一天，印象是周一，贵州文学院的戴冰院长找到我，问我可不可以做一个散文方面的讲座，地点在清镇。

巧合的是，头一天，也就是周日，我刚好在云南曲靖做了一个讲座，主题也是散文——我觉得很有意思，难得有这么多人同时对散文感兴趣！戴院长的意思，据他所知，现在写散文的人远远多于写小说的。

这个信息不知是否确实，但从讲座的希求程度来看，散文似乎更受欢迎些。这后面的原因是什么？散文力量来得更直接、真实？更容易入手，抑或是小说进入一个相对的沉闷期，而散文则反衬为一种活跃？

在我们开始散文之旅前，我想再说几句题外话——

说实话，散文不是我擅长的。我一直从事小说的写作与编辑，做过一些经典小说的解析、研读。出过7本书，小说6本，散文集只占其一。在我平时的阅读中散文会占据相当的比例，但工作中散文稿则是顺带着看，并没有特别的侧重。因此近期的散文之约也让我发现，散文单独作为一个话题，作为一次谈话的中心，其实并不轻松，它并不像我印象中某个来自手边亲近的器物，甚至还会有种错觉，你认为你是了解它的，通晓它的——其实不然。

但这种邀约，无论来自曲靖还是清镇，我以为都是一个契机，能让我重新整理和认识一个我浸淫期间数十年，甚至觉得可以驾轻就熟的文体，厘清头脑里一些关于它似是而非，也可能是陈旧的东西，这个过程至少对我来说也非常有意义！

这次讲座的题目是主办方要求的，让我谈谈散文创作方面的问题，还说最好能谈谈细节方面，如“选材，结构构思，叙事、写人、写景”，这是要什么？散文写作大全，散文写作指南？这种工具类的、技术类的东西肯定有的，我相信网上一搜就有一大堆。不过，这需要比较长的过程来展示，最重要的是我觉得一篇好散文不是靠技术成功的——某种程度上，散文甚至不需要技术——这会是后面我的一个结论，现在这里透露一下。因此这是个不急的问题，我们可以放一放。

因此，我还是自作主张地把调子调了一下，我把听讲座的朋友定位于已经解决了基本表达又渴望表达这样一个层面，我在这里把我对散文的看法、印象告诉他们，我喜欢什么样的散文，好的散文是如何打动我的……如果仔细听，我想你需要的，想知道的东西其实里面都有。我把它叫作《散文的常态与殊途》，看看决定一篇好散文的因素到底是什么，又如何获得它？

2

首先，从散文的概念来看，“散文”一词最早出现在宋朝。南宋罗大经《鹤林玉露·刘锜赠官制》第一次出现散文这个词汇：“益公常举似谓杨伯子曰：‘起头两句，须要下四句议论承贴，四六特拘对耳，其立意措辞，贵于浑融有味，与散文同’。”后来，为了区别韵文与骈文，把无韵的文字统称“散文”。

现代散文被郁达夫等名家认定是“五四”后西学东渐的产物——当然中国自古就有散文传统，因此要算一种融合。但发展到今天，散文好像更多还是指的是一种与小说、诗歌并列的体例。这样来看，散文的内涵就显得狭窄了。还有一种有意思的理解，比如在梁实秋看来：“一切的散文都是一种翻译。把我们脑子里的思想情绪想象译成语言文字。”

“因此，古人说，言为心声，其实文也是心声。头脑笨的人，说出来是蠢，写成散文也是拙劣；富于感情的人，说话固然沉挚，写成散文必定情致缠绵；思路清晰的人，说话自然有条不紊，写成散文更能澄清彻底。”

梁实秋由此推论：“散文是没有一定的格式的，是最自由的，同时也是最不容易处置，因为一个人的人格思想，在散文里绝无隐饰的可能，提起笔来便把作者的整个的性格纤毫毕现地表示出来。”

不过梁实秋的结论估计没得到公认，因为在我看来很多人对散文的态度是轻视的，至少比起小说、诗歌，散文被他们看成随性的、世俗的——散文是种简单易行的文体，规则不多，门槛不高。

于是有些人眼里，散文的功用与书法有些相似。我们知道社会上不少人，尤其一些官员、企业家都会很喜欢写几个毛笔字，因为写毛笔字能显得风雅，有文化！而且通过写毛笔字，能很快加入本地的书法家协会，成为一种荣耀！散文也一样，它其实也成了一部分想进作家协会的人的敲门砖，而且他们也的确做到了——当然，这部分现象不在我们今天讨论之列。我针对的还是那些对散文抱有认真态度的人，对散文还有敬意及思考的人——但如果对散文这种体例认知有误，同样会影响到作品最终的质量和阅读效果。

可能出于研究的方便，有人为散文分类，有三类说，四类说的不等，比如散文可以分成叙事散文、抒情散文、兼容散文。其他不论，单就抒情散文目前的处境来看，抒情散文已经不是好词，基本上知名的文学刊物已不再刊发类似作品。我想原因无外乎这类稿子发得太滥，作者已由抒情而滥情，不知节制，一件小事就弄得沸反盈天，且千人一面，格局狭小，编者不胜其烦，读者也难有共鸣。

散文的分类里还有随笔、小品文，它们应当算散文的兄弟，从名称上看，随笔有随心所欲的意思（也可能在人作随便解），小品文则在意体量，由于先天的缘故，在纸媒时代都成了副刊的常客。

20 世纪 90 年代末，散文界好像多了个新名词，叫“新潮散文”，新潮自然是相对传统而言，具体可能还与当时过度盛行的文化散文有关，于是新潮散文的作者反其道而行之，你不是要大吗，我就来小，你外，我则内，更讲究个人的认识和体验……一切都反过来，包括修辞，你是朴素的直白的语言，我就来意象翩跹的，多维的，语不惊人死不休！

新潮散文作者拼命想在散文的园地发现一块未开垦、未被前人耕耘、触碰过的区域，也许不仅新潮散文作者，可能很多作者都希望自己的创作是前无古人的，一种新的、卓绝独行的物种，因此在他们看来，相对小说与诗歌的各种流派的轮番的更迭、上演、折腾，散文处于一种相安的状态，这也意味着散文还有视野及知识之外求解的空间，这就是它值得探索、拓展、挖掘的地方。新潮散文的代表人物之一周晓枫就直白地说：“散文本身并未限制什么，只是我们自己画地为牢！”

但不管你如何尝试，如何改变，一些看似规则、条律——比如“形散神不神”，“散文能不能虚构？”在新潮散文作者这里都不在是考虑，但散文最根本，最本原的东西，“言之有物”“文以载道”不管是传统还新潮散文，它都是不被动摇的核心，是散文诞生的初心，回到这个原点，才能让一篇好散文有了产生，到最后生成、存在的前提。

3

那么什么样的散文才能算好散文呢？答案估计也是众说纷纭，千差万别，（前面提到的新潮散文因为诞生的时间不长，还在观望也在期待中，因此我这里谈到散文尺度指的还是传统的）。但散文从一开始诞生就是关乎世道人心——这世道指外，人心表内，作为一种真实的表达，与文以载道意思相近。用这种标准去淘汰，自然能遴选出一些好作品。

回头想一下，在我的阅读中，曾经被很多人及他们的作品打动过，像沈从文先生的作品. 杨绛先生的《干校六记》《我们仨》等，宗璞的散文集《那青草覆盖的地方》，汪曾祺的散文，戴明贤的散文及史铁生的《我与地坛》，以及苇岸的《大地上的事情》等，都是读之可以为之精神一振的好文章。

这里我想先来谈谈汪曾祺，因为汪老不仅文章好，且与云南的关系很近。汪老曾在云南前后待过 7 年，抗日战争期间就读于著名的西南联大，他有相当的文字记述了他在昆明等地的生活经历。由于是沈从文的高足，他在《沈从文先生在西南联大》《星斗其文，赤子其人》中记录了沈从文做人做事，以及其独特的教育方式（沈先生布置学生写作，事后都会用同类题材做比较，没有就自己写出来作示范），对沈从文先生形象的完整无不是一种有说服力、可信度很高的丰富和补充。此外，他对云南风土人情包括饮食的回忆，也显示了他对这块红土地的热忱。比如他写的翠湖，到我读的时候，仍然是那个翠湖，因为有些地名都没变，翠湖东路，翠湖西路——读书时我也有晚自习时绕湖的习惯，看一看湖边属于夜晚的风景。汪真祺写的翠湖茶馆，里面算账的方式是最后数碟子，有些小气的食客就偷偷乘店家不注意，把空盘子扔到翠湖——不过，他说盘点时，店家肯定知道怎么回事儿，那些碟子都去哪里，但印象中店小二从来没因为这事为难过客人，难得有这样大气的店家！汪老先前面赞数碟子算账的方式是一种古风，我读书也遇到过，学校门口晚上有一排烤开远豆腐的，烤好的豆腐蘸辣椒吃，有些像我们的青岩豆腐——我记得计数一律用苞谷，拿一个摊主就会往食客面前的小碟里放一颗，最后数苞谷结账，大概有人也会乘他不注意，把苞谷吃掉或扔掉——这情景和汪老写的几十年的情境竟意外地相像，也是一种古风遗存吧？

汪老文章里还写一个卖花生的女老板，他们叫她花生西施，花生西施卖花生看人，长得好的给得多，长得不好的给得少，所以汪老他们每次买花生都会派一名英俊小生去！

汪老的散文有不少是谈吃的，各地名小吃，写人物，还有戏曲文化，因为他曾是样板戏《沙家浜》的编剧。从前我父亲的单位排过全本的《沙家浜》，我当时很小，每次排练时我都会在一边，久而久之，不少唱段都会跟着唱，到现在，也没专门去找过，还能想起来……

如此看，汪老的散文多数都与他的阅历有关。我查了一下他的简历。汪老出生于江南一个书香门第，祖父是清朝末年的拔贡，自小祖父就让他描红、背诵《论语》。而他的父亲则会很多乐器，笙箫管笛、琵琶古琴都会，胡琴拉得很好，且画过一阵工笔花卉，用笔仿效吴昌硕……因此，汪曾祺文好、字好、诗好，兼擅丹青，被人称为当代最后一位文人作家，除了他过人的天赋，大约也与他的家庭教育有关。这些因素融入文字，大概都会形成助力，在读者眼中自然有一种光芒！

有一次汪老向别人这么介绍他的散文观：“写散文应克制，不要像小姑娘的感情那么泛滥。老头写情书，总归不自然。有的散文家的作品像一团火，熊熊燃烧，但看完空空洞洞，留不下什么印象。没有坎坷，没有痛苦，便写不出来好文章。”

这段话同样可作汪老自己文章的写照和注释。

贵州散文中我觉得戴明贤老师的作品是我特别喜欢的。我以前就有个感受，说戴老师的文字就像饿的时候吃到的肥肉，一种膏腴感、丰美感，也许比喻不一定恰当，却是一种真实的体会。我觉得戴明贤老师也是一位文人作家，说起来，他的经历也和汪老有些相似，虽然以书法最为著名，但他在文学的成就也相当不俗，不仅写过小说，也写过戏曲剧本（在贵州川剧团），电影剧本，尤其以散文著称。

今年贵州专门为戴明贤老师举办了一次题为“游于艺”的作品展，戴老八十还开始习画，且颇有自家格调，完全是一种随心所欲不逾矩的状态。我听戴冰老师说他父亲有次指导他写字时，说让他找一种玩的感觉去做！

“玩”大概是一种内在松弛的感觉吧，对艺术而言，可能都是需要的。在此我也顺便和大家分享一下。

戴老师最重要的、最知名的一部散文集可能要算《一个人的安顺》（好像题目就有些说法，最初叫《石城浮世绘》，后按出版社的意思改成《一个人的安顺》）。

戴老师说这本书他想写成一部小说，因为“童年记忆一大堆，几十年里一直贮藏在心里”，但写下来总是不对劲，“那些人和事似乎都顽强地拒绝合并、归纳和改造”。于是才改成用带标题的小故事，写成一部积木型的系列散文。

著名学者钱理群先生在序言《大时代下的小城市》这样评价这本书：“本书所描述的，不只是小城的历史变动。读这本书我从中看到了某种‘永恒’的东西。是小城永远不变的散淡、潇洒的日常生活，还是小城人看惯宠辱哀荣的气定神闲的风姿，我都说不清楚。或许正是这‘城’这‘人’所特有的韵味，让我感受到了一种坚韧的生命力量……

其实序言中已经提示了《一个人的安顺》的写作中一个维度：它有一个大时代的时间标签，抗日战争的背景，其次在《马帮过街》的开篇戴老师就谈到两个素昧平生的地方可以算他打小就向往，类似精神家园的地方，一个云南，一个江南，而江南最直接的印象是那些外来的“下江人”带来的，再加上本地风光——这个可以学习的。从结果看，《一个人的安顺》的确像一个积木的组合，它按人群分类，比如“缙绅们”“生意人”“宗教徒”“手艺人”“独行厨”“店员们”“下江人”等等，这些藏在记忆深处的人物被一一挖出，再一一鲜活地呈现，真真就是《石城浮世绘》，也可以说《清明上河图》！戴老师甚至这么说：“回顾这段历史，认识到这是明初屯军之后，石城文化进程的第二个划时代关捩，意义非常深远。”

而我们也可以从这些描述中清楚地感觉到安顺作为内地一座地处偏僻的内地小城市，战时的大后方，在当时所起到的承担、护持作用，这一方水土及其民众以其广博的胸怀，接纳那些被战火逼迫而流离失所的难民，这些“下江人”可以在此安享长达数年的安定生活，当地淳朴、尚古、豁达的民风是一个前提，尤其在作者悲悯的笔触下，他们也成了读者阅后不忍掩卷，不能释怀的所在。

当然，不经意间我们还对作者家事背景也有了解，比如作者爸爸是位开明的商人，也是石城改朝换代中的风云人物，戴老师写他小时拿着一本《木偶奇遇记》在街上翻看，有老人问他看这种书，你家的老太爷会不会不高兴？戴老师答："这书就是他给我买的。"戴家有很多园子，有一个园子叫适园，是当时名士吴晓耕起的名，题的字，园子里还种过牡丹花，等等。

如果像汪曾祺、戴明贤这样的身世、背景是可遇不可求，那么痛苦、灾难倒像我们生活中的不速之客，每每不请自来，但相信没有人会期待它们！

文学作品中关于痛苦，关于苦难的描述很多，最触动我的是一篇叫《我与地坛》的散文，作者史铁生——这篇文章估计大多数人都不陌生，据说它现在已经进了课本，进了课堂。

我不知道别人的感受，初初读到这种文章，感觉是不适应的，就像不经意间，你最隐秘的内心被别人冒犯、冲撞——那时候应该没有谁用这种腔调说话，尤其是死亡，这是个忌讳的话题，其实中国人都没有经过死亡教育，它总是匆匆而来，回避尚且不及，哪还会迎上前去的好奇？

但《我与地坛》来了，在我还没准备好的时候，迎头给了我一拳：

"所以死是一件不必急于求成的事，死是一个必然会降临的节日。这样想过之后我安心多了，眼前的一切不再那么可怕。比如你起早熬夜准备考试的时候，忽然想起有一个长长的假期在前面等待你，你会不会觉得轻松一点？并且庆幸并且感激这样的安排？"

把死亡想象成一个假期，还要为这种安排庆幸并心怀感激？这是谁想出来的？这种类似调侃的背后又是有着怎样痛苦的转变？作者没有健全的双腿，不能站立、行走，这是毋庸置疑的事实，可能他一直在面对这个事实，这是他挥之不去，又无法回避的苦难，他想从这种苦难中解脱出来，于是终日在一个园子也就地坛盘桓，甚至有段时间，变成他与母亲近乎迷藏的游戏！

一条道路一直横亘在他面前：从物质上消灭自己！在死还是活之间，作者一直在纠结。他先把死——这个必然的事，转换成不急的事！——地坛此时像面镜子，突兀地照着这一切！

之后地坛又变成一个舞台，造化在这里上演着不同的悲欢离合：

一个每天到园子里唱歌的忽然间消失了，“也许他考上了哪家专业文工团或歌舞团了吧？”

一个捕鸟人从来就没有捕到他要的鸟，于是他把捕到的其他的鸟全放飞了。

一个希望把照片挂在长安街的长跑者，每次都会阴差阳错失去这个机会，但他仍然在坚持，在继续，保持着这份幻想……

一对友爱的兄妹，漂亮的妹妹却是个智障者……

当作者把视线从自己转到别人身上，他才发现自己并不是这世上苦难唯一的承受者！

“就算我们连丑陋，连愚昧和卑鄙和一切我们所不喜欢的事物和行为，也都可以统统消灭掉，所有的人都一样健康、漂亮、聪慧、高尚，结果会怎样呢？怕是人间的剧目就全要收场了，一个失去差别的世界将是一条死水，是一块没有感觉没有肥力的沙漠。

“看来差别永远是要有的。看来就只好接受苦难——人类的全部剧目需要它，存在的本身需要它……

“于是就有一个最令人绝望的结论等在这里：由谁去充任那些苦难的角色？又有谁去体现这世间的幸福，骄傲和快乐？只好听凭偶然，是没有道理好讲的。

“就命运而言，休论公道。

……

“但是太阳，他每时每刻都是夕阳也都是旭日。当他熄灭着走下山去收尽苍凉残照之际，正是他在另一面燃烧着爬上山巅布散烈烈朝晖之时。”

这是文章里最华美的部分，也是作者殚精竭虑后获得的硕果，事物都是那个事物，只因改变了角度，改变了自己。

在这里，我认为作者与命运已经达成了和解，它们不再相互排斥，而且作为对方的一部分，被彼此接纳，连那双残疾的腿都是与众不同的！

在付出了尖锐的痛苦和执着的理性思考后，作者换来了超越痛苦的生命的充实与欢乐；由遭遇磨难、自暴自弃的非常之心，升华为一种从容面对苦难和挑战的平静。

地坛在文章里曾像一个人间炼狱，史铁生在这里被所有放弃生存的理由煎熬着、逼迫着，在他支撑不下去时，地坛慈悲地又换了一幕场景，成为一个变化的舞台，开始上演人世间的悲喜剧，这时候作者又成为一名观众。这种角色转换，也让史铁生跳出自己的小我，来观待世界，从而从根本上改变了生死观，也由此实现了从生命到灵魂的自我救赎！

最后那个拟人化的园神，也是史铁生为自己造的一个神！

他造的神，帮助了他自己！

这时候我想起另一位有残疾的作家，上海的小说家陈村，他调侃自己残疾的腿，说自己的走路就像每天冲着老天爷做鬼脸！

智慧的人从不奢求改变别人，他们只会改变自己！

再来看看苇岸的故事，我和他没有交往，只是听说的，有这么一个清苦的作者，是个素食主义者，住在北京城郊，静静地写作。有一次，因为病重，吃了一顿家人给他做的肉食，回悔不已，一直在忏悔……

那时候我也在北京，住在雍和宫旁炮局胡同一个大杂院的一间小耳房里。实话，当时听到这件事，我的第一感就是有点做，吃点肉，又是因为生病，何至如此——后来读到他的文字，《大地上的事情》，那是一种率真的文字，对生命有敬畏之心才能写就的，虽然有梭罗《瓦尔登湖》的影子，但不是简单的模仿，且苇岸自己也不回避这种影响，说自己就是活在托尔斯泰和梭罗"阴影"中的人。

也许托尔斯泰的博爱和梭罗的回归自然的理念成了支撑苇岸的思想支柱，简单、清贫的生活也成就了他浪漫的诗人气质，也让他在各种现代生活的不适应中还能甘之如饴。

他在《素食主义》一文中这么说："除了对一切生命悲悯的爱以外，自觉的素食主义本质就是节制与自律。"

从此可以看出，他的素食出于一种自我完善的精神需求。

而从这一点来说，苇岸为食肉的忏悔无疑值得让人尊重！

《大地上的事情》末尾有一则"最后几句话"的段落给人一种仪式感，由苇岸口述，他妹妹马建秀执笔的。第三段他说："在医生、亲友的劝说及我个人的妥协之下，我没能把素食贯彻到底，我觉得这是我个在信念上的一种堕落，保命大于了信念本身！"

这段话不仅说得郑重，也让人心痛！所以，在这里，我也要忏悔一下，毕竟我曾在心里认为苇岸的忏悔是"做"！

《大地上的事情》被编者称作开放性系列散文，可能期望中他们也希望作者能够随着时间的推移，把更多精彩的对自然对生命的点评加入其中，这种计划可能很适合像苇岸这样单纯、执着的作者。可惜的是，苇岸走得太早，不及把《大地上的事情》变成系列丛书。

最后我再提一下最近读到两篇散文，一个是半夏的《在野阅微》。

“非常不错的一篇散文，有很好的阅读效果。作者从自己的专业出发，写了一些微观世界（主要是昆虫）的记录、考察的过程，由小而大，由物及人，论述了一个包含了草木和虫子的生态对人类社会发展和存在的必要。建议刊发！”

这是我给半夏这篇稿子写的审读意见。

如果仅仅是专业，即便再精美绝伦的细节也会让人觉得烦琐、枯燥，进而无趣，好在这里有着来自文化的观照，有着来自女性天然的怜惜和耐心，于是通篇文章也因此润泽、生动起来。

另一篇是给一个地区文艺奖当评委时读到的，叫《村庄旁的补白》，散文集，作者陈丹玲。

头篇同题的散文写的是在黔东流传的一种源远流长，传自蔡伦的造纸法。作者显然为此做足了功课，做了大量田间调查，对造纸的流程，原料，当地产的一种构树的树皮都是做了详细描述。如果仅此，这很像一个非遗报告，难得的是作者不时由文化的角度对纸农们对这份传承进行观照，看到他们的感恩和无奈，也看到了他们的宿命感！

……

我列举一些散文家和他们的作品，并对之扼要的分析，也是希望对大家将来的散文创作有所助益，但起不起作用还需要在座的朋友自行思考，抉择——写作毕竟是个人的事，孤独的事。

但结束前，我还是想再推荐一个可操作、可执行的小方法，可能会对写文章产生一点小帮助——需要说明的是这个方法不是我发明的，而是出自几位历史名人，他们的成就足以证明它是行之有效的。

这个方法其实很简单，就是“每天记日记”，内容则是“反省一天的行为”，不妥处即立即改正！

这个方法出自俄罗斯著名作家列夫·托尔斯泰家族的家训，我们虽然无从了解这条家训与培养著名作家之间的必然性，但也可以看出，它除了锤炼语言能力，也在改变人的内心。有些事实也说明这一条家训的真实性，比如托尔斯泰终身有记日记的习惯，他八十二岁离家出走，在风雪小站过世前一天还写了日记。且在他早期日记中，他就挖掘自己的一些不良习惯，如贪玩、赌博。但不久，他立即醒悟。他认为，自己的放荡行为等同于禽兽，对自己十分不满。于是把错误的原因详细列出来，再予以改正。

可能是这个原因，到六十岁时托尔斯泰还让自己成为一个素食主义者，并说："人类不容置疑的进步，就是每个人的自我完善，人类如果没有内心精神上的提高，那么徒有外部体制上的改革也是枉然的。"

另一个例证则出于中国的一位日记大伽——曾国藩。曾国藩据说资质一般，但他从小志向远大，有一次有人问到他的人生理想，他答曰要超凡入圣当圣人。他父亲因此批他狂妄，而且说这话时曾国藩已经三十岁了。

在学做圣人的道路上，曾国藩取得的第一项成功是戒烟。

曾国藩的烟龄很长。三十岁以前，他也曾试着戒过两次烟，不过都没有成功。立志自新后，曾国藩发誓戒烟："客去后，念每日昏锢，由于多吃烟，因立毁烟袋，誓永不再吃烟。如再食烟，明神殛之！"

戒除多年的烟瘾，对任何人都是一件痛苦的事，戒烟第二天，曾国藩就开始彷徨无主，寝食不安。说自己如同"失乳彷徨"。

但是就像曾国藩一生中的其他事一样，一旦下定决心，他就没有退让过一步。不论多么痛苦煎熬，他就是不再碰烟具。到快一个月头上，他在日记中记道："吾自戒吃烟，将一月矣，今差定矣！"

对于自己戒烟成功，曾国藩终生引以为豪，并且以此为例，教育子弟。多年之后，他还对弟弟提到此事，作为"无事不可变"的例证。

从曾国藩的日记，可以很清楚地看到，从青年到老年，他都生活在不停地自省中，每天都在日记中不断反省自己的缺点，纠正自己的行为。

六十二岁时，已经功成名就的他，在日记中的自责自省，和他三十岁立志做圣人的时候，仍然一模一样。

也是这个原因，曾国藩才能成为当时清朝政府倚重的重臣，成为毛泽东、蒋介石都同时倍加推崇的历史人物。且他的文章也写得相当不错。因此，我们也不要小看记日记改过——这个方法，不信的话也可以试一下，看看几年下来，你有没有什么改变？

信之有，不信则无！

前面说过，散文其实就是内心真实的反应，一个人内心改变了，“我”小了一些，少了一些，空出来部分就会大一些，多一些，这空出来的地方装下他人，乃至更广阔的世界，这个内心是不是也因此有了境界与情怀？这样的人做人做事都是自带光明的，反应在文章上或许也别有一番情境！

生生之门

// 叶浅韵

叶浅韵，原名魏彩琼，曾用笔名大彩，云南宣威人。中国作家协会会员，中国国土资源作家协会全委会委员。鲁迅文学院高研班第36届学员。作品散见于《十月》《中国作家》《中华文学选刊》《大家》《散文选刊》《边疆文学》等报纸杂志，多次获奖，多篇文章被收录进中学生辅导教材及各种文学选本。已出版个人文集《陌上花开时》《必须有那样一个人存在》《把生活过成最美的诗句》等。

梦里有杀戮和偈语，砒霜和蜜糖，都在神的手上。生与不生，都是命。

——题记

1

一道门，隔着帘子。无风的盛夏，帘子哗啦过来，哗啦过去，人进一趟，出一趟。呻吟，痛苦的呻吟，从昨天下午太阳落山时开始，就一直没有停过。家里的气氛变得有些奇怪，说是二伯母要生产了，但我感觉不像在迎接一个新生儿，倒更像在恭候一个敌人。我爷爷已经把大门的门槛撬了，他说，要向什么神仙投降，以表诚心。

我父亲和母亲一大早就去后面山上种苦荞了，说要趁着刚刨完洋芋，地软，有余肥，把苦荞撒下去，那几块地够他们忙活一整天。出门前我奶奶在铁锅里烙了几个苦荞粑粑给他们带着当午饭，剩下的一些放在簸箕里凉着。我最不爱吃那个鬼东西，又苦又硬，偶尔家里会得一点点蜂蜜，苦荞粑粑蘸着蜂蜜倒是会有一些滋味。我知道说饿了，奶奶会让我啃一个苦荞粑粑。我才吃了一口，苦凉的味道就从舌尖爬上了眉头。这时候，我奶奶爱说那一句老掉牙的话：苦荞粑粑才动边！村子里的人都会这么说。她们用这句话来比喻自己不喜欢的生活才刚刚开始，一口下去，才动了个边边角角，辛苦的日子还早着呢。天然的宿命，是村子里的人不可抗拒的选择。苦荞不好吃，但必须要吃，能有苦荞接个口让家里人不饿肚子，这已是神的恩赐。我奶奶总爱讲起她们那个年代吃树叶吃草根的故事，好像能吃饱肚子已然是一种应该知足的生活。

屋里，二伯母还在呻吟。那声音让我想起去年腊月里的事，那头黄毛猪被几个人用绳子缚绑起来抬上案板，它无力的反抗和哼叫，带着绝望和无助。白刀子进去，红刀子出来时，它叫喊的声音渐渐弱下来，四只脚机械地滑动了好几下，然后，它就死了。我手上的苦荞粑粑被我啃了半边后，就放在手里玩弄着，我奶奶没好气地说，你这姑娘，肚子里有点数了，就要开始作踏粮食，吃不完就放回去，给你爹晚上回来吃。

我奶奶派我二伯去三十多里开外的地方，请了个接生婆回来。说是接生婆，却是个四十岁左右的男人，我奶奶的火一下就蹭到了脑门心，她尖着小脚怒气冲天地站在她的二儿子面前，说，命，人命，都快要活不得了。你说哪回让你出去做的事情，你是给老娘办圆恰了的。我二伯有些口吃。他说，去，去，去大村子请了王婆婆，她，她，她家，她家，她家里人说，她，她，她，她……“她”了半天还没“她”出后面来，我奶奶说，她给是着老鹰叼克掉了。我二伯头上的青筋冒出老高，总算把他要表达的意思说完整了。原来，王婆婆骑着她的小白马去了四十多里路上的大山深处帮人接生去了，是昨天半夜里走的。王婆婆的邻居是好心人，她说，救命要紧，快去对面那山上请了缪仙家去，神药两解也可保个万无一失。我二伯脚下生风就去请了缪仙家。

屋子里传来我二伯母虚弱沙哑的声音，她像是用尽所有的力气在喊叫，妈，妈，快拿牵猪刀来。我奶奶说，我的儿呀，缪仙家来了，你忍着，忍着哈，他会有办法的。牵猪刀，事实上是叫杀猪刀。但在这个家里，笃信菩萨的奶奶见不得“杀”字，她说杀生是一种罪孽，该回避的要回避一下，省得沾染了邪恶。一个“牵”字，是死的另一种生，是猪的一种命运。猪的生死都掌握在人手里，而人的生死，也许是掌握在神的手里。

在缪仙家神神道道的咒语里，仿佛我眼前的这个世界都被一种无形的东西主宰了。他敬完各路鬼神，转身从他洗得发白的帆布包里掏出旧纱布、剪刀、钳子等。奶奶端来一盆热水，他的一双手在水里来回地搓洗，我奶奶说，仙家，没什么洗的，就有点凤尾竿子烧成的碱灰水，你将就着洗下吧。家里的洗涤用品都是纯天然的，除了碱灰水，还有白泥沙和皂角树上结的皂角。缪仙家用手抄了两把碱灰水，又用清水冲洗了好几道。屋子里又传来我二伯母的声音，她说，我要死了，快让我死了吧。

帘子一动，我奶奶和缪仙家都进去了。我曾悄悄地掀开过帘子，偷看二伯母，她睡在光光的板床上，下身赤裸，肚子像一只巨大的南瓜，圆滚滚地侧在一边，身子下边淌了一大摊水渍，头发被汗水浸湿了，嘴唇青紫，面容扭曲。我轻轻地喊了她一声，她没理会我。我赶紧就出来了。

这村子的周围都种满了竹子，毛竹、金竹、紫竹什么的，到了夏天的树荫下，三五成群闲来没事的姑娘媳妇们，不是在使针线，就是在编竹帘子。每一道门上的帘子，就成了一种廉价物美的装饰，算是给贫穷的屋子添了点小风情。哦，对了，风情这种词汇在村子里是没有人知道的。只有在如今的回忆里，那些苦难贫穷中不一样的响声才会多出几分韵致。

除了帘子，我还对木门和窗子保留着一些特殊的记忆。尽管后来在一场大火中，村子里一家挨着一户，一户连着一家的房子都烧毁了。那些镂空雕花的窗子、木门，以及透着神秘气息的百年供桌，一切都散发着古老陈旧的味道。夏日的早晨，一个一个小脑袋从楼上的窗子里伸出来，咯咯咯地笑着，瓦檐下的红辣椒和大黑猫就醒了。我们风一样地穿过田野，去捉虫子，去找猪菜。遇见蛇，遇见蝴蝶。被蜂叮过，被狗咬过。

一村子的调皮娃娃，哭声，喊声，笑声，吵闹声，日子就像夏天的日头一样火热。每一个孩子都吃过父母的棍棒，村子里的人说这叫“吃跳脚米线”，那些从山上弄来的细条子，一打一条白痕，痛得直跳起脚来。我奶奶总爱护着我，她说，只要不憨不包的娃娃，哪一个又是依你大人打整来着，你叫他往东他就往东，叫他往西他就往西的时候，怕也是急死几代人的憨货。我母亲就一副恨铁不成钢的样子，丢下棍子匆匆去了地里。有时我摔了一跤，脑门都出血了，我奶奶也一边哄我一边说，摔哈打哈就肯长了。就算是有一次偷了邻家的瓜果被人咒骂，我奶奶也说，咒哈就咒哈了，咒哈肯长。肯长和长大，在村子里是一种希望，就像每一个家庭里养着的小猪儿，主妇们盼望着它们肯吃肯长一样。

二伯母又叫喊了起来。我爷爷手上的长烟袋一直在冒着细烟，他吧嗒吧嗒地咂着一锅又一锅的旱烟，已经去楼上的“天地君亲师位”之前的香炉里点了几回香了。缪仙家叫“使力”“使力”……二伯母的声音越来越虚弱，我奶奶一盆一盆端出来的水都是红色的。看着那些红色，我想起了前些天我从树上摔下来，脑门上的血顺着脸颊淌下来，我奶奶帮我包完伤口后，洗脸洗手的水全都是红的，我一直止不住哭声，我以为我会死掉。我钻进爷爷的长衫里，闻着他身上又臭又有隐约香味的特殊气息，心里一阵又一阵害怕。若是往常，我爷爷是要挠我的胳肢窝里的痒痒的，我也要摸他下巴上的长胡子玩的。

缪仙家的声音："使力，快使力，看得见头了……""谷哪，谷哪……饿了，饿了……"洪亮的婴儿啼哭声音传来的时候，我爷爷丢开嘴里的烟袋，使劲地拍了一下他的大腿说："菩萨保佑，肯定是个带把的，声音这么大。"他说完随手捏了捏我的脸蛋，眼睛里满满的欢喜像是要溢到我身上。我奶奶说，孙子，孙子，我的孙子。这全家人一下沉浸到添了男丁的喜悦里，二伯母刚从鬼门关上打了一个转儿的事，倒是被大家给冷落了。仿佛有了生的降临，死就显得那么微不足道了。

缪仙家的脸上挂着汗珠子，像我父亲从后山上背了重活路回来，一口气歇在石坎上，额头上的大汗像不停息的小溪流一样，直到他抽完一根草烟。缪仙家清洗着那几块纱布，一盆又一盆浸着二伯母鲜血的水，泼出去，又泼出去，重复了不知多少遍以后，那几块纱布终于见到点白色的痕迹了。缪仙家把它们放在水里煮沸了，才晾晒在外面的柴堆上去。

第二天早晨，二伯抱着一只红公鸡给丈母娘家报喜去了。我的眼前又出现缪仙家一盆一盆泼出去的血水，想起这村子里的人爱说的一句话，嫁出去的姑娘泼出去的水，泼出去的水都浸到了土地里，转眼儿就不见了影踪。那它们都去哪儿了呢？南山嫁了一个姑姑，北山又嫁了另一姑姑，她们都是村子里的客人，只在一些特别的日子里，回来看看，又马不停蹄地回去了。这方圆团转村子里的人说谁家嫁女儿这事儿，还有另一种说法，叫打发姑娘。谁家定了嫁女儿的日子，就会说，某某人家哪天打发姑娘，要吃个酒去。

有了孙子的爷爷，像是在他的血脉里注入了兴奋剂。那个晚上，他在梦里唱起了情歌，"啊，隔河的哥哥望见妹爬坡，头发辫子往后拖，我的小情妹……"大概是他想起了他年轻赶马时的那一桩往事，为了粮食，他用马驮着村子里的乡亲们用竹子编制的箩筐、背篼、簸箕等，翻山越岭去贵州换粮食。曾经有一年遇上灾荒，生意难做，一路雨淋日晒，回到家粮食全都出芽了。爷爷讲的故事里曾有一个头上戴着大饰品的新婚娘子，那饰品足足有簸箕那么大。在我们村子里这样装扮的一定是七老八十的女老人了。爷爷一开口就叫人“大妈”，待回过头来，才知是个俊俏的小妹。

生了儿子二伯母在这个家的地位明显高出了一篾片，对，一篾片，这是我母亲在挑水歇气的时候跟人说的。村子里的竹子常常成为她们比喻什么东西时候的参照物，比如说，太阳升起一竹竿了，打核桃就打了几竹竿，小菜出了篾片高了什么的。竹子已成为一种言语上的秩序，就连对生育稠密的女人们，她们也会说，就像春天出笋，一个赶着一个。那时，我不知道生男生女的概念意味着什么，但对于连接生了三个女儿的母亲，这听上去气不顺的话语，得到了与她同样境况的几个婶娘们的响应。她们的语气里都有一种生不着儿子不罢休的坚定。

村子里有一户人家已经连生了八个女儿了，那个我要叫五伯母的女人佝偻着腰挑水的时候，我又看见她鼓起的肚皮。我曾听见她与村子里另一个伯母吵架的时候，对骂难听的话，她高涨的气焰在听到一句话之后顿时偃了下去。那个女人恶毒地说，让你家断子绝孙，成为老绝户。她像是突然被人摸到了软处痛处，一下子蹲到地上，号啕着伤心着。另一个女人生了五个儿子，像是得了天大的势力一样，腰板挺得老直，声音老大。

没过多久，五伯母又生了，据说她的丈夫在第一时间看了婴儿的性别，又是个女儿，失望中带着愤怒的五伯父对他的老母亲说，快拿粪箕来端了丢出去，要这么多熬人吃的货，还让人怎么活下去。见五伯母还在床上哼哼着，他的火气更上到了头顶，大声八嗓地说，你还爬着干什么，还不赶紧给我起来，该干吗干吗去。难听的话还没说够，五伯母又生出了一个娃。是个男娃，五伯父像是中了什么大奖，高兴得直搓手，赶紧叫他老娘，捡起来，快捡起来，别冷着冻着了。转身就去外面煮红糖鸡蛋，煮了六个，端来慢声细气地叫他媳妇儿吃下去。生了儿子的五伯母大概是这许多年来第一次见到丈夫的温存，眼睛里的眼泪再也噙不住，这些年的委屈忽然就有了一个去处，鸡蛋没吃完，就哭得伤心不已。她婆婆说，快别哭了，月子里的眼泪会致下病根的。五伯母哭得更厉害了，她生养了那么多女儿，自第三个女儿之后，哪一个月子不是泪水泡过来的。如今，倒是生出了一个儿子，就什么都变了。她想起丈夫刚说要端了丢掉的女儿，心一横一凉，又仗着些刚生了儿子的底气，指着眼前的这对母子说，要丢就两个都端了丢掉吧。婆婆说，这是龙凤胎，打着灯笼火把也找不到的龙凤胎，你别乱说，千万别乱说，快些躺下，躺下。

村子的背后有一个山洞，里面不知丢弃过多少个婴儿，曾有人说婴儿的骷髅用瓦片炕黄，磨成细面，再和着白酒吞下，对治疗头痛有奇效。总有胆子大的人下到洞里，从来也不会空手而归。村里嫌弃女儿多的人家，要么选择放在村前的路上，期待有人抱养，但通常都是失望，婴儿在哭了几天之后，就死在了纸箱子里，又被人丢进了山洞。要么干脆直接丢进山洞，哭得几天后，慢慢断了气。也有人生养了豁豁儿，一生下来就狠心丢到了山洞里。也有舍不得丢弃的人家，就一直养大，养大了也难找到媳妇。如果生的是个女豁豁儿，通常就毫不手软地丢了。这娶进门的媳妇，谁的肚子会是空着闲着的，都是一胎接一胎地生。曾有娶进门的媳妇，生养了几胎都带不活的，村子里的老人们偏偏弄出个怪懂的词汇，叫“练腰”，说媳妇年轻了，练练腰杆劲儿，以后再生养就好了。带不活的都是坏掉的，坏了的就是不好的，老天是要收回去的。也有的人家，“练腰”这两个字都说不过去了，坐了许多年的空月子，又说要带个来“压长”，就去村子外远些的地方，抱一个婴儿回来，通常抱养的都是女儿。再穷再苦，上村下铺就没听人说舍得丢弃儿子的。说来也是奇怪，抱养了一个女儿来“压长”的人家，再往后生的娃娃，就一个个带大成活了。

村子里的人大多是同一姓，来自同一个祖先，但经过一代又一代更替之后，就有了亲疏远近。一道门关上，一道门开启，便有了彼此，有了分别。在打断骨头连着筋的地方，会形成一个小小的堡垒。有时，他们会为了房前屋后的几尺宅基地，为了大人孩子口中不经意的一句话，闹得不可开交。吵架的时候，谁又会顾及谁的脸面，通常都是哪句难听伤人就说哪一句。兄弟妯娌间一时当了外人，互相指责对骂，为了一丁点儿的利益红了脸，又会为了另外一丁儿的好处不计了前嫌。村子里常常都会发生这样的事，但有一点是齐心的，无论哪户人家里有人死去了，必然是整齐昂扬地举全村的力量，送死去的人最后一程。至于生这件事，倒显得草率了些。就比如，我二伯母刚生了儿子这件事，除了我爷爷奶奶高兴了一阵子，我父亲母亲不大高兴了一阵子，村子里只有两个素日与我二伯母相交甚好或是人家欠了她人情的人送几个鸡蛋表示祝贺之外，没有人把我二伯母生孩子这件事放心上。村子里一年降生多少男娃女娃，估计也没有人来认真统计过。他们都在妈妈的奶头籽上吊至一岁两岁，妈妈要生产下一胎了，才断了上一胎的奶。村子里的妇女们都是这样过来的。即便在我二伯母与村子里的女人们讲述她如何从鬼门关打了一圈儿的时候，也没几个人有心向着她。甚至还有人说，女人生孩子就像剥蚕豆米一样，生来生去，瓜熟蒂落，一挤就出来了。你看，你看人家刘大嫂子，挺着个肚子背着箩上山，娃娃生在山上，一样凑手的工具也没有，人家找块钝石头把娃的脐带敲断了，脱件衣裳包着就回来了。

这村子里除了我二伯母生产时较为困难些，其他只是听一些老人讲，谁生娃生死了，谁的娃一生下来就死了，仿佛那些古老的事都不会与她们发生任何联系。直到前排房子的二婶在挣扎了两夜三天之后，连同肚子里的娃娃一起死了，一口棺材抬了两个人，村子里的男人和女人们才对妇女生产这件事缄默了很长时间。至少不再有人开玩笑把豌豆米和蚕豆米与妇人生产联系在一起了。

悲伤也像村子前头的那条河流一样，夏天涨水的时候，浩浩汤汤，到了冬天，潺潺流流。第二年，二叔又娶了新妇。

2

许多年来，村子里的生老病死，自然得如同季节的变化一样。“生死有命，富贵在天”这八个字被人们随时随地挂在嘴边。那时，乡村里的人觉得看电影还是一件稀奇的事情。听说，哪个村子来了放映队，方圆团转都会奔走相告。曾经在很长一段时间里，在电影开始前，总是有一个人拿着大喇叭宣传计划生育政策。连生几个娃娃这件事都要开始有计划了，人们在惊讶中议论纷纷。喇叭里的人讲得唾沫乱飞，下面的人在小声地骂。骂这些人是狗腿子。好不容易电影开始了，小孩子们都迷糊着眼睛了。我才一睡着，我母亲一下下地把我摇晃醒了，我也一遍遍地追问母亲，银幕上刚出来这个是好人还是坏人。草地上，有个姑娘穿着裙子在散步，村子里的几个年轻小伙子就张巴着眼睛站在幕布下面，希望能看见点什么。母亲是读过几年书的，她说，这些憨货，这个是投射过去的影子，连这个都不知道，真是！

起初，人们以为计划生育只是下几场毛毛雨，说说讲讲就过去了，人们还是要在土地上劳作，在自家院子里吃烟喝水歇气，生的生，死的死，嫁的嫁，娶的娶。春天要种洋芋、苞谷，夏天要薅草、施肥，秋天要收割，在收完洋芋后还顺便种上一拨苦荞。不怕高冷寒凉的苦荞，就着洋芋地的余肥，快速地发芽、长大、开花。一坡一坡的苦荞花，比夏天的繁星还好看，风一吹过，就像无数的希望被点燃。苦荞的生长周期短暂，产量却是很好的，它们扭成索弯下腰的时候就可以收割了。丰收的季节，我奶奶有个顺口溜："苞谷像牛角，洋芋像秤砣，荞麦扭成索。"方言里都是押了韵角的尾字，一上口就满嘴生香，喜气洋洋。我不喜欢吃苦荞粑粑，但我喜欢看奶奶做苦荞粑粑，和着适量的水搅匀的那个动作太好玩了。我常常从奶奶手里接过来，搅啊搅，拌啊拌，可怎么也没有奶奶那么娴熟，像是要在碗里开出一朵朵苦荞花来。

村子前头的大路两旁有两排百年的石榴树，正是五月，石榴花开得红艳艳的，有风轻过，花瓣像雨一样飘落下来。一村子的孩子们都喜欢在树下玩，爬的跑的笑的闹的。有牛经过，后面就传来吆喝的声音，大孩子抱着小孩子，躲过牛的脚蹄子，又在泥土里的虫子身上找乐趣去了。村子里那些能写字的地方，都用石灰刷上了标语。"生男生女一个样""要想富，少生孩子多种树""生儿子是名气，生女儿是福气"……以前从未听说过的词语像潮水一样涌进村里，人流、引产、放环、结扎……仿佛春天的竹笋都还未冒尽，村子里的生活秩序就发生了巨大的改变，家家户户如临大敌。树荫下，院窝里，土地上，屋檐下，到处都是耳朵与嘴的互动。鸡飞狗跳的日子让他们比土地上的呼唤更令人揪心，各种各样的消息让每一个家庭的未来都充满了恐慌。

计划生育工作队来到我家的时候，我的母亲已生养了一个儿子，按政策必须去做结扎手术。那一天，气氛阴沉，来的人都是我的长辈，这个舅舅，那个外公的，都是我爷爷的姻亲们。他们一进来就与我爷爷喝起了炕茶，边喝边就聊到了正事上。我爷爷像一个勇敢的进攻者，毫无畏惧地向对手投了颗炸弹。他说，你这些狗日的狗腿子，来我这里喝茶吃饭，青白淡菜，好好孬孬点，都有给你们吃的，做什么手术的事，别给老子闲扯，老子只听见过劁猪骟牛马的，没听说过人也要拿去劁了骟了，什么王法，这是在做断子绝孙的莽德事。也许在工作队的人眼里，我爷爷算个乡间的绅士，居然说了这么重的话，他们都坐不住了。其中一个我要叫二外公的人，眼睛睁得有铜铃那么大，想说什么又咽了回去。我奶奶出来圆场，说让他们吃了饭再走，可他们一齐向门边涌去。出门前，还是又强调了计划生育政策。

我母亲说，我去做结扎手术吧。我爷爷说，做什么做，一个儿子，太单了，走出去被人欺负，连个帮手都没有呢，怎么说也得再生一个儿子，有个伴，再去也不迟。我母亲说，这事又不是依得人算计的，这是国家的政策，太违熬了，也怕是要不得，这来的人，都是亲戚呀。我爷爷说，亲哪门子戚，谁跟他们亲。他仿佛还在为刚才的事情过不去心里的坎儿，紧接着他的咳嗽剧烈起来，费劲地往火塘里吐了好几口浓痰，喝了几口水才安静下来。然后叫我去给他抓背，从上到下地抓，爷爷说，对，就这里，就这里，你的小猫爪子真好使。

我读小学的地方离家五里，要过一条宽大的河流，整条河面上没有一座桥。夏天涨水的时候，平河满岸的浑水气势汹涌，冬天，河水有时就断流了。我最不喜欢过河水，精光了脚过河水的感觉让人害怕，水大的时候，那些细沙一溜儿的移动，脚拔得慢一点，仿佛就要把我小小的身体席卷进去。冬天，硌疼脚底的大小鹅卵石一个个争相迎上来，僵冷的水让人直打哆嗦，一上了岸边，冷风袭来，裸露的地方像被细刀子割伤了一样。我的手上，脚上，一到冬天，就长满了冻疮和细裂子。

村子里有几个被婆婆周治的媳妇，一聚在树荫下就骂家里那老不死的。其中有一个连生了两个女儿的婶子，她说，这个老不死的，她天天鼓捣他儿子打我，说我不会生养儿子，人家计划生育宣传说了，生儿子生姑娘决定权是在男人，女人就像是一块土地，男人是种子，你们说种下麦子它会出韭菜吗？树荫下就一窝窝的笑声。

刚说话的婶子更来了劲，全家子给我一肚子的气受，逗发我的鬼火一绿，我就去做了结扎手术，让他家趁早死了这条心。另几个婶子就你一嘴她一舌地掺和进来，“要不得，要不得”，“等躲过这一头风，还是生个儿子，将来养老有个指望”，“别的不说，这上山下河，使牛耙地的活路，就哪怕是人死了抬口棺材，上前的也是老伙子们呀”。

村子里那些儿子多的人家，在与邻里发生争执时，他们整齐上阵的父子兄弟，扎实地占尽了人多势众的好处，若要是动起手来，人人都要畏惧着些。一席一席的话，说得好像这世界上最离不得的就是男人，最重要的就是男人。所以，村子里有许多女老人吃饭还一直坚持不上桌子，什么旧时的三从四德、三纲五常，她们烂熟于心。我奶奶就曾经对我说过，“夫在从夫，夫死从子”。还说儿子是一点子，女儿才是半点子。这“一儿半女”的说法大概源于此。哦，对了，我奶奶还说，如果没有儿子，死了是不可以进祖坟的，说什么“有儿坟上飘白标，无儿坟上长青蒿”。我一直觉得祖坟是一个很神秘的地方，村子里的人不允许嫁出去的女儿回来给父母上坟，也不允许她们回娘家过年。

计生工作队又来过我家几次，一次也没讨得我爷爷的好脸嘴，他们像是仇人相见一样，例行完公事，连茶水也免吃了。终于，我母亲在交了一些罚款之后，还是去做了一个小手术。这么做的结果是，我们家每年都要交罚款，在我的记忆中，我弟弟都上初中了，超生的罚款还在交。我父亲说，他们是在敲钉锤，敲得点算点。就像我们村子里熬玉米糖卖的人家，敲打成一小块一小块的玉米糖，一点点卖出去，换得钱换得苞谷，周而复始地把小作坊开下去。

风，猛烈地刮了好久，吹开了杏花，吹开了梨花，又一个春天来了。村子里的人对于要计划生育这件事已经表现得很淡然了。如果头胎二胎就有儿有女的，爽快就响应了政策，生了两个儿子的人家，嘟囔几声也就去了。唯有生了两个女儿的人家，东躲西藏就盼着要个儿子。可这政策的手，像是长了无数双眼睛，魔高一尺，道高一丈。人们在互相安慰，说这房子就在村子里，人又不能像蜗牛一样顶着个壳出去，躲得了初一，也躲不了十五。听说村子里一夜之间出去躲的那户人家，是投奔昆明的远房亲戚去了，可这样的亲戚也不是家家有得起的呀。

好几年后，那家人回到村子里。他们已经生养了两个儿子，看上去像村子里的有钱人家，他们高兴地做了结扎手术，又大方地交了数额不小的罚款。还开玩笑说，这两个儿子买贵了，并且把小儿子的小名儿叫作“小买狗”。这买来小狗狗果真比村子里的“小土狗”们聪明伶俐多了。多年以后，这个叫小买狗的娃娃在外地承包工程，成了村子里第一个富裕起来的人，逢年过节，还记挂着给老人们买袋米，买桶油。村子里的老人偶然会回忆起当年的计划生育，夸赞小买狗的父母亲有本事，若是小买狗投胎在胆小的人家，早就被计划掉了。说这话时，一窝人笑得前仰后合，仿佛那些年的风声鹤唳到了今天就成了和风细雨。

当一项政策成为一种常态之后，也就成了自然的一部分，它们像村子周围的竹子一样，年年出笋，年年砍伐。东风刮一阵，西风刮一阵，总是哪边风大就要依了哪边的。人与风也没什么两样。家家门前一样过的风，谁不依了风的方向就会成为异类，当了异类的人家总是要受人的指指点点。但每一个年代都必然要有异类的诞生，才会是真实的生活。而异类总是在不断升级，上面有了政策，下面就必定要生出许多对策。比如村子里头胎生了女儿的，二胎就必然想要一个儿子。虽然说医院里不允许鉴定胎儿的性别，总有人钻得进医院的空子，托熟人找关系做个 B 超，制造一些意外，终止妊娠，直到生出儿子。

3

我是个女儿身，从小我奶奶就教导我，一个女儿家家要嘴稳手稳脚稳，要早起晚睡要脚勤手快。仿佛一个女儿家的哪里有个鞋歪脚左，就立即成为一切万恶的罪源。所以，我一直很努力，学会一切农活，好好读书识字，甚至还跟着奶奶学绣花。村子里从来没有听说过有一个女孩子是读书改变了命运的，就是男孩子也是没有的事。后来，我把这件不可能的事做成了，成了村子里第一个有铁饭碗的人。这是全家人的大喜事，也是全村人的高兴事。

待我结婚的时候，我奶奶仿佛觉得我吃了国家的公粮就亏欠了自己一大截。跟我母亲说，你说这村子里家家可以生两个娃娃，这姑娘就允许生一个，万一生了姑娘，那可怎么办呀。我母亲说，听说城里的人更喜欢生姑娘，觉得姑娘懂事好带，长大又有孝心。紧接着，她们婆媳就数着指头列举了她们所能听见的事，那些生了姑娘又有了大福气的人家。无论是城里还是乡下，都成了她们说服自己的榜样。甚至还说到了我头上，说我做成了这村子里从来没有人做过的一件大事，哪个还敢说生姑娘不如生儿子呢？我奶奶说，你看这些年头，村子里的大物小事，样样都要来这门头上挂累这姑娘，偏生她就爱帮忙。我母亲说，你说前头臭皮匠家那点事，他家那个婆娘血滴滴的逗人恨，就不该帮他家的忙，你说，这姑娘，就是不听话。

村子里有件好玩的事情，就是男人通常都有绰号。都说逢缺别说缺，这算是一种修养。可偏偏在这村子里逆行了。臭皮匠是因为他有狐臭，找来的婆娘也有狐臭，他们经过的地方，就留下一大股难闻的气味。我二伯母说，太像死麻蛇的味道了。猪头三是因为他排行老三，智商有些问题，村子里的人就说他猪头猪脑的。老哑巴不会说话，瞎磕子只有一只眼睛，歪三叔的脑袋从来没有正过，大毛头脑袋上那些头发永远都像一蓬乱葱。我父亲因为力气大吃得苦，被叫作老黄牛。有事没事聚在一起递根烟，喝盅茶时，都是叫着绰号的，且不大爱分长幼，说一句“少年叔侄当弟兄”就哈哈笑过了。一圈一圈的烟在叔伯兄弟之间打过来打过去，没有谁为自己的绰号生过气，残缺也像生活的一部分。

就在我母亲和我奶奶聊得开心的时候，住在坡底下的三叔跛着一只腿到了院子里，他在唱：“吃肉不如喝汤，养儿子不如养姑娘。”我母亲说，老跛三，你怕是捡着银子了，唱什么唱。三叔十六岁就与他母亲带来的童养媳圆了房，接二连三地生了六个娃娃，五个姑娘一个儿子，儿子偏生命不好，得了老母猪疯，一扯起来人都变形了，有一次没人在家，扯在火塘里，活活烧死了。但三叔这些女儿们很争气，一个个去了大城市里打工，都嫁在城里站稳了脚跟，家家过得光鲜水滑的。三叔家吃的喝的用的，哪一样不是这村子里最好的呀。村子里的婶娘们开刻薄玩笑时，就说，你看他家两口子收拾打扮得像俑哥俑姐。说的听的都笑了笑，知道表达的是哪层意思就对了。俑哥俑姐是村子里死了人时，道士扎在棺材前的两个花人，穿得花花绿绿俏生生的。村子里的人在说人穿得好时，就爱这么形容。我也没见过哪个就不高兴了，仿佛生与死，都没有人害怕过。

在单位工作的人都是读了圣贤书的，大家都知道计划生育这档子事儿。有的小夫妻结婚好几年，还一直没计划要孩子。那些变着花样的安全套和避孕药，不知扼杀了多少新生命。即使避孕失败了，大街小巷到处都是做人流到哪里的招牌，一个妩媚的女人在画面上，眼神里看不到疼痛和悲伤，好像做人流是一件享受而又光荣的事儿。单位的女人们聚在一起，谈孩子谈爱人，谈得最多的还是生孩子。这个做了人流不好意思去请假，那个放了环不适应，哪一个又中弹了，哪一个又躺枪了。一个单位也像一个村子，发生的喜怒哀乐都抬在一起说说讲讲，然后彼此的难过与好过，就有了一个合理的去处。有一个姐姐，她说她数不清做过多少次人流了，以至于她害怕每一个夜晚的来临。戴环受孕、宫外孕，样样她都经历过。在她身上，仿佛就从来没有安全期。有一年，她一共做了五次人流。后来，她的子宫已经薄得像一张纸，一触就要通了。医生警告她，如果要命，就不能再怀孕了。

我听她们讲这些惊心的往事时，对生育还没有一个感性的概念。在那相对保守的年代，一个女孩子怎么敢轻易把自己的身体交给谁，还曾经很无知地以为拉拉手也会怀孕。我在她们的描述中去感知人流的痛苦、尖叫、无奈，并祈祷自己永远也不要经历。她们中甚至有人因为忍受不了疼痛，条件反射地一脚把医生踢出很远。没有麻醉的刮宫手术，心肝都疼掉了一地，有好几个人说她们从人流手术台上下来时，大热的天盖几床被窝都觉得浑身打颤。那时候，我仿佛觉得整个身子都掉进了村前头那条大河水的冬天里。

我奶奶说，结婚就是小鸟才兴家，样样要从头开始。在身边的许多同事、同学们都有父母支援买房子的钱时，我作为一个从大山里走出的村姑只能埋头工作、读书。不敢与人攀比，家里为供我读书已耗费很多，何况下面还有读书的弟弟妹妹们。在女同事们的眼里，我是一个不爱逛街的怪物，事实上，哪有女孩子不爱逛街的？

为了供养一套房子，我们节衣缩食，勤俭度日，时时掰着手指盼着还清银行贷款的日子。孩子在不期中来临，我又惊喜又害怕。我即将临盆的电话打到村里的时候，母亲正在地里除虫，父亲一阵狂风刮到她面前，心急火燎地说，你姑娘要生了，你还不赶紧进城？母亲一溜烟地跑回家，把准备好的各种物件往篮子里送，就奔往河边等班车去了。父亲一路小跑地跟在她后面，交代她要好生照顾我，别火暴脾气一上来就母女翻脸。这些年来，我与母亲之间的距离，有些像两只刺猬，我们不断地用刺伤对方来寻找存在感。

疼痛一阵一阵地向我袭来，像是体内发生了八级地震，排山倒海地涌上来的疼，让我不知所措，我说，我要死了，我活不得了。医生一会儿来听胎心，一会儿来检查宫口开了几指，一会儿又说要挂催产素。我疼得无法忍受，苦苦哀求医生让我剖宫产，医生说，宫口都开了六指了，样样指标都好，你那么大的个子，能生下来的。我母亲说，生得下来的，一定生得下来的，你看看剖宫产的人，好多天了腰都还直不起来。你忍忍吧，想喊就喊出来。我的指甲深深地陷进吕先生的手臂里，他大声地叫喊起来，说我弄疼他了。仿佛他的疼痛，比我的还来得更猛烈一样。我已经连喊的力气都没有了，奄奄一息地躺在床上，任由一波又一波的疼痛把我扑倒。我想起了沙滩上那些死了的生物，被一波一波的海水淹没。我的身体，我的灵魂都不属于我了，我不是我，我是疼痛。

医生说我的宫口已经开全，要上产床的时候，我已经精疲力尽了。我的羞耻，我的尊严，在白大褂面前，还不及一张草纸。医生说，用力，用力。我拼尽了全身的力气。我感觉到下身被某种器物剪开，辛辣尖锐的疼痛之后，像是立即就忘记了这种疼痛，因为更大更深的疼痛又一波波席卷过来。我觉得我就要死了，死神就站在我面前，他在向我招手，我看见他面带微笑。医生说，你可以大声地哭或是喊，可是我没有一点哭喊的力气了。她还说，你不要害羞，听我的，来，用力，再用些力。我使出了平生所有的力气，挣扎着直起一点点头，模糊中我看见了我高起的肚子，太像祖坟里那些隆起的土堆了。里面，住着我的孩子，我的希望呀，我不能睡去。

护士的双手使劲地按着我的肚子，医生说，用力，快用力，已经看得见头了。我大叫一声，把体内所有力量都集中到了肚子上。然后，我听见了婴儿响亮的啼哭，带着些微略的沙哑。医生说，八斤三两的大胖小子，哪里像一个早产二十二天的娃娃，一定是你记错了时间。好吧，就当记错了。他到处好好生生的吗？医生说，健康得很。那一时刻，我所有的疼痛就像平静的海面那样，一切安定下来，万物寂静，我忽然就想睡了。迷糊中，我听见医生说，口子撕成这种样子，让我怎么缝呀？另一个说，你都不知道怎么缝，我们就更不知道了。天啊，发生什么了吗？医生有点责怪我的意思，说让你使力的时候，用力太猛了。她拍拍我的手臂说，我们产科医生都喜欢你这样的优秀产妇，知道怎么使力，可以多生几个。

接下来缝针的时间就像过了几个世纪，每缝一针都要拉紧一下，像钉进心脏的疼痛，一下接着一下，我所有的累和困都被这种疼痛唤醒了，我睁着眼睛，看着窗外的夕阳，射在玻璃窗前的绿叶上，影影绰绰。我每问一次，要好了吗？护士都回答说，还早呢。被煎熬的时间总是那么长，长得像是从鬼门关打了好多转，每一次回神，都是一种生不如死的战栗。那些针，我感觉不是一枚针，而是许多许多枚，它们在我的伤口上来回地行走，每走一步都让我掉魂。我不知道听了多少遍“还早呢”，终于医生直起了身子，说，好了。旁边的护士夸奖说，师傅缝得真漂亮。医生姓肖，是我一朋友的姐姐，我的一只脚一直抵在她的腰上，每疼一下就用力蹬一下，待她完成手术时，她对我说，妹呀，我的老腰都要断裂了。

肖医生一边擦着额头上的汗，露出大功告成的微笑，一边大声叫唤，来人。我家先生嘴巴笑成一朵大丽花蹿进产房，不知他哪来那么大力气，拦腰把我抱在推车里。全家人围着我笑，而我的嘴巴里一直在重复一句话：我要死了，我活不得了。她们说，不会死，会活得好好的。我被疼痛折磨得全然没了一点正常智商，一直没有追问医生缝针时为何没给我上麻药。到了后来，我甚至都害怕去回忆从生孩子到缝针这个过程，任何时刻想起皮肉都会掉落一地。我的大脑选择性地屏蔽了它们，我拒绝与任何人谈论这个可怕的过程。

一张狭窄的小床，放着我肥大的躯体，因为生产而肥大的躯体，连侧个身子都觉得困难。我以为躺上去，我就要昏睡百年，最好不要再醒来。是谁非要让女人生孩子？我真不知道村子里那些生了十来个孩子的女人，她们是如何让自己活下来的。

我闭上眼睛，想睡去，可怎么也睡不着。我想起了刚从我身体里分离出来的小东西，我说，抱来让我看看。我的母亲小心地把他捧到我的眼前，一个多么丑陋的小东西呀，额头上有好几条小老头一样的皱纹，眼睛一只睁开，一只闭着，懵懵懂懂地在半睡半醒之间，我不知道他是否看见了我。我成为妈妈了，成为这个小不点的妈妈了。可我一点儿也不兴奋，又一阵宫缩的疼痛袭来。我说，快抱过去，难看死了。我母亲说，哪个会有嫌弃自己生的娃娃难看的妈呀，你们看，多好看，胖嘟嘟的，粉团团的。全家人都在高兴，除了我，除了我的疼痛不高兴。

我母亲关注剖宫产妇女的腰，她没想到的是，我的半个臀部直到满月都落不下凳子来。蛋白线缝过的伤口上，一直是些疙疙瘩瘩，像针线活不好的人做出的半成品。蛋白线不需要拆线，但吸收的过程有点漫长。很久了，我都觉得自己像一只被修补过的轮胎。看着怀里的新生儿一天一个模样，他像镇痛剂，可以暂时减轻我的疼痛。却也像催疼剂，在他哺乳时，吸痛了我的乳头，还不顾一切地吸个不停，那么小却那么有力。我终于明白了那一句话，使出吃奶的力气。我看见他拼尽了所有，只为了吃奶这件事情。

怀里的小东西要叫我妈妈，我觉得好别扭，怎么一个姑娘家家就成了别人的妈妈，他一啼哭，我母亲就说，快让妈妈给吃几口咪咪吧。好几天之后，我终于习惯我已是这个小东西的妈妈的事实。在疼痛慢慢减轻一些之后，我开始滋生出无边的母爱。只要他一出声，就是我全部的世界。先生说，在我说长得难看快抱过去时，他有点绝望的情绪，他一直在想如果我做不好一个妈妈，他要如何来喂养这个小东西。男人又如何得知母爱可以敌过一切的天性，他的想法被全家人嘲笑了很久。他总是在我怀抱着小东西哺乳的时候，露出幸福的笑。足够两个孩子吃的奶水，淌得一床一铺都是奶渍的印记，我说，我倒是帮你们家省了好大一头奶牛钱了哈。

有一次，我左边的乳房肿胀起来，连胳肢窝里都像灌进了乳汁，摸上去一大个疙瘩，旁边还有几个小疙瘩。疼得我好声音都叫不出来，小东西吸不完，吸奶器不起作用，我母亲想让吕先生帮我使劲儿地吸，吸通泰就好了。她说，她是挨过这种活计的，太疼。先生大概是离开母乳的时间长了，一边又产生些不好意思的情结，另一边也许是他不能体会我到底有多疼。但我的母亲知道，她看我龇牙咧嘴的样子，二话不说，就帮我吸了起来。她一口一口地一边吸一边吐，她说，奶水都是酸味了，直到吸出一些带血的乳汁来，胳肢窝里的疙瘩也一点一点软下去，我的疼痛才慢慢消失。先生咧着嘴在一边不好意思地笑，母亲说，你认不得她有多疼。他搓搓手说，妈，我认得，认得呢。我母亲说，你认得个鬼，你只认得生了儿子高兴。事实上，婆婆早逝，先生开明，我没有生儿子生女儿的任何心理负担，并且在心里我一直期待是个女儿，我可以把她取名叫“胜男”，设想她会为一个弱势的性别做出些不一样的努力。

在照顾我的一个多月里，我忽然明白了“养儿才知父母恩”这句话的含意。对母亲更加了几层敬重，这一路走来，亏欠母亲太多了，我总是忙着刷存在感，占着我给她带来的荣誉感，态度极不友善地对她。她像从来不把这些当回事儿，样样对我尽心尽力，好话歹话说完说尽。我不知道当年为了省几块钱冒险在家倒生下我的母亲，究竟是否有过恐惧，她轻描淡写地说，她坚信自己没做过坏了良心的事，老天一定不会乱惩罚人的。我奶奶在看见我的一只脚先伸出来的时候，一定是吓得面如土色，好在，我一只手抱着头，另一只手抱着肚子，顺利地来到人间。我与母亲的对立从她怀我，到我长大，一刻也没有消停过，这让我的父亲很头疼。好在，我有了自己的孩子后，这些倒着生长的汗毛，一根根顺当了下来。

我问母亲，她当年生了几个女儿，我父亲嫌弃过她吗？嫌弃过我是女儿吗？母亲说，儿呀，要怨只怨政策，要嫌弃也只能嫌弃政策，你说这自家身上掉下来的肉，是男是女，有吃有穿的年代，哪个又会嫌弃？她还说，我是第一个孩子，家里的人都把我宠得无法无天了，就连我爷爷都是有好吃好玩的，样样尽着我，我父亲就是连生几个女儿都没说过一句什么。我害怕自己被人嫌弃的心，在母亲平常的讲述里，像是得到了某种安慰。原来，家里的人没有因为我是女儿就有人嫌弃，甚至我是受宠的，这让我增加了许多爱与被爱的底气。月子里，除了身上渐渐减轻的疼痛，就是家人无尽的关爱。每当我醒来的时候，我母亲和先生在讲我小时候的糗事，我总是装作生气地说，你们，你们又在讲我的坏话。然后就假装生气，不吃鸡蛋，为了让我多吃一个鸡蛋，他们俩想着法子让我开心。

小东西壮得像一个小肉墩，多抱一会儿就有些坠手了。他吃奶的力气有些吓人，我的两个乳头都被吸破了，血和乳汁喂养着他一天天长大。坐月子的讲究太多，我母亲不顾天气火热，不准我露出脚露出手臂，不准我洗澡，不准我吃水果，不准我看电视……不准我这样，不准我那样，让我像一个幸福的犯人那样，被他们管制。但凡我想要做的每一件不被她允许的事情，她都能列举出一大堆案例，我真不知道我们村子里怎么会发生那么多稀奇古怪的事情，我更不知道我母亲是如何就掌握了它们，在必要时如数家珍地搬来教育我。

月子里的疼痛渐渐隐去之后，我成了一个手忙脚乱的妈妈，在母亲每一次离开时，都毫无安全感，我害怕小肉团一张开嘴巴就闭不上。有母亲在，母亲知道他是饿了，还是肚子不舒服了，还是胳肢窝里的小寒疼了。有一个夜晚，母亲回家去了，他哭啊哭，不吃，不睡，背也不行，抱也不行，硬是折腾了半夜才安稳下来。

陪伴一个孩子长大的过程是艰辛的，有趣的，当看着他少年英姿，阳光清朗地向我奔来时，我忘记一切疲惫和劳累。我的记忆里选择性地保留了他成长的一切快乐时光，并在适当的时候与他分享。当我问他世界上最贵的房子在哪里时，他创造性地回答，世界上最贵的房子是妈妈的子宫。我激动得像有好几只小猫在心脏里蹦跳着玩，仿佛为他所经历的所有苦和疼都有了最幸福的注脚。

在这期间，计划生育像是被忽略了的一件事，生男生女之后，大家都很平静。也有一些不平静的人，想尽各种方法钻了政策的空子，把大的孩子弄成计生政策规定范围的有缺陷的一类，顺利拿到生二胎的准生证。然而，小城里也大多是些祖祖辈辈的良民顺民，没有太多的人去钻营。而我，永远也接受不了这样的作假，一个好生生的孩子，怎么要说成是有毛病的呢。按我奶奶教给我的道理，这世间不仅有人眼，还有天眼，别说谎言，别做恶事，才会有善报。这面向自己所说的谎言，而且是朝坏的方向的谎言，未免也太狠心了，我害怕它们会变成自己的咒语。所以，我从来没有这么想过，我一粥一饭喂养大的孩子，他应该是健康明媚的，从外表到心灵都是。

街道上的广告牌子上那些年明晃晃写着的人流广告，也悄无声息地换了下来，换成治疗不孕不育的广告。我的孩子在刚认识“人流”两个字的时候，曾指着大牌子问我这是什么意思，我回答不上来。但他却记下了，在又一次见到时，他告诉我，妈妈，“人流”就是人流如织的意思。小小的童言里竟是有某种玄机，是呀，人流如织，到了如今，人流被漠视了，处处都是如织的人群。人流也成了常态，再不用被提醒，就连中学生里都有人经历过的事情，更别提那些大学校园附近的廉价宾馆。多少女孩子在经历了多次人流之后，治疗不孕之症又成了新潮，多少男孩子在偷腥猫腻成为情场高手后，沾染了多少旧疾，不育就成了一家人的新烦恼。我不知道有没有人统计过这些数据，但看身边这些年不断流转的风风水水，总是看见了一些端倪。

当我回娘家看见村子里那些日渐老去的婶娘伯母们，她们扫去了年轻时的戾气，咒骂婆婆的，婆婆们也都死了，与丈夫不和的，如今也凑合了，她们慈眉善目地长在村子里，像村子里一棵生长久远的果树。生了几个儿子的女人们，往往要看媳妇们的脸色行事，倒是生了几个女儿的，被这家接去，被那家接去，一年到头享福的日子过不尽。生儿生女这件事终于不再有人当成什么大事，她们甚至还达成了一个共同的意见：不管生儿子还是生姑娘，都要狠了（有本事的意思）才算数。为了这个说法，还增添了一个新谚语：会养么养一条，不会养么养一槽。

4

日子像流水一样淌过，我手里的苦荞粑粑每一次都有蜜糖可蘸了，不是蜂蜜就是炼乳，我可以奢侈地蘸很多，让大规模的甜在舌尖上覆盖了苦。许多餐馆里，都有了这道忆苦思甜的面食，从那些年的被动吃它，到如今去主动靠近它，就像怀念一个已逝的故人。故人死于砒霜，我奶奶说那是神在召唤她。逝去的苦与甜，都变成了一种精神长相，悲悲欢欢地撒在前行的路上。不管是梧桐细雨的冷凉秋意，还是十里春风后的灼灼桃花，生活不会因为某个个体而有所停顿。每一个人都像一片树叶，从来没有完全雷同，但总是有太多的相似。孩子要长大，老人要老去，人人都在生生死死中过了一年又一年。

又一个新年在不期中降临时，国家又有了新的举措，允许公职人员生育二孩。我摸摸自己四十好几岁的年龄，一点也高兴不起来，而身边一大票四十多岁的女人已经在欢欣备孕了。一时之间，妇产科里像集市一样热闹，先是取环热。那一根保险丝，戴上它让女人减轻了许多罪孽。后来是孕检热，生产热。我蠢蠢欲动的心思在先生的态度里摇摆不定，一会儿我打败了他，过一会儿他又说服了我。后来，他坚决地说不生了，打着为我身体着想的招牌，以顽强的气势压倒我。

我常常在看见人家抱着花儿一样的女婴时充满幻想，并且我已经有了好几个干女儿，她们像露珠一样晶莹剔透。但似乎这些都还不能满足我想要一个女儿的愿望，在某个深夜，我在电脑前洋洋洒洒地写下过一篇想要一个女儿的文字，那是一种开在臆想深处的花朵，我的想象随着夏日的清风飞扬，沉醉。

这些年，眼巴巴地看着身边的许多女人经历了戴环受孕，宫外孕，多次人流等痛苦。好像这些都不足以磨灭她们还想要一个孩子的愿望。无论是去超市还是在街道上，随处可见不太年轻的孕妇，竟让人产生一种“满城尽是大肚子”的错觉。看着她们的身影，我就像是一个有了心结的人，巴巴地羡慕着人家隆起的肚子。生产孩子时那种无法忍受的疼痛，像是早已被我丢到了九霄云外，只剩下对新生命的欢喜和热爱。恨这一天来得太晚，要在我衰老的子宫已不能承担一个新生命的孕育时来临。但在某一次梦里，我像是得到某种神灵的启示，有一个小女孩来到我梦里，给我欢欣，令我迷恋，我拥抱着她，就像抱着一块润润温温的美玉，她芳香的小身体蹭在我怀抱里，顿时，我所有的母爱泛滥成灾。

我不断尝试着与先生商量二胎的事，他的头摇得让我看不清他的脸。他说，你应该准备好足够的精力去迎接你的孙子，而不是到了六十岁你还在为年少的孩子四处奔波，这不符合自然规律。他从优生优育讲到人生价值的实现，冷静得像一盘古老的石磨。为生与不生的问题，我们又冷战和论证了很久。

身边的女人们很诧异，认为生育这件事情应该由女人来主导，而不是一个男人。

也许是因为她们没有与一个理性得可怕的人生活过，不知道什么叫"防患"和"防范"，这许多年来，一个没放环的女人的身体居然可以做到安然无恙，这已经是一种奇迹。为此，我要感谢我的先生，感谢他记得我身上的月事，记得时时爱惜我的身体。我曾做过保守的估计，身边的育龄妇女们，无论是放环与不放环的，一百个人中最多只有一个人没有做过人流，而我就是幸运的百分之一。

这其间，许多人怀孕了，许多人流产了，也有许多新生命降临了。医院，永远像一个热闹的生死场。有人在这里新生，有人在这里死亡，永不停歇的生死让人在希望与绝望之间穿行不息。

一些欢喜注定要是要落空的。医院里有百分之三十的高龄产妇因各种原因必须终止妊娠。产科医生们忙得四脚着地，寝食不安，学校里有太多生产二胎的女教师已经严重影响了学校的教学秩序，在代课老师之外，连校长的课程都排得满满的。在一个小县城里，常常听见为了二胎而戒烟戒酒，努力搞生产的中年男人女人们。有的人自己不想生二胎，但父母逼迫着生产。老一辈的人动辄就搬出毛主席的话来，毛主席说了，只要有人在，什么困难都能克服。重点是要有人。为了有人，就必须抓紧时间造人。

造人工程是巨大的，如今科技进步了，人工受孕失败，还可以试管婴儿。为了一个二胎，倾其家底的人家大有人在，仿佛他们生活的目标就是为了响应一次国家的政策。

有一些人家，多种原因导致他们不能有一个自己的孩子，就想去抱养一个婴儿。可如今连抱养一个婴儿都成为困难的事了，我想起了那些年被丢弃了的婴儿，要是降生在如今该是有多好呀。母亲说过的话又在耳边回响：在有吃有穿的年代，有哪个舍得丢了自己身上掉下来的肉呀。

好不容易有抱养得来的婴儿，大凡都是因为产妇有难言之隐或是意外之痛。曾有一个姑娘怀孕快生了，却被男友狠心抛弃，姑娘寻死觅活，被人劝导说孩子生下来送了人。河边路边，又哪里还见得到一个弃婴呢。即使有，也一定是有残缺的孩子。也曾有一家人抱养了一个女婴，带到两岁多了，孩子经常生病，一生病就发高烧，后来一检查才知是艾滋病患者。

微信圈里随时可见新生儿的欢喜，今天有谁家生了双胞胎，明天又有谁家中年得贵子。其中有一个高龄产妇，已经四十九岁了，生下一个九斤的儿子，全家上下欢欣鼓舞，就像这一个孩子在未来会成为他们家的救世主一样。另一些令人担忧的消息也不断传来，有一个高龄产妇在生产中因为羊水栓塞导致胎儿死亡，产妇成为植物人，为了维持生命，需要高额的医疗费用，家庭的自给已经无法了，向社会求助。一时之间，这件事情成了小城中的大新闻。

然而，这些都不影响前赴后继想要生一个孩子的愿望的男人和女人们，每一个人都认为那么倒霉的事情不会降临到自己头上。事实上，概率这种事情在医学上显得很苍白，不管概率有多低，轮到某个人的头上时，都一定是百分百的。幸与不幸，由谁主宰，这一直是神的事儿。

生活总是这样，在几家欢喜几家愁中，一天又一天地向前走着。那些从生活中传递而来的坏消息就常常成为先生消灭我的念头时的有力证据，先生说，我最不想面临的事情就是，当医生来问我，要保大人还是保孩子。我说，你有得选择吗？当然应该保大人。他说，依了你的性子，待你醒来看不见孩子时，我就知道你要跟我拼命了。在说这些的时候，我的上中学的孩子一直站在他父亲一边，从他小时候特别想要一个弟弟妹妹，见了邻居家的婴儿就想抱回去，到如今坚决不同意我们再有一个孩子。仿佛还是昨天与今天，他就长成小大人，需要自己的空间和主见了。他总是说，妈妈，我担心你的身体。我说，等有一天我不在了，你在这个世界还有一个最亲的亲人。他父亲接过话头说，你都无法知道，这是一个亲人还是一个仇人，兄弟反目，姐妹成仇的例子还少吗？

一些人离婚了，离婚的原因是因为妻子不愿意生二胎，或者是妻子已经生不出二胎了，这些荒诞的事情，它们就发生在我的身边。尤其是那些有着封建思想，第一胎生了女儿的男人，一项新政策的施行给他们带来了新的希望，他们按下许多年的心思又被点燃了。所以，他们蠢蠢欲动，他们暗度陈仓，他们跃跃欲试。似乎只要有了权和钱，年龄在任何时候都不会成为男人行使性别权力的障碍。

我清晰地看见一张张曾经温情的脸，后来变成了冷漠的路人。因为他们的身边立即就有了年轻女人的身影，一个中年的男人，身后积累了一些身家，还笼罩着一身被妻子影响和打造过的气质，对一些想不劳而获的年轻女人，确实会有一定的吸引力。从他们毫不费力地挽着年轻女人的手臂来看，钱就是万年不废的帮凶。那些个做得他们女儿的女人成了他们的妻子，老夫少妻，看上去幸福融融令人扎心。感情，仿佛是一张廉价的纸，被风一吹就飘走了。

我常常会这样想，也许国家的政策是为育龄中的八〇后一代人准备的，却不料被赶上末班车的七〇后们蜂拥而上，甚至对家庭的稳定带来了不小的冲击。在大城市里，人人都为了提高生活的品质而努力，生二胎这件事情似乎是轻描淡写的。而离土地最近的县城和乡村里，思想的重心已经转移到了生产任务上来。人与人之间的问候方式都变了，从“你吃了吗”变成“你要生吗？”

我留意到一些新的宣传标语，横幅上，墙壁上，电子屏幕上写着：“实施全面两孩政策，促进人口均衡发展”，“国家政策真正好，一家准生两个宝”。与那些年在乡村随处可见的计生标语大相径庭，令人产生一种忧国忧民和感恩戴德的错觉。

一项新政的施行，总是伴随着各种不同的声音，有人成为受益者欢天喜地，也会有人成为受害者呼天抢地。这是哲学的命题，也是必须面对的生活命题。生与不生，就像悬在心口上的一块石头，被自己和别人用心地掂量。我回到村子里的时候，婶娘伯母们都不约而同地做我的工作，就连我的母亲也跟着掺和起来，她一向腿疼的毛病在她想要抱一个孩子的愿望面前变得十分轻巧。为了鼓励我们生二胎，她扬言说，谁家先生产了，她就帮谁家带。一家子的育龄妇女，听见母亲这话时，有了妈不够用的样子。

事实上，母亲的这个举措除了让我心动不已之外，并没有对其他人产生影响，她们都生活在大城市里，奔波于生活已让她们苦不堪言，对于再要一个孩子的愿望从未强烈过。尽管她们头胎都是女儿，也没让她们想要一个儿子的念头占过上风。但我母亲是有希望的，我在她与人对话的口气中听出来了。在村子里的婶娘们忙着去抱孙子时，我母亲的小心肝就被人戳了一下。她背地里说，谁家没个孙子，外孙子也是孙子。转过身去，我母亲就对我的孩子笑话说，外孙是外狗，吃了往外走。

村子里这些年已经多出了许多光棍，随手一盘点，三十至四十岁之间没找到媳妇的大小伙子们都足足有两桌人了。婶娘伯母们为这个事急白了眉头，处处张罗着托人找对象，可这上村下铺的姑娘又会有谁是在家里待着闲着的呢。如果不出去打工，根本无法找到一个合适的姑娘。即使从外地找回来的媳妇，也不一定就扎根得下这村子。离婚这种事早已不是什么新奇事了，更有那些不领结婚证，三年五载通过微信或是什么又有了新欢，丢下幼小的孩子一个抖趟就跑了的。邻村有几个小伙子在国外打工带了缅甸女人回来，户口的问题一直解决不了，女人和孩子就只能是黑人黑户。更悲催的是其中一家生了三个孩子了，派出所落户时，若没有准生手续，就要做亲子鉴定，鉴定结果显示这三个孩子都跟父亲没有任何关系。

5

生活中不同的际遇就像一双双无形的手，推赶着每一个人走向不同的地方。

谈论二胎的话题渐渐淡了下来，人们以为这项政策带来的结果必定是人口暴增，就像七十年代后期那样出现空前的出生率。事实上，各种渠道的数据显示，并没有预期的效果。于是，街头巷尾及各路专家又发出了各种不同的声音。

一个生了两个儿子的朋友，听说要放开三胎政策，更有要全面放开计生传闻时，喜形于色的小脸在灯光下熠熠生辉，一副生不出女儿誓不罢休的样子。与多年前，村子里那些生不出儿子就誓不罢休的女人，形成多么鲜明的对比呀。在每一个人的心里都有一种贪婪，对于自己所缺少的东西永远充满了向往。有了儿子的，想要女儿，有了女儿的，想要儿子。

其中一些人如愿以偿了，在他们不太衰老的脸上洋溢着幸福的满足感。尤其是一些因为年轻时贪玩或是工作繁忙疏忽了对第一个孩子的陪伴的父亲，像是要对从前的遗憾做一种丰厚补偿，收了身心拼命地把爱倾注在新生儿的身上。仿佛人生在某种程度上是一种有回程的旅行，无论是得到还是失去，都能找到一种可以弥补的药方。生了女儿的，像是抱着前世的情人，心心念念的欢乐都寄托在怀抱里。生了儿子的，中年得子的莫大欣慰占据了他们生命的全部。

生活处处可见欢喜，亦到处都有漏洞。不时传来的消息中，一些让人开心，一些令人揪心。接二连三，小城里因为生二胎死亡的产妇已经有好几例，其中有三个还一直是植物人，躺在医院里生死未卜。总有一些选择会让人懊悔终生，当一场场期盼中的喜剧以悲剧收场时，留下无数种苦难在人间。人们开启幸福的模式在于，每一个都坚定地相信，许多悲剧与自己无关。

当我四十五岁的表姐传来怀孕的消息时，为她高兴的同时，亦为她的安危担心。生产的原因是封建残余的一部分思想仍在作怪，为了高龄的婆婆心中存念的一点香火的延续观念，兄弟几家生的都是女儿，婆婆认为他们的姓氏里应该有一个男丁来继承。被七大姑八大姨们说服之后，拥有硕士学历的她大义凛然地站在家族的利益之上，听上去像是豪门的夙愿。她说在她所有的同学里，她是绝对的异类，她那些生活在大城市的女同学们都说她疯了，男同学们都在夸赞她多么勇敢。许多男人之所以对二胎政策表现得足够积极，是因为生孩子养孩子的过程，他们只是个参与者，甚至有些人一直是旁观者。

整个孕期里，表姐被身体的各种不适所折磨，每当她在朋友圈发一段生不如死的牢骚时，就有大波的争论跟在后面。每一次她都在奉劝高龄的女人绝不要步她的后尘，她最好的女同学一再劝她多为将来考虑，还玩笑她说好好一个可以留在大上海工作的姑娘，偏偏要回来当一回生育工具。她在每次说完痛苦之时，像是痛苦就得到了某种有效的缓解。全家人小心得就像捧着一个价值连城的水晶球，不敢让她在小城的医院里做产检，说要杜绝任何一丝失误。她的婆婆天天烧香拜佛，期望能在古稀之年再圆一个梦想。

有时，大家在一起谈论二胎政策时会做一些设想，假如计划生育政策里规定产妇的年龄在多少岁以上就必须禁止，也许就能减轻许多悲剧的发生。可又要有多少人痛哭政策的不公，众口难调的人间呀，有哪一双手能抚平所有沟壑，有哪一碗水能端平人心公道呢。更何况人心关于公平的评判里总是无法剔除利己主义的选择方向。发展的大计，百年的大计，这是多么浩大而艰难的工程呀，从吃不饱肚子到如今物质与精神的双重丰足，从东亚病夫到如今的巍然屹立，有多少人在为了这个国家的富强文明而呕心沥血。在小家与大家之间，应该唤醒的又岂止是生生死死，还应该有觉醒后的知与行。

表姐终于要生产了，为算计孩子出生的日子，全家人折腾了无数次。这个大师说要这样，那个大师说要那样。好不容易敲定的日子，比预产期足足提前了三周，表姐说，赶紧剖开抱出来吧，一天比一天更难熬，双腿已经肿得连鞋子都无法穿了。医生说时间提前早了，对胎儿会有一定的影响，建议往后。

她婆婆说梦见观音老母从画像上下来，手里拉着一个小男孩，说是给她家的。她们全家都坚定地相信表姐怀的是一个男孩。剖宫产前的 B 超检查时，表姐忍不住问了胎儿的性别，当人家告诉她是个女儿时。她的眼泪急急淌了下来，仿佛一整个孕期的精神支柱一下就倒下了一半。她的伤心吓坏了全家人，就连她婆婆都收起一切封建思想，说了一大通生女儿有福气的良方暖语。手术麻醉前，她一再嘱咐表姐夫，万一她有个三长两短，一定要带好她的女儿们。

表姐在全家人算好的时辰里，诞下八斤女婴，母女平安。全家人没有想象中的高兴，也没有表现出一丝难过。生活中的小失望，往往不足以影响人们对幸福的追求。一天一个模样的小东西，让人爱不释手，就连在孕期里一再与表姐怄气，不支持她生二胎的大女儿，也对新生的妹妹表现出了极大的热情。但她总是在别人夸妹妹漂亮时，有些轻微的不高兴。并且一再在父母面前做出一些举动，求证是不是有了小妹妹，她就变得不重要了。

另一个朋友有近六个月的身孕了，一些检查指标显示，胎儿可能有缺陷，她需要去更好的医院复查。辗转于各家医院，寄希望于某种误诊。可几家医院的诊断结果都建议她引产，即使她有一万种舍不得，也不得不选择痛苦的手术。之后，她开始失眠，一整个一整个的夜晚睡不着。只要一闭上眼睛，那个孩子就在她的眼前，一会儿是男孩，一会儿是女孩。哭着吵着要她抱，但才一伸手，就不见了。她开始嫌弃自己，嫌弃自己态度不够坚定，为什么不留住她（他）？医生的诊断也不可能百分之百的准确啊。她拒绝任何人去探望，觉得自己与世界像是隔着一堵高墙。每当夜晚来临，一见到床，就像见到了鬼魂一样。

医生说，她得了产后抑郁症。她的先生说，有时她也偶尔会有高兴的时候，只是高兴几分钟后，情绪就完全沮丧起来。还常常抱怨、指责家里的人，仿佛所有人都与她有仇一样。医生说，这些恰恰是这种病的正常反应，开了一些药物，又嘱咐她的家人要让她时时感受到关心和温暖，注意她的情绪。

她拒绝吃那些药物，她说我没有病，是你们病了。家人只好把药悄悄放在红糖水里，哄她吃下去。她常常躺在床上不停地流泪，谁来劝她，她会哭得更厉害。如果没人劝，她又会觉得没人爱自己而伤心得抽泣不已。

她的儿子已经十四岁了，她是多么希望自己能生一个女儿呀。自从知道怀孕的那一刻起，她就美美地设想，会有一个温软明亮的女儿。她看着她读诗，奔跑，写字，唱歌，弹琴。她会长着爸爸的大眼睛，妈妈的大长腿，她会有浓密的头发，长长的手指，高高的鼻梁，有型的小嘴巴。她会成为另一个自己，被改良过无数回的自己。

她常常梦见各种各样的花，兰花、石榴花、桂花、荷花，据说这是生女儿的胎梦。即使是每天若干次的呕吐，对她来说，似乎也是一种幸福的存在。因为她知道，她怀里的小东西在告诉她，妈妈，我在这里。

她躺在冰冷的手术台上，时针指向下午两点四十五，如果她死了，就是死于这个万恶的时间。麻醉让她失去知觉，没有一丝传说中的疼痛，醒来时，手术刚完，她请求医生让她看看她。医生说，别看了，看了你一辈子都忘记不了。在她的强烈坚持下，医生把那个已经发育基本成型的胎儿在她面前一闪，说，就看一眼，本来一眼都不能看的。她的眼前一黑，仿佛世界就此与她决裂了。

在很长一段时间里，她不能从悲伤中走出。仿佛整个世界都是她的仇人，而她已经不配独自活下去了，她常常觉得自己就是一个凶手，一个杀了自己的孩子的凶手。闭上门，关上心眼，她不想见到任何人。在许多个无眠的深夜，雨滴，风声，汽车的喇叭声，火车的汽笛声，它们都鲜活地进入她的耳朵里。

中学女同学来电时，我正在跟她聊天，我尝试着帮她卸载一些精神负荷，让她与自己和世界达成某种和解，回归到一种平常心的生活状态。我才开口问一句，你还好吗？女同学就哽咽着说不下去了。那段我一度艳羡的婚姻亮起了红灯，他们从上中学时老师禁止恋爱中偷于花前月下，到最终修成正果，二十五年的时光，我以为会是一生一世与子偕老的长情陪伴。二胎，又是二胎，如今她身体不够强硬，三高症状向她袭来的时候，她不能为他生育二胎了，他提出了离婚。而她生头胎时，差点连命都不保了。

看着这些血泪斑斑的生活真相，我强烈地升腾起一种念头：如果有来世，我真不想做一个人，更不想做一个女人，我只想当一棵树，长在深山老林里，从来不被谁看见，只与雾霭虹霓一起同呼吸共命运。我伸手数了数自己四十好几的年龄，再摸一摸身边这些女人们关于生育的悲喜交加的日子。完全没有了年轻时想要一切就勇往直前的气势，我终是成了被平淡的日子驯服的说客。

又接到另一个朋友的电话，她生了，如愿地生了一个大胖小子，在有了女儿又过了十六年后，她生下了一个儿子。电话里，我能看到她眉毛与脸色一起飞舞的样子，真心为她祝福和高兴。我说，恭喜，你有儿有女的幸福生活开启了。她说，亲爱的，苦荞粑粑才动边呀。之前她为了生这个二胎，流产了两次后去检查，才知道是男人的支原体感染导致胚胎停育，第三次怀上，早孕反应十分严重，几乎完全是靠输营养液来维持生命。女人们为了拼一个自己或是别人想要的梦，总是母性大发，愿意耗尽一切心血。

于生活而言，个人的悲苦总是微不足道。外面的世界依旧热闹非凡，生老病死每天都在发生。一些女人抱着独身主义，一些女人结了婚也坚决不肯生育，生活总是有多种存在的模式。在离土地很近的地方，人们的观念还在传统的圈子里打转，被冲击，被撕开。但选择走在绝大多数人所行走的正常轨道，依然是人们对普通幸福的一种盼望。

对于一条宽广的河流，每一滴水都是渺小的。但也只有一滴水挨着一滴水的汇集，才有了溪流，有了江河，有了大海。每一个人的心里都会有不同的活法，但并非所有选择都能遵从自己内心的召唤。难道世间事，除了生死，其他都只是小事？一句“顺其自然”的轻描，就涵盖了所有的幸与不幸，有时是荒谬的，有时又觉得那么妥当。人人都在矛盾中营造自己对生活的认同或是无奈。

那个夜晚，我做了一个梦，我梦见村子后面的山坡上开满了苦荞花，那些细碎的小花朵，一会儿变成星星，一会儿变成婴儿的眼睛。风一吹过，它们摇晃着、奔跑着，我伸出手去拥抱它们，它们变成了一张张小脸。在有风、有雾、有露珠的山岗上，我看不清它们是在看着我笑，还是在对着我掉泪。

又是清明，与往年一样，去给此生从未谋面的婆婆扫墓，去父亲的墓前轻语。许多淡忘的悲伤，已经成了一种形式上的怀念。每一个家庭都在不期中遇见死亡、淡忘死亡。墓地里长出许多龙爪菜，它们生机盎然地爬出泥土。抹去悲伤的人们，争相采摘。面对一堆堆黄土，这边是高祖父，那边是高祖母，高高隆起的地方是他们死去之后的归宿，这里长眠着的都是我血肉相连的亲人们。我忽然明白，世间万物，无非是从此地到达彼地。万物向死而生，慈悲为土，又长万物。在疼痛、欢笑里，迎接新生命的到来。在唢呐，眼泪中，送走一个人的一生。中间的长度，被赋予各种意义，也可能是毫无意义。生生死死，死死生生。了了悟悟，悟悟了了。

这一路上来来往往中，所见所闻，皆成为一段历史。从何而来，该往何处，像是一种未知的归宿。作为女人，生育是一生中的重大课题。翻开我所能看见的几代人的生育史，就是一部血泪史，只有女人才深知其中的痛苦。于我，更多的是一种幸运，但太多的不幸不会因为我没有经历，它就不存在。它就在我的周围，横横竖竖地堆满一地，谁踩上它，它就沾上谁。何去何从的生命，该在哪里觉醒，又在哪里顿悟？这也许是女人们值得花一生时间来思索的重大命题。

（选自《十月》2018 年第 5 期）

《滇红——集》

王建

140cm × 70cm

布面油画

生生之水

// 叶浅韵

四平村前面这条美人河通常只流三个季节，到了冬季，河水就干了。一整个冬天，人畜吃水问题就成了村子里的头等大事。这个山高坡陡谷深的地方，与村子的名字完全是别扭的。村子里有识了几个字的人拿出四平村的名字作为笑谈的时候，就会有人说，难不成米田村的人就天天有米吃呀。事实上，米田是不产稻米的，而叫干沟的那个村子恰好水源充足。干沟村后面的黑青崖上常年挂着一条长瀑布，雨季是大瀑布，冬天是小瀑布。沟沟坎坎的地方，溪水四溢，田园丰沛。干沟村的人不懂治水，倒是嫌弃这到处漫出的水脏了脚后跟。每年冬天，他们看着四平村的老老小小像赶街子一样，挑着桶背着壶来取水时，他们就笑成一团，与老亲老戚们开玩笑说，这有个姑娘也别嫁到你们四平村去，为挑个水，肩膀皮都要磨掉几十层。

然而，这方圆团转的村子里，从高粱秆到矮坡脚的青瓦檐下，都是些打得骂不得的亲戚。张家的哥哥娶了李家的表姐的堂妹，丁家的大姨爹是嫁到胡家的三姑奶奶的大姑子的亲侄子。只要辈分上不乱了，这横竖的亲戚总是攀搭得起来的。自然也会有辈分乱了的时候，曾有一家几姐妹都嫁到了同一村子里的几辈人，后世子孙们互相叫起来时的尴尬，着实令人费了些羞煞心。可这上村下铺的人跟风一样豁达，风吹到山林有了松涛，吹到河里见到清凉。他们会说，管他羊十三的，论配不论辈，只要自己人过日子安心，哪管人家怎么说去。以父系为体统的村子，大凡总是讲些秩序的，那些在秩序之外的，他们也总有法子装进秩序的口袋里。就像村子里的篾匠们对待竹子的态度，粗壮的做了烟筒，苗直的当了晒衣竿，结实的用来打核桃板栗，至于划开的篾片是用来做箩手还是镶箩边，全都凭着经验随性走。有时，也会遇到实在是太难称呼的人情，上下左右攀搭起亲戚时，同一个人会论出几个辈分来，就着吃酒做客的席上，人人想争当长辈，想坐上席。总会有人丢落下一句：各山雀各山叫，各依各教。吵闹不休时，就以年长为尊，拖着个长长的老烟袋坐到了上席，端起酒碗，主持酒事。事实上，谁都占不了谁的便宜，又谁都摆脱不了被人占了便宜，有姐姐妹妹的人免不得要做别人的大舅子小舅子，有兄弟哥哥的自然要被人称呼为姐夫和姑父。

每逢属龙属狗的天，就是赶街市的日子。几十里路上的人们，为通生活的有无，用脚丈量每一个街子天。他们在路上互相论亲、认亲，大多是些有姻亲关系的姓氏，除了问一声老姑奶奶们身体的安生，就是些奇逸的话头子，说哪家的姑娘嫁到哪村不守规矩，说哪家的儿子三十好几了婚姻还在不动。生老病死的事，都在嘴里嚼碎了，把一年一岁的光阴吃进肚子里。又一个冬天来了，别的村子的女人们有空闲使针线，嗑瓜子，嚼舌根。四平村的女人们却要花大力气来解决吃水的问题，起初的小媳妇们嫁过来时，挑水挑得辛苦吃力，免不得有几声抱怨。她们放下水桶在哪棵树下歇气时，呜哈呜哈打开话头子，说四平村吃水真费力气，当初媒人上门时，我妈不让来的，我爹偏生说，人家祖祖辈辈都过得，就是你过不得呀。她摸着肩膀轻叫了声，唉呀呀，这两块骨头都不是我的了。这一回生，二回就熟了。再往下，也就不成为什么新鲜事了。

尽管我出生在四平村，用我奶奶的话来说，就该是坐老的山坡不嫌陡峭。我知道，那是一种对家乡最亲密的情感，带着自然的、拟人的、亲昵的最眷恋的表达，与泥土和大山一样令人亲切。我离开四平村许多年了，每每回忆起村子里的一草一木，一山一生，都令我身心欢愉。四平村就像是我身体的一部分，是生尽的骨头，长尽的皮肉。但因为心中镌刻的记忆深处，有一幕关于取水的亲身经历，让我对“陡峭”一词持有自己的保留。许多时候，在别人歌颂故乡的月圆人好时，我并不愿意站在主观的立场上去承认，承认生我养我的四平村真个是山美水美人美的人间仙境。同时亦深深明白，在记忆选择的利己和排他性里，熟悉的景致让人带着先入为主的偏见，但并非是有自己的影子生存过的地方对于外人会有多少特别的意义。回忆只是一把失去锋利的钝剪刀，剪开一些生动活色的旧时光，把那些能影响我成长的镜头，慢慢地回放，拉长。

那一年，我才十岁，也许是十一岁。天降大旱，地上和地下的水都纷纷躲了起来，天上的太阳热辣辣地照在四平村人的头顶上，就连土地里长出的萝卜缨子都要冒烟了似的。整个大地像是一个高龄老人干枯的皮肤，处处都长满了皱褶。乡间的小道上，每走一步，都有黄灰在风里追赶着。家里的水缸见底了，我因为我妈与我奶奶夸奖我的一句话，我就像捡着一颗水果糖一样，自告奋勇地说要去挑水。我挑着一对桶，准确地说是一对小桶，哼哼哈哈就去干沟村取水了。远远地看见挂在干沟村子后头的那条瀑布，已经没了一点恢宏的气势，太像奶奶的裹脚带子被人挂在黑青崖上，白生生细长长的。我才到村子前头的那棵大槐树下，就被一只大黑狗咆哮得全身汗毛都站了起来，大腿小腿上的肉迅速进入紧急状态。我一次次地弯腰下去装作捡石头的样子，大黑狗才一步步逼退了，站在离我十几米远的地方，叫咬个不停。等我舀满了水，一抬头就看见我们班最捣蛋的男生拿橡皮枪正对准我，他身后还有几个淌着鼻涕哈子的男孩子，向我使坏坏地似笑非笑着，其中有一个男孩子还不害羞地撒起了尿。如果一对一，我非撕了这坏骨头的皮不可，可如今在人家的村子里，被狗吓破的胆子都还在蜷缩着。我的心扑通通地乱跳着，恼着，羞着，怒着，却不知该如何是了。我迅速地拿起扁担向他们扬起来，并大声地说，李大毛，你要是敢作死，等我告给老师去。李大毛没管我的话，“啪”的一声，一颗石子打中了我左边的小桶。还现编了个顺口溜：大彩放小猪，眼睛哭得水噜噜，大彩挑小桶，心急得黑洞洞。李大毛先喊，小崽子们跟着一遍又一遍地喊，我的眼泪水顿时挣脱了黑眼眶，在风里乱飞了起来。他们几个大笑着跑开了，我懊恼又伤心地挑着水离开了干沟村。

一路上，我寻思着到了班级里该怎么收拾李大毛这个杂毛种。走一气，歇一气，越想越恨不能拿扁担砸死李大毛。水在桶里十分不安分，逛过来，荡过去，不断地往外泼洒。我感觉我的眉头上都要着火了，使劲地把扁担往地上一摔，跟路旁的一块石头生起了闷气。这人一倒霉起来，连水也要跟我打架似的。热风一阵一阵地吹过我的脸，真是要把我点着了。忽然想起我妈交代我的话：如果桶里的水太摇晃，就在路边扯一枝带叶子的树枝丫放在桶里。四平村的人说，这叫打逛。果然也凑了些效，水在我的桶里安稳了许多。路上遇见了好几个外婆家村子里的人，我要叫舅舅的，姨娘的，外公的，他们都夸我懂事，小小年纪就知道帮家里干活，还顺便夸了我妈有福气。这一夸，我都忘记了刚才在干沟村遇见的不愉快，也忘记了被一块石头反弹回来的疼。不知歇了多少回气，好不容易才把两公里的路程走完了。回到家里，桶里的水也就只剩下一半多点了。我一丢下扁担，忙不得与奶奶哭诉李大毛欺负我的事，就赶紧舀起大半瓢冷水，咕咯咕咕咯地往肚子里倒下去。坐下来，像一块抹脏了的破布，胡乱地堆在火塘前的小床上。

好在，这种事情是极少发生的。即使大旱了，村子后面的石洞里也还藏着法宝。唯有那一年，石洞里都空了，就连三台洞、仙人洞里的水也近乎干涸了。村子里的老人们说，美人河两边的青山肚子里长出的石洞，他们都是连着通着的。四平村的人在没有发现村子后面这个石洞的秘密以前，每年秋末冬初，待河水一断流，像是寺庙里的小和尚们每天必修的功课一样，挑水，每天都要不断地挑水。挑不了水的年少小和尚们就抬水，不断地抬水。即使是最小的小和尚，在学会走路，能大跑大撒之后，就用个小塑料壶跟着哥哥姐姐们去背水了。这个村子里的男娃女娃都是这么长大的，他们腰圆腿粗，肩宽心厚。

美人河两岸的青山隐隐，山顶上长着高大的青松，山腰上长着一些不知名的矮棵灌木丛，岩壁上隐约可见许多石洞，每一个石洞都有自己的秘密。它等待着有缘人的探访，一不小心在某天念了一声“芝麻开门”，就发现自己想要的财宝。四平村后面这个石洞里的秘密，就是在某一天被一个人发现的。自从它被打开以后，它就像一条永远流淌的母亲河一样，养育着四平村的人。有了水源的四平村的女人们扎实兴奋了很久，她们把省下的力气消耗在土地上，你带着我，我跟着她，就搞起了蔬菜种植。那些需要大量活水来养植的蔬菜，在她们从石洞里不断往返的力气中茁壮生长，长成最大面额的钱票子。每年在街市上出售的最新鲜的蔬菜，都是四平村的女人们第一拔上市的，卖得好价钱的女人们，一个赛着一个种得花样百出。她们互相交换种子，西兰花、空心菜、迎天椒等都长在了各家的地里，她们也互相传授种植的经验，是羊粪好还是猪粪好，是种黄瓜卖钱多还是栽茄子产量高。非要你家的比我家的高出半拇指，我家的比你家的结出半箩筐，她们才肯甘心。到了冬天，她们为了地里的蔬菜长得更好，下市更早，半夜就要起来去石洞里挑水。勤劳就像是一种传染病一样，在整个村子里的蔓延，即使是嫁过来时有些懒惰的小媳妇，被村子里的女人们一约一伙，不出半年，就开始脚下生风了。

大白天有空闲时，四平村的女人们会在柿子树下使针线，说些古老的故事。关于这个石洞的往事，最能让村子里的孩子们充满兴趣。没有“在很久很久以前”的前缀，她们会相互比着该叫的辈分说，这事，还得你大公公狠（比喻厉害的人）了。我们的思绪就跟着回到了古老的年代里。那个我要称呼为大公公的人，他是当时的村长，二十来岁的光景，先前跟着私塾读了两年书，初娶了媳妇，雄姿勃发，意气充盈。他的先生曾做过山西某县的县令，因不满于官场的黑暗腐朽，辞官回乡耕读，在三台洞里办起了私塾。洞洞相连的山肚子里，别有宽敞的新天地，就像一个天然的大房子，有完整的三层石洞。石洞外面，修建了亭台飞檐，镂空窗棂，琉璃青瓦。一个秉承中国古建筑美学向度的建筑群依山势而建，浑然天成，妙趣飞悬。三台洞的下面是清澈的水流，四季淙淙，日夜幽静，天与云倒影水中，鱼与水草相映生情。在读到柳宗元的《小石潭记》时，我竟产生了一种错觉，仿佛柳先生正坐在这个清水汇聚的小石潭面前凝眸深思，疾笔而书。

这股从三台洞下流出的清水，被人们称作小石河。它围绕着村子蜿蜒徘徊，像一个不肯出嫁的姑娘，眼泪流成弯弯的溪水，流进村妇顽童老人们的心里，长成他们生活的一部分。在古老的年代里，这方圆团转的姑娘们在出嫁前，是要哭嫁的，以示对衣胞之地和父母乡亲们的不舍之情。三台洞侧面的那个小村子被命名为小石河村，常年清澈的河水让她们的生活过得相对安逸，除了做豆腐熬白糖的女人们起得早之外，她们很少有人知道种菜园的辛苦。这让四平村的女人们很困惑，就像小石河村的女人们也很困惑为何她们还在睡梦中，四平村的女人们已经把蔬菜背到了街市上。自然条件的迥异，让人的生活现状产生极大的差异。水，是生命之源，是生活之源。你看，就连水源丰沛的村子里长出的姑娘们，都是一个赛一个的水灵灵。从干沟村到小石河村。

关于那个私塾老先生的传说里，最奇闻的一件是，他曾与洞中的仙人对弈半盏茶的工夫，出来人间已是三天三夜。先生所出入的洞被称作仙人洞，与三台洞之间隔着一条河流。一面红褐色的岩壁上，有一个老仙人的样子，没有一丝人工雕刻的痕迹，就连老仙人下巴上那袭长胡子，也是一株植物最天然的造型。岩壁下面是一潭深不见底的碧水，就着这源源不断的水流，建起起了一座水磨房，惠及数里路上的村子，满山满坝的麦子、谷子都归了这磨眼里。关于仙人洞的传说有许多版本，不外是人与仙曾有过多么深切的交往，但凡人间办不到的事情，仙家都有解决的办法。后来，因为人间的背信弃义，仙家便不再理睬人间的破事了。老先生在仙人洞中的奇遇被赫然地写进县志里，后来的人都相信那是真实发生的事情，他的后人们更是以此为荣，就连我也是深信不疑的。而他的弟子，像是得到了先生的衣钵真传，竟然在四平村后面的石洞里发现了另一个大秘密。

那时，老先生已经作古好几年了，在乡间的传言里，他应该是得道升仙，进入往生极乐的世界里了。他的弟子某天去山上放羊时，大概是受到了师父的什么启示。在一个他平时赶着羊群经常行走的地方，被石头绊了一跤，一屁股爬起来时，就发现了新鲜事。一个有一只炒菜锅底大小的洞口，像他暗示着什么。有种特别的好奇心驱使着他已经熄灭的顽皮，他顺手捡了块石头，朝洞口丢了下去，侧着耳朵一听，像是下面传来有水的声音。他浑身激动起来，忘记了摔伤的地方正在疼着。连接把洞口周围能动的石头都丢了下去，空幽幽的回声里，他一次次地闻到了水的味道。如果有水，这不是要改变这个村子冬天吃水困难的局面吗？

这消息让村子里的人兴奋无比，他们搬来大大小小的石头，想亲耳听到石头溅落水花的声音。在验证了确实有水的说法后，四平村的人就打起了各种的主意，也提出了各种疑问。耳听是水，那么眼见会是水吗？水有多深，流有多大？村长自告奋勇地说要亲自下去探测个究竟。在奉献和开拓的精神面前，年轻和勇敢就像两把金光闪闪的钥匙。但要下到一个未知的石洞里，没有人有十足的把握，在村子里那些稀奇古怪的故事中，那些居住在黑暗里的扰乱人身心的看不见的东西，它们也许就居住在这个石洞里，它们曾经谋害过四平村的牲口和人的性命。论证来，论证去，在所有的方法中，最有效的是需要一根足够粗长的绳子。四平村的人都知道，后山上有种叫羊草的长草搓出的绳子最牢实。好多天了，全村子的人都在忙着搓一根绳子的事。终于，他们有了一根最结实的绳子，它一头牢牢地捆住村长的腰，另一头是村长的年轻力壮的兄弟族人们。村长用手扒着洞口，慢慢进入了未知的黑洞里，上面的人一点点地松绳子，缓慢悠悠地放下他。先前就约定好了，若是村长在下去的途中，遇见危险就大呼大喊。

洞里漆黑麻麻，除了洞口那一束光浅浅地照进来，照进黑暗里的光，像是被黑暗迅速吞噬了一样，再往下一些，就全然不见五指了。村长感觉这是到了另一个世界，那和村子里的人说的阴曹地府里，下面会有小鬼判官们在等着他吗？凉飕飕的空气一点一点地包裹着他的身体，恐惧也在一点一点地扩张着他的胆子。被黑暗扩大了的空洞，连窒息都听得见声音。进入身体的一些小害怕，被他哧溜地赶走，又吭哧地回来了。洞口的人在叫他，他答应了几声音，声音穿过洞壁，给了他一个个被延长了的回音。阴森森，拔凉凉的回音，像是人们传说中七月半的鬼魂的喊叫，瘆进五脏六腑里。四平村的人会说，你有吃屎的胆，你就走吃屎的路吧，一不小心，吃屎就会捡着油渣，那就赢定了。

村长硬着头皮向上说“放，放，放……”像是没有一个可以着陆的地方，火把已经快要萎了，腰上还有两把备用的。火光所能到达的地方是有限的，而他却不知道离水源点还有多少距离。他掏出口袋里的一块小石头，“啪”的一声，没有水的声音，他感觉到另一种恐惧，万一这是哪路鬼魂神仙在戏弄人的把戏，这可是自寻死路的做法呀。他又燃起了另一个火把，绳子晃悠悠地把他摆弄到石洞壁上，火光照见一些潮湿，照见不见天日的岩洞壁，照见急忙躲闪的小生物，照见姿态各异的石钟乳。往下，再往下，还是照不见水源点。绳子短了，无法着底。他对着洞口大叫了声：“拉我上来。”洞外的人以为他遇到了什么危险，个个使出蛮力，几下下就把他拉到了洞口。

再一次加长绳子，又把村长放下的时候，同时也放下了另一个兄弟，有了伴的黑暗，就生出了两颗勇敢的心，也许还有些冒险者的豪壮在胸中。当一泓清澈的水在火光的照耀下粼粼漾漾时，年轻的村长和他的兄弟醉了，他们像是人类历史上所有发现能造福人类的某种惊异发现或是发明人一样，按捺不住心中的激动，他们忘记了任何恐惧，只有发疯的狂呼。洞口的人以为遇见鬼魂了，迅速把他们拉上去。又一次次地放下胆大的人，个个都像吃菌子中了毒样子，失去了平日里的形状。据说，那晚，整个村子的人都比过年还开心，他们喝着一年才能喝上的酒，吃着一年才能吃上的肉，喊拳喊得昏天黑地，不停地谈论要如何才能打开那个石洞的大门。他们甚至还说，这个石洞的顶部还有一个大石洞，老祖人曾留下一个谜一样的顺口溜：铜鼓配铁鼓，配得银子万万五，若是有人识得破，够买云南四川府。那个夜晚，四平村的人都不是普通的村民，他们是科学家，是冒险家。

任何坚固的大门，都不是神奇的力量所能抵达的，除了火药。他们开发一个石洞时，像一群有经验的匠人，从哪里放炸药，从哪里留通道，从哪里砌石阶。一些人守在土地上，一些人关进石洞里，不知经过了多少汗水和心血，多少白天和黑夜，四平村的人终于可以挑着桶去洞里取水了。他们结束了在冬天要去干沟村挑水的日子，就像找到了自己生命的源头。除此，他们还在一本发黄的家谱上，知道这个姓氏的人来自福建的建宁府，堂号为“钜鹿堂”，祖上曾经辉煌显著过。

从洞口到达洞底的水边，足足有一百八十多级台阶，拐过一个弯，再拐过一个弯，又一个弯，还有最后一个弯，就到水边了。一个个火把照亮了漆黑难走的曲折小路，把生活的源头伸进石洞里。夏天时河里涨水，洞里的水曾经漫至洞口，得见天日的水啊，碧绿碧绿的，让人口渴。去河里挑水的女人们都不去河边了，她们说，那水太浑了，连衣服都洗不干净，怎么吃嘛，又说，上面才冲走一个死猪，都恶臭死了呀。她们蹲在洞口，一瓢一瓢地舀起她们的日子。在有得选择的生活面前，人们就有了挑剔的余地。她们在说完这些时，总会附带上一句：唉哟，也是贱皮子。听不出她们的语气中有任何轻蔑和贬损自己的意思，就像陈述一种不争的事实。

四平村的女人们若是带着不乖的娃娃，她们就不得不背着孩子又挑着桶下洞取水，她们舒长气的声音，一进洞口就能听见，悠悠长长的乏累被她们一口一口地吐在洞里，吐在幽暗的时光深处。干旱的冬天里，一级一级的石阶要下到最底部，被千百次地踩过的石阶，石头都磨得光滑了，就连凸凹不平的那块大石头上，也越发地平展起来。一对桶歇下来，都不会倾斜洒出一滴水了。大人们能稳稳当当地挑出一挑水来，而孩子们就有些困难了，常常一路洒洒泼泼，气喘吁吁，石阶上便常常是泥泥泞泞的印迹。曾有人说，这水里是有鱼的，白生生的鱼儿，才挑出洞口，一看见太阳，鱼就翻了肚皮。我和小伙伴们每次下到水边，就屏住呼吸想看看那白鱼儿的仙模样，只可惜一次也没见到过。

我六岁多点的时候，第一次跟我妈进洞取水，她挑着一对桶，我背着一个塑料壶。我抖抖索索地跟着她进洞，在她左一句右一句“慢点，慢点”的提示声中，高一步低一步地下到了水边。我妈熟练地打水，她先把她的一对桶打满，再装满我的小壶，水从塑料壶口吐着泡泡缓缓地流进壶里。黑乎乎的洞里，只有一束光芒，照见我们的鞋子和一步一步的石阶。我妈的电筒光指向何处，我就走往何处。那时，街市上已经有手电筒这东西了，但许多人家为了省点钱还是沿用火把的习惯。我歇息了几次，好不容易才走到洞口。许多事情，有了第一次，是为将来的许多次重复作了一种开启的仪式。出于对黑暗的恐惧，我每次去挑水都要约上小伙伴们。慢慢的，我们从背水到了挑水，也如我妈那样，可以让一根扁担上的两只桶在两个肩头上熟练地换动左肩和右肩了。这种年年往复的动作，锻炼了我们肩部的强壮肌肉。对纤腰削肩的古典审美在四平村里是站不稳脚跟的，为着这要吃水的生计，四平村的姑娘们大多腰圆臂粗，肩壮脚实。庄稼地上的人们，讲究的是牢实和耐用。我妈说，你看养个猪啊牛啊的，都要肥壮才好，就连上山捡个菌子，也希望能捡着一朵就撕得一大碗来着，谁会喜欢瘦凄凄害躲躲的果实呢。后来，我在汉语字典上看到“美”的会意解释后恍然大悟，说羊要以大才为美。

饮水思源是中国传统的道义，四平村人从来没有忘记过这个。一些细节可能被时间涂抹覆盖了，但主要的脉络依然是清晰的。他们在说起村长时，一个“狠”字就代替了一切赞誉。感叹他英年早逝，留下一个遗腹子，尝尽生活的艰辛。至于他的死因，却像一团面容模糊不清的旧棉花。有人说他是病死的，有人说他是被人害死的。在村子里那些神奇的传说中，一个人死了，这实在是一件十分正常的事。在四平村那些死去的人中，有的人的死让人觉得不可思议，比如，一个女人像被神捆绑了魂魄，驱使着她在做饭时用火钳夹起一块烧红了的炭，放进自己的喉咙里杀死了自己。那些吊死在树上的，被土方和石块打死的，或是吃敌敌畏闹死的，说起来都有一长串的名字。四平村的人在办完丧事之后，生活又回归到平常，没有谁知道自己的死法和死期，一句“生死有命，富贵在天”，又让他们回到庄稼地里做活路，回到石洞里挑水。

这个造福了后人的石洞没有一个特别的名字，它被直呼为“大洞”，简单、粗暴、实用。我相信那个当村长的大公公也不会在意它叫什么，更或许他从来没有想过这个。一个独一无二的石洞，石洞里有水，被叫作什么，四平村的人都是知道它的指向。许多年来，四平村的人以从石洞里挑水这样的实用主义来纪念村长，纪念他给这个村子带来的福音。当一件事物的指向是明晰的，它的意义就不会停留在一个浅显细微的称呼里，只有当它的指向模糊了，才有可能需要重新辨别。如果真有一天需要给这个石洞命名一个名字，我们应该以大公公的名字来纪念他。

即使我被这石洞里的水养育长大，我对它充满感激，但我一直不敢太走近它，尤其不敢一个人走近它。多少次，我都鼓起勇气，挑着一对桶，跃跃欲试地想要完成一次对自己的挑战。但每一次我都失败了，我走完有洞口光亮的那几步台阶，一进入黑暗区，就仿佛觉得岩壁上长出许多双神灵鬼怪的眼睛，它们直盯盯地看着我，让我毛发直立。我每走动一步，就觉得我身后有一个影子，不紧不慢地跟着我，我一回头，它就躲进那些石头缝里。哪一次都是惊慌失措地跑了出来，坐在石洞边上等伴，好在，我总是能很快地等到同伴。我的这种感觉，普遍地存在我的小伙伴们身上，我们在一起叽叽喳喳地说，但说完，我们还是要结着伴大着胆子去取水。其实，这个石洞里从来没有发生过什么奇异的事情，就连那些在平路或是山上失足扭伤的事情也从未发生过。

但有一天，我还是遇见了一次奇异的事。以往进洞取水，只要有伴，无论在前还是在后，都不用再害怕什么。那一次，我像是有什么预感一样，到了洞口，我死活不肯走在最前面。我不走，小伙伴也互相推辞起来，都不愿意走在最前面。这时，我大妈带着四姐姐也来挑水了。她给四姐姐打气说，没事，你走在最前面，哪里会有什么鬼嘛。一伙人浩荡荡地进洞了，我的心开始突兀乱跳起来。只听见“啪”的一声，一条大麻蛇掉到了四姐姐脚边，四姐姐魂飞地尖叫着，一伙人迅速地逃了出来。小伙伴们个个胆战心惊，浑身发抖，就连我大妈也脸色惨白，她装作镇定的样子哄着她受惊吓的女儿。四姐姐说，我不上前，你非让我上前，万一掉在我脖子上，我不是要被大麻蛇咬死了么。她一说完，就哇哇大哭起来。我大妈像是要急于给她受到惊吓的女儿一种恰当的安慰，就转身把气撒在我头上似的，她说，你这个小鬼娃娃，让你上前，你非不上前。她才说完，我就哇啦哇啦地哭得停不下来，声音比我四姐姐的高出很多，哭到我妈来了，我的声音更大了。她们哄乖了两个张着大嘴哭泣的小姑娘，就开始把刚才的害怕当成了故事。小伙伴们你一嘴我一舌地说着这条蛇，有人说它是一条长脚的蛇，有人说是一条白花蛇，有人说明明是黑花蛇，还有人说它长着脚。但谁也没有勇气再下去看一眼。

石洞里发现了大麻蛇，这是村子里的一件大事，如果不把它捉住，以后孩子们就不敢再去洞里取水了。胆大的大炮叔拿着一些工具进洞了，顿时石洞里飘出了火烟和辣椒的味道。过了好一会儿工夫，他终于捉到了那条大麻蛇。足足有碗口那么粗壮，没有脚，不是黑花也不是白花，它是一条大青蛇。大炮叔说，这条蛇从洞顶那么高的地方跌落下来，像是受了些伤，他下去的时候，它正努力爬向石壁脚边的一个洞里。大炮叔使劲揪住尾巴也无法把它弄出来，直到用火草和辣椒醺，才把它捉到手。那条蛇的去向，我忘记了。到了大炮叔手里的东西，他总有办法让它们有一个妥当的去处。或是卖钱，或是吃了，或是放生，得看他的心情。

有了这一次难忘的经历，我对那个石洞总是怀着一种深深的恐惧。但我不太敢把这种恐惧放大，我害怕一放大这种恐惧，我就不敢再去洞里取水，那样，我妈手里的棍子条子就会给我带来更大的恐惧和疼痛。我只想着有一天，我要逃离这种恐惧，逃离到一个不用在黑暗里取水的地方，不会遇到眼睛看不见的一切未知。到了今天，我实现了心中那个隐秘的梦想。我住在高楼上，一扭开水龙头，清悠悠的水就流在我的手心里，我可以在洗碗的时候，听一段流水的声音。还可以嫌弃自来水的来源不够纯洁，一个电话打过去，一桶一桶的纯净水就送到了茶杯前，它过滤了那些有杂质的生活，让日子变得更加舒适、美好。

对于一个生养我长大的衣胞之地，我总是时时怀有深刻的想念。在并不算遥远的山路上，我与她在节日假日里亲密地互相问候。好与不好，都长在心里、眼里。为她自豪，亦为她哀伤。在我的一直的视线里，四平村的人们因为勤劳，许多人家与贫困一直就没有沾多少边，若不是病了灾了，家家火炉里的火都是烧得旺旺的。现如今的各种政策像风一样吹进村子里，路面硬化了，自来水引来了。在一场火灾之后，我正担心父老乡亲们的日子时，他们在短时期内就盖起了城里人住的楼房，气派有力，欣欣向荣。我再一次幸福地对艰苦的岁月充满深深的感恩，它让勤劳种植进四平村人的每一根神经。

好几年前，风吹来一场大火，烧毁了四平村那个大四合院。有前院后花园的院落是这方圆团转里独一无二的院子，那里有我童年的许多记忆，它不仅是四平村人勤劳致富的证据，更是一种精神财富的象征。失去，就像被更新的生活，看上去没有比从前变得更不能忍受。现在，四平村的自来水已经进了家家户户的院子里，人们再也不用去石洞里取水了。没有了人走动的石洞，已经坍塌、破败了，就像是这村子里的一门旧亲戚，随着亲人们的离世，一些年久失修的关系渐成陌路。我每次回到村子里，喜欢站在洞口眺望一会儿，在有朋友同行时，我会不厌其烦地讲述有关它的一切。它对于我是重要的，对于别人，也许只是一种小新奇罢了。生活中的事物被磨砺之后，都会成为一种旧物，成为某段历史的见证。如今，三台洞已经被市里定为文物保护单位，修葺一新的建筑群悬挂在岩壁上，成为一方旅游胜地，洞下的水已经不能够完成它从村子里经过的行程，就像一个步履蹒跚的老人，只能在家门口晒晒太阳了。而对面的仙人洞下，那一池碧绿的清水已乘鹤而去，只留下白云空悠的闲情。唯有洞前石壁上那个酷似老仙人的石像，无论从哪一个方向看去，他都在向着人间慈爱温暖地笑着。

（选自《百花洲》2019 年第 4 期）

《即逝——浮萍》

王建

60cm × 80cm

布面油画

乡愁草木帖

// 杨泽文

杨泽文，云南大理人，中国作家协会会员、云南省作家协会理事、大理州作家协会主席、《大理文化》月刊常务副主编。部分作品被《散文选刊》《读者》《中外期刊文萃》《青年文摘》《青年博览》等刊转载或收入中小学教辅图书。诗集《回望》1999年获第六届全国少数民族文学创作“骏马奖”。出版有散文集《卑微者最先醒来》和《面朝文字的沧海》。

草木无言，草木有灵，草木人心皆有情。

——题记

荨麻

荨麻，在乡下老家被称作蜇人草。人被荨麻蜇伤之后，皮肤瘙痒难忍，还伴随着烧灼般疼痛，随后出现红肿起泡。故而在乡村，人见了荨麻都会本能地退步，食草牲畜碰触到荨麻时则会哀叫着跑开。

尽管人和牲畜都害怕荨麻，但还是避免不了被荨麻蜇伤。因为荨麻除了在田边地头和阡沟幽谷大面积生长之外，还时常夹生于杂草中。记得年少时到田地里打猪草，总要小心翼翼，暗自提醒自己眼睛睁大一点，看清楚一点。然而不出三五天，隐藏在猪草中的荨麻还是突然蜇伤了手背，让人又气又恨急忙跑回家用肥皂水清洗。而在放牧草场，要是有小牛小马或小猪小羊突然哀叫着蹦跳时，十之八九是食草时嘴部碰触到了荨麻。

荨麻因能蜇伤人和牲畜，自然成了最好的篱笆圈地植物。于是春夏时节，庄稼生长得繁茂的一块块好田地，被同样生长得繁茂的荨麻如项链般圈护起来，直到秋天，地里的庄稼收获完毕，曾作为圈地植物的荨麻才被割开留出缺口，以便让大小牲畜自由进入田地食草，于是乡村绝美的一幅“秋冬放牧图”随之生动于目击者的视野。多年之后，这样的迷人乡村图景还依旧鲜活在我的脑海里。

在乡下老家，荨麻还能用来震慑老鼠。只要将鲜株荨麻放在粮柜或肉品周围，偷食老鼠一旦碰触到后就会尖叫着逃之夭夭，因此荨麻还有着“植物猫”的美誉。

记得上世纪六十年代中期“文革”初始，一支身穿绿军装、臂戴红袖套的红卫兵队伍突然来到了宁静的村庄，扬言“要彻底破除毒害人民的旧思想、旧文化、旧风俗和旧习惯”，一时间搞得人心惶惶。而很快帮助村民赶跑这支“破四旧”队伍的竟然是荨麻。原来这些来自城里的红卫兵小将，晚上出去方便时嫌恶乡下茅厕太臭，便纷纷到田边地头的草木丛中解决，然后随手抓扯一把杂草擦屁股，而杂草中免不了有小荨麻，结果屁股被蜇伤了却不敢声言。几天过后，竟然有十几人走路都好似夹着一根尾巴，加上还有一些人误将漆树芽当作香椿芽采食而中了漆毒，士气低落的红卫兵队伍只好赶快撤离村庄。临走时丢下怨言：这深山野村也太可怕了，怎会是草也咬人树也咬人?

在缺医少药的贫困年代，荨麻还被乡亲们用来医治过敏性皮肤炎和风湿病。而医治的方法也让人过目难忘，胆小者甚至不敢目睹。常常是权且充当“医生”者，流露着一副于心不忍的表情，戴上皮手套紧握一束新鲜的荨麻，然后在一个嘴咬毛巾、双眼紧闭的病患者皮肤上反复拍打，直至拍打得病患者泪湿眼眶和面部扭曲为止。时隔多年之后，我才从一位老中医那儿了解到，荨麻之所以能蜇人，原因是它的茎叶上生有刺人的螫毛。这种毛的端部尖锐如刺，上半部分中间是空腔，基部是由许多细胞组成的腺体，其分泌的蚁酸对人和动物均有很强的刺激作用。由于蚁酸充满了毛端上部的空腔，人和动物一旦触及，刺毛尖端便迅速断裂后放出蚁酸刺激皮肤。而荨麻毛刺放出的蚁酸，却可以缓解过敏性皮肤炎和风湿病痛，因此在缺少其他有效药物的情况下，用荨麻拍打皮肤来缓解病痛，亦不失为没有办法的办法。其实荨麻全草皆可入药，能祛风，活血，止痛；主治风湿疼痛，荨麻疹，湿疹，高血压和蛇咬伤等。宋代苏颂的《图经本草》和明代李时珍的《本草纲目》均有记述。

在乡村田野，荨麻俨然成了不可冒犯的草中另类。每一株荨麻，都会适时蜇伤碰触者，仿佛要让碰触者知道它的厉害。而荨麻的这种有效自卫方式，也让人和牲畜很快明白，面对任何一片青草地时，都要小心为妙，不能忘乎所以。成长中的人，因此增加了生活常识；生长中的牲畜，也似乎明白了觅食之道。事实是，在生长荨麻的乡间，成年人都知道如何防范被荨麻蜇伤，食草牲畜也不会轻易去碰触荨麻。而不被人和牲畜碰触的荨麻，自然在其生长处任意生长，在其生长期里尽情吐绿，直至秋冬季节，才叶脱株萎，充分演绎了生命枯荣交替的生动景象。

野生荨麻的种类较多，有些荨麻还可以食用，其茎叶含有丰富的蛋白质、多种维生素、胡萝卜素以及人体所需的各种微量元素，营养价值很高。这是我离开乡村到城里生活之后才知道的，以至在大小饭馆里，每次和同事朋友们一同享用着口感滑润和味道鲜爽的荨麻凉拌、荨麻炒菜和荨麻汤汁时，我就少不了要想起家乡的荨麻，心情也随之变得复杂起来。

尽管荨麻具有药用和食用价值，但如今在我的乡下老家，荨麻还是依旧时常蜇人的荨麻，其自生自长、枯荣轮回的多年生宿根性草本植物的命运并没有改变。只是日渐温饱起来的父老乡亲们，再也不会用荨麻拍打身体的残忍方式来治疗过敏性皮肤炎和风湿病了，这足以让我在异乡心生慰藉。

漆树

老家多山，山林中生长有漆树。人在林木中穿行时，都要小心翼翼，生怕碰上漆树而中了漆毒。

虽然有父母的时常叮嘱和自己的格外小心，但在山野中放牧时，还是免不了碰上漆树而中了漆毒，结果第二天早上醒来时，脸部肿大了一倍，眼睛眯成了一条线，身上布满了小红疹，皮肤还瘙痒难耐，弄得自己坐卧不安和烦躁不止不说，急得父母也立即出门寻找草药。有些草药需要捣碎涂擦患部，有些草药需要煎汤口服，有些草药则需要点燃烟熏身体。只有经过一番这样那样的治疗折腾之后，身上的斑疹才会逐渐减少直至消失。常说“漆毒毒七天”，说的就是漆树过敏期之长。人中了漆毒，若不及时治疗，这七天的过敏期是非常难熬的。

人在山村生活，不能不与山野林木发生联系。一般来说，成年人中了漆毒即便不用药物治疗，七天之后过敏期也会自行结束；可小孩中了漆毒之后，由于瘙痒而不断抓挠，结果容易抓破斑疹而引发次生的皮肤感染疾病，因此大人对小孩中漆毒从来不敢大意。记得我每次中了漆毒之后，最着急的是母亲和奶奶。而对我漆树过敏的治疗，母亲通常使用的草药是大麻叶和韭菜叶。她把大麻叶揉碎挤出汁液要我涂抹身体，说这样可以缓解皮肤瘙痒；她把韭菜叶捣烂掺上鸡蛋清要我涂抹手脸，说这样可以止痛消肿。而奶奶给我治疗漆树过敏的办法更是奇特：先将侧柏叶、车前草、佛甲草、火焰草和干松针混杂成一堆，再点火让其发出浓烟，然后让我脱去外衣外裤在烟火堆上反复来回跳跃，同时跟着她念道：“你是漆（七），我是芭（八）；你是桃（逃），我是梨（离）”。也许这种形式有些荒诞离奇，因而常引得围观者笑声不断。

由于漆树有“毒”，因此在老家许多人都敬而远之，以至于在田边地头，许多树都被砍倒当烧柴了，唯有许多漆树被保留了下来。被留存下来的漆树，乍看起来有点像香椿树，初春时节也很容易被人误将漆树芽当香椿芽来采摘。记得上世纪六十年代中期“文革”初始，一支身穿绿军装、臂戴红袖套的红卫兵队伍来到小山村“破四旧”时，就误将漆树芽当成香椿芽来采食，结果全都中了漆毒而咒骂不止，说什么“这个野村子里的一切旧思想、旧文化、旧风俗、旧习惯必须彻底破除之外，还有那田边地头大量毒人的‘反动树’也必须坚决砍掉”。然而说归说，最终还是没人敢真正站出来去田边地头砍倒漆树，原因是怕再次中漆毒而危及性命，再则不堪折腾的村民已经怒目而视。

在我生活过十余年的小山村里，也有极少数人能抵御漆毒。这些人即便去爬漆树摘漆果也不会产生过敏反应。自然，他们就成了村里最好的割漆者，凡是有割漆的活计都要请他们来帮忙。漆树一旦长到碗口粗大之后，就有割漆者拿刀在漆树上切割出剪刀口型或鱼尾型的口子，在口子下面悬挂一个小竹筒，用来承接慢慢滴落下来的灰白色漆汁。这些天然树脂涂料，最终用作各种贵重的家具的保护漆。而经过不断割漆之后的漆树，其树干上充满了刀痕，让人视之能动容。

一般来说，漆毒致敏有直接接触和间接接触及气体传导三种性质（途径）。因此除了要避免与漆树直接接触之外，还要注意避免与漆毒患者发生过多肢体接触，此外还要尽量避免在漆树周围活动。虽然从小就知道预防漆毒的一些基本常识，但在乡间生活的十多年间，我还是免不了经历一次又一次的漆树过敏，以至对漆树始终充满了恐惧感。

漆树虽然有毒，但又是治病良药。在《本草纲目》中，有“漆性毒而杀虫，降而行血”的记载。漆树的根、叶、皮及果实均可入药，有平喘、解毒、散瘀消肿、止痛止血之功效。在高明的中医那儿，经过一番神秘的配制之后，漆树的根、叶、皮、果的毒性就会得到抑制和消解，因此一般不会发生过敏反应。一棵漆树，既能让人致病也能给人治病，可谓是一棵神奇之树。

多年之后的今天，老家田边地头的漆树已经越来越少了。究其原因，一则野生漆卖不上好价，二则许多中医为安全起见都不再视漆树为药树。于是老家的许多漆树能砍的被砍掉，能留的也没留下来多少，不免让人心生遗憾。从情感上来讲，我倒非常希望每次回老家时，能在田边地头看到葳蕤依旧的漆树。

人在自然中生活，不仅需要懂得爱护植物和尊重植物，甚至还要有敬畏植物的意识。就拿漆树来说吧，我年少时每一次所中的漆毒，都是因为自己有意无意地去侵犯了漆树及其领地，结果遭到了它的惩罚。作为一棵树，它当然有自卫的权利和自卫的方式。遗憾的是，人们常常以自己的好恶来随意对待植物和处理植物。而人一旦自作聪明之时，其实往往也是愚昧之始。

苦艾

离乡进城生活，偶尔碰到皮破血流时，我就会本能地首先想到苦艾，而女儿则与我不同，她首先想到的却是酒精棉球和创可贴。而事实是，对于止血良药，即便苦艾再好，情感上再容易接受，我也无法再轻轻松松地得到它了。这是从我离开家乡的那天起就注定了的。

在我成长的乡间，几乎人人都知道苦艾是最好的止血良药。但苦艾并不因此而在乡村显得珍贵起来，更多的时候，它和乡间农人一样，显得普通而卑微。无论是在田边、地头、路旁和屋舍周遭，都有苦艾繁茂生长的影子。可以说，在乡间苦艾几乎无处不在，只要是有闲置的土地，它就会不失时机地加以挤占。这在多年生草本植物中，应该算得上是一个特有的景观了。苦艾与人的亲和力也因此得到了最大的彰显，以至苦艾在乡间几乎被人们视而不见，或者见了之后，时常嫌其与庄稼和蔬菜争抢肥力和空间，便毫不留情地予以适时铲除。不过，对于苦艾来说，你任其生长也好，你限制其生长也罢，结果可能都是一样的，即到处依旧是它的生长之地。仿佛它的种子早已填满了大地之腹，它随时随地都可以在最佳时间里萌芽破土而出。

“居家常备艾，老少无疾患。”这句乡间俗语，多少道出了苦艾在乡间百姓生活中的重要性。在乡间生活和劳作的人们，皮肤少不了时常被擦破或划伤，而苦艾是最好的止血药。苦艾给人带来的奇迹在于：随便采两三片艾叶，在手心里揉碎，把汁液挤滴到伤口，或者干脆将揉碎的苦艾叶敷到流血处，鲜血就可及时止住，而且止血的伤口日后恢复得也很快。在乡村医生那儿，苦艾甚至还被作为内服的止血剂。而懂一点中草药的父亲，在给我和弟妹治感冒病时，有一味良药就与苦艾有关：先将两三枚烧焦冒烟的核桃夹入大碗中，将苦艾叶覆盖其上，再用一个小碗倒扣住核桃与苦艾叶，最后用烧开的沸水沿着小碗的周边浇下，在“哗哗”的冒泡声中，围困在大碗和小碗间的核桃与苦艾叶得到了快速而充分的煎熬。待温度冷却下来后，将褐红的药液倒入碗中，然后要气沉丹田一口喝下，再上床蒙上被子发一身汗之后，感冒病也就彻底治好了。而父亲配制的这味民间感冒药，其苦口的程度并不亚于苦胆。因而没有感冒病的时候，只要在人前提起来，人人都会摇头。但这并不影响一副民间感冒药在乡间的广为流传。多年后的今天，每当我在城市为一次次感冒病而支付几百元甚至上千元钱的吃药打针费用时，我就常常怀想起早年间父亲在乡下配制的那副感冒药来。有时被重感冒折腾得不堪时，我甚至也想过不妨自己煎药一试，但苦于在城里一时找不到新鲜的艾叶，因此也就只能想想作罢。

“彼采艾兮，一日不见，如三岁兮。”（《诗经·王风·采葛》）长势极好的苦艾，最久者可达三年，其药效也最好，所以乡间有“经年之病需求三年之艾”的说法。而每年夏天，是乡间苦艾竞相开花的季节，细碎的白色苦艾花在清风中散发着特有的苦艾香气，同时吸引众多的蜜蜂与蝴蝶来采蜜。这时节，乡村蜂筒里的蜂蜜也是甜中带苦，成了炎热夏季里最好的清热解毒的良药。而炎热夏天里蚊虫愈来愈多时，母亲总要点燃一两把晒干了的苦艾，于是袅袅的蓝烟弥漫古老的院子时，纷扰人畜的蚊虫便一一不见了踪影，剩下的都是满院苦艾的芳香……

在乡间，为了让田地恢复肥力，农人们都要对田地进行“轮闲”，即连续耕种三五年之后，要让其闲置两三年。而闲置下来的田地，虽然不种庄稼了，但并不能阻止其要自然生长出各种草本植物来。常常是转眼之间，被“轮闲”的田地就被绿色植物覆盖，而其中最势不可挡的就是苦艾。于是，乡间的那些“轮闲”的田地，最终成为苦艾快乐生长的天堂。那种“苦艾成林”的乡间奇观，多年后的今天还仿佛历历在目。年少的我们在“轮闲”地中放牧时，常常在苦艾林中玩捉迷藏，记得小玉就是在这样的时光里渐渐引起我的注意的。我曾在蝶舞蜂飞四顾无人的苦艾林里向她发誓，长大了一定要迎娶她做我的新娘。遗憾的是，后来为了弟妹能够上学，初中还未毕业的小玉就选择了退学，此后与继续读高中的我拉开了越来越远的距离。直至有一年暑假回乡见到正在采艾的小玉时，才得知她就要远嫁他乡了。我知道自己再也无法迎娶小玉，于是在芬芳的苦艾林中黯然伫立至满天星斗……

卑微的是苦艾，平凡的是人。虽然有一天我彻底走出了乡间的苦艾林，但置身于城市的喧嚣岁月里，我非常清楚自己永远是一株卑微的苦艾。因此，即便很多年过去，我仍然是想念苦艾的我，并没有轻易丢失过自己。

蕨菜

转眼到城里生活快四十年了，餐桌上的菜品自然是越来越丰富了，但反复出现最多的一道菜却是蕨菜。而且这道蕨菜的做法与家乡的做法完全一样。说实话，把一道菜吃成一种经典，吃成一种深深的情感，这似乎有些难以理解，但在我身上就是如此。

蕨是一种多年生草本植物，生长在山野草地里，根茎长，横生地下，复叶，且成羽状分裂，下面有繁殖器官，用孢子繁殖。嫩叶供食用，根茎可以制淀粉。这是读中学时生物老师这样照本宣科的。而那时我已经吃了十多年的蕨菜，对蕨已经很熟悉，因而我的注意力可以不集中，让自己尽情想想家乡的山野幽谷，想想乡村少年们背着竹筐，在林中或是在草地，一边哼着自编的歌谣，一边采摘着一根又一根筷子似的从地下抽生而出的嫩蕨。就这样不知不觉间，竹筐满了，肚子也饿了，于是纷纷踏上了越走越沉的回村之路。接下来的几天里，家家的餐桌上都有了可口的蕨菜影子……

印象中家乡的蕨菜既喜阳也爱阴，因而无论是阳山还是阴山，随处都有它的繁茂身影。由于家乡人普遍爱吃蕨菜，加上又是饥馑年月，因而每到采蕨时节，各家各户都要暂时放下手中的其他活计，频频出动大小劳力去满山遍野地采摘蕨菜，除了自家吃外，还加工成半成品或干货，然后背到县城售卖，找一点油盐钱和读书小孩的学费。在这一点上，可以说我的父母是最有心计的。为了保证采摘到上好的蕨菜卖个好价，父亲在每年冬末的寒冷日子，常到村外的山地中，将几块长蕨之地，除尽枯草，疏松土壤。待初春的第一场雨后，奇迹往往会让我兴奋得大呼小叫，因为被翻松过的黑土地里，到处抽生而出的是又肥又嫩的蕨茎，情形就如一块块黑色泥地上插满了一根根褐色的筷子。那采摘蕨茎的感觉更是妙不可言。一是手握蕨茎的感觉非常柔软，二是手稍一弯折蕨茎就在该断的地方断了，这样即便采摘一竹筐，手心也不会生疼。这些上好的蕨菜采回后，母亲先是在沸水里煮一煮，然后再放入冷水中漂洗几次，待苦腥味消了，蕨菜就可入厨加工食用，当然也可以滤去大部分水分之后作为半成品售卖。要是做成干货留待食用或售卖，则要将漂洗好的蕨菜拿到阳光下晒干，然后扎成分量相同的小捆。记得母亲做着这一切的时候总是显得很专注也很满足，仿佛是在完成一件件艺术品。多年后的今天，我都认为母亲事实上是将一种食品艺术化。她就是用这种艺术化的食品，在县城的菜市上，尽可能地换取一家的生活费用以及我和弟妹的学杂费。

家乡的蕨菜由于在阳山和阴山都竞相生长，因此吃新鲜蕨菜的时间可以长达一月有余。原因是阳山的日照时间长，气温高，因而蕨茎抽生的时间早。而阴山呢，相对来说日照时间短，气温稍低，蕨茎抽生的时间自然要滞后。常常是，阳山蕨已经上餐桌半个多月了，阴山蕨才刚睡醒似的才从泥土中冒出头来。而就口感来说，阳山蕨显脆，阴山蕨则显韧，故而前者宜炒食，后者宜煮吃，或者说前者宜做菜，后者宜做汤。做菜有拌火腿丝混炒，或拌豆豉爆炒；做汤有拌蚕豆米共煮，或拌白芸豆合煮。此外阳山蕨和阴山蕨都可以与大蒜、姜片相拌泡成酸腌菜。蕨菜本身就是中药，有解热、利尿等功效，因而常食对健康有益。稍懂点中药的父亲早年间每次吃蕨菜时，总在餐桌旁这样对我说。多年后我翻查中医药典时发现的确有这样的诠释。

“陟彼南山，言采其蕨。”（《诗经·召南·草虫》）明快淡雅的古老歌谣早已永恒了“南山采蕨”的美好意境。如今，只要在城里的菜市上见到春季上市的新鲜蕨菜时，我就有一种悲欣交集的感觉。毕竟，我已无法再回到家乡的山野自由地采摘春天的蕨菜了；曾经给我寄送多年干蕨菜的父亲，也已长眠于老家生长蕨菜的一片山坡上。而面对带有诸多遗憾的静好岁月，我还是庆幸自己能够有滋有味地吃好眼前的一盘炒蕨菜，或是渴好眼前的一碗蕨菜汤，以至对眼前的生活常有一种难以言说的满足。

（选自《雨花》2019 年第 8 期）

《国家力量——建设中的白鹤滩》

王建

110cm × 150cm

水彩 · 粉画

房间

// 黄立康

黄立康，男，纳西族，1984 年出生，云师大中文系毕业，现居丽江，供职于丽江市文联。有作品发表于《民族文学》《青年文学》《作家文摘》《边疆文学》《滇池》。

封面

“我就是我，是颜色不一样的烟火。”

——张国荣《我》

房间是隐喻。

世间万物都是“房间”，供我们栖居，或将我们放逐。我们每个人也都是“房间”，我们是自己的匠人、钥匙和锁。

曾经，我——一个小城男孩——带着小地方人特有的谨慎，悄然成长。我小心翼翼地打开各式房间向里面窥探，我的审视如粗拙的蜡笔描画了我的外部世界。与此同时，我也常常打开幽闭的自己与心对话。我想，这就是成长。

A1

“你离开我，就是旅行的意义。”

——陈绮贞《旅行的意义》

这是 A 面，一盘磁带、一个人、一个房间、一个世界的 A 面。

A 面是外向的，它刻录着一个侧面的声音、一个人的视域、一个房间的极昼和一个世界的纷繁。按下开始键，调高音量，你将听到一个小城男孩清唱的独白。你可以为我的独白配上清浊起伏的木吉他声，我将为你讲述我青春的挪威森林、迷茫的 1984 和而立的平凡世界。

人会一瞬间变老，也会在某个瞬间突然察觉自己的存在，像蜜蜂刺针的锋芒在我脑海中忽的闪现，14 岁时，我策划了一场“暴动”：我决定自己一个人睡。在我决定一个人睡之前，我都不是一个人睡。我有一个异卵双生的双胞胎哥哥。异卵双生子，是基因的冷幽默。我们是双胞胎，可从生下来就开始不像，我们不相像的程度甚至让自己怀疑我们是否真的是双胞胎。“我们是双胞胎”——像是在讲笑话。因为生晚了 45 分钟，我的存在更像是哥哥的附属品，我的世界是哥哥世界的惯性，仿佛他是本体，我只是喻体，他是元命名，而我就是衍生物。以名字为例，无论是“双红双喜”“双生双康”，还是“阿大阿弟”“老大老二”，我都是顺带被定义的那个，哥哥是我的心跳，我是他的影子。但世人总习惯将双胞胎看作是一个整体，忽略了他们的独立。和其他双胞胎一样，我们拥有许多“同样”：同样的父母、老师和朋友；同样的衣服、饭菜和玩具；同样的房间、床铺和被子。我怀疑我们连梦境和梦魇都因共享而相同。有一天，我突然渴望拥有我独属的物件，打上我的烙印，并且由我命名。这小心思渐渐膨胀长大，我终于看清了我的所需：自我。夏榆的《黑暗中的阅读与默诵》里面有句话：“无法战胜工具，我就无法战胜劳役；无法战胜劳役，我肯定也无法战胜我的命运和处境。”时间是我们隐形的工具和秘密武器，所以，理所当然，我需要有独立的时间和空间。第一步，我要得到一间独立的房间来盛放我独属的时间。

母亲边帮我搬床，边说我“搅精”，“搅精”在我们方言里是“鬼点子多、能折腾”的意思。鬼点子多就多吧，能折腾就折腾吧，我固执地搬出了哥哥的房间，激动地陷入了期待的自我中。独自入睡的第一个夜晚，自得的安然随着熄灭的灯渐渐融入涌动的黑暗中，我的眼睛和耳朵却像打开了门的房间，我发现了我拥有一双寻找光明的易惊眼睛和一对倾听黑暗的胆小耳朵。整晚，我被窗外的风吹草动惊扰，然后在轰鸣的心跳和潜伏的惊惧间迷糊入睡。第二天的我形容憔悴，神情萎靡，像是一间遭了贼的房间。

我的房间在二楼，在白天，它褪去无形无相、张牙舞爪的样子，回归原本。褪色的红漆地板，粗糙的粉刷白墙，涂成浪漫蓝色的天花板，被木条分成一格格的正方形——囚禁蓝色的监牢。一床一柜靠墙，一桌一椅临窗，简易的家具组成了我简单的房间，这就是我的陋室，而我是房间的心跳。有我在的时候，房间才是醒着的，我离开，它便沉入梦中，不知道它的梦中是否梦到我的归来。我单调无色的青春假期，多数时间是在房间里度过的，练字、抄歌词、唱歌、照镜子。冬天，放在被子外的手冷得如遭针扎，只好左右轮换着拿书，又舍不得睡去。我要感谢那段枯燥的岁月，我想，我安静均匀的呼吸，是房间入定冥想的吐纳。我在墙上画画，给房间化妆。我还学着弹吉他，想让房间从窗户里唱出为赋新词强说的愁曲怨歌。

走出我的房间，就可以看到我家的院坝和厨房。我家住在云南省迪庆藏族自治州中甸县（今香格里拉市）建塘东路 312 号，是一栋两层带院子的钢筋水泥楼房。

房子样式大概是按90年代流行的建筑样式建造的，整个小城，除了宽大厚实的藏房，我所见的民居基本都是这种样式：一栋石脚地基、钢混房架、砖墙瓦顶的两层楼房，一层的独立厨房，两面围墙，围墙开一道大门，中间是院坝。这种样式的房屋带有纳西民居的特点，但又异于纳西族“三坊一照壁”的传统民居，简化外在形式，强化内在构造，就像那生长在高原的松树，为了抵御高原严寒和烈日，变得松针短硬、枝叶紧密。当时的房子都没有带着厕所。进入新千年，大家都开始在自家院子里建冲水厕所和化粪池，城市文明竟是以这样的方式首先注入小城生活中。2013年，我家推倒了老房，在原来的地基上修建新楼房。新楼房将地基一分为二，一半是自己住的带小院坝的二层楼房，一半是外租的三层六套60平方米公寓式套房。那时小城镇的人们已经普遍接受公寓式单元房的存在，而在几年前我们甚至无法在紧挨着厨房客厅的厕所里正常代谢。

我家四周都是一些外形有异、内在神似的庭院，它们一家挨着一家，连绵成一片，组成了一个叫“建塘”的小镇。建塘是一个镇，它与藏族聚居的中心镇（独克宗古城）毗邻，像是两间相邻而又风格迥异的房间。我家是我读小学五年级时才搬到建塘镇的，和我同班的邻居告诉我，建塘镇有另一个藏语名字“司哥洛”，是“狐狸村”的意思。我喜欢这个名字的美丽，带着轻灵和狡黠。

俄罗斯套娃是和“围城”“丰乳肥臀”一样精准的隐喻。我，我的房间，建塘东路312号，建塘镇，中甸城，就像是一个个相貌相似、身形不一的俄罗斯套娃。小镇中甸套着司哥洛，司哥洛套着建塘东路312号，312号套着我的房间，我的房间套着我。2002年，我考上了云师大去到昆明，我离开了与我气息相通的房间和血脉相连的土地。18岁我将远行的那一天，天气寻常，我像平常一样出了家门，和约好的朋友坐上夜班车，然后，一去不回，再也无法一层一层地回到那最初的房间里。

陈绮贞用她那古典吉他第四根弦的唱腔，唱着《旅行的意义》：“你离开我，就是旅行的意义。”

你离开我，我离开你，这就是我的旅行的意义，而我在时间之旅里丢了房间的钥匙，这失去就是乡愁。

A2

“血管里响着马蹄的声音。”

——亚东《康巴汉子》

我开始了我的旅行，一个个房间风景般向后掠去。有的房间敞开着门，有的半掩，有的紧闭；有的房间窗扉紧掩，有的昏暗，有的明亮。有些房间我走了进去，驻足、小憩，留下残印与碎梦，然后转身离开，我是个过客。有些房间我一直走在里面，一直往深处走，走到天涯海角，走到地心山尖，走不完、走不出、走不透，我是个归人。有些房间，我终其一生，也无法走进去，如同你爱的那个不爱你的人。

沿途掠过一帧帧风景，如风似云。世上那么多山峰，那么多峡谷，那么多河流，山的那一边还是山，峡谷的下面有溪流，溪流汇成河，河流冲出江，大江东去，聚成沧海。可是，在某个时间的垭口，我突然看清了我的命运：我这一生，永远都走不出云岭山脉，我这一生，永远都绕不出金沙江流。我生在这里，也将归于这里，像尘土，像树木，像卵石，流云去了还会回来，雨水一直停在这里，它注满了我们盛水的土缸，一瓢一舀，光影晃动。我的心将先于我的身体和灵魂找到这里，这里是离路和归途的终点，这里是故乡。

2016年，我到了江西婺源。黑白交叠的徽式建筑安居在烟雨之中，恍若山水的留白，我孤舟蓑笠，无梦入痴绝。明清遗留下来的时光，就那样静默地站在我眼前。房间的拐角处聚着一大片黑暗，这让徽式老宅生出幽暗深远的质感。每当我往路过的老宅里望去，如同探望一口古井，里面光影凝固，寂静无声。博尔赫斯写过：“房子实际上并没这么大，使它显得大的是阴影，对称，镜子，漫长的岁月，我的不熟悉，孤寂。”黑暗是相似的。我站了进去，却无法隐遁，我的气质和血脉无法填补老屋黑暗里的渴望和寂寞，我不属于那里，我的归处在南方、云之下。

衬出古屋庄严肃穆、深远难测的，不是还原时光的细腻雕刻、黑白水墨的粉墙黛瓦、真容斑驳的门窗栋梁，而是厚重潮湿的黑暗与寂静。沧桑不宜见光，怀旧不适透亮，在古村边，我遇见一所房子，依旧是“粉壁黛瓦马头墙”的外观，但内里却是现代的大块玻璃、刮瓷墙壁和亮洁瓷砖。那些柔和光影构筑的轻盈醉意和稠密痴梦，被蛮横撞入的光线给冲淡了，惊走了，留下一地落寞，满屋苍白。

离开途中，我与同乡司朗伦布老师谈到滇西北各自民族的房间，谈到各族房间里的心脏——火塘——布下的光与影，谈到隐在房间暗处的信仰和家神。许多个世居民族在滇西北繁衍生息，这些世居民族有自己的语言，有自己的神话，有自己的禁忌，当然，也有能体现自己文化和存在的房间。

“文化”首先应当是“物化”。古篆的印章，掩病的团扇；传情的民歌，达意的文字；鲜艳的服饰，朴实的建筑——物是我们进入文化、进入精神的媒介。最后，我们得出一个结论：房间是形式，也是精神。关于“形式”，孟京辉有这样的观点：“形式就是全部！当我们谈到形式时，根本没有内容这个对立面。”一个房间的“形式”体现着一个民族文化和精神的外显，房间在那，文化和精神也就在那。房间有个人的气息，也有群体的气质，房间是你，也是你的民族。

我在藏区长大，我未能谋面的外公就是中心镇（独克宗古城）藏族。每年，父母都会带上我们兄弟去给中心镇的亲戚拜年，如此，我便得以遇见粗犷宽大的藏房。藏房三面土墙，土墙由泥土夯筑而成。我见过藏民夯筑土墙的情景，他们唱着欢快解乏的歌，边筑边唱，似乎是想将结实的歌词和欢快的情绪都夯进土墙里。这是我们一生的房子啊，一生的房子，我们将在欢快的歌声和辛勤的劳动，迎接她的诞生。

我站在表舅家一楼客厅门口向内窥探，在我们纳西族的教育里，别人的房间是不能随便进的，脚下的禁忌，高处的神明，不能冲撞。这客厅正处在高原寒冬的深处，冻成冰块的黑暗透出阴冷，让我的窥探缓慢而艰难。我先看到了神龛，随后一股浓郁沉静的藏香味传来，像一堵逼近的冰墙。一个巨人站在客厅中央，阴冷的风和幽暗的云围绕着他，他仿佛从天地初始就站在那里，立地顶天。那巨人是藏房的中柱。如何形容那中柱呢？纳西族史诗《黑白战争》中有段文字形容东族王子阿璐的盛世美颜——“美男名阿璐，直树无疙瘩”：英俊的男子叫阿璐啊，他的容貌像高直无痕的大树。美即实用。实用主义的作用下，房间成为外部力量和内部精神的统一体，所以，我可以说建筑史也是人类史。在酷寒辽阔的青藏极地，我们需要什么样的房间托身其中，在炎热偏僻的河谷江岸，我们需要什么样的房间融入自然，而在时间长河里，又要以什么样的张狂与敬畏，才能记得自己究竟是谁？毕加索说：“绘画不是用来装饰房间的，它们是战争的武器。”我们的武器，就是我们朝夕相处的房间，它将告诉我们，自己是谁。

司朗伦布老师家乡在梅里雪山脚下，他长期致力于德钦非物质文化遗产的保护工作，对滇西北的藏族文化有着独特深刻的理解。他向我提到，藏族房间里的“神龛”是精神、信仰和文化在生活中的体现，它在那里，精神、信仰和文化也就在那里，族群的精神通过“房间”形式的存在而保持一致。除此之外，精神文化需要传承，这也需要借助“建筑”（外在、形式）才能存在。在他的家乡，建新房时必须将灶房（厨房）与隔壁房间的木墙设计为可拆卸的活动墙，以备特殊的情况使用。哪怕主人一生只使用一次，也必须有这一“形式”存在。一些特殊的日子，结婚或节日，将灶房木墙拆下，两个房间合二为一，围绕着火塘成为聚会之地。聚会席间，会有睿智幽默的老人“主持”，将当地的历史、哲学、风俗、祝福等内容，通过歌唱、寓言、故事等方式，讲述给族人村民。这样的时刻，房间便是文化存在的形式，是文化传承的载体，或者说房间就是一种文化，民族精神就存在于房间这一“形式”里。

房间是文化传承的载体，这是房间的意义。大学时代老乡会，藏族同乡们都喜欢在喝酒前唱首歌。喝酒不唱歌这在他们看来是忌讳，他们说起藏族谚语：“喝酒不唱歌，如老牛喝水。”那就继续唱吧，恍惚间，我仿佛坐在温暖结实的藏房里，宴会正欢，笑声盛满银碗。文化和酒，一起注进了我的身体里。

A3

“唔吔哎，带我到山顶 / 唔吔哎，美丽的村庄。”
——太阳部落《带我到山顶》

姓氏
血脉之匙
你的座位，与
坐骑
时间之舟

同事是彝族，某次我们聊到各自的姓氏，我写下了上文简短的诗句。

《哈姆雷特》平地起惊雷：“生存还是毁灭”，扣响了人生的命题。毁灭不急追问，生存才是难题。生存代表着血脉的传承，而血脉的传承离不开家族的庇护、婚姻的供养和姓氏的继承。

姓氏的延续就是血脉的延续。

宗祠、牌位；家谱、碑文；姓氏，字辈。姓氏的墙檐将族人的字辈和名字围拢，也将家族的血脉圈在一起。同姓同宗，同宗同族。我曾经将三江并流的云岭山脉比作母亲的皱纹，这里是大地最缓慢最忧伤的所在，而我们就生活在这极端的环境中，如同在刀锋上行走，注定了我们的存在带着极端的锋芒。

我们在时间里迁徙，寻血而居；我们在山川里奔袭，生死血地。姓氏如同精心设计、反复锻淬的徽章，它和血脉一起传到你我的命里，成为胎记和刺青，成为盾与矛，它是你我的骄傲和荣耀，也是你我的枷锁与桎梏。

家谱上记载的姓氏——你进入家族血脉的密匙、你在火塘边的座位，你有别于他族的徽章。如同你行走云岭、囊渡金沙的坐骑，它也是你魂归祖地的最后凭证，它将代替你的肉身，穿过墓碑，归根，复命。

姓氏是血脉的房间。

如何记忆层叠的姓氏辈分，以此辨别世袭的血脉？同事在他记事开始，每天都要“数家谱”。家谱是族群的记忆，安放着姓氏的源头，传唱着血脉的记忆。从古至今，来龙去脉，尊贵长幼，记载着祖先姓名，你必须将家谱熟记于心。据说，重视父系血脉的民族，“数家谱”是儿子才有的殊荣。与相隔久远的远亲相认，与别的家族交往，都需要吟唱、说唱家谱。不是人人都有家谱，家谱的传承需要历史的沉淀和家族的兴旺。苦难的家族，家谱是一种希冀的奢侈；兴旺的家族，姓氏是王者的荣耀。

我问同事，他少年时代成长的木楞房给他留下的最深印象是什么。他的回答充满思念，他说，火塘里冒出来的各种味道总是盖不住妈妈的味道，木楞房永远不会消失的是妈妈的味道。前年，同事在丽江城里买了新房，火把节的时候，杀羊招待我们。他说有房子才有幸福感，以往在学校破旧的廉租房里没有家的感觉。虽然新房子不是传统的彝族木楞房，没有火塘、没有祖先的牌位，但好歹有个牵挂的地方。在城里生活，他和其他兄弟的活法不一样，没办法太讲究。同事是一个很有想法和远见的人，他省吃俭用，将儿子送到泰国去留学，让儿子走上了一条与族人不同的路。他女儿也正读大学。儿子放心，女儿贴心，我们都说他是人生赢家。但同事也有自己的担忧，他忧心的是儿女的婚事。

当我们身处发展飞速、观念蜂拥的时代，自我幸福和家族传承似乎很难调和。同事说他看到过一些人和事，为追求自由而脱离家族，为此付出了昂贵的代价。当你的自由，换来的是众叛亲离，就像鱼离开水的自由，不叫自由。同事说，家族为你提供保护，只要你说出自己的姓氏，说清自己的家谱，只要有本家族的人在，天南地北你都不会饿着。有困难只要说出来，族人都有义务帮忙。我想起范稳《水乳大地》的章节：“宗教庇护一切。”而于我们，家族庇护一切。

每个人都有维护家族荣誉和血统的义务。要维护家族的荣誉，拥有姓氏的座位，你必须保持血统的高贵与纯洁，因为血脉是固执而无失的验证。

对于我同事的家族，他们以血脉维护姓氏。

姓氏是血脉的堡垒。

家谱的书写，缓慢而悲伤。我的家族也有家谱，陈旧，纷乱，自上而下，像树根。族谱正中自上而下写有“奉报本音黄李门中历代宗祖之神”的字样，这说明我的家族共尊的祖先有两个姓氏：“黄”和“李”。可我研究家谱发现，家族中还出现过另一个姓氏：“和”，我的家族有三个姓氏。为什么一个家族的姓氏会有如此奇异的变化呢？我的高祖姓“和”，曾祖、祖父、父亲姓“李”，到我这一辈，家族中所有的儿子姓“黄”，所有的女儿却又都姓“李”。

姓氏关乎血脉，不是随手涂鸦的儿戏，不能随意更改。族中长辈给出一个模糊的解释，名曰：“三代归宗”：有女无子的家族为了传宗接代，招上门女婿，所生的孩子随女方姓，第三代后，归宗回姓上门祖先的姓氏，以示对祖先的尊重。

李密《陈情表》里形容自己悲惨：“门衰祚薄，晚有儿息。”但李密没有遭遇家中无儿的绝境。在我们民俗里，家中无儿等同天灾。没有儿子，生前门庭衰落，死后无儿立碑。我推测家族曾遭遇过两次家中无儿的旱灾，只好招上门女婿延续香火。七代之前，李氏家族招“黄祥”上门，三代姓“李”后，应归宗姓“黄”。不幸的是，刚好到第三代家族中又一次面临有女无儿的局面，不得已招高祖“和俊”上门。按“三代归宗”的习俗，第四代的族中男性归宗回姓“和”，可“黄”家的血脉如何能湮没在家族的苦难中，所以，到我这一辈，族中男性都“归宗”七代之前的“黄”姓祖先。

我们以姓氏维系血脉。

姓氏是血脉的渡口。

各自的姓氏连接着各自的血脉，各自的母语连接着各自的祖先，各自的古谣呼唤着各自的神灵。姓氏的苦难，血脉的苦难，像漏风滴雨的木楞房里小心看护的微弱火星，轻轻放上干枯的松针，易燃的松木，好围着火塘，熬过凛冬等春来。

无论是以血脉维护姓氏，还是以姓氏维系血脉，生存还是毁灭的命题，让我们的存在方式走向极端。同事说，他家族里的一个兄长曾语重心长地对他说：“血统是我们仅剩的东西了。”这句话闪电般穿过了我：

与彝人对话

我们，彝人
失去了天空
失去了太阳的骄傲
雄鹰的孤独，失去了高山牧场
花朵、羊群与云阵，失去了苦荞上
悄声行走的四季
我们失去的，还有冷泉
罐熬的热茶，枕边的风雪
失去木楞房里跳动的火塘和木头的温暖
失去酒香与故乡，失去古老的歌谣，祖先的舌头
最终，我们将失去母语，失去归途
通往来世的魂路缥缈，如同
失去时间
我们，彝人
所剩的无多，唯有
今生的血脉
是我们生存唯一的甲胄
仅剩的代价

A4

“让我变苦。把我数进杏仁中。”
——保尔·策兰

在北岛《时间的玫瑰》里读到德语诗人保尔·策兰的诗，文中还写道：“同为德语诗人，里尔克虽一生四海为家，却来自‘正统’，纠缠也罢抗争也罢，基督教情结一直伴随着他；而策兰则来自边缘——种族、地理、历史和语言上的边缘，加上毁灭性的内心创伤，使他远离主，放弃主。”生于东欧、犹太人、二战、德语，几个名词划定了策兰的界限：苦难和边缘。读这篇文章时我正因左耳在昆明住院，文字为我打开了一个甬道，穿过字行，我得以窥视我的滇西北、金沙云岭间的故乡血地和民族历史家族过往。

因为亲戚大多住在金沙江沿线，每年春节，都要回老家拜年。以长江第一湾为界，父地拉马落在东，母地士旺在西，悠悠岁月长，共饮长江水。我们先到拉马落，上坟、走亲戚，然后逆江而行，去母亲老家上江乡士旺村。车由东北转向西北，过长江第一湾便是金江乡地界。我有两个姓“唐”的朋友是金江乡傈僳族人，2010年春节，趁着顺路，我决定到朋友家走走，认个门。

金沙江沿线世居民族众多，生产形态和社会形态差异明显的各民族在不同的海拔高度呈带状分布，像色彩鲜艳的彩带绕着云岭山脉。沿江聚居的多是汉族和纳西族，一个村子一般由两三个家族组成。山腰间聚居的是傈僳族，而在山顶的高山牧场，彝族人聚居在此。朋友在中途的吾竹镇等着我们，当皮卡车行进在马道般崎岖狭窄的土路上时，我仿佛来到了黄鹤之飞尚不得过的蜀道，提心吊胆绷紧神经。

路到了尽头，步行上山十多分钟后才到他家。朋友家的房子是金沙江边常见的两层木架楼房，但没有大门。我心惊于贫穷的尖锐与顽固，沉默地跟着朋友走到他家火塘边。火塘对着门，略高于地面，由几块砖围成方形，内置铁架，铁架上的水壶和蒸锅熬煮着汤水和岁月。时间如烟，一层一层、年复一年地浸染，都毫无例外地凝上了一层厚厚的黑尘，“时光带走了所有发光的事物”。火塘里飘出烹烤野鸟的香味，那香味混合着山野草木的自然之气，在火炭的熏烤下，溢出火塘。那香味是一种真正的野性之味。有朋自远方来，烤鸟肉吃。突如其来客人吃光了朋友家人“下扣子”捕到的鸟。猫吃得津津有味，她的童年和我一样远离了山野，而且她的童年里没有一个弹弓奇准的孩子王。

大概是看到我刚进家院时脸露惊异，朋友说起他们村房屋的建筑特点。朋友是一个有文化情怀的人，喜欢石艺和根雕，会弹傈僳族的乐器“起本”，对傈僳族的文化历史也有些研究。他说他曾以他们村为例，比较过金沙江沿岸各族的房屋特点。他研究过傈僳族几种住房形式：竹篾房、木楞房、土墙房。在他们的建房习惯里，大门并不是必需的“模件”。

为什么会形成这样的意识呢？真正的历史隐藏在房间的暗处。这意识源自民族生存的苦难，它像胎记。云南迪庆傈僳族作家李贵明的《铁血三江》，记述了横断山区傈僳族反清斗争的史实。那些流传至今的故事、诗歌和民谣，讲述着傈僳族人水煎火熬的苦难生活、激烈持久的反抗之战和失败后屠城焚寨的残酷遭遇。“1804年开始，居住在河谷地区的傈僳族人为了逃避屠杀，纷纷躲进高山和半高山地区。由此引发了傈僳族历史上第二次大迁徙，上万傈僳族人从金沙江、澜沧江畔迁入怒江流域，维西傈僳族地区一度成为人口空白地带。”

个人生命和族群荣誉才是最宝贵的，其他无法带走的事物都是身外之物。传统是为生存服务的。朋友说，他们对财富的囤积意识不强，随后他说了一句俗语：“生了孩子，才下扣子。”这里面有历史的原因，也有生存环境的原因，烽火狼烟，泥石流频发，躲避战乱，随时迁徙。就这样，大门这标志门庭兴衰的“模件”，便成为不能承受的生命之轻。

每个人都觉得自己生不逢时，时运不济，但那些真正的乱世，活在惊惧与饥寒的祖先，在朝不保夕的忧虑、血光弥漫的恐惧间喘息。像金沙江的大浪，一次又一次地拍打着石块，要活下，石头必须顺流，必须低头，必须圆滑，必须坚硬。曾经在这片山川里，哪个民族不是身陷苦难？苦难淬打出我们的性格。因为生活在仞山之上、刀锋之下，我们没有睥睨天下的王气，没有沃野千里的大气，没有古都重镇的正气，没有深宅大院的贵气和精气，没有诗书熏养的才气和灵气。一方水土一方人，我们身上透出山野之气，平和自乐，谨慎计较，这气质来自养育我们的山川城镇，来自隐于暗处的历史。

谈到云南，谈到我的滇西北，“多元”是一个出现频率较高的词。形容丰富多彩，“多元”常用作褒义，但是我们忽略了刀锋的另一面——多元意味着边缘，多元造就了边缘。散居在滇西北山川的民族，生于多元，也活在边缘。去另一个朋友家是我自己开的车。我在村口问路，闲坐的村人操着江边口音语气调侃地说：“哦，唐家啊，你沿着这条路一直往上，路顶头那家就是了。”我一路上山，路被两所房子挡住，我看见朋友和他身后的大门。这个村子绝大部分村民是汉族，大概是受汉族的影响，朋友家有一个气派的大门。

每个民族既像刀锋，也像刀背，在多民族汇合的地方相交碰撞。繁衍，扩张，交锋，僵持，在这场血脉的战争中，刀背藏身，刀锋伤人。你必须亮出你的锋芒才能应对这场对生存之力的考验，有时得把自己变成刀背，钝厚、力沉，才能在旷日持久的血脉战争，走过千年。普米族诗人鲁若迪基在他家的火塘边为我们讲述他疼痛的母语。他的小村只有三家普米族，其他人家都是彝族，耳濡目染，使得诗人既会普米语，又会彝语。一日将尽，少年诗人回到家，与小伙伴玩耍的兴奋还没有消尽，不自觉地在火塘边讲出一两句彝语。每到这个时候，他慈祥温和的母亲便暴怒着用竹条抽打他的腿脚，那细韧的疼痛，如同刀锋刮过皮肤，深深镶进骨头里。这是母语带给他的疼痛，这疼痛在时间里变成了他的骄傲，让他在悬崖的边缘俯瞰大地，对空放歌。

“让我变苦。把我数进杏仁中。”在一个边缘人的自语中，我甚至读到了自己。边缘，像一道悬崖，身前万丈深渊，身后远离腹地。往前一步，你会变成其他族，转身向后，你远离了你民族的中心。无法进入腹地触摸核心，无法从容也就无法包容。有时候，你觉得自己像一只蝙蝠，非禽非鸟。

边缘——这个在我内心深处沉潜的词，如蚌心的沙，我以痛为供养，试图将它含成珍珠。边缘如同炎症，侵蚀着我，让我虚弱。边缘如我，我即边缘。

对我来说，边缘，赋予我巨大的撕裂感，它更像是一个放逐之地。

我有个不自觉的习惯，吃粑粑（馒头）时，再“泡”（第一声，蓬松之意）的粑粑我都要掰成小块，然后捏成硬实的面团才入口，就像藏族人吃糌粑。母亲说我的这个习惯来自身上流淌着的“藏族血”，我未曾谋面的外公是藏族。外公在我母亲一岁时就去世了，但血脉里保留的记忆是不会丧失的。我的血统驳杂，纳西、白、藏、汉，如同支流汇成我的血流。血管里流着四色血，我仿佛有了四个灵魂、四种底色，四把锋利的刀总是割伤我自己。

藏族作家阿来说他在两种语言间流浪，我想，我也站在母语和汉语的边缘，像站在刀锋上，上刀山。在内心深处我认定自己是个儒生，在汉字的世界里有着自己的江湖和隐地，但灵魂提醒着我，我的归处缥缈，归期遥遥。

“越远离，越清晰。”我明白了，边缘是我的属性。我甚至站在方言和普通话的边缘上，说话时我克制地回避着暴露出处的声调和尾音，下意识地纠正着有异于普通话的发音，并且不自觉地引用成语，而非引用家乡俗语。我说“捉襟见肘”，母亲说“羊尾巴遮不着羊屁股”；我说“王小二过年”，母亲说“七个葫芦只剩一个瓢”。

我站在边缘的险境，或许是一代人的困境，也是这片山川的苦难。

A5

“默达，哦默达。”（可怜了，可怜的鹰。）

——纳西唱调

“纳西人顺从地把自然看作是巨大的庙宇。”

白郎的文字像一道纯澈的天光刺穿遮眼的黑云，刹那间，星河移动，大地摇晃，高山崩裂，沙石俱下，睡卧静坐在大地上的山神河伯纷纷起身，探身向我逼来。他们或垂手微笑，或抱臂怒目，将我围在中心，俯视着我。

记忆比想象重要。少年时代，我站在故乡老宅的院子里吹口哨，父亲呵斥了我，他说：“不兴在屋头吹口哨，鬼会来。”我不知道父亲是想以恶制恶好纠正我的小流氓做派，还是真有其事让他引为禁忌。很多年过去了，每当我得意忘形想要吹响口哨，父亲的话就会在脑海中响起。以鬼之名，确实让儿时胆小的我噤了声。恐惧更接近人性。我躲进老宅正房堂屋的黑暗里，压低呼吸，竖着耳朵听风吹草动。老房子的气味包裹着我，岁月沉积下的微酸霉味让我安心。老宅是“三坊一照壁”的纳西民房，正房为两层，一楼正中为堂屋，左右起居室。二楼左右两间可起居可贮藏，但正中的房间必须保持空敞，我们纳西人将家谱和牌位供奉在这个房间里，并且我们笃信，祖先和家神也都静立在这房间的暗处，看着我们，护佑着我们。

就这样，我们生活在一个神鬼潜行的世界里。

神话是原始思维的隐喻，纳西族形象地将世界源起隐喻为巨蛋孵化——巨蛋破壳，世界起源，万物创生。不同颜色的巨蛋孵生出不同的族类，神明和鬼怪并非来自异世界，他们在天地初始时就与人族同时降生，甚至他们早于人族降世，他们是世界的原住民，栖身物中，隐身暗处。

有神灵就要有供奉他们的庙宇。万物有灵，自然为庙，纳西人的庙宇建在滇西北的河川间，也建在纳西人心里。在历史的现实中，纳西族周旋于几个强大民族之间，而在精神的世界里，纳西人则处在神鬼交接的缓冲地带。纳西族作家人狼格写道：“我看见过的许多纳西山乡是魔幻与现实重叠交织的。”山有山神，水有水神，风中飘荡着殉情的情鬼，我们保持着敬畏与谨慎，信仰神明，有时讨好鬼怪。

为什么我们会相信有神鬼存在？供奉家谱的房间凝结着的阴凉仿若庙宇的大殿，我跨过光影相隔的门槛，融进庙宇的静谧之中。道生于安静，我听到一个声音隐隐传来：过去、现在、未来，所有的存在其实都指向此刻得失的时间；神明、鬼怪、祖先，所有的神鬼关乎的都是你我现世的灵魂。

人狼格在他文集的序言中写着：“许多事件都是与灵魂休戚有关的。”曾经，我们的祖先相信万物有灵，人，自然也是有灵魂的。在我们死后，东巴会念经将我们的灵魂送往祖先居住的神山居那若裸，转化为一个灵魂生命体——“家神”，而非正常死亡的亡灵，东巴会将他们超度往雪山背后的“舞鲁游翠阁”（玉龙第三国）。纳西族称一个总是坐不住的人为“没有家神的人”，这因果似乎就是在强调神明与灵魂之间微妙的关系。魂有归处，生便笃定，神鬼的本质关乎你的灵魂，这是神谕。

灵魂的有无，这在现在是一个尖锐的问题。我一直认为探讨灵魂是一件秘而不宣的私事，是读书人的迷信，但在以前，这是个像呼吸般重要而又轻盈的事情。我丢掉了敬畏，也就失去了安然。如果我也能像我的祖先那样坚信万物皆是神灵，那我将会是一个幸福的人，我将与万物称兄道弟又相敬如宾。可是，我不是自然之子，时代的大浪将我推向世界，世界太大，超出了我的理解能力，我成为一个总是猜疑的人。爱是怀疑，信仰是怀疑，知识是怀疑，我对世界缺乏信任，我怀疑存在的一切，包括我自己。我像个需要喊魂的人，或者，我是一个没有灵魂的人，处在焦虑与游离之中，世界被我拆卸得支离破碎，没有一面完整的镜子能让我照出清晰完整的自己。

此心安处是吾乡，我知道，我必须做出选择了，寻一条路求索，择一城终老，立一座庙皈依，好让自己的心安然踏实。如果说神鬼的本质是灵魂，那灵魂的核心就是安宁。想获得安宁，首先你必须选择去相信。如果我的肉身是一座庙宇，那庙宇会以什么样的形象出现？是教堂道观，是佛寺山川？云南大地上有三万多个神灵，那么多的神明，哪一个更接近你的灵魂？

小时候，父亲总喜欢在家门口放一块石头，他说石头里有神住在里面。我不敢回嘴，但心里却讥笑父亲迷信。后来阅读、经历，有些道理渐渐从万物中浮现。儒家、藏传佛教、道教、天主教、基督教、东巴教都曾出现在纳西人的精神世界里，就灵魂而言（灵魂的另一个名字叫“心”），儒释道是内向的，不论是强调“性灵”的道教和佛教，还是注重“礼仪伦理”的儒家，他们都偏重通过内心的探索和精神的体悟，完成对存在的终极追问，达到由内而外的平衡和圆满。克己复礼为仁，修心，参禅，都是围绕着“心”展开，《佛陀》里写道：“每个人必须从自己的存在中寻找真理。”

东巴文化则是外向的，他强调对外在——“天”——的遵从，纳西民间至今流传着“纳西祭天大”的俗语。“天”在纳西人的原始思维里，和儒家的“大同”、道教的“道”、佛教的“梵”一样，都被认为是对世界内在规律的概括，是“宇宙原型秩序”的化身。因为“牲祭”和“天启”的特点，东巴教被归为“原始宗教”，传世经文中的故事也被定义为“劝诫故事”。

“原始宗教”——这一划定让东巴教看起来像是老古董，布满灰尘，气喘吁吁。地理环境，经济发展，政治需要制约了东巴文化的发展，当物质发展到一定阶段，精神需求也会随之改变，而当物质发展缓慢滞后，精神则成为维系生存的关键。16年时，和朋友到中央民族大学博物馆参观，几乎每个展厅都有纳西族的物件展出。从服饰文字，到器物宗教，纳西族创造的文化独特鲜明，让我震惊又骄傲。一个小民族能在恶劣的生存环境中不断繁衍生息，并创造出的大文化，我不得不寻着根追问脚下的大地究竟有怎样的神力和灵性？

你不能忽略：真相其实比你想象的要简单，越简单，越接近本质。

万物有灵，尊敬自然，心怀感恩，和谐共处。我想，纳西文化中的东巴精神是世界性的，也是本源性的。这精神与世界许多民族的精神相似，也和当下全人类面临生态恶化而产生的思辨相契合，我们所秉持的生态理念，或许是社会发展必然回归的源头。

十月，我们在东巴王故里的铁杉树之王的旁边“祭署”，几个年纪和我相仿的东巴在一口泉眼边焚香念经，木烟氤氲，香雾四散，恍惚间，我仿佛置身于一座巨大的庙宇中，画满象形字的东巴经书里安坐着一尊尊神明，念诵的停顿处，有我虔诚的拜服。我想起了聂鲁达的诗句："你从所有的事物中浮现，充满了我的灵魂。"是的，神明从所有的事物中浮现，充满了我的灵魂，那一刻，天地安静祥和，充满灵性，我像回到故乡老宅二楼正中的房间里，正对家族的牌位，也正对着护佑族人的家神。房间里凝结着一层积年的霉味。我恍惚看到那家神在暗淡的光线中静立，有着与我相似的轮廓。我终于看清了我自己。家神的声音从另一个世界传来：善待万灵，物我和谐。我知道我什么都不必说，灵魂是不需要表达的，让你安宁，就是灵魂的话语。

B 面

"我们选择，选择不做阿怪。"
——陈奕迅《阿怪》

A 面是一盘磁带、一个人、一个房间、一个世界的 A 面，它刻录着一个小镇男孩清唱而出的平凡世界。

现在，翻转磁带，播放 B 面，你会听到，B 面所封存的自言自语缥缈隐约、瞬逝空灵，它隐喻的歌词描绘了一个人的天空之城、海上孤岛和地下迷宫。B 面的时空，偏僻、幽静、潮湿、荒凉、昏暗、浑浊，B 面是心。

B1

"天黑黑，欲落雨 / 天黑黑，黑黑。"
——孙燕姿《天黑黑》

我曾是一个怕黑的孩子。

夜晚，大人熄掉灯，进入睡梦，我却被关在梦境之外，徒劳地睁着眼，看着黑暗吞噬房间，与外面世界的黑暗连成一片、融为一体。整个世界的黑暗向我扑来，我的恐惧被献祭在黑暗的神坛上充当鲜活的牺牲。多少个夜晚，我——一只胆小易惊的兽，在黑暗的无风森林里惊惶觅食，我紧绷身体，将棉被拉到眼睛下方，瞪大眼睛竖起耳朵压低鼻息，防备着黑暗的突袭。不敢出声、不敢乱动，怕吵醒大人引来责骂，责骂意味着你将被推远、孤立、放逐到更深更黑的暗夜里。这会让我更恐慌更害怕，我只好依靠自己接近零度的胆汁，与黑暗对抗。

黑暗里到底有什么呢?

我总觉得在我看不见的暗处，有一个鬼影正试图偷偷接近我。我闭上眼睛，因为用力过猛，整个眼幕泛起了闪烁荡漾的光圈。那光圈因黑暗而生，在黑暗里繁殖，一层又一层地叠加，如同增生的肉瘤，增加了夜的病情；那光圈随意地分开又聚合，画出夜行的百鬼，在黑色宣纸上悄声乱舞；那光圈随着我的心跳而跳动，它变成了黑暗的心脏，激出黑色的血。

这是我醒着的噩梦。

黑是房间的另一道门。有这样一张画：一个人落进了光线暗淡的海里，深黑处，一只血口大张的海怪正隐在黑暗里。未知就是恐惧，当寒夜降临，黎明尚远，失去太阳和神明的庇佑，对黑暗的恐惧是人类共同患上的恐惧幽闭症。但是，人心对于绝望之物充满畏惧的同时，也充满迷恋，像至幻的药品，明知可能致死，依旧沉迷其中。我开始迷恋、依赖黑暗。《少年派的奇幻漂流》里的少年，在大海的兽笼里，和一只饥饿的花斑虎隔船对望，要活下去，就得喂饱大虎，并驯服它。我试着驯服关在我身体里的恐惧，用我乏力的想象之鞭，讲故事是我对抗黑暗的方法，选择出现在我黑暗里的活物，虚构一些幼稚无害的情节，情节里有我，还有哥哥。我和哥哥在黑暗里编排故事，甚至躺着进行一些力所能及的表演。渐渐地，黑暗变成了故事，变成了夜晚的光。那些浪漫幼稚而温暖的讲述，来自兄弟间的配合，这些时刻，有个双胞胎哥哥是件多么幸福的事啊。我不知道哥哥是否也怕黑，他与我的默契是否也是受迫于对黑暗的恐惧。我们闭口不谈躲在各自黑暗里窥探的鬼怪，毕竟，我们只负责各自的成长，毕竟，没有一个男孩愿意被别人称为“胆小鬼”。夜幕降下盛宴的布帷，我们念着咒语通过幻想的密道前往虚构的世界。后来，我搬出哥哥的房间，那些生于黑暗的故事悄然枯萎，但我们没有感到任何不适，我们是各自幻想世界里的英雄，同床而异梦，一条船不必有两个船长。

我带着那些黑暗里的想象，继续成长，某天，当我提笔写下那些故事，我突然明白，黑暗是菩提。

1999 年，我和哥哥考上了一所寄宿制高中。我离开了独自营造的黑暗，住进集体宿舍的大房间里，与新同学共享逼仄的房间和浑浊的空气。二十多个男生被安排进中间通道、两边高低床的大宿舍，高低床像是赤壁大战连成一片的曹军战船。在夜晚，我们如上膛的炮弹般躺进床铺。很多时候，我早于众人沉沉睡去。我不知道我鼾声奇大，上铺的同学疲倦地说以为下铺睡着一头牛。我否认，但也怀疑，打鼾是一件我无法清醒验证的事。有时候，我醒着。诗人李娟写："睡眠是身体的深渊。"我在黑暗里猜想着同学们在各自睡眠里往深渊里坠去，而梦境在身体上空浮着，一个个气球般飘着，轻撞又弹开。梦境是一个个奇异的房间，我没有钥匙、没有咒语，梦境无桥梁，我无从知道他们梦里的绮丽。

当然，我们都不是乖乖入睡的男生。我们借着黑暗的伪装，窃窃私语。邻铺的男生是有多年住校经验的老鸟，他初中就已住校，谙熟睡前卧谈的内容，他压低声音、故作神秘地告诉我：女孩的耳垂。

如果你能够亲吻到女孩的耳垂，女孩的力气会马上消失，身体会软得像棉花。那一夜，突闻天方夜谭的我久久不能入睡。女孩的耳垂，一个神秘的机关，竟能牵动女孩身体的房间。我相信，关于女孩的话题，是大多数男生的睡前故事。黑暗是秘会，在天生的两性战争中，我们跃跃欲试，又态度暧昧。有一段时间，男生们都很奇怪地发觉总有女生在自习时红着脸向老师请假，更奇怪的是老师从不盘问原因。不公平啊，男生请假外出，老师就像盘问间谍。睡我旁边的老鸟也无法解释女生间的默契，他也不了解那个紧锁着房门的房间里的秘密。

周晓枫从自身的视角和体验来看待女性，她说："你的身体是个仙境。"可是，被她形容为"仙境"的身体却没能给女性装点轻灵和洒脱，反而给女性带来太多的麻烦、伤害和痛苦。身体是女性的炼狱，而非仙境。男生们向往着汉字谜面下那个云雾缭绕、不识真面的仙境，急切地按照自己身体的模样，分辨着男女生的不同——男生是不是比女生少一根肋骨？神秘的女生是独立而封闭的房间，小小的窗扉紧掩，我们知晓房间的轮廓，却不明了世界的细节。

后来，我们没懂的秘密，渐渐清晰，水没有落下去，但我们知道水底有石头。电影《万物生长》里有个画面：伴随着剥离的痛和遗弃的血，像是房间的墙皮一块一块、一层一层的剥落。那一刻，懂得的慈悲让我变得温柔。但是在那之前，在阳光灿烂的青春，我们都是些粗鲁而自私的男生，我们只想无度地索取对我们有利的渴望。

高考结束那一晚，我借着酒胆第一次亲吻了女孩。她的嘴唇像樱桃，樱桃是春天的唇。

B2

“让我将你心儿摘下，试着将它慢慢融化。”

——五佰《挪威的森林》

“然而当我探进去时，她却说很痛。”

《挪威的森林》有几页，因为被重复翻看，显出脏旧的神秘。那个“温和的雨夜”，被我反复抄写，默诵，断字句又重组。我的手指曾无数次缓慢地划过字行，似乎这样做，便能伸进那个雨夜房间，化身为渡边，触摸直子虚幻的疼痛。

渡边和直子之间到底发生了什么？我想不明白，那时，我贫乏的想象如粗针大线，如何刺绣细腻善变的隐晦？每次我想象着解开女孩的衣扣，打开，里面便爆出一片耀眼的白光。我无从想象出合理和真实。对于青春，其实不需要宏大奇特的想象，我们需要关于世界的真实细节。“探进去”——探到底，仿佛那是一个房间的尽头，在温暖潮湿间，渡边触摸到的铭心事物，让他一生陷落在只属于他的森林里，无法走出。那森林黑暗无风，如心。

“情欲，是忧郁的。”毛姆在《雨》里写。

我双手插袋，挪着懒步，一副不羁的样子。上午的阳光照在我身上，我的手在裤袋里捏成拳头，拳头里攒着我的秘密。手，本身就是一门语言，拳头、刀掌、五爪，握拳、握手、握笔，竖拇指、竖中指、兰花指。手，可能是你为虎作伥的帮凶，也可能是你负隅顽抗的同盟，我的手就是这样一个矛盾体。

一场梦，在我青春的夜晚偷袭了我。一个女孩闪进了我的梦里。女孩面容模糊，马尾蓬松，一身紧衣，肉体饱满。我扑了上去，仿佛潜伏中一头蹦跳的小鹿停在眼前，仿佛她出现在我梦境里的唯一作用就是让我扑倒。我扑了上去。我抱住了她。我的手带着猛兽犬牙的尖利，穿透了鹿颈。那女孩无处逃脱，突然反向钻进我的身体里，在我身体里四处冲撞、奔袭，她想从我身体的缺口里逃逸，逃离我的梦境和我的身体。这让我害怕。梦境里涌出的兽意无法控制，它超出了一个小城男孩成长的经验。我突然为我冲动的侵略感到羞愧和惧怕，仿佛我真的做了错事，在梦境中也觉出羞耻和悔意。即便在梦境，我也不能为所欲为，我本能地抓向正从我身体的缺口逃逸的狐女，她正在把自己变成一道白烟。我抓住了她。我抓住了我的害怕，像抓住一条蛇的脖颈，止住蛇头向外吐纳的信子，但依然有少量毒液喷出。我掐住蛇头不敢松手，怕一放手蛇头就会反噬，可我又不敢太用力，怕将蛇窒息处死。半梦半醒间，一个声音告诉我：你就是蛇，蛇就是你。我在这时醒来，洪水和梦境一块退去，留下潮湿泥泞的河床，等待太阳升起。

梦境令人迷醉，现实让人惊慌。“青春是一道明媚的忧伤”，高中时的我们或许就是这样一个矛盾体，我们轻轻流露出暗恋的荡漾，我们深深隐藏着情欲的汹涌。一个个出现在我梦境的女孩，面容模糊，肉体饱满。黑暗的梦境里，有诱惑的果子，有蛇。那蛇将我缠住，对我耳语，悄念引诱的禁词，从此，我失去了坦然而干净的夜晚。我在一片潮湿间醒来，指间泥泞，除我之外，大家在我压低的喘息间安然睡梦，黑暗的宿舍里，我们拥有各自的绮梦和惊扰。

情欲，是我身体房间里的黑暗。它像一头苏醒的困兽，我的肌肤古铜，女孩的肌肤五彩缤纷。

我陷落在自酿的忧郁里。

冲撞了大人的禁忌，怀璧般揣着潮湿刺痛的秘密，不能说出秘密的人，如同急于表达的哑巴。我不能和朋友说，对羞耻的界定拒绝承认自己的不洁；我不能和哥哥说，那像对着木格窗忏悔，是的，我有罪；我不能和父亲说，父亲不会为我们解释梦遗的勃然和梦后的慌乱。实际上，除了听话，我不知道如何与父亲亲密交谈。但我知道，我必须控制住那条蛇，像控制黑暗那样。我开始与自己约法三章：不俯身入睡；睡前不想入非非；不看易燃的文字。我青春期的脑仁，像一根根火柴拼出的模型，而我的黑夜，就是一根火柴，一擦即燃。我开始在周日回校时，悄悄多拿两条球裤。我们男生都不穿贴身而紧绷的三角短裤，在我们成长的小城的九十年代，“性感”还是一个伤风败俗、羞耻邪魅的词。

有一天，另一个相熟的好友神情恍惚地对我说，他梦到班上的一个女生，他把她扑倒，他让她迷醉。他说，他要去追那女生。相信一场梦的人，最终也只能得到梦醒的结局，梦中的女生一直在现实里拒绝他。后来我们毕业失散，再未见面。他还相信那场梦吗？

大学生活开始了，迎接我的竟是一个怪异荒诞的开头。军训制造了我人生中最诡异的一幕，因为男女生分营军训，整整三天我没到过一个女生。军训的哨音不容我细想，第一天陌生，第二天疲惫，第三天夜里，许久未在我梦里出现的女孩又突然闯进我的梦里，她面容模糊，肉体饱满，我在梦中僵住，那女孩向我走来，她的手握住了我。我醒来，偷偷起身，像个贼，踮脚穿过全班男生的梦境，摸黑换上干净的球裤。

《燕丹子》有个情节，只因荆轲一句："姬人好手"，太子丹砍下弹琴美人的手，以玉盘盛给荆轲。

一个刺客看中的是一双怎样的手呢？

我遇见过一双手。

一开始，我只能匆忙贪恋地隔空偷看。那双手有着怡人的比例和色调，白皙匀称，小巧紧致，没有皱褶堆积，没有骨头突兀。古书写女子的手，如葱、如笋、如荑、如脂，君子的远观，含蓄克制。后来，那手在我眼前静止。手背上一层淡淡绒毛半透可爱，轻淡的肤纹将细小的毛孔连成精致的网，网住柔和的光泽。手的掌面窄小，纤细清明的手指略长于手掌。手指指节饱满均匀，色调如脂。指甲红亮圆透。当我第一次握住这双手时，手温热，手心潮湿，手腕处传来一股柔劲，我像牵着一只风筝，在我的指间留下淡淡的香脂味。

我们在校园里牵手漫步，星空，微风，人在笑，血在烧。一双手能给予多少抚慰？我的手像一团燃烧的火。我将她牵进黑暗，她握住了我，黑暗的门被打开了，那房间仿佛电梯，我们被自己和对方追赶，借着身体的推力，一直上升、上升，像逃亡。

毕业分手那天，微雨，她一袭妥帖的白裙，站在那里，忍着哭，忍着不哭。我逃离了她的房间，她那被我逃亡时仓皇撞开的心门，是否一直在时间里漏着过去的风声，虚掩着，无法合上……

B3

"她来听我的演唱会，在十七岁的初恋。"

——张学友《她来听我的演唱会》

耳朵是声音的房间。

我听见病房的门开了。我听见医生叫我的名字，她问我：“你耳鸣的声音是什么样的？”我挑选着恰当的比喻：“像蜜蜂。”我听见医生自言自语：“哦，嗡嗡声。”形容词是累赘。

我听见了“嗡嗡”声。CT 机像一个巨型耳道，我心怀惶恐地被推进甬道，如同一只误入耳内的蜜蜂，我在心里学着蜜蜂叫了几声：“嗡嗡、嗡嗡”。

我听见电动剃发刀发出“嗡嗡”声，由远及近，我即将遭遇蜂群的攻击。剃发刀划过的地方，连片脆响，父亲传给我的卷发被锯断了，但时间不会断，虽然它亦柔软如发。我听见头发落地的簌簌声，像风吹过枯叶一般。

我听见消毒水在头皮上蒸发的声音，“嗞”。我被洗净切匀，倒入油锅：“嗞”。

我听见注入麻醉的皮肤被手术刀划开的声音，像针尖带着柔线缝合衣裳的破口。刀锋下流出的声音，轻且细，像鱼游过。

我听见柔软的棉花在耳道里转动，像雷声滚过，轰隆轰隆，轰隆隆。

我听见纱布缠绕头部的声音，窸窸窣窣。蚕群啃食新鲜的桑叶，绿汁吐白丝，茧是生命的情话。茧破了，纱布落在地上的声音，像蝶振翅。

我听见伤口拆线时护士剪断棉线的声音。棉线浸了血，变硬了，有了骨气。护士手指用力，“啪”，我新长出的骨头断了，疼。

左耳，一直是我的忧心和焦虑。

祸患始于童年，水珠落入耳朵，也落下病根。中耳炎，耳膜穿孔，听力伴随脓水流失，世界变得模糊而黏稠。一颗颗谷米般香软洁白的音节，在我渐渐失聪的耳朵里，被煮成一锅焦煳的粥。我担心有一天，世界被人按下静音键，我彻底聋掉，被关在世界之外，所有的承诺谎言、欢笑悲哭、甜言怨语，形同哑谜。我仿佛看到自己在落寞中枯坐，头顶一道光打亮稀疏的白发。那样的时空，在我的无声中，谁会藏起内心的纠缠与悲伤，然后画上笑脸，为我上演浮夸的欢喜默剧——卓别林并非为情而生。最后，我孤独地死去，还回一个残破的自己，打满补丁。

我渐渐失去我的左耳，以及左边的那部分世界。

世界失去了准心。

我的一个朋友说我谦和体贴，是个很好的倾听者，每每谈话，一米八的我总是躬身低眉，认真倾听。她不知道我的痛处。漏孔偏大的筛子滤去了细软的物体，我的左耳轻易地漏掉了亲切和蔼的慢声细语。为了听清，我必须克制地前倾，用力倾听，才不至于辜负那些话语里的善意和亲昵。我极力缩紧头皮，耳廓向后绷紧，似乎这样就能将传来的秋毫之声拉长、拉宽、拉慢，再让它从容地穿过我残存的耳膜，引起共鸣。

我害怕嘈杂的热闹，那些奔向我的声音，经过一路觥筹交错的碰撞，断续地注入我的耳朵时已残破不全。我猜不透蒙娜丽莎的微笑，只好讨好地笑，凑向发语者：你说什么？

因为名字契合我的心事，我耐心看完了电影《左耳》。女主角清秀善良、淡雅娴静，符合男生对初恋的想象。电影美丽而失真。破绽在于女主角太过从容，在她身上找不到任何失聪者应有的惶恐和惊虑，她不像一个左耳失聪的人。一个耳背的人——过街鼠，惊弓鸟，失群鹿——总是提防着突然而至的话语，捕风捉影，草木皆兵，惊疑不定。一个听力渐失的人，像在溶洞里匍匐摸索，迷失于幻听。溶洞般的耳道越来越窄，最终将耳聋的人夹在黑暗的石缝里，无声——一间黑屋、一口被填埋的井、一个禁锢的囚牢。

你降临人世，哭声是宣言。有声的疼痛推着我们成长，牙痛，伤口，尖叫与哭喊。但无声，也在悄无声息间占领我们的身体。皱纹无声，斑癣无声，萎缩无声，白发亦无声。死亡，生命的停顿，永恒的终结，亦是一种无声。这些变幻仿若时间的幻术，无痛无知，待发觉，一镜伤感，触目惊心。我的听声音的耳朵，先于我死去，它化身死亡的信徒，跟着我。

但是，我想我的左耳是喜欢歌声的，歌声是世界的灵魂。隔壁班那个喜欢戴帽子的女生又在楼道里唱歌了，我在听她的演唱会。她清亮的音色像彗星拖着的尾巴，咬字清晰像咬开绿色苹果，天生的节奏感让歌声在你眼前如舞似蹈。

她唱的是流行歌。我们这些在小城镇里长大的八零一代，会唱的民歌不多，我们失去了节气的节奏、土地的歌词和传统的情绪，流行和城市浸泡着我们。邓丽君的“靡靡之音”属于父母青春年代，父亲会在假期的早晨大声地放《采槟榔》。槟榔在我梦里一闪而过，我没看清，它是什么模样，长在什么地方？

我记得我会唱的第一首流行歌是《潇洒走一回》，“天地悠悠过客匆匆潮起又潮落”，一个乳牙都没换完的小孩懂什么沧桑恩怨呢？但它像一阵野风，自由、自我，带着江湖气息，一下就俘虏了我的耳朵。小学时会听“山鹰组合”的歌，毕业留念时，会在同学漂亮的本子上抄《七月火把节》留念，那时的字很丑但胆子很大。对于流行，我其实是后觉而慢热的那一类人。96 年上初中时，班上几个调皮男生迷恋“Beyond”乐队。我奇怪几个读英语结巴的男生说粤语居然汤汤流水，反正我英语和粤语都听不懂。1999 年夏天高中入学军训，班中有男生为大家唱《挪威的森林》，很多男生跟着酷酷地唱，我才知道这个因考试考了五百分而叫“伍佰”的歌手。也因为这首歌，后来在书店里看到村上春树的《挪威的森林》，买了想送给一个女孩，买回家边读边冒冷汗，这书可不能乱送啊。

绿色的邮政音响店是我喜欢的地方，每次路过我都会进去逛一逛。透明的落地窗里一排排货架上整齐地摆放着磁带和图书，一盒盒包装精致的声音、一本本字斟句酌的心声，是等待我打开的房间，它们在呼唤我。我省下生活费买了羽泉的《最美》、游鸿明的《下沙》、动力火车的《背叛情歌》。周末回家，我将笨重的录音机搬到我的房间里，小声地放，对着歌单轻轻地唱。读大学时，大家都开始听陈奕迅的歌，随身听在兜里，耳机在耳朵里，我在《你的背包》里——“借了东西为什么不还？”但是那时一盒磁带要十块钱，太贵，更多时候我都是到盗版音像店买磁带，五块一盒，还可以讲价。

每个小城镇在成长时，或许都会有这样一家音像店，你进过那房间吗？店门洞开，三面墙边竖着半高的简易货架，货架上摆满色彩浓烈的磁带、VCD、DVD。磁带花花绿绿，封面印着硕大的半身或侧脸照，照片失真粗糙，像儿童剪下又粘贴的笨拙画报。VCD、DVD 色调阴暗、画面怪异：变形的怪兽、滴血的死眼、暴露的肌肤、纠缠的裸体。音像店门口总会有一个大音箱，从早到晚不知疲倦地咆哮，一首《星星点灯》，全城会唱。

简陋、无序、嘈杂、廉价，九十年代的小城镇是一个混血的结合体，张狂而野蛮，渺小而脆弱。不同于吟啸徐行的山野江畔，不同于歌剧华丽的都市剧院，那时的小城，是一家盗版音像店。

是的，我成长的小城中甸，在那时，就像一家盗版音像店，而我的青春，是外溢的冲动歌声，我自恋地唱给自己听，不顾一切地自我沉醉。

隔壁班的女生还在继续着她的演唱会，我班上的女生小声咒骂，这让我生出唇亡齿寒的悲凉。高三时，隔壁班女生的歌声消失了好长一段时间，她去学声乐，准备艺考了。有一天，她站在楼道窗前，沉默地站着。我上去攀谈，她告诉我她没学音乐了，她说她只喜欢单纯地唱歌。我选择相信她的口是心非，如同相信张雨生依然活在他的《口是心非》里。班上弹吉他的同学告诉我，艺考要学一门乐器，她的手太笨，弹不了钢琴。她在钢琴前哭了。

我们都希望自己的青春优雅清香，落落大方，在观众前，从容按下钢琴的黑白键，一天又一天。谁愿意承认自己的青春苍白而贫乏，像一盒录制拙劣、包装粗糙的磁带？

我也喜欢在楼道里唱歌。曾有同学讥笑我，说我的歌声引起了理科班全班低声哄笑，老师不得不因此结束拖堂。他说我的语气像在讥笑一个小丑。有一天，我站在楼道窗前忧伤地唱水木年华的《轻舞飞扬》，隔壁班的女生站在楼道里，似乎是在听我唱歌。她来听我的演唱会。谢谢侬。

B4

“原谅我们，我们都还在找，而时间他只负责流动。”

——陈奕迅《Baby song》

酒杯如同房间，父亲将自己藏在里面。

父亲在世时，总是往杯子里倒酒，后来酒杯空了，我心里某个地方也空了下来。

我很想知道，在我的儿子心里我是一个怎样的存在，但即便是父与子，也是两个人、两个世界，有些疑问终究会成为时间的谜语。

我时常对镜自顾。镜子仿佛是另一种形式的酒杯，你往镜子中斟酒般注入目光，目光穿过水质的空间，当你到达自己时，总会产生一些迷幻的恍惚和失真的醉意。马尔克斯说：“一个人意识到自己开始变老，是源于他发现自己开始长得像父亲了。”于是我仔细地在镜中人的样貌上寻找父亲的踪迹：卷发、日渐升高的发际线、浅淡的眼井、褐色的痣、坚硬的唇线、布满胡茬的下巴……像末日的预言得以实现，终有一天，我将与父亲重逢、重合：父亲是死去的我，我是活着的父亲。

如同“我爱你”这句誓言，热恋时口口声声，七年后避而不谈，如果我说“父爱如山”这一温情金句是文字自造的善意谎言和圆满假象，你是否会生出宿醉后的空虚和疲乏。我要像蒋方舟“审判童年”般审判文字，请相信我，我讲述的是另一种真相：父爱如刀。

我所认识的大多数父亲（包括我自己）其实并未具备世人所期许的父亲应具有的品质。包容、干净、沉稳、温柔、通达、智慧——这些精美的词语配在“父骑单车，儿倚父背”的画面下，父亲的背影，在柔曼的光辉里接近神圣。但真正的父亲们，其实是一群充满缺点的人，他们身上的缺点比母亲们多得多，破坏力也大得多。世界对于男性同等残酷，虽然在人生竞技场上，男性要比女性容易到达巅峰，但那毕竟是少数，大部分的男性一场平凡，一生庸碌，甚至落于庸俗。多数男性无法活出从容、自信和气度。父亲们懒散、易怒、消极，毫无顾忌地吸烟、酗酒、赌博。男人们惊人地相似：大男子主义，自负又小气，狂妄却怯懦。骆以军在《脸之书》里形容自己：“如同我童年印象里同样总一脸怒容的父亲。”

总是一脸怒容，这是父亲留给我的形象，或许这也是我留给我儿子的印象。儿子总是向我投来探寻的怯怯目光，好像我怒气隐现的脸是一杯倒满的白酒，他试图以目光猜测酒的度数和烈意。

为什么父亲总是一脸怒容？为什么我总是一脸怒容？是因为父亲在爱哭懦弱的我身上看到了他孤儿的童年，还是因为儿子强行占去我的时间让我不得不安身于一种陌生的身份？父亲是我急欲颠覆的王权，儿子是我私心想要开创的时代，父与子，轮回的交叠，我们同时都一脸怒容，我们又同时忧心忡忡地偷望各自的父亲，看他脸上是否有黑色的云。

父亲嗜酒，母亲恨酒，如同地球的两极，生成了我两兄弟对酒截然不同的方向：哥哥滴酒不沾，而我喜欢小酌。初中时，某天下晚自习回家，刚进堂屋，便看见母亲拭泪忍哭，父亲尴尬讪笑，地板上一地的碎玻璃，半个酒瓶躺在酒液里，酒像黑暗伏地蔓延。浓烈的酒味暗示着曾发生过得激烈争吵，甚至还可能有打斗。我和哥哥悄悄地退出禁区，默默地洗脸洗脚。父亲跟了出来，说些不着边际的话，他喷出的酒气要浓过他的语气。酒是父亲的知音，却是母亲的仇敌，他们的战争殃及孩童。或许就是从那一刻开始，父亲的生命、母亲的幸福，像酒气那样开始快速地消散。

父亲的酒杯是寂寞的。酒杯在电视机后，和一个酒瓶放在一起。多数时候酒杯是空着的，是寂寞的。父亲会时不时到电视机旁找东西，借机将酒杯倒上酒，一口闷下。由于家人的反对，有所忌惮的父亲只好喝“快酒”，无法细斟慢酌，难得闲情雅致，喝酒，对于父亲更像是一次偷欢。快速麻醉，恍惚飘然，全然颠倒了梦境与现实。

酒中的父亲是寂寞的。父亲倒映在酒中的身影，如同海上飘摇的孤岛。高中时看曼联队比赛，父亲凑过来找话：中国队在踢？我回：不是，是曼联队，英国的球队。父亲追问：那中国队在哪？我回答：中国队不能踢英超。父亲继续说：红衣服的不是中国队吗？我不说话，父亲走开了。安宁来自耐心，我希望父亲能原谅我，我只是无法向他解释我的世界，或许父亲也不知道如何向我解释他的世界。我不知道父亲的人生在追寻什么，甚至，我忽略了父亲也有他的人生，也有他的追寻。所幸的是，父亲他一直在找。他在找什么？找寻活法，找寻回家的路，找寻为人师表教书育人的意义，找寻“幸福”看它能否将自己融化，找寻童年源头的苦果将它连根拔起，又或者找寻祖先的归处暗暗扣响虚无的回音？我十四岁的心计无法猜透沉默的天机，我想，父亲没找到能让他安宁的事物，他心不安，他无法平和，他丢了魂，也失去了为他喊魂的人。父亲像铁笼里的困兽，一直在自己划定的距离里神经质地来回走动、低吼。

这时代太快，将一腔热血的人早早抛下。一个身陷在寂寞和困顿里的男人，他人生的际遇就像喝下的酒，回忆苦，今朝烈，和往事干杯，和梦想告别。当我站在三十岁的路口眺望父亲而立时的身影，恍然觉得那背影如同倒下的一线烈酒，我尝到了天地悠悠的悲怆，品出了欲说还休的苦涩，我甚至在父亲的背影里看到了同样焦虑暴躁的自己。我一直在找，也一直没找到让我安宁的事物。父亲，你能告诉我，为什么我们总是一脸怒容？儿子，别怕，为什么我总是一脸怒容，因为我们目光游离、心事重重的父亲总在另一个地方，想着两三件后悔的事，想着一些未了的心愿，酒杯，变成了逃离世界的安全出口。酒杯盛放了一个男人的心事与怨怒，最后也将盛放这个男人的灵魂。

“被酒打了”——我们方言里有酒的妙趣。某次上昆明和朋友醉饮翠湖到凌晨，第二天我“被酒打了”。浓睡不消残酒，睡到中午的我头痛似裂，乏力欲呕。强忍着不适，头重脚轻地起身找到了正在吃午饭的家人。母亲不理睬我，而我五岁的儿子则偷偷观察我，他脸色苍白，目光忧虑。宿醉难受，还招人嫌弃，我决定换家餐馆吃一碗咸辣的肠旺米线刺激一下疲惫的胃。走了一段路发现儿子悄悄跟着我，我和他说话，他不回答，只是低头跟着。我点了米线，儿子骑在一张凳子上假装若无其事地玩，不时偷偷看我。我逗他说话，他小声说，昨晚他大声叫我，我就是不答应。他是在担心我，他担心有什么事突然发生在我身上，灾祸或是惩戒突然降临将我吞噬，他要看着我才安心。

儿子三岁的某天，他蹦跳着来到我的书房。我扬扬手里的酒杯逗他：来，喝一杯。儿子认真地看了酒杯一眼，眼神戒备，然后看向我说：爸爸不要喝酒了，喝酒会死的，像爷爷那样。

我酒杯悬空，眼眶湿辣。

B5

“我和你啊存在一种危险关系，彼此挟持着另一部分的自己。”

——张惠妹《人质》

猫醒来，钻进我的右手臂弯，为我讲述她的梦。她梦见我死了。她哭着去找医生，要医生将我的牙齿留给她，作为遗物保存。我用右手抚摸她的头发，问她：为什么要保留牙齿？她悲伤的哭腔带着不可逆转的确信：因为牙齿硬，能保留很长时间，它可以代替你陪着我，直到我死。

为爱而生的感性女人，她们的可怕之处在于，即便是在梦里也能保持狂热而又清晰的强大逻辑。我抱紧她，左手放在她隆起的腹部。腹部平静。我们的第二个孩子正漂浮在充满羊水的子宫——温暖的房间——里安睡，那房间似乎有着很好的隔音效果，可以抵御一切侵袭，他（她）母亲的忧伤并没有惊扰到他（她）的美梦。

几次例行的产检，我都在B超室外等着。我想象着人耳听不到的超声波穿过猫的身体，转换为影像呈现在屏幕上。子宫——婴儿的天堂——以模糊昏暗的状态出现在我眼前，看上去如同静默漆黑、生命涌动的海底。猫一脸疲惫地走出房间，却压抑不住兴奋：医生说看到小家伙的手和脚了，医生说看到孩子的脊椎了，医生说照到宝宝的五官了，医生说这孩子一动不动很安静，你说会不会是个女孩？医生说小家伙可调皮了，不停乱转，会不会又是个儿子？

我总是无法从那一片昏暗的影像中看到惊喜，不知道这和我的色弱有没有关系，但每次我都要做出热烈地回应。B超的影像看起来像一团团翻卷的乌云，伴随着条形的闪电和圆形的滚雷，生命的雨就在这里孕育。后来照了一次四维彩超，小家伙的侧脸和他哥哥小时候十分相像，肉红色的画面，太阳高照，云层松软。

曾经的我也被这些松软云层、幽暗海水包裹着，我年轻的母亲带着担忧和期待，在疲惫沉重间，掰着指头数着每一秒钟，时间臃肿而笨拙。那时我还无法感受到父亲的存在。年轻的父亲坐在走廊里，带着尴尬和克制，正对着放射科照 X 光的房间门，想象着人眼看不到的 X 射线，穿过他妻子的身体，穿过他未来的孩子。1984 年，小城的医疗条件有限，母亲简单的产检，听胎心时却听到了两个胎心音。年轻的父母肯定慌张而无措，最后决定照 X 光，虽然明知 X 射线会伤害身体。母亲说，当时以为怀着一个什么怪物，坚持要看个究竟。结果，体型比我略大的哥哥挡住了我的存在。医生安慰说，可能是双胞胎，问家族里有没有双胞胎基因。我的家族里没有双胞胎基因，我和哥哥是异卵双生子。我成长的岁月里，我总是费劲地解释我不懂的遗传学：我们不像，但我们是双胞胎，异卵双生，如假包换。

那是我的黄金时代，母亲的子宫是永远温暖的房间，温暖，安谧，甘甜，摆放着我们所需要的一切。我们在她的子宫里，极速成长，那速度快得如同世界已等不及要看我们的模样。

生命之门，需要鲜血才能扣响。

生我和哥哥那天的情景，母亲轻描淡写的叙述，屏蔽了寒冷、恐惧和危险。母亲说，生下哥哥和我后，她大出血。时隔多年，母亲旧事重提的语气轻且细，那些逃离她身体的鲜红浓血，在当时，飞快地涌向死神，而现在，清淡得像一场安静落下的雪。那场薄雪在我的记忆中经久不化，毕竟，它是我生命的一部分，是母亲的磨难，是我的血地。三十二年后的初冬，天气转凉，树叶枯黄，我即将迎来我的第二个孩子，孩子的名字就叫“小雪”，我希望她平安地落下。

医生把我叫到前台，向我做术后反馈。

医生说：“割开了七层。”（七层，用锋利的钥匙解开生命柔软的保险。子宫，保险柜最后的密码。）

“子宫壁已经非常薄了。透明，可见婴儿头发。”（玻璃城堡，水晶鞋。）

“母亲在三十三周突发妊娠高血压综合征，三十四周强行剖宫，早产儿。”（世界已然等不及要见她。）

“是女婴。”（睡美人，白雪公主，长发姑娘。所有的女孩都应该有长发和花房。）

“体重 1.7 公斤，出生后送往新生儿科，在保育箱里进行专业护理。”（因为轻，才看得见轻盈的天使。）

“请签字。”（谢谢。）

儿奔生，娘奔死，生死只隔一层。产前确认胎位，给猫打 B 超的是个相熟的女医生，她对猫说：“你太拼了。”猫那时大概已经虚弱得没有力气炫耀她虚荣的幸福了，她只能疲惫地报以微笑。一阵眩晕袭来，猫晕倒在 B 超室。医生赶紧找来轮椅，将昏沉的猫护送回病房。

为什么不顾生、不避死地生孩子？如果问男人，我猜测答案会是五花八门，甚至可能会出现茫然犹豫地说“不知道”的情况。如果问女人，你会得到坚决而肯定的答案：因为爱。为什么要为你怀孕，为什么要为你堕胎，为什么要为你生孩子？因为爱你，因为她是我的孩子，因为她是我们的孩子。在猫的词汇里，“我们”是一个万能词，像一个房间，围住了我和她，隔开了全世界。有时候，猫会因为“我们”的孩子在某个瞬间与我神似而高兴骄傲，全然忘了她自己。

童话，不止是写给孩子和成人看的，童话是写给世界的。《格林童话》的《糖果屋》中，某个细节被无限放大。被继母丢弃的兄妹在森林里迷了路，一座用糖果和饼干做成的糖果屋出现在饥渴难耐的兄妹面前。兄妹没有征得主人的同意，“忍不住飞奔过去，拆下房子忘情地吃了起来。”有人评论，这一情节隐喻了孩子对母亲的残忍掠夺。糖果屋代表着母亲，香甜，柔软，可口，你可以用她对你的爱，向她蛮横无度地索取。如果可以，母亲甚至可以付出自己的血肉之躯。我的一个朋友的妻子，她看自己儿子的眼神狂热而专注，见到一月未见的儿子时，全世界连同阳光空气都是多余的。

孩子有时任性而残忍，这或许是人类想要极力掩饰的丑恶。有一件事，我要向我母亲道歉。妈妈，对不起。我十岁那年，跟随父母去蝴蝶泉旅游。天气炎热，母亲买了三只甜筒冰激凌，我一只，哥哥一只，她一只。我边走边吃，很快吃完，节俭的母亲是不会再给我买一只的。可我还想吃，我转身走向母亲，一把抢过她手里的半个冰激凌。我一直记得这个情节，因为内疚，那时馋嘴的我残忍得像个魔鬼。我现在三十三岁，对世界充满了欲望和野心，那时年轻的母亲又何尝不是如此？是什么伟大的蛊惑，麻木了她，让她选择了隐忍与克己？

因为身体的特殊构造让她们天生就有包容的特质？

因为爱?

年轻的母亲喜欢一条蓝色牛仔裤，我曾陪她去看过好多次，但母亲一直没将它买下。每次，母亲都要比一比、摸一摸，也不好意思总是试，后来，母亲就只是进去看看。或许，很多次母亲路过那家店，都是匆忙走过，然后迅速地瞥一眼，或许，在我不知道的时间里，母亲隔街眺望，仿佛看一场热闹。有一天，牛仔裤被人买走了，挂牛仔裤的地方空了。我想，母亲那时的心也空了，又或者，母亲没有失落，反而骄傲地舒了一口气，她又一次战胜了自己，战胜了引诱她的魔障。魔障消失了。无敌是多么寂寞。

猫陪我去买裤子。恰巧导购员是我教过的女学生，十八岁的女孩，正青春。女孩为我热情地推荐，殷勤地夸赞。她或许只是希望我买裤子，但却让猫如临大敌。女孩的热情穿越了火线，抵达了猫的战场。猫溃败了。我能明显地感觉猫情绪一落千丈。女人间天然而古老的敌意，无法帮助猫忽略时间的公正，猫在刷卡付完钱后，竟失神将钱包忘在了柜台上。我将钱包拿在手里，客气地和店员告别。这件事我从未和猫提起，她出于本能而浑然不知。七年一闪而过，现在，我们很少说“我爱你”了，因为我们默默认同了“我爱你”的局限，那三个字像一个狭小的房间。曾经我们是两个人，所以我们说“我爱你”，如今，我们是一个人，我就是你，你就是我，我们在一首歌里，互为人质。

尾页

2012 年，第一次出云南省，第一次坐飞机，我去了西藏。

2014 年，杭州，上海。2015 年，成都。2016 年，北京，江西。

我在书房墙壁的地图上标注想去的地方，地图涂画得像我的手稿。

我在地图下面写：遇见自己。

此去经年

// 李朝德

李朝德，男，汉族。云南曲靖沾益人，当过教师，现供职于云南省文联，发表过散文、评论、小说、散文多篇。出版有长篇报告文学《生命的乐章》《乌蒙长歌》两部。

狗的腐化堕落

要循着记忆，才能走向村北的小河。

一路走过，房前屋后不见人，从紧闭的铁门后偶尔传出零星的狗叫声和老年人沉闷的咳嗽声，空泛的声音撞到铁门上又弹回空荡荡的院子，再翻出高高围墙而后重重跌落在水泥地面上。空旷的村落人声寂寥，这样的路上一天难得有几声陌生响动，我“嚓嚓”的走路声无疑惊扰了正在午睡的狗。狗吠并不意味着狗就醒来，听见响动，蒙头蒙脑叫几声只不过是条件反射，并没有实质内容。

农村的狗并不是当宠物养着玩，主人赏它一碗干饭及半碗肉汤不是让它在村子里闲游浪荡晒太阳，农村土狗突出的是看家护院的实用功能。有人走过，即便是虚张声势也要立刻做出反应，遇到动静还不声不响呼呼大睡，主人往往在一句“熬汤锅的”骂声中过去就赏它一闷棍。人无远虑，必有近忧，都说狗是聪明的动物，一句“熬汤锅的”定能让它醍醐灌顶。好在汤锅的远近全在自己掌握，它活得心知肚明，如果还稀里糊涂弄不清主人赏干饭的目的，那脖子上的狗头就危险了。

当然，现在的狗天天被关在大门紧闭的院子里，无形当中闭了它的关也锁了它的国，没能开眼看世界就不像以前的狗见多识广。以前村庄路边住户的狗有着丰富的经验，吠叫的分寸拿捏得分毫不差。它们阅人无数，什么是好人什么是坏人，趴在地上不用起身眯缝着狗眼就能判个八九不离十。

以前这条路是村子里的主路，我所在的松林村是远近闻名的大村，有着近两千户人家。每天车来人往，人喧马嘶，如果稍有响动就吠叫，那即便是主人每天喂他一瓶金嗓子估计不到傍晚它就只能哼哼唧唧。你走你的路，它睡它的觉，绝对不多管闲事，珍惜每一滴狗唾液，不做无谓的恐吓吠叫。

农村的狗大多行事低调，通常时间夹着尾巴顺墙根走，绝不张牙舞爪，绝不搔首弄姿逗主人傻笑。农村土狗一般是拴在门背后或者窗子下，呆头呆脑长着一副挨打欠揍的模样，看似诚实可欺，但一旦有陌生人越过它自己划定的警戒线，废话少说，“汪”的一声突然纵起，声到狗嘴开，直接下口开撕。所以那年头的狗，不用发声恐吓，更不用向谁发出严正警告，趴在那里就不怒自威。

现在的狗与以前的狗有区别，农村的狗与城里的狗也不一样，时差加城乡差别，差距大了去。

某天在小区电梯里，电梯要关门的时候，钻进一条狗，狗绳子后面牵着一个女人。狗鼻子到处嗅，一直嗅到我与上幼儿园儿子的裤腿边，电梯狭窄，儿子无处可躲。这女人突然说：不要吓到哥哥，乖宝宝，来妈妈这里。女人稍一弯腰，穿着衣服和鞋子的狗就跳到女人的怀里，用鲜红的舌头舔着女人的脸。我不好意思地笑笑，女人也笑笑，对怀里的狗狗：快叫叔叔。突然多出个狗至亲，真是无言以对萌宠。

想着这些鸡零狗碎的事，我走到一棵高大的梨树下还是站住了，在空洞的狗叫声里，我想起了少年时代这棵树及拴在这棵树下的一条狗。

这棵树至少有两层楼那么高，有成年人腰身那么粗，直到今天还枝繁叶茂。当然，当年吸引我们到这棵树下并非树高大的外形，在物资匮乏的年代，审美统统让位于饥饿的肚皮。

少年时代的我亲眼所见，这棵树的大黄梨全部摘下来，可以装满整整一马车。在那个并不富裕的 80 年代末，这车梨拉到乡镇或者城里卖掉就是笔不小的收入，采购柴米油盐，缴纳娃娃上学费用，很大程度减轻了一个普通农家的负担。所以主人在梨成熟前盯得非常紧。梨树离地一人高的位置用倒挂刺围挡，树下拴狗，一位老奶奶坐在离梨树不远的屋檐下盯着，三重保护，确保万无一失。

大黄梨成熟得较晚，摘完整整一马车梨后，主人家会有意把树最顶端的梨留下来，专门留到中秋节自己及亲戚朋友享用，数量十分有限，只有一筛子左右。

由于梨的数量不多，主人家盯梢得并不紧，老奶奶拄着拐棍上街或找村里其他老人晒太阳聊天去了，仨瓜俩枣值不得天天守着。只剩下团团围住防止攀爬的倒挂刺和一条拴在树下的黑狗。

倒挂刺不过是象征意义，如果没有拴在树下的狗，倒挂刺无疑就是个笑话。小伙伴里，爬树高手众多，用竹竿挑去倒挂刺，噌噌噌三下五除二就可以爬到树顶摘个精光。

偷摘村里的果子，我们曾有过无比娴熟的配合经历，比如摘一种叫花红的酸甜小果子。

花红只有鸽子蛋大小，掉在树下的菜园难于寻找又浪费时间。我们发明了一种高效率的偷摘方法，两人拉块油布或破床单展开，一人爬上树拉扯着缀满花红的枝条使劲摇晃，花红如雨点坠落，不偏不倚正好落在油布或床单上，只听见哗哗的树叶如大风吹过一样，连果子落地的噼啪声都没有。摇得差不多，跳下树来，拍拍手上的灰尘，一卷一收，裹起来甩在背上扛着就走。

当然，偷果子也有过失败的教训，把主人家屋顶石棉瓦踩塌，直接连人带果子跌落到猪圈里，或者在竹林里瓜分胜利果实时，被逮个现行也是有过的。但总体上说来，少有失手的时候，只要我们盯上的果子，再怎么看护实质上都没有什么卵用。一般来说，我们怕狗不怕人，原因很简单。看守果子的，大多是老人，被发现我们就狼奔豕突，老年人根本撵不上我们。况且同一个村子的人，不是沾亲就是带故，小孩子偷摘几个桃李，没有人会真当回事，轰开就行。

可狗不一样，听说狗不能看见彩色，它的眼中只有黑白两种颜色，狗眼看世界非黑即白，人只是被它简单分为生人和熟人两类，没有地位阶层，没有贫穷富贵，也没有人情观念，即便是村长家儿子，只要它不认识，照样疯了一样地往死里追杀。狗腿子虽短却迈得比人腿快，即便你跑得黄胆水都吐出来也未必甩脱得了。

要摘大黄梨，最为棘手的是树下的狗。

这是条典型的哑叉狗，皮毛黝黑，身材高大，白牙闪着森森冷光。哑叉狗是农村人对只下口不出声狗的俗称，有常识的人都知道，咬人的狗不叫，叫的狗不咬人，对着人只会“汪汪汪”叫的狗只不过是虚张声势，借它十个胆未必就敢冲上去，特别是边疯狂吠叫边往后退的狗，就算你把腿洗得白白净净送上门去，狗嘴也未必就敢张开。哑叉狗则不这样，处理突发事故低调沉稳老练，狗头匍匐于地，龇着牙呜呜前行。如果你还不知好歹靠近，那它也懒得吠叫，当血珠子在裤管上冒出时，你再看狗的眼睛，就知道狗眼看人低的真正含义了，那是真正的蔑视，是狗打心底里对人的无尽的嘲讽和鄙视。

哑叉狗还有个特征就是小心眼，死脑筋，睚眦必报，心胸狭窄得只有刀背宽。

我小时候曾用竹棍抽过一条哑叉狗。那时候它还小，刺毛拉里很不起眼，看着它整天躺在路边晒太阳而我还要去上学，嫉妒和失落之下，莫名火起顺便抽了它几棍子。天地良心，那时我没有看出它能长得那么威武雄壮，也没有看出它是那样记仇和小肚鸡肠的狗。我去上学，它天天在路边等我，提心吊胆经过它的地盘，我被它伏击过多次，简直惊心动魄、黄胆水倒流。

怎么过梨树下哑叉狗这一关，让我们很是为难。这条黑色的哑叉狗整天在树下酣睡，一旦我们靠近，它立刻纵身而起，五米之内人狗通杀，寸草不生。

虽然这狗被拴在树下，但它的杀伤半径，如今天的火箭军在树下布置了东风 21 导弹，足以对心怀不轨的人形成巨大威慑。好几次我们试着靠近，如不是拴狗的绳子牢，这枚导弹早就发射在我们小腿上爆开血花。

硬攻是肯定不行了，因为我们的腿不是铁打的，经不住犬牙交错。

慢慢地我们发现这狗的胃口奇大，但主人却超级小气，狗碗被它舔得闪闪发亮能当镜子用。

贪吃狗遇到吝啬人，无疑如鸡蛋有了缝。我们商量着每人带一个煮洋芋给狗。可狗也有狗的节气，它也要狗脸。起初，对我们丢过去的洋芋狗根本就不搭理，这一点比一般的人都要硬气。高高在上的大黄梨闪着灿烂的光芒，那种诱惑和调戏，快要让我们崩溃。

在浪费了好几个洋芋后，我们都想放弃这些黄梨了。有一天下午放学后，我们路过这棵梨树。初秋太阳热辣，一只秋蝉在梨树顶上声嘶力竭地独唱。往天的这个时候，狗早在梨树下闭目养神。但那天的情形有些意外，大门紧锁，冷火秋烟，狗在树下转着圈圈，坐立不安。看见我们竟然发出呜呜的叫声，眼中充满了哀怨。一个机灵的小伙伴说：“怕是忘记了喂狗吧？”我们抱着试试的心态，把吃剩的半个洋芋丢过去。饿疯了的狗把丢过去的洋芋凌空接住狼吞虎咽。

从此之后，趁着主人不在我们都会丢给狗一些东西，即便只是洋芋和冷饭团，狗也统统来者不拒，一律下了狗肚。狗终于晚节不保，迅速腐化堕落与我们结成了统一战线。喂了若干次后，即便我们不带任何礼物，狗也会主动起声打招呼，把尾巴摇得如春风摆柳。

再没有比这滑稽的场面了，我们爬在树上，狗摇着尾巴用柔和的目光看着我们，一副相亲相爱一家人的和谐场面，它好奇地看着我们把树上的梨摘个精光，投来赞许和肯定的目光，临走时我们在狗背上抹了抹，拍拍它的狗头，以示它的懂事和乖巧。它欢快地躺下，四脚朝天向我们撒着娇。

下次再经过那里，狗看见我们，仍然卖力地摇着尾巴。可那年头，人都吃不饱，没有了梨，即便它把尾巴摇断，我们也不会丢给它任何东西。

梨树还在，当年被我们贿赂的狗早已不知淹没在了岁月的何处。村里空荡荡的，年轻人涌向城里，门前冷落鞍马稀，各家各户大门紧闭，村子里的狗也大多也不是以前的土狗，也学城里养起了宠物狗，遇到生人，吠叫如青蛙或者婴儿咳嗽，没有任何威慑力，无尖爪利齿，只会讨巧卖乖。现在的狗甚至不会看家护院，遇到危险，转身就跑，或者干脆缩到主人后面把主人推到水深火热的前线，置人安危而不顾。

吃着狗饭不做狗事，不思知恩图报，简直狼心狗肺！这样的堕落和腐化速度，简直气死狗祖先。

河上捕鱼者

鸡零狗碎的日子如一地鸡毛漫天飞舞，也曾时常感叹日子过得如狗撵一样快。中年人路过少年时的村庄，忍不住还是哀叹一声：这日子，岂止是狗撵，简直是疯狗在撵呢！

不想它，还是继续往前走吧！

出村不远，站在高坡上，想着前方一望无际的田野与田野间纵横交错的小河小溪，心里突然生出了期待和激动。

云南群山连绵，少有平地。都说靠山吃山，靠水吃水。但很明显，吃水的难度小于吃山，原因很简单，水里的东西种类丰富多样，可吃的东西相对比较集中。而山呢？就不那么好吃了，群山莽莽，除了草药、菌子外，动物不能捕捉、树木不能砍伐，还能吃什么呢？草药长在漫山遍野的荒草中，如果不熟悉草药的习性，即便把眼睛鼓得“决眦如归鸟”，未必就能找到一根草药。

至于菌子，也不是那么容易吃的。

云南是菌子的王国。菌子好吃，有些被炒成天价，比如，一种叫松露的野生菌，长得黑不溜秋，丑丑的，样子像煤球或猪睾丸。至于味道，众说纷纭一言难尽。但这种黑松露，传说中国境内就只在云南部分地区及四川西部有，数量有限，物以稀为贵，松露出口到西欧后，价格贵得离谱，成百上千欧元一公斤，即便是欧洲的上流社会，也不可能经常吃得起。

这种黑松露，我们云南当地人叫块菌或猪拱菌，在没有出口前，山里的老乡往往直接端上一大碗用酱油蘸着吃或丢到火塘里烧熟啃着吃，根本不当回事。但价格炒高后，显得弥足珍贵，谁再这样吃就是暴殄天物，与牛吃牡丹无异。

猪拱菌珍贵，但很少有人能找到。猪拱菌是种十分奇特的菌子。它生长在地面以下，地表之上无迹可寻。须靠有奇特感应的母猪和嗅觉灵敏的狗才能挖掘到。猪的嗅觉极其灵敏，在几米远的地方就能闻到埋在地下二三十厘米的猪拱菌。可这并不就说明母猪天赋异禀，只不过是猪拱菌的气味与诱发母猪性冲动的雄甾烯醇类似。母猪闻到松露气味，以为它男朋友藏在地下，欲火焚身，不管三七二十一，跑过去用它的长嘴巴一顿乱拱，拱得个地老天荒，拱得个昏天黑地。需要担心的是，如果没有及时拦住，母猪会猴急火燎地将拱出的菌子一口吞掉。所以当地人称松露为猪拱菌，真是形象而又贴切。

但用猪来帮助人寻找松露不太可靠，猪毕竟脑子简单，关键时候并不可靠，闻见松露的特殊气味，情欲冲昏猪脑子，根本听不见主人的呵斥甚至荆条的抽打，一口吞下肚，只留下目瞪口呆的主人搓脚抚掌。所以，后来又训练了嗅觉灵敏的狗来寻找松露。牵着狗上山总比牵着猪上山方便和有派头，最主要的是，松露气味，狗能闻见但刺激不起它情欲，狗再情欲高涨也不可能看得上猪，所以狗只刨不吃，显得比猪成熟稳重得多。

都说高手在民间，也有很多有经验的人凭感觉和脑里的地图寻找松露，主动权不交给猪也不托付给狗。当然，这样的松露猎人是一等一高手，一个村子掰着脚趾头算也没几个。

云南也不是所有的山上都有猪拱菌，也不是随时都看得见牵着母猪上山的人，更不是人人都找得到这种无迹可寻的菌子。我就从来就没有从土里挖出过指甲壳大的猪拱菌。

话题扯远了。只不过是举这样一个例子来说明，群山苍莽，高耸入云，吃山哪里那么容易！

所以自小我就不爱山，却独爱水，喜欢群山之间的坝子，喜欢坝子里一望无际的田野，更喜欢空旷蓝天低垂白云之下缓慢流淌的河流。

今天，又一次走向通向田野和河流的路上，却有种恍惚和不确定感。

多年前，就在这条道路上，村里村外，道路两旁没有一寸土地闲置。地里种上玉米、洋芋、黄豆、金豆、向日葵，就连田埂地埂都被打理得整整齐齐。六七月间，绿油油的禾苗茁壮成长，道路两旁，玉米齐腰深，豆苗舒展叶片层层铺开，空气里弥漫着庄稼和青草的清香。

今天呢？一样的节令，却没有了当年的欢腾和热闹。

现在，我又到了这座曾经无比熟悉的小桥上，石头还是那个石头，与之前稍微不同的是石桥被水泥加固过，石面没有了当年的光滑，上面覆盖着一层厚厚的尘土。

听桥下潺潺流水，想起了多年前在这里度过的无数个夏日。

少年时代的无数个夏日与这座桥有关，与桥下潺潺流水有关，更与河里的鱼有关。捕鱼方法千千万，今天只说一种捕鱼方法，也就是如何拦截过路鱼。

鱼也会过路，七月以前鱼逆流而上，八月以后，鱼顺流而下。

简单来说，七上八下。丰水时鱼从大江大河逆流而上产卵，枯水季节来临之时，鱼从小沟小河顺水流回深水区过冬。

所以，在逆流时，我们当地人用一种叫须笼的渔具倒支在小溪流水口。

须笼是篾编织的橄榄形渔具，两头开口，捕鱼时用稻草塞住后面，前面开口处迎着水流的下方，逆流而上的鱼进去容易，有倒须出来就比较困难。小须笼不过几十厘米，大的一到二米。

这种捕鱼方法智力含量并不高。关键点在于须笼编织得好，倒须长短和入口大小及高低位置适当。另外，稍考验人智力的是观察力和伪装力。在溪水里放置须笼的地点尽量选择小溪和河流交汇处，最好是溪水清澈河流浑浊的交汇点。须笼设置应前高后低，前面出口在水流的中层，而稻草塞住的后面要尽量沉到水底，这样鱼进去后，误以为进入小水潭，才会在里面乖乖待着。支好后，用淤泥把须笼之外的空隙之处堵严实，用水草把须笼的轮廓遮盖好，最好不要让鱼感觉到须笼的存在。鱼也有追求光明幸福生活的梦想，身在浑浊的河水中看见清澈的溪水，都是拼了命往清水里游。一切就绪后，不用守着，可以到处去玩耍，几个小时后回来提起来拔去后面的稻草，往桶里倒小鱼小虾就行，智力含量并不高。

智力含量有点高的是捉顺水而下的鱼。

捕鱼的工具不用说了，也是竹篾编制，当地大多数人都会编这种叫浪笆的简单捕鱼工具。把长得笔直的竹子砍下，用篾刀破开为粗细长短均匀的细竹条，一般是筷子的一半粗细。再用篾刀把竹条刮成圆条形，竹条的长短粗细并没有统一标准，需根据水流大小确定，在河水里用几米长，一两米宽，直接用指头粗的绳子如编帘子一样编起，为了不漏小鱼，后面越编缝隙越窄。这样的浪笆往往在水流量较大的河里支起，需提前在枯水季节用八磅大锤把木桩打牢然后用沙袋筑坝，在湍急的水口支好篱笆后，人可以直接蹲在浪笆上捡鱼。这样的浪笆是大人用的，往往谁打坝这个水口就归谁占有，一旦支上后，河道旁搭起简易的窝棚连天连夜守着，除非涨洪水，一般几个月不撤离。只要不下雨每天总有收获，用锅炕干或者晒干，卖到集镇上补贴家用。我们一般就在小沟小河里闹腾，在小溪小沟使用小浪笆。所以，那时我有大大小小十多个浪笆，以应对不同的河道和水流。

浪笆制作简单，但却是我见过最节省劳力最高效的捕鱼方法。

这种捕鱼方法的难度在于如何判断河流中会有鱼往下走及在什么地方设置浪笆，这需要经验和天赋。

天文地理方面恐怕都得懂点才行。

这不夸张，就节令来说，七月以前，顺水而下的鱼极少，所以一般要等稻穗扬花以后才适合支浪笆。另外，出门看天气，如果是下雨及阴天鱼不会往下走，鱼往往蛰伏在深水区或者草丛里休养生息。什么时候鱼爱顺水而下呢？中午或者黄昏之时。什么时候最多呢？连续几天阴雨后，晚上彩霞如瓦片样排满天空，第二天突然放晴，遇到那样的时机，支上浪笆，水里的鱼会像雪片样飞来。

没有天气预报，判断天气完全依靠观察傍晚的云彩及蜻蜓、蚂蚁等小昆虫的活动情况。

知道天文，地理不懂也是白搭。当然说地理严重了，最贴切的是地形及水流。坝区里，无数条河流溪水哗哗流过，学会选择非常重要。

那时的河流没有污染，也没有人电鱼毒鱼，只要有水的地方就有鱼，只是多少而已。但要判断出哪条河流鱼最多，什么样的水流、什么时间节点鱼会往下走。这完全靠观察与感觉，首先你得知道沉塘与过水。有些河流和溪水比较浅，比较平直，虽有利于支浪笆，但这样的水里藏不住鱼。而有些河流湾叉比较多，河道有深有浅，有很多沉塘深壑，这样水里藏鱼较多。但这也不是理想选择，河水流速太慢，水流基本静止，一般情况下鱼很少出动。最糟糕的是，水流平缓，不利于支浪笆，即便鱼下到浪笆里，也很轻易折返逃跑。

这就需要筑土坝改变水流的速度。有经验的人会在水流湍急的地方打起一个土坝，在下方把沟里的淤泥尽可能清理开，让坝上坝下有明显的落差，提高水流速度。更有经验的人是不会在坝上直接开口支浪笆。鱼智力虽说一般，但对危险却很敏感。突然出现又高又陡的坝，坝正中一个水流湍急的水口，再笨的鱼也不会莽撞往下冲。所以，往往水流的口子一般不在坝上开，而要用锄头在坝的侧边或直接在沟埂上重新挖出一条细长而又有一定弧度的口子，再用沟底瓷实的糯泥把整个口子用手抹得光滑平整。长是让水流初速度不快，这样鱼才会放松警惕，弧度是让鱼看不清下面的情况，水在弧形的水口呈加速度流动，到了急水口浪笆前，鱼感觉到危险想要折转已经太迟，一头栽落在浪笆里。

漏说一点，浪笆要支得与水面平行，一是漏水效果好，水流更快更急，二是与水面平行，鱼在水口不容易看见。浪笆把水漏往下方，水流越来越小，水漏完，鱼就在水面之上的浪笆里跳跃。即便有反应敏捷的鱼拼尽力气往上抢水逃跑，等待它的是那条细长光滑及水流湍急的水口，身体再强壮的鱼逃到一半往往也会力气耗尽，又随水流下来躺在浪笆里乖乖等死。

这是个技术活，任何一个环节都要求细致准确，同样的水沟河道，有些人满载而归，有些人守一个整天，可能一无所获。

为了认一条好一些的河道，很多人都起得很早去认口子，谁第一个到达水口子就归谁。为了认个好水口，有些人甚至笼起火堆躺在蓑衣上邀约几个小伙伴白天黑夜守着，浪笆也一直支着，即使阴雨天及夜晚很少有鱼虾往下走。

有天我起迟了，太阳高照才到达河边。头天我在这里有满满的收获，我自认为这水口不显眼，比较偏僻，所以就睡了懒觉。没有想到这水口却被人捷足先登。那天我还带着我的另外一个小伙伴，前晚吹嘘我发现的那条河流里的鱼是如何像粗糠一样下到浪笆里。水口子上支着浪笆，沟底的糯泥抹得瓷实光滑，一看就是有经验的老手。一群群鱼如黑豆一样从水口子滚落在浪笆里，可惜这浪笆主人不属于我们。更可气的是，旁边卧着一个蓑衣，蓑衣旁笼起了一个火堆，火堆旁有个黑提锅，鱼香味飘散在湿润的空气中。

长期驻扎的迹象，让我们绝望和懊恼。

跳跃的鱼撞击着我们脆弱的心脏，堆积在浪笆上面的鱼越来越多，压得我们快要喘不过气来。

远远的，有个黑影，在稻田里薅秧，除此之外，再无他人。

我们就这样看着水口子上的鱼哗啦啦啦往下掉，黑提锅里咕噜咕噜冒着热气。瞅瞅人离得远，我们揭开盖子，看见提锅里用酱水、大葱煮着的巴掌大的鲫鱼，能这样讲究不嫌麻烦煮鱼绝不是我们这样的少年。在报复和恶作剧心态下，我们干脆把提锅拎到下游的涵洞里吃个一干二净。然后打上清澈的水又放在火堆上，胡乱从浪笆里捡了几条大大小小鱼丢在提锅里，然后偷偷撤离作案现场。

这条不起眼的河流给我带来了无穷的欢乐。

现在，这条河流还在，我就坐在这河流的桥上。但弯曲的河道早已截弯改直，河道用石头水泥砂浆镶成沟底及两侧的“三面光”，流经河道的水与泥土隔离着，水草都没有一根。

沟底只有薄薄的一层水，这样深的水鱼洗澡都嫌浅。河道两边大片的农田已不是稻田，被塑料大棚覆盖着，那是外地人把村里的田地租下种菜、种鲜花。为了多快好省要效益，大量使用化肥和农药，即便看上去清澈的河水，却早已被污染，水里空无一物，虫鱼虾蟹早已绝迹多年。

六月的田野，没有虫叫，也没有蛙鸣，静悄悄的。塑料大棚覆盖着原本生机勃发的田野。

绿，也成了田野的奢望，塑料大棚没有覆盖的地方，野草无精打采。东一簇西一簇白与绿交错着像被剃了阴阳头，在这样惨淡稀少的绿色中，时不时还可以看见被冲到岸边的塑料袋、塑料瓶、农药瓶、方便面盒其他生活垃圾。

向田野望，一片荒芜，心生悲凉；

向田野之外的村庄望，一派现代气派的景象。

到底是希望还是失望？一言难尽。

村庄现代气派，早已超越了少年时代的县城。柏油路面上，有锃亮光鲜的轿车驶过，行色匆匆。一辆轿车从我身边缓缓驶过，一个染着黄毛的青年，蘸着唾沫在副驾位上认真数着一沓钞票，在时间就是金钱的感召下，哪有闲心看窗外，怎么愿意停下来听一听河水哗哗的声响？

此情此景，究竟该悲凉还是欣喜呢？

河上捕鱼者，如一叠流水流往时间深处，仿佛是说古人的故事。

其实，掰指算来，这时间也仅仅过去二三十年。

看啊，那鸟那人

在河边枯坐久了，终究要回村。

我走的是另外一条道路，从村北折向村东，再由村东走回村里。

我不想走回头路。村北面是平整的水田，村东面是高低起伏的旱地，村北可以玩水，村东可以看山，这样走是完全不同的景致和感觉。

我绕往村东回村还有个原因是我竟然看见一只鹰在村东边山岭一侧翱翔。

虽然相隔遥远，但我确定那是只鹰而不是其他鸟。

好久没有看见鹰了！

许多年前，鹰还是一种比较常见的动物，在农村的山野间或村庄外，时常可以见到它高高翱翔的身影。我曾亲眼看见一只鹰把一只飞翔的斑鸠当场击落。那是一种当地人叫蚂蚱鹰的鹰，它飞得巨高，大多时候是在云层之上飞翔，借助云层的掩护悄无声息地跟踪其他飞鸟，在适当的距离突然发动攻击，如一颗导弹从云层间实现垂直打击。危险猛然降临，那只斑鸠吓得惊慌逃窜，但为时已晚，居高临下的蚂蚱鹰急速俯冲，在它正上方用翅膀猛地拍击，只听“啪”一声脆响，倒霉的斑鸠如一个石头直直掉落下来。那是我唯一一次见过鹰捕捉猎物的场景。大部分鹰是用尖锐的喙或爪子捕捉猎物，但蚂蚱鹰是个例外。传言蚂蚱鹰翅膀下有块突出的硬骨，像随身携带两把锤子，它是空中的李元霸。它捕捉天空中的飞禽与众不同，用最原始最粗鲁办法解决问题：居高临下，一锤子砸死。当然，一锤子砸死概率不多，大多时候是砸伤，一路飞翔跟随，直到受伤猎物血流干力耗尽。这是典型的一锤子买卖，砸不中，鹰很难有第二次机会，因为大多数鸟都比鹰敏捷灵活。但这次，高空的冲击力和翅膀突然扇下去的力度实在太大，那只倒霉的斑鸠被砸得当场毙命。这样的好事，就如好吃懒做的农夫遇到晕头晕脑的兔子撞上树桩一命呜呼差不多，都是小概率事件。少年的我自然不会放过机会，奔跑吼叫着去抢夺胜利果实，平时制空权是鹰掌握着，我即便跳得把韧带撕裂也不过米把高，自然连鹰的毛都抓不到一根。但这次，在地面上，鹰毫无优势可言，我飞快地跑过去，边跑边叫出声音来恐吓。“叫嚣乎东西，哗然而骇”起了作用，鹰本可抢在我前面把猎物抓走，但它却不敢俯冲下来，畏手畏脚失去了把握主动权的机会。当然，也有可能那时捕捉猎物简单，它懒得与我这个从没有离开过地面，目光短浅的人一般见识。胜利果实被抢夺后，鹰在空中盘旋转悠了几圈以示抗议，但力量悬殊明摆在那里，单是抗议是没有作用的。我抢先一步端了鹰的飞簸箕然后无耻地向它挥了挥手。

再次看见鹰，即便隔着天遥地远的距离，却有种亲切感。

这种亲切感一方面来自人类突破不了万有引力的无奈，艳羡且嫉妒般的亲切。

另外的亲切感则是时间和空间给予的。

多年以前，鹰还比较常见。鹰捉鸟、野鸡、野兔、老鼠、蛇等，地上的小动物过得惊心动魄。

鹰是天空的霸主，它一出场，天空自动戒严。

高空巡逻，绕村飞行，不用刻意向谁宣示主权，触目所及，都是它的势力范围。

那年头，鹰也偶尔进村，猝不及防地从天空突然俯冲而下，众目睽睽，用尖锐的爪子抓起地上散步的小鸡就走。电光火石间，等人反应过来，小鸡早被鹰叼到了半空中坐着土飞机走了。

我小时候就干过看小鸡的活计，按现在的理解，鸡是不用看的，但那年头不一样，在粮食很金贵的年代，“自己动手，丰衣足食”不但适应人，也是对鸡基本的要求。鸡不完全靠喂养，而是要放出去自己找吃的，天上的鹰、地上的黄鼠狼就有了伏击的机会。白天，未成年的小鸡，在场院里走来走去，鹰在高空看见，无疑是看见了肉团在滚动。在此之前我从没有近距离看过鹰，也不相信鹰真会从天空中俯冲下来把小鸡叼走，那天，毫无征兆地我突然听见鹰翅膀扑扇声和老母鸡全家老小咯咯唧唧的慌乱叫声，我在惊悸中跑过去，但一切都迟了，鹰张开的宽大翅膀伸出尖锐爪子，从容地抓起一只小鸡迅速飞走。天空空荡荡的，我不知道鹰从哪来冒出来。后来，只有整了个鸡罩，把十几个小鸡罩在里面，只放出身躯庞大的老母鸡自由走动，再也不担心鸡被鹰高空袭击，可这样鸡被圈在里面，再也不能边闲逛边找吃的。老母鸡也不能自由带着她十几个孩子到处走动，鸡罩把小鸡罩住，老母鸡围着打转转，解放了人，却把鸡关了禁闭。

世事变幻，现在除了孩子玩老鹰捉小鸡游戏，现实这样的事件再不可能发生。鸡按人设定的程序生长和生存着，不用亲自趴在鸡蛋上孵化，也见不到自己的孩子，甚至连公鸡的面都不见就受精了，人剥夺了鸡恋爱的自由和作为一个母亲的权利。我在想，今天的鸡给它一窝蛋，它是否还会孵化？弄不好，它会对那一窝蛋无所适从，用嘴逐个啄开或者用爪子扒拉着像电视上玩砸金蛋的游戏一样砸开了玩。

当然，今天的鹰也别想见到鸡，一只只都在暖房里待着，他们六根清净无欲无求一门心思只长肉。即便见到，估计鹰也没有兴趣，用激素和饲料如吹气球一样迅速成长起来的鸡，吃来倒胃口。

鹰越来越少，一个很大原因是自以为是的人发明了老鼠药，老鼠没有被药死，地上的蛇和天上的鹰却越来越少。老鼠家族越来越兴旺发达，迎来了好时代。

后来，离开了农村，在城里再也没有见过鹰。

今天又见鹰，实在是新奇，可它盘旋几圈还是飞走了。村庄的房子已经延伸到村外，喧闹繁华，但估计这些在鹰眼中卵用处都没有，去他妈的现代化。

也许，这只鹰不过是旅游观光客，与猎捕并无多大关系。

鹰孤傲霸气，威震江湖。

“鹰击长空，鱼翔浅底，万里霜天竞自由。”

徐志摩说：“是人没有不想飞的，老是在这地面上爬着够多厌烦，这皮囊太重挪不多，就掷了它。可能的话，飞出这圈子，飞出这圈子。”

这位天才的诗人做到了，掷了沉重的皮囊乘风而去。可惜的是却以那样悲壮和令人惋惜的方式。35 岁的时候，徐志摩乘坐的飞机失事撞上了泰山北麓的白马山，“轰”的一声，他的灵魂自由飞翔了。

谁都梦想着背负苍天脚踩苍黄，作庄子的逍遥游，可惜的是，人总是只能蠢笨地在地上一步步挪动，没有了自由和轻盈。

我与鸟的记忆更多的是与一种比较常见，毫不起眼的鸟类有关。

那就是麻雀。

上世纪 50 年代，麻雀被定性为害鸟并被判处极刑。全民动员誓将麻雀赶尽杀绝。麻雀战役打响，男女老少倾巢出动，锣鼓喧天、鞭炮齐鸣，人们在田间地头用敲锣打鼓、拍手敲盆、大声吆喝等弄方法弄出各种响声，通过噪音恐吓让他们无法落地，迫使他们保持飞翔，最终死于饥饿和劳累。扑杀是全方位的，在全民动员下，麻雀巢穴被捣坏，鸟蛋被捏碎，雏鸟被直接甩在地上砸死，成鸟被弹弓和猎枪击落。麻雀遇到前所未有亡国灭种的危机。

现在回过头来看，麻雀并非罪大恶极，被判处极刑仅仅是被认为祸害庄稼。

可惜的是，在人饿得前胸贴后背的年代，祸害庄稼这个罪名足于把麻雀打入十八层地狱。

直到八九十年代，即便那时麻雀早已被平反。但思维中麻雀还是作为害鸟存在着。那个年代，捕杀麻雀，没有人认为有什么不妥，大开杀戒，也没有人阻止，就像踩死老鼠，拍死苍蝇蚊子一样，没有任何心理压力。

我捕捉麻雀，与保护庄稼，为民除害没有任何关系。只为好玩与贪图麻雀汤圆大点肉。

上小学前，我就参与捕麻雀的行动中。

那时的孩子是漫天野地放养。由于实在太小，弹弓拉不开，掏鸟巢爬不上墙，所有我们这些六七岁的孩子心甘情愿地被十多岁的孩子控制着，加入组团捕麻雀的行动。人多雀少，当天捕到的鸟并不够平均分吃，一般捕到麻雀就在小溪边开肠破肚洗净，然后拿出从家里偷出的盐腌好，串在铁丝上晾干攒着一起吃。

我们涎着脸皮极力讨好比我们大的孩子，唯恐他们嫌弃我们小不要我们加入这一重大而喜庆的活动中去。其实，大孩子们也乐意收留几个跟屁虫供使唤。当然，吃白饭是不可能的，要想吃麻雀肉还得自己出力，我们被几个大孩子指挥着在墙根站成一排随时听候指令，我们诚惶诚恐地接受清晨在菜园里徒手抓麻雀的任务。

栽秧季节前后的清晨，一只只嘴角嫩黄的雏雀从窝里飞出练翅。这些小麻雀羽衣未丰，飞得不远也不高，往往飞三五米就落下来，起起落落很容易寻到。这些可怜的小东西被惊吓后慌不择路，几个小伙伴从不同的方向围拢，很容易就能逮到，四五个人每天清晨都能抓到一两只，我们能感受到小麻雀突突紧张的心跳声。但那年代我们毫无怜悯之心，捕获后立马上交争取表现。

一串串麻雀肉干随着时间在增多，从房梁上取下，拿到明亮的阳光下欣赏，暗红色的麻雀肉闪着灿烂光芒，看看又挂上，挂上又取下，我们都努力用手按住不断溢出嘴角的口水。

为了达到 10 串麻雀肉的目标，我们起得更早，更卖力地在菜园里抓麻雀。

可惜的是，我们没有吃到麻雀肉。

在攒得了八九串麻雀肉的时候，我们被突然宣布在竹林里开会，大一点的孩子不无悲伤地告诉我们，麻雀肉昨晚被野猫吃光了。这样的消息让竹林里叽叽喳喳的孩子一下安静下来，只有哗啦啦风吹竹叶的响声。突然有人“哇”地一声哭开，我们这些六七岁的娃娃一下全哭开了，鼻涕与眼泪起飞，哭得惨绝人寰、哭得昏天黑地。

被哭烦了，大一点的孩子吼道：几个屁娃娃哭个球，找猫报仇去。

我们又化悲伤为力量，随身拾起土块、碎石去找猫报仇去。遍寻野猫不见，见到隔壁的家猫正躺在椅子上酣睡，无名的火腾腾冒起，揪着尾巴把猫甩出去，猫一声惨叫，慌乱中夺路而逃，锅碗瓢盆被带翻在地，叮哩咣啷响成一片，突然之间天下大乱，猫逃上房顶惊恐未定地看着一张张莫名其妙愤怒涨成猪肝色的小脸。

后来，再大些我们争取到了独立自主的权利，不再依附任何人，能娴熟地掏鸟窝，也能用弹弓射杀枝头上跳跃的麻雀，学会了用簸箕，用两块砖与三根篾片设机关陷阱捕鸟。

因为野猫的阴影，我们一般捕到麻雀摘头褪毛就地正法，用菜叶包起后用棕叶扎紧丢在火里烧熟后撒上盐吃。

麻雀对人的警惕性并不高，我们最多的一天，曾用机关和陷阱捕获麻雀几十只，死活都有，死的被剥开洗净，活的暂时关进笼子。那天面对的麻雀实在太多了，叽叽喳喳吵闹不止，一次性杀死这么多麻雀，突然有了害怕，惶恐不安，首次对一只麻雀产生了同情。但那天，还是有个小伙伴挺身而出，把笼子淹没在水塘里，几分钟后，世界一片寂静。

多年后，读到《史记》中秦国坑杀赵国降卒后，赵国上下“父哭子，子哭父，兄哭弟、弟哭兄，妻哭夫，祖哭孙，满街满市，连日哀号之声不绝”。还是不由得想起了那次淹死四五十只麻雀的事件，《史记》文字间感觉有凉飕飕的风吹过。

我尝试过养麻雀，却一次都没成功，麻雀在笼子里惊恐不安，不吃不喝，不出一两天就死掉。

大人说，麻雀气性大，是气死的。后来有解释说，麻雀是野生的，在封闭的环境中焦虑不安拒绝进食，血压升高而死。

看来灰不溜秋毫不起眼的麻雀却有决绝的一面。

实话实说，美国人帕特里克·亨利的名言“不自由，毋宁死”，让我想到不是历史上人类为追求自由而发生的伟大斗争，而是麻雀一旦被关进笼子就必死无疑。

再后来，我们掏鸟蛋也会小心翼翼，尽量不把鸟蛋掏碎，也尽量不把雏鸟掏死，一般掏到雏鸟也会放回鸟窝。即便到了野外，找到鸟窝里的蛋，也会在溪水里试试鸟蛋是漂起还是沉下。沉下的鸟蛋带走，漂起的表示已经孵化，里面要么布满血丝、要么雏鸟已经成型。

随着城市化进程，麻雀也进城，叽叽喳喳成群飞舞，忽地飞起又忽地落下，在“衣食足知荣辱，仓廪实而知礼节”的年代，再没有人捕捉和射杀他们。它们终于安全了。

在回村的道路上，我又见到了一只麻雀，在路上跳跃着啄食，我小心翼翼走过去，它停了下来看着我，眼睛清澈透明。

但愿它忘记曾经的疼痛，也忘记一个少年对它父辈的围剿与捕杀。

我停住了，不再往前走，唯恐惊吓到它。

麻雀啄食完地上的食物，忽地飞起，我这才走过去。

（选自《中国作家》2019 年第 2 期）

对岸的师父

//此　称

此称，男，藏族，生于1987年7月，云南德钦县人。有作品发表在《民族文学》《长江文艺》《滇池》《大家》《边疆文学》《西藏文学》《青海湖》《散文选刊》等刊，出版有诗文集《没时间谈论太阳》。

站在坡上的人已经走了，只留下一个令人心痛的消息！

他走后不久，天空恰如其时地下起雨来。田地里昂向天空的麦穗，也低下了沉重的头颅。之后，我只听见雨声越来越大，雨珠滴落在屋顶的木瓦上，似乎有成千上万的生命，绝望地坠向大地。

我把正厅里的火盆打翻了，又把茶桌上的酥油茶壶砸到地上，壶嘴被砸歪了，剩在里面的茶水满地溅开。睡在桌下的小猫醒了过来，以为有食物掉落下来，猛地蹿到我的脚下，抬起贪馋的头颅看着我，我抬起右腿使尽力气踢开它。它被踢到墙上，惨叫一声后，可怜兮兮地从窗口溜到外面的雨水里。

还不能解气！又想不到更好的发泄方式，只好抬腿用力踢打粗壮的木柱，不过几下脚趾钻疼，似乎有血从鞋子里渗出。

最后，我实在太累了，瘫坐在地抱头哭着，哭着哭着，愁情还在，眼泪却没了，双眼非常干涩，用手背搓揉，都弄不出一滴泪来，哭声也失去煽动力，像一只半死的病鸡，继续哭闹下去显得有些尴尬或做作。但我无法突然收场，一定要让家人明白，我此刻确实悲痛欲绝。要让他们害怕我会疯了，让他们害怕我会死去。

那天我去山上捡菌子，山上下了一天的雨。我和同村的人一起，雨水滂沱时，在高大的杉树下生火取暖，顺便把捡来的菌子烤着吃，大家拿各自的糗事和艳史开着玩笑，感觉非常快乐，让人渴望能在雨水里一待着下去。等雨势渐小，又埋好火堆钻进林子里，继续在雨水和泥泞中寻找菌子。

身体又一次被淋透了，顺头而下的雨滴钻进胸里，钻到后背，钻进单薄的布裤里面。挪步前都要构思，怕要承受没有必要的不适。我尽量不然湿透了的裤子粘到皮肤，利用步伐让裤子与皮肤隔开。

爬完一座山坡后气喘不已，但又不敢站着休息，年长的人说，被淋透后，无论如何都要保持走动，不然会更难受，休息时间过长了，甚至可以致命。

我就这样挪步回家，太阳没有落山之前，顺利来到家里了。村里的天居然晴着。

那天家里只有爷爷和妈妈。她已经为我烧旺了炉火，并在火炉上为我熬了一锅热气腾腾的米粥了。我享受着米粥，跟他们聊一些在山里的见闻——早上上山时，邻居卓玛脚底打滑，摔在一棵栎树旁边，没有受伤，裤子却被树枝扯破了；同学扎西没有被雨淋湿，到了山上后，他就在山崖下生火坐着，他打算等雨停了再去捡菌子，但雨下了一天，他也在火堆旁边坐了一天，所以今天他毫无收获；二哥又在赌博了！我们到了山顶时，他和他的伙伴们才从村里出发。等我下山时，看见他们在一个山洞里打哈金，二哥表情不悦、爆着粗口，好像又输了钱。

“我有点累，明天不想去捡菌子了，想休息两天，可以吗？”我对妈妈说。

“早该休息了，都是你自己要去捡。明天我请你哥哥杀只鸡，好好休息两天吧。”

“外面是不是有人在喊我家？”爷爷竖起耳朵对向窗口。

我趴到窗口确认时，确实有人在喊我的名字，没人应答时，他又喊我妈妈的名字。

我跑到门外跟他对喊道：“大哥，听见啦！有什么事？”

“你的……到啦！雨太大了，我就……”

“什么？雨太大啦！我听不见，你再说一次。”

“……书到啦！雨…… 我。”

“我真的听不见，你再大声一点吧！”

“你的通知书到啦！你考上了第一中学，3 月 1 号要报道，雨太大了，我通知书先不送过来啦！”他歇斯底里地喊道，我终于听清楚了。

“知道啦！辛苦你了。” 说完后，一股愁绪涌上心头，但我还是带着这个消息进去了。

我把我考上一中的事情说给妈妈。妈妈说：“别说这事了，好好休息吧。”说完后，我看见她满脸忧愁，低着头把放着毛球的竹篮拿到前面，开始捻起毛线来。

小学升学考试已经过去两个月了，大家都在猜测各自的分数，有些同学，不信能考上中学，有些同学相信自己能考上。只有我，即无法确定自己能够考上，也无法相信即便考上了，家里能供我去读。这两个月，我的心情非常复杂。

“求求啦！我想去读。”我说。

“你看家里一分钱也没有，不仅我家，整个村子多数人家都没钱，怎么供你呢，一年上千呢，就算我们有心借，能借的人也没有。”妈妈眼里有泪花。

我其实早就知道，即使我们考上了，家里也没法供我们去读。

我低着头，瞄向爷爷，他也低着头，默不吭声。我看向妈妈，她表情凝滞，心不在焉地捻着毛线。正在这时，邻居的一位叔叔跑到我家了，他先用激动的语气向我表示祝贺，说村里读书人少，你能考上重点中学是全村人的荣幸。他离开前向我透漏，邻村的卓玛同学已经收到通知书，跟你是一个学校，她家已经决定供她去读了。

我终于耐不住了，用哀求的语气跟家人说："让我去读嘛，我会好好读书。"妈妈的回复一成不变。

"家里羊那么多，卖掉一些就可以供我了。"

"你能找到买主的话，当然可以去读。"妈妈说得不无道理，那些年我们有太多珍贵的东西，却没有任何渠道可以换成金钱，可恶的金钱。

"你们可以向二舅去借嘛，等我毕业了可以双倍还他。"

"二舅哪来的钱啊，他前面回家时，没发现他在为钱发愁吗？"妈妈说。

"我不管！一定要供我去读，我一定要去读，如果你们没法供我，我就死给你们看。"

"儿子，安静点，家里的所有东西都给你，你也想不出办法，确实没能力供你。"妈妈说得决绝。

那时我想继续读书，并不是因为如饥似渴地向往知识，像现在一样，我并不清楚知识究竟指的是哪些东西，它能给我的生命带来什么，通过知识，我能避免什么、得到什么我并不清楚。我想去读书，只是因为想跟小伙伴们玩，想去邻村的卓玛一起玩下去，我太喜欢她了，我难过时她会前来安慰，我发飙时她会躲去一边，等我想跟她玩时，她又笑脸相迎。有时我装病，她会在一边急得不行，所有这些太让我喜欢她了。如果不能继续跟她一起，活着有什么意义呢？我觉得我无论如何要去读。

"我一定要去读！"我哽咽着对妈妈说。妈妈的回答比先前还要决绝，我跟她一起绝望了。

不知道哪来的怒气，我突然好想砸坏整个世界！先是火盆遭殃，之后是酥油茶壶以及可怜的猫咪和无情的柱子。我胡闹，是要检验家人的底线，我想通过这种方式让他们亮出底牌来，看他们是否真的供我不起。但即使我要上吊，那时家里确实想不出办法供我继续读书。我的眼泪流干了，终于发觉自己的胡闹是徒劳的，开始可怜起在一旁默不吭声，低头沉默的母亲来，虽然她不哭，但感觉她比我更悲伤。

我太累了，不是因为整日在山里采菌子，而是下山之后发生的一切。

之后我睡了好几天。母亲怕我睡坏了，把做好的饭菜放到我枕边，我为了气她，故意不吃，摆出一副要死的样子。她离开房间后，狼吞虎咽吃了下去，然后继续装死。她会把空碗盘收回去，重新做饭给我送来。

我醒来时已经是正午了。默算了一下，我好像已经睡了四天，其间我做了很多梦，醒来后什么都记不起了，太混乱。

热辣的阳光照进我的房间里，我听见几只布谷鸟在远山鸣叫着，窗外的田野里，有人在拿着锄头翻地，声音饶有节奏，我甚至听见秋风吹拂麦地，发出温柔的响声，劳作的人们有说有笑，幸福地割下金色的麦子。我第一次感受到了来自田野的美感和温暖。

大闹一场后，我感觉自己心情舒畅，开始理解母亲了。她如果有办法供我，她一定会毫不犹豫的。但那时，我家和村里的多数人家一样，真的没有金钱，那时候，村庄与金钱绝缘，要水果有水果、要蔬菜有蔬菜、要粮食有粮食、要牛羊有牛羊、要美女有美女，但就是没有金钱，我也不知道是怎么回事。母亲如果可以卖血，我相信她会去卖血供我，但去哪里卖血呢？

我终于想通了，我要全力做活，让全村人对我刮目相看。我要挽起袖子下到麦地里，及时割下成熟的麦穗，我要在春天时，播下所有闪光的种子；我要拥抱温厚的土地，不管刮风下雨，都是我的收获日。我终于想通了，我要成为一个幸福的农民。

我起床洗脸后，拿上一把镰刀走向田野，除了爷爷，全家人都在田里做活，个个汗如雨下。见我来到，个个神情诧异，似乎亲见神灵下凡，弄得我有点不知所措。

“我要跟你们干活了！”我友好地说道。

爷爷坐在田垄边休息，一见到我，他就向我走来。他用手摸了一下我的头，然后说道：“放下镰刀吧。我带你去见鲁荣爷爷。几天之后，你又可以读书了！”

我懵了，不清楚爷爷的意思。我以为爷爷想了什么办法，可以送我去县里读书了。因为通知书上写着，鉴于路途遥远，边远考生可以延迟一个月入学，难道幸运之神真要来到？但我激动不起来了，我好不容易说服自己走向田野，镰刀把柄温润，拿着还怪舒服呢！我没有回答，也没有去割麦，待在一边默不作声。爷爷也没有跟我交代清楚他的意思。

第二天，哥哥扛着一把锋利的斧头，深入林地砍回一截白桦木来。中午时，他把那截白桦木扛在肩上，毕恭毕敬地放进自己的木工坊里，然后从古旧的木箱里取来手锯、刨子，凿子，开始鼓捣起来，我不知道他要做什么。平时去山里砍好木头后，可以用一根皮绳拴住一头，拖拽着带回家里，省时省力。到家里时，木头脱尽外皮，被石子磕伤得不成样子。但这次哥哥像迎接圣人一样把木头扛回家里，我觉得有些奇怪。

我正要跟哥哥攀谈时，爷爷从里屋走了出来，他右手拿着一饼被干树皮包好的酥油，左手拿着一条洁白的哈达。他对我说：“走吧，带你去见鲁荣爷爷。”

“见鲁荣爷爷干吗呀？”我问道。

“你要继续读书啦！快去吧”

我跟从爷爷来到鲁荣爷爷家，他家的土狗脱了铁链，凶猛地向我奔来，我迅速从一旁拿起一块石头砸去，正好砸到狗头上，那只土狗惨叫几声后，夹着尾巴逃了过去。鲁荣爷爷走出家门，看见被狗吓到的爷孙两，连忙道歉，说拖链已有两天了，一直没来得及拴上，实在是不好意思，如果咬伤了你俩，这狗必死无疑。爷爷说，无惊无险，不怪狗，不怪狗。

到了里屋后，爷爷开门见山地说了：“鲁荣师父，前面也跟您说过的。我家没条件继续供他读书。想让他跟你学藏文，以后做一个‘安确’，就算不成，也希望您先教教他。”

我才恍然大悟，原来爷爷说我可以继续读书，不是要把我送到县里的中学去读，而是要跟着鲁荣爷爷学习诵读经文。也就是说，我要跟从鲁荣爷爷做一名“安确”。

“安确”可吃香啦！几村人排着队来邀请你前去念经，不仅受人敬重，而能拿到不菲的报酬。“安确”是村庄的精神领袖，但凡遭遇精神困境的人，都会来找“安确”求解。村子里，每年要做的法事和祭祀活动可多了，规模大的人们去寺院邀请僧人，小一点的都会找“安确”，比如祭祀活动啦、念经啦、择吉日呀，为经幡“开光”啦，都会找“安确”，这是一个光荣的事业，只有幸运的人才能成为一名合格的“安确”。

再说了，鲁荣爷爷不仅在我们村子里出名，他在方圆百里的几十个村里都很出名，因为他不仅会念经，还会看藏历、正骨、配制草药、传统绘画、设计佛塔、铁匠、养蜂，他简直无所不能。每天前来找他的人络绎不绝。谈不上异常激动，但我确实挺开心的。

“好呀好呀，前面不是说好了嘛，如果他没去学校读书，我就要招他为徒。”鲁荣爷爷看着我，毫不犹豫地说道。我爷爷把手里的酥油和哈达敬献给他，要鲁荣爷爷该打则打，该骂则骂，实在不行，放弃便是。

拜师仪式算是完成了，鲁荣师父叫我第二天前来学习，他先要教我基础藏语拼读，等我掌握了拼读规则，就可以直接学习诵读经文。等学会诵读几部经文后，就可以跟着他到处念经去了。他不仅要教我念经，还要把他掌握的一切教授给我，希望我有缘能够传承他的衣钵。他让我清楚地看见了未来，我受宠若惊，不知要如何感谢他的恩宠，只有低下头，双手合十表示感谢。我和爷爷激动地回了家。

到了家里时，哥哥把一个长方形的木盒子交给了我，盒子还被上了绛红色的漆，还没干透，漆味刺鼻。哥哥说："这是你的'书盒'。"

"明天鲁荣师父会给你经书，你要把经书放到这个木盒里。切记不得损坏经书，因为学完了要完好交还过去，这是规矩。"爷爷说。

我才知道这是书包！经文的印制方式不同于我以前见过的装帧方式，字句是横着排版的，每一个独立页面都是长方形，所以我们的"书包"只得用木头来做了。如果用布料来做，真不知道书页会被揉成什么样子。这个"书盒"还有很多用处，比如暴躁的老师惩罚学生时，会用这个"木书盒"打你的头，气急败坏时，经常会把木盒打裂了。我听爷爷说，鲁荣师父招收过不少徒弟，多数人被书盒打回家里了，没能成事；"书盒"还便于翻页诵读，读完的页面规整地放到盒盖上，永不混乱；还有，你可以背着这个"书包"乱跑，也不怕损坏里面的经书。当然，它质量上乘，你学完所有东西，它不仅不会破旧，反而会越来越有光泽，美感十足。

哥哥说那天他还上山去找了刺猬毛了。他把两根细长的刺猬毛装在书盒里。

"刺猬毛象征敏锐、聪慧、尖利。你学藏文时，用它指着字句，会事半功倍的，你的领悟力会提高，你的记忆力会提高。"爷爷补充道。

第二天开始，我就跟着鲁荣师父学习藏文拼读规则了，学得还算顺利。师父每天都会鼓励我，不仅没有打过我一根指头，还搞得我学习藏文，是为了他好似的，每次我学完归家时，给我塞很多食物，还温暖提醒我明早要按时前来。说我是他最中意的弟子，只要我愿意学，他愿意把一切教授给我。

有一段时间，我跟他学习描画花草。我画得非常糟糕。正在沮丧时，师父右手提着两桶油漆，左手拿着几支画笔和漆刷交到我手里。

"我家经堂里的壁板还没上漆，你拿着这些帮忙画一些图吧。"我没吱声，也没拒绝，木然接过这些工具后，来到他家经堂里，自以为是地在壁板上画了两对花瓶和几朵狰狞的花朵。

等我画完时，才发觉师父已经站在一旁，他说："画得很好，但要注意对称，传统绘画里的很多东西，美感都基于对称，只要你懂得这个规则，其实画画也并不艰难。"

鲁荣师父也不是全年都出外念经，他要分担家里的活路，夏天时上山放牧、冬天时到江边牧羊，我会跟着他到处走，他上山放牛时我跟着他，他到江边放羊时也跟着他。很多人说，鲁荣师父脾气不好，经常会发脾气，但对我一次都没发过脾气，顶多是他在放牛时，气急败坏地殴打着调皮的奶牛，但等他挤完牛奶后，又会和颜悦色地教我藏文。

我学完了《皈依颂》《大白伞盖经》《普贤行愿品》《度母经》《兜率天百尊》等基础经文后，觉得自己快要赶上师父了，经常不自觉地傲娇起来。师父温和地说："别急，别急，还远着呢。"他问我了解《皈依颂》的内容吗？我当然一无所知。师父虽然正字法厉害，但出于传统，他只教我作为一个"安确"该学的东西——只诵读不释义。就是说，我只会快速诵读，但我不知道我读的是什么内容。师父答应我以后会给我释义。

但是，一只毛驴，一只可恶的、造孽的毛驴让我中断了学习。

我正在学习《地神忏供》，这是进阶课程，学完了，我就可以应邀去念经，可以拿到报酬了。每家每户都会邀请"安确"诵读《地神忏供》。生活太繁忙了，人们无法长年按照教义和星象去行事，难免积下很多有违天理、不合时宜的事情。但是，诵读几天《地神忏供》，就可以消除所有罪过。比如，一月折草、四月捕鱼、七月屠宰、十月动土，都是不合时宜的、不合天理的。诵读《地神忏供》，就是向大地致歉，忏悔自己给大地和世界造成的所有伤害。学完这部经，我就可以为民消灾了！我学得比先前更要刻苦。

我正坐在路边诵读着，时不时抬头看看羊群有没有从山里归来。这是邻居的田地，妈妈要我前去看羊，因为田地的围栏不牢，我家的羊从山里归来后，径直走向邻居们的田地里，把长势良好的庄稼践踏得不成样子，所以我家每天都要有人前去看羊。那段时间，我边看羊边学习念经。

念到一半时，我看见有几只山羊正要入侵邻居的田地，急忙把书盒放到一边后，跑去把羊赶往山里。等我把羊赶回山里了，放心地走回来时，我看见那只该死的毛驴正在啃着我的经书。这是一部手抄经书，是师父的师父为他留下的。古旧的藏纸上，那些漂亮的字迹美若天书。我慌忙跑到驴跟前，这畜生已经把经书啃坏了一半，还在理直气壮地啃咬着，丝毫没有罢休的意思。我拽着还没放进驴嘴的页面，想要从可恶的驴嘴中解救出神圣的经书时，那驴死活不肯放嘴，还在心安理得地啃咬着。我看经文已基本没救了，便不在拉拽。但我的怒气上来了，痛恨眼前这只造孽的毛驴来了。我拽住它凌乱的鬃毛，用一根尼龙绳把它拴到门口的柱子上，然后用一根粗大的木头暴打起来。刚开始，毛驴没有反应，木头打在它身上，似乎是在给它按摩似的。这让我更气了。我更疯狂地暴打着，最后，驴驴终于呻吟了、倒下了，我才收了手。

但因为手抄经书被驴啃坏了，第二天，我没敢按时去师父家学经，我不知道该怎么交代！我不想在师父面前提起一只愚蠢的毛驴。于是我从家里出发后，在半路玩了一上午就回家，家人以为我已经完成功课了。但连续一个月，我都没有去师傅家学经。直到有一天，师傅亲自找上我爷爷，问起我连日逃学的缘由时，爷爷也不明就里，气冲冲地找到了我，我把事情解释清楚了。

翌日，爷爷又带上一饼酥油和一条哈达，拽着我前去师父家。

"毛驴犯了错，小孩不懂事。请师父继续教他。"爷爷把酥油和哈达放到茶桌上。

师父停住正在摇动着的经筒。面无表情地看了我一下后，说道："经书可以再找，时间不会等人。"

我爷爷又连忙为我道歉。说鲁荣师父，当然是这个世界上最善良的人。

师父要我第二天开始继续前来学习。他说："再学两天，你就学完《地神忏供》了，正好邻村有一家人邀请我去念诵这部经，我会带上你一同前去。"我很高兴，终于可以出师了。

师父继续说："今天之后，你就要把自己当成一名'安确'，安确也有很多规定，一不能偷盗施主的钱财、二不能敷衍读经。读经很累，有时候，没有道德的人会跳页诵读，这种便宜是要遭天谴的。你会挣到钱，但永远不能向施主要价，不管你读了几天，有多累，施主给几百块你要坦然接受；施主只给你一块钱你也要欣然接受，这是'安确'的生存之道。如果做得好，你会受人尊敬、衣食无忧、内心平和。"我若有所悟地点着头。

"这次是你第一次正式去念经，一定要认真对待。到了那边时，我再教你相关仪轨，你会觉得很有意思的。这次过后，以后有人要读这部经文时，你就可以独立完成了。"鲁荣师父语重心长地对我说道。

母亲为我找来干净的衣服，要我洗好头发，穿上新鞋，体面又干净地完成第一次工作。她还上山为我烧香祈福，祈请四方神灵保佑我，让我成为一个光宗耀祖的"安确"，成为这个村子不可或缺的智者。等我学成了，我家门口将人流如潮，人们会前来邀请我去念经、去做祭祀活动、去为亡者度灵，去解救那些被神灵和命运捐弃的有情众生，让他们找回丢失的信心和希望。

清晨，我等着师父叫我同去时，一名哥哥跑来找我了。

“你想不想去城里读书？”他神秘地问道。

“怎么可能去县里读书呢？是哪个学校？”

“有一批县上的艺术家来我们村子录制原声音乐，他们说如果有对藏文感兴趣的孩子，他们可以介绍到县里的公益藏文学校，全部都是免费的，叫普利藏文学校。我跟他们介绍了你，如果你想去，马上就可以去。”他说。

我低下头，沉思了很久，但那时我才十五岁，想不到更长远的东西来。过了一会后。我说：“我想去！”我想不起当时想去的理由，就像我现在不能理解自己想回去的理由。

我跟家人协商好了，决定前去县里读书，他们说如果学好的话，我可以进入国家单位工作。我有点向往！那是不是意味着我有机会永远幸福、快乐？我激动得忘了善良的鲁荣师父。

几天后，我出发了。二叔送我去县里。我们从村里出发时，村里的男女老少都在为我送行。年老的奶奶们手里捧着一篮子的鸡蛋，争先恐后地交到我手上，要我做个好人。有些从衣兜里掏出皱巴巴的零钱塞进我手里。到最后，我实在拿不过来了。就对她们说：“我没法拿啦！你们回去吧，谢谢你们。”

我和二叔来到江边时，鲁荣师父在牧房前挤奶，二叔上前说了我的情况。师父说：“他爷爷跟我说过。”我不知道该说什么好，我想起自己的失约。师父专注地挤着牛奶，我过去站在他旁边，低着头，手心冒着汗。这几天，我没有去找过师父说出我的想法，也没有征求他的意见。

“到了那边要努力！”师父双眼盯着母牛的奶头，冷冷地说道。

“师父，我走了。”我怯怯地说，内心沉重。他专心挤着牛奶，没有回话。

我和二叔蹚过一条河。连日降雨，河流汹涌。对岸的师父，还在不慌不忙地挤着牛奶。

我和二叔走出村子了。

2018.3.17 凌晨

（选自《民族文学》2018 年第 12 期；入选《21 世纪年度散文选：2018 年度散文》）

青山守住夜郎

// 尹马

尹马　1977 年 9 月出生于云南镇雄，1994 年开始发表作品。有诗歌、小说、散文若干刊于《人民文学》《诗刊》《青年文学》等杂志，出版作品集 5 部。现在云南镇雄县文联工作。中国作家协会会员，鲁迅文学院第 36 届高级研讨班学员。

日常关系

我摔伤腿去医院看大夫没有错
我擦伤手去药店买创可贴因为仅仅是
擦伤没必要小题大做
那么我要是丢了魂呢就只能去民间
找一个巫师

这同样没有错。我请大夫是让他
为我用药我找护士是让她为我
包扎伤口为我输液消炎
当然如果可以的话顺便在我痊愈后
请她共进晚餐请她看电影
一起过马路一起去一个记不住名字的酒店
这也没有错。

我去民间找一个巫师为的是让他
把我的魂喊回来，他手执马尾口中
念念有词他身穿道袍僧袍还是大衣
我记不清楚我没必要记那么清楚就像
我的左手安慰右手时没必要
说一声谢谢因为这些都没有错

活着就得干这些事你干了
可以说可以不说
活着不能嫌这些事麻烦因为我们
总有一大堆麻烦事如果你能
顺利摆平它们还能好好活着

那一定没有错。

端公戏

大端公饶先生，通常只给死者三天时间
用以回放一生的荣光。对下跪者来说
这是奢侈的。肖文洪用了一个月
在小区门口寻找一把
捅他的刀子，直至魂飞魄散
才盼回一个早年被他霸占了房子
却蒙冤下狱的人

郊区孤坟一座，无家可归的中年汉子
在他坟前，日日焚香诅咒，他需要
用剩下的时间，把一具枯骨摧毁成
刑场上带罪的肉身，让一个亡灵在另一个世界
死无葬身之地。对流浪者来说
这也是奢侈的。

饶先生超度过的亡灵，多半去了天堂
只有肖文洪，他轻飘飘的名字
还在城乡接合部的岔路口徘徊
对于在这个城市居住的人们来说
这是相当奢侈的。

北顺城街

六角板碰头处空出记忆
红头巾在冷风中奔逃。深秋的黄昏

羊膻弥漫人间，路口秘密的交谈
无可奉告

这是我杀一只羊的时候想到的
北顺城街。女子黑黑的脸
在陌生人的喊叫中若隐若现
这是我喝一碗羊杂汤时想到的
北顺城街，一个卖唱的盲人
在拐角处的灯火中，修理黑暗的身躯

似乎每个人，都闪不过一条
烟熏火燎的巷子，每个人都躲不开
一柄寒光。这是我
作为一只羊的时候，想到的
北顺城街

玉堂春帖

写玉兰花的那个人蹲在地上
他对春风的庞杂过于惊醒，慌乱
他想于花间染一场疾病

玉兰花，也只是冲着人间滚烫地绽放
邪恶地凋谢。从没有一朵花
肯去篱外打坐，去冷的月光下
亮出身子，去某人心里
唱一曲玉堂春

白花落，他和诗一起痊愈

就去一本旧书里，找一个词
比如零落，哀恸，比如小小的规劝

就是小小的！几乎不动用乡愁
不动用爱。在孤寂的暗夜里
谁说爱，谁就看不到荼蘼
谁就醒不过来

短途的乡下

短途的乡下横着一扇门，秋风来过
什么也翻不到，就走了
乡下的瓜叶还像前些年一样攀在石头上
昏睡在雨水中。乡下的狗老了
不再像一个闲着的秀才
在屋檐下张望。乡下的火车
每天回来一次；乡下的火车票很寂寞
没事时就陪秋风去另外的小站
往光阴的水面上扔石头

上山

上山去不是为了捕鸟，砍树，牧马
倒立着的山，有没有一只鸟，一棵树
一片顶着烈日逃跑的绿蕨草
都说不定。

上山去只是为了在滂沱大雨中
举起一件破衣服；是为了瞒着月光

把一片虚构的麦地，还给线装本的海子
上山去，其实只是想
从一片麦地里，把被泥土宠坏的父亲
喊回家。

大雪日疏

在一堆酒瓶里存放我的朋友，万不得已
我隐身尘埃打碎杯子
去屋顶向亲人悔过

我不饮很久。在孤独的乡下存放我的父母
万不得已。白天和夜晚
我一个人回到人间
认领袖手旁观的生活

在一首你不愿读完的诗里
活着，大雪浸淫满身
在刺骨的寒风中，存放着我的病痛

我不饮即醉，见到年少时见过的你
原来你还没有死去

活着

毛二上午活着，是为了中午能看见自己
并把自己撑饱；王五下午活着
是为了在黑夜里对自己说一声晚安
然后沉沉地睡去；赵九，活着是为了

坐在山冈上，看天空的云朵
你挤我我挤你地发疯

我的父亲，六十多年来，他活着
是为了救活后山的七亩土地
让我活出个人样。我活着
是为了给你
看得见的卑微。

绕不开

走大路可以绕开一片坟地
走小路，可以绕开另一片坟地
我南辕北辙，出东往西
可以同时绕开两片坟地
回到家中

但我始终绕不开
来自内心的焦虑；绕不开
右眼皮的跳动，深夜赶回母亲身边
就像稼禾绕不开绳索，良木
绕不开刀斧，书堆里的孩子
绕不开父亲的中年

就像你绕不开我。我们在彼此的
施与和掠夺中，绕不开两个
厚着脸皮举杯的影子

拉锯

两个很旧的老叟，在深冬的屋檐下
拉锯。黄昏，锯齿颠簸
一截杉木，发出撕咬中的呻吟

两个直不起身子的老叟，两个
在粉尘中用一把锯扶住对方身体的
老叟，哼着小曲为一棵树超度

他们从正月唱到腊月，唱到一棵杉木
被肢解了急促的一生，成为
一副棺材的腰木和盖子

他们半弓着腰，攀着一根模糊的脉线
努力地爬坡、下坎、走弯路
慢慢矮下去

两个害怕锯齿突然停下就相互咒骂的老叟
在深冬的黄昏，推拉着苍茫的暮色
没有人看见

民间

“家有木盆，可容十万足
曹操挥师江南时，大军同盆而浴，只据一角！”

“山有茂竹，去年今日伐，抬走
今年今日，竹尾还在山头晃动。”

有盆则有竹，竹为箍盆而生，这不稀奇
圈有小畜能语，地有笨虫能耕
好汉日行千里，一餐九缸……

在我的老家，田边、畴头、乡场上、草木间
众人围炉之夜，息作品茗之时
有谁愿意说出，这一切不是真的！

大雨

大雨倾盆。雨帘中有树
有被大风折断的闪电
有不顾雷声呵斥的人，去了对面的悬崖

一场雨从少年下到中年，还下
一树草垛丢下晴天的影子，还拼命地
回头，看自己身后

一个人从乡下赶回乡下，找不到
一座破庙，想不起一扇虚掩的柴门
大雨倾盆，雨帘中有树
他去雨中躲雨

再写到树

不是还想写一棵树，而是
当我写到一块石头，被流水从山顶
冲下来的时候，突然

想到一棵树

不是老想着要写一棵树，而是当我
写完一个吊死鬼迎风痉挛的双腿
突然抬头看见，一棵
被弄脏了身子的树

唐朝

放马的人说，唐朝在一座山上
山上的战场便于布阵，厮杀，进退
便于痛快地生死
山上的父亲，可以放心地
与每一个人反目

弹琴的人告诉我，唐朝的山上
种满荔枝，和美人的腰
唐朝的长衫里，跪着马蹄、月亮
和一个朝代轰隆隆的
打更之声

我是读过一些旧书的人
也去过唐朝的山上。其实唐朝很远
不在中原，不在西蜀，不在
玻璃架设的高楼。其实唐朝
是一座寺庙，住着和尚与饮者
以及从边塞寄回来的，一首长诗

斗酒图

一个人唆使一只碗，追着另一只碗
到窄路上去。一个人袖手旁观
站在悬崖上看天色，啃指甲

说是人群中有江湖，其实人群中
还有可以摸到的
岁月的剑簇，和恩怨
其实山河是看不见的，不信
你死去看看

看谁先倒下，看谁被光阴退回来
酒乃癫狂之物，而非
秀才破旧的领子，屠夫的磨刀石
先生的诗

不如去篱下与自己大醉
病后抱菊于故乡。小憩间
教一只笨鸟，学说人间的鬼话
不如改名换姓
酩酊终日，快哉！

绵羊咒

我的另一面是一个危险分子
我的另一个世界陡峭、狭窄
有一片沼泽，有一口陷阱
有疯狂的流弹和箭矢

我的另一种存在需要用仇恨去激活
用爱去剿灭！

喊痛

小姑娘去了一趟梦中
醒来对着我喊痛——
发梢痛，指甲尖儿痛。

小姑娘上街赶了个场
回来对着我喊痛——
衣袖痛，板鞋帮子痛。

天上，人间

没去过天上，但知道天上的事
天上的祖父太任性
好久不来梦中
天上的神仙吃完酒，想了想
还是原谅了那些
一死去就赶紧长眠的家伙

一直未离开过人间，我对冰冷的爱
司空见惯，如同见了田地里
那些拥抱着打盹的五谷
那些成群地搭乘雨水
吆喝着去秋天的云层；那些
死也不肯闭上嘴巴的，乌鸦

百花

百花每开一次，她都要咧开嘴笑
百花的名字很美，它们叫
海棠，木通，芍药，栀子，山茶，合欢
……
和她一样羞涩的，都有一个小名，叫
童子花，鸡冠花，灯盏花，芝麻花，狗尾草
……
一到春天，百花披挂齐整，在大地上叫阵
只有她知道，谁可以开到荼蘼
谁可以活到死去
有一年，百花未谢，她便死了
村里的花朵们，也陆续凋谢在远方
这些都被叫作小花的姑娘，她们是
兰，莲，菊，蓉，桂，桃……

兄弟

我在木桶沟有三个兄弟，分别住在
三个不同的梦中。木桶沟的春天
所有鸟到齐之后，人们就飞走了

我的祖父，在庞大的鸟鸣中
也用蕨草悄悄遮住坟头
到别的世界去，与故人虚度

我的三个兄弟，分别走在
三条不同的岔路上

他们从来不想与我相认

木桶沟的雨水，吵不醒活着的人
我的祖父头朝南方，那里是一面悬崖
藏着祖先的咒语

我的三个兄弟，像三件破旧的棉袄
周身缝满岁月的补丁，每年冬天
回来一次，就像死过一次。

红

红得迸出火焰，呛出鲜血
红得绊倒了沸腾的人群
红得黑夜一声声咳嗽

红着从左边来，从右边来，从中间来
红着一列火车来
红着一个旅行包，藏着远方来

红得记不住贵州，想不起广西
红得打不起精神看一眼云南
红得扛不住门内传来的一声轻叹。

那些杉树

栽种在集体森林里的杉树
在地界上跑来跑去的杉树
在别人的觊觎中，吃里爬外的杉树

长成棺木盖子的杉树，被电锯放翻的
杉树，顶着皎洁的月光仍然无动于衷
披着黑夜仍然想亮出身子的杉树
让一个老者吃不下饭的，杉树

被打制成亮顶衣柜的杉树
被修改了户籍的杉树，无休止地
刻画着生长和死亡，永远举着手
向天空提问的杉树

那些，摇晃在一个老者的乡下
的杉树。

门

一扇门在一堵墙上。一扇门被拉开
一堵墙忍不住疼了一下

门内的父母，忍不住探出头来
香椿树上的老喜鹊，忍不住转身飞走

一串钥匙在腰间摇晃。天空和马路
在摇晃，院子里的父母在摇晃

一扇门被卸下，哐当一声。一个人
看不见另一个人，他们被挂在同一堵墙上

似雪

铁匠铺叮叮当当，每一锤都在下雪
小镇的其他部分睡着了，把醒着的河流
退还给我写过的落叶

似乎我走过的地方
信用社、林业站、雷家诊所
都不愿让我，见一个黑发之人

我写过的哑巴和算命的瞎子
卖藏药的小贩，牵马穿街走巷的
岁月的疯子

都在下雪。我写过的
那个摇头晃脑读书的少年
已冲出衣冠，隐于雪中

叹世腔

天底下总是有那么多好心人
把一个倒下的稻草人扶起来
让更多的鸟，在秋风中死于非命

天底下那么多好心人跌在路上。那些活着
但没有肝胆的草，无动于衷。只有
几只走投无路的鸟，用翅膀轻弹哀歌！

春天里

桃花开了，李花接着开
那么大的春天，竟容不下一棵
不开花的杉树
它粗大的枝干被放倒，被锯成几截
被春天的木匠肢解得
七零八落

那么大的春天，清风万里，人往高处走
要是不往下看，恐怕会把我们的父亲
甩在身后。春天的高处羊群低垂
人行如蚁，草芥之美让人恍惚
一不留神就去了天上

人往高处走，会看见自己狭窄的一生
会看见故乡像一棵倒下的杉树，在春风中
摆放破碎的身子；会看见我们的父亲
站在人群中。那么大的人间，竟放不下
一个老者的一声咳嗽

美人

她腰间藏着云朵，眉眼泄露春风
她驾驶着发疯的身体，躲过逆行的月色
来我的天空下

我其实只剩下一个断崖，一条岔路
我心存侥幸掩埋半生贫穷，我想笑

我其实是一个小偷，一座腾空的仓库
我必须抵押一生的罪过，借一副脚镣
骑一只鬼陪她去路口说话

青山不老

青山从未老过，就算我老了。就算
它脚下的江水，活埋了它的影子
江水往低处走，改名换姓
横江、牛栏江、长江。后来，它打算
认一座青山为父，但它始终
流不回来

转眼到了中年。江水的一半
是自找孤独的船、桨声、渔灯；江水的另一半
是那个看了它半生的人
他于此岸到彼岸，怀抱一块石头
他的后半生，被捆绑在一座山上

即便青山老去，也不会死，就算我死了。
它头顶的云朵，穿白衬衫，生病
溜到更远的地方，敲门、饮水、小憩
白云的一半是鹰、夜晚的火把；白云的
另一半，是一座寺庙，寄宿着矮小的诗人
他去天空翻看，一只废弃的邮筒
去一棵树上自杀，却没人看见

就等到老死。青山守住夜郎

在云南的月光下，目送一列火车过贵阳
去柳州，去一个人深夜的故乡

大水祭

水如果要往山上走，除非水不是水
而是海，是很多水聚在一起，是很多山举起右手
向低处的泥土投降；水如果要离开人群
到天上去，除非水回到云朵，驾驶闪电
手刃一排不贞的树。如果在秋天，或早春二月
你看到水走过身旁，去一所小房子
如果你刚好听到施暴的雷声，刚好遇见
那个哭不出声的孩子……
除非你也看见那些微笑着耸肩的石头
它们刚好私藏了大海，包括海底的神
包括逆流而上的
人间的刀斧！

贵州

有人在水边唱歌，唱楠竹林、桫椤树
唱阿个妹妹卷着裤管到对岸去
天黑了还唱，唱一个老叟把斗笠漂在河面
把蓑衣挂在树上

有人在祖国的外省唱歌，唱一片桉树高高的肉体
唱一列火车哐当哐当的喊叫
天亮了还唱，哎呀，唱的还是楠竹林，桫椤树
还是对面的阿个妹妹

唱歌的人穿着花衣裳，穿上又脱下
有一个远方，看上去很远，她的赤水河，野马川
每天都有人在唱歌；她的长春堡，吴家屯
是一个山寨，那里住着栽种声音的
阿个哥哥。

念经的人

从一座山到另一座山，估计需要
漫长的一生；从一个女孩到一个老妪
只需要不经意的一瞬

念经的人只要去云朵上打坐，一座山
说翻就翻过来了，连它的春秋，它的荣枯
念经的人嚼烂佛珠，也不能将母亲
喊成上山途中的少女

一座山不想说话，是害怕
被一个人牵着它头顶的树，到低洼处去
一个母亲喋喋不休，是想留住
一首狭隘得只剩下泪水的诗

散花令

剩下的杉树，披着泡桐的身体
走来走去；剩下的森林
打着石头的名号，去刀斧中躲雨
冷冰冰的你

用眉头点燃纸上的马匹
我领着我，走下坡路上山去看你

多余的祖父晚饭后死去
我手持冥纸散一曲
不说东长与西短，只说你愿意傻笑的那几句
东躲西藏的河流，脱下单薄的外衣
想怎么干涸，由不得自己。

送信

深冬，冰凌在树上摇晃
道路被暗下来的天色堵死
他背着绿得发白的邮包
到一座山上去，送一封信

他背着一个牛皮纸信封
薄得都快融化了；他背着的信封里
只有一张纸，那张纸上
一个人向另一个人，告别

他背着告别，到一座山上去
他背着七天七夜的寒冷
和来回的口粮

深冬的邮递员，到一座山上去
找不到一扇可以推开的柴门
喊不回一个提前离开
忘记告别的人

他背着些许落寞，行走在
回来的路上。他背着
彻骨的寒冷。

狼人

按照人间的套路，他隐藏了
身上最接近狼的那部分
按照禽兽的脾性，他不得不敞开
内心最容易瘙痒的
那部分

活着时，孤独是另一种死
时光赠予他人的身形
仅仅是用来删除
更多的罪过和骂名

始终不能借助错乱的节令
隔开走火的肉身，让自己远离诬陷
围攻和屠戮；只能依靠奔跑
把身上最接近黑夜的那部分
还给利齿、垂尾和蓝眼

让每一个打山冈上路过的小姑娘
走进一扇月光下的柴门，把自己
归还给慈祥的外婆

兽如此

黄毛狗死了，但和它同名的五叔的儿子
还活着，在冷得让人发抖的冬天
他摇摇尾巴去了深圳

林子里，那些躲在窝里的
藏在树洞里的大野猪，小白兔，黄鼠狼
一到冬天就一声不吭。和它们同名的
那些坏家伙，抖了抖毛发
也去了深圳

森林还粘在土地上，流水还贴在石头上
那些被称作父亲和母亲的
找不到与之同名的一顶毡帽
一块头巾

在寒冬，有的
只有住到坟墓里去，才能把远方的亲人
喊回来

强迫症

大树站在风中，一只鸟倒下
另一只鸟成为树的影子
惊惶的人群散去，有人呼叫落叶
有人从半道上折身回来

我想我是斩断了，我想

我已经被最近的烟火收留
大树在街边聒噪，那些笨鸟
仍在枝头抄写家书

每个黄昏，我都会扯着嗓子
唤自己的乳名；每天清晨，我都会
返回梦里，确认自己对一切
无从知晓

那些飞来的大树，其实是落叶
编造的谎话。我需要回到别人的
身上，确认自己活得像一只
午睡的鸟

人间很空

// 李青青

李青青，1987 年生，云南省呈贡区人。2018 年开始诗歌创作，诗文散见于《滇池》《边疆文学》等刊。曾获第四届新纪元全球华文青年文学奖、2019 年昆明文学年会奖。

你走了，春天就谢了

今夜，月光凉薄我也凉薄
我居然在这样的身份里爱你
一个有疤的子宫姘上
一对徒自怜爱垂垂欲坠的乳房

要不是这万劫不复的相遇
我不会幻想你剥开我的衣服
我应该有
一亩梨花，千万里春光
然而我没有，我并没有一身白雪
和两大山包的月色

我还是不管不顾道德、谴责、罪孽、
轮回的惩处
今生一具肉身，扛一架枷锁
只为充军路上一杯烈酒你与我对饮

你是我张开口不能说的部分
是月亮照不到的高地
命中跨不过的劫数
说不出也不会去说的疼
因为鲜有人明白我说什么，疼什么

你牵过我的手
芦苇荡风扬尘埃的小路
引你慢慢进入

无边的秘密
风只管浩浩荡荡无垠无际地吹
天只管浩浩荡荡无垠无际的蓝
地只管浩浩荡荡无垠无际地转
世界这么大，你的生命这么宽
我的爱这么窄
窄得只能装下一个你

我牵着你的手，就这么走
路对面月季开了蔷薇开了，就连草
也手舞足蹈

今夜
天很空，没有一颗星
人间很空，没有一阵风
明早
机场很空，怀抱很空

明天你一走，春也就谢了
没有信物
某天夏午的清荫里
你还否一眼，就认出我来

一条爱上人的鱼

我以为所有陆地的物体
都是一棵站在岸边的树
枝叶伸向大地
根系扎入水中

或是一块百年不动的礁石
一半身子住在水里
一半睡在滩涂

直到你的样子
像朵云
在我的眼睛里飘来浮去

捕捉你的身影
在水中的飘忽不定
成为我每天
从南岸穿过寒流
逆游上北岸的
力量

一条鱼爱上一个人
本身就是灾难
一条鱼爱上一个人
并竟然想跃上岸
找寻他去
这一跃的力量
正是毁灭性的一跃

距离

我认得这里路边的蝉噪
认得空地上把风抽得呼啦响
晨练甩铁链的老头
手中一根树枝

将路边绿化带
当华山来论剑
七八点燥热的太阳下
移步生风

我认得地下通道口
盘腿坐着绣花的大妈
认得北邮到中政直线距离一百米
进进出出七上八下的地下通道
是一千米

我认得由滇入京
是两千七百公里
两万英尺的高空
三个小时零十分
认得昆明和北京的身高差
不是一栋高楼和另一栋
距离是八百年云和月
阳春白雪和下里巴人
我认得一切事物的距离
上帝之手安排得恰到好处
可上帝却忘了安排你
在我可以到达的距离

例如打发时间一样打发掉你

例如太阳在白日里明晃晃炸开的时候
日头底下的花也噼里啪啦地炸了
时辰到了正午

阿沁家的猫，披了一身花粉
眯着细眼，骚里骚气地摇着尾巴
回来
这时候我挠它脖颈下的毛
一下午的光，将猫从耳朵晒到爪子

我知道如何轻而易举地打发时间
例如今日，例如逗猫，例如晒暖自己
可我一如既往学不会
打发掉满脑子的你

前面有两部自动扶梯

现在的我离它两米远
只要再靠近一米
它将为我自动运行
托我更上一层
或者再下一层

大商场的大在于
上顶楼旋转餐厅可吃海鲜盛宴
下负一层小食广场可吃砂锅米线
左手拿勺右手拿筷
勺子喝汤筷子夹米线
是你教会我的动作
既止渴又饱腹
快速吃光
便可早早去占摊卖黄梨

你一跪一挪匍匐拥抱一块土地
撒下种子浇灌大粪
而你宠爱我
远胜过疼爱那块地
培育一亩地
绝不辜负一个农民
养育一个人
却兑换不了人民币
现在你我面前是自动扶梯
我牵你踏上去
你爬过很多山下过很多坡
却还是抖伶阔颤地
终于踩上这把下行扶梯
你第一次进省城
原想带你上顶楼旋转餐厅
看看这城市的夜晚，有比天上的星星
更色彩斑斓熠熠夺目的光亮
花销我一个月的工资也在所不惜
而你却说自己海鲜过敏
执拗着只想吃一碗小锅米线

阿妈，
深深的山坳一住就是五十年
你哪里吃过海鲜

“那玩意儿肉少壳多，不值当。”
你吃完米线
狼吞虎咽地喝掉了所有的汤
抬起手背抹了一把嘴，说道

撕菌子

我在厨房里撕菌子。

厨窗外的石榴花有一万种开法
却单有一种地心引力的落法
菌子也有一千种做法
我只单单会撕开来，大火爆炒

我撕一盘菌子炒给我女儿吃
你也撕一碗菌子炒给你小囡吃
我用的是春花秋月印画盘
你拿的是白色烧瓷大土碗

三十余年
锅跟锅铲免不了敲打磕碰
你还是能炒出一碗外酥里嫩
入口 Q 弹的菌子来
我只从你那里学到了撕菌子
外加和一个男人撕吵
一盘子菌子外焦里煳
一屋子日子糊里糊涂焦头烂额

你炒熟了锅碗瓢盆的生活
炒透了一家子知冷知暖的温热
炒热了一颗男人的心
炒香了一辈子柴米油盐的日子

我却单单只会撕菌子
和有时候
数窗外石榴花的一万种开法

出租屋的男女

出租屋里住了一个年轻男人
和他的女人
他们的窗正对着我的窗
就这样一天天，我看着
她栽种的多肉莲，就这样在窗台
成为她的一部分，成为春天的一部分

我和他们度过整个早晨
他们醒来
嘴里吹着绿色糖泡泡
阳光一寸一寸低下来
低成了他们的海
盐水带着清晨的光亮，漫进我的房间
我注视的眼睛
溺水窒息
这清白甜腻的水
我怎么用力，始终游不上岸去

一块伤害水的石头

你朝水的身体砸一块石头
水，涡了进去
蹦出几滴透明的血

算是疼了一下
然后
就当什么都没发生过
在太阳底下，只顾波光闪闪

兔子的庆典

奔跑吧，兔子们
这一次突围，
冲破猎人的追捕，
不做那只撞死在树桩的兔，
跃上木质宝座，
蹲坐成傲视你王土的姿势。

雀跃吧，飞鸟前来
欢天喜地地朝贺，
蚂蚁的仪仗队带着贡品，
青蛙尽情鼓噪节日的氛围，
孔雀的舞蹈前所未有的曼妙。
千万年来兔子为王的庆典，
绝无仅有的历史时刻。

圣诞树的黄花
摇曳着辉煌而金灿灿的光芒，
凤凰花也凑起热闹，
在这隆冬之际，
红得铺天盖地红得风风火火。
草儿尽管绿吧，树枝抖起来吧，
欢声笑语再肆无忌惮些吧……

佩戴你的勋章，挂起你的绶带，放飞你的气球
蚯蚓绣的兔子头像旗帜也升起来呀!
该红的红该绿的绿
该姹紫嫣红的绝不克制，
为了这空前盛况，
太阳融化了冬天最后一抹白色。

一片红土的应然性

土地的贫瘠已不能再多了
你给他一个吻是应该的
因为这火红的唇印
太阳的光就把洋芋烘暖和了

你随手揪一坨云
扔在万亩红中
于是有了黄花苜蓿、甘薯、桑叶
地瓜
供一头羊撒欢
长大

再来些色彩是应该的
因为你是神旨
一片土地有阳光普照，有雨水甘露
全因有你
藤木成荫苍耳成林，
稻子成粒小麦陈仓，
牛羊归圈万鸟归林，

皆因为你

近些看，远些听
调盘色
在新画成的田地间
给新谱的牧羊歌
拨弦伴奏
也是应该的

所以你搭万层阶梯
一层涂上一色
更是应该的
那是我赶着最后的羊群
走向你
留在人间唯一的凭证

小说写作预备出来的诗人

——对李青青诗歌的三言两语（评论）

// 李小松

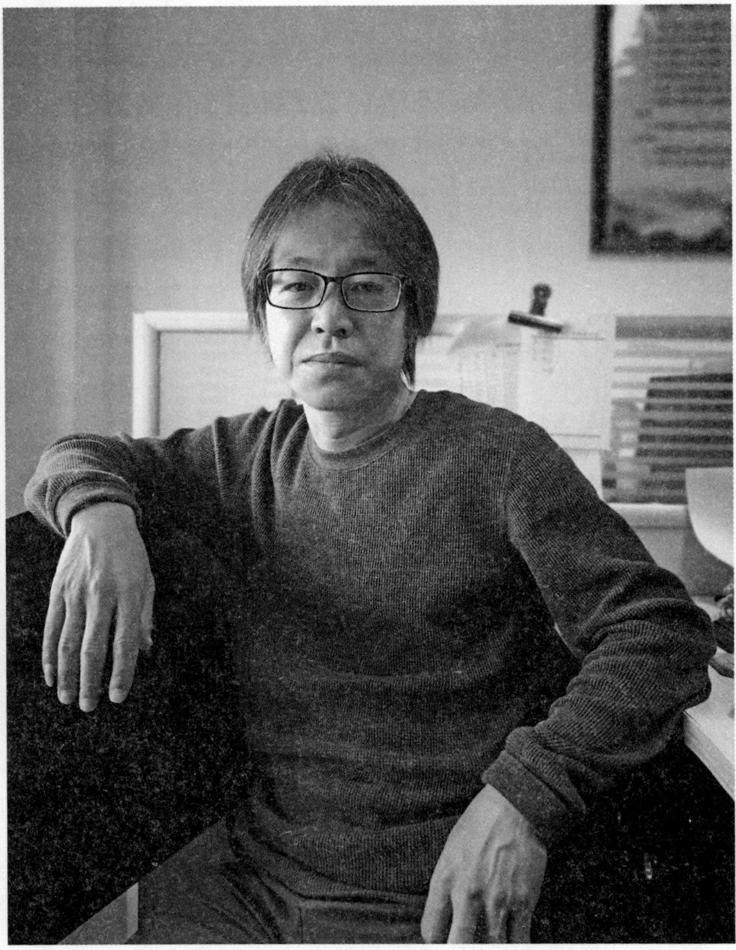

李小松，1962年生于昆明，做过建筑工、公务员、报人，现从事文学编辑工作。1980年代写诗，诗作见于《星星》《绿风》《诗神》《诗刊》《北京文学》《上海文学》《滇池》《飞天》等20余家文学刊物，著有诗集《候鸟之影》《人生研究》《既往》。

中国文坛，诗人转过去写小说的，不乏其人，但小说作家转过来写诗的，却不多见。李青青是这不多见的后者。我知道她是写小说的，第一次读到她的诗，是2018年下半年的时候。她的诗很生活化，是一种日常与内心交互寄寓式的呈现方式，写得很诚实、很生动，也不乏敏锐的体悟与洞见。当时我以为她写诗和写小说一样写了好几年了，但一问才知，她先前是写了若干年小说，转过来写诗就一年不到的时间。一年不到的时间，诗就写到这种成色，着实让人另眼相看。这一方面说明一个人的才华往往是天成的，并非自己练就。另一方面也说明，像写诗可以成为写小说的预备一样，写小说也可以成为写诗的预备，尤其是在被真空化的、过于高蹈的传统诗学气将漏光的今天。

写小说，或写诗，这两种文体的选择，不仅仅是出于个人对语言形式的偏好，更源于作者的关注点是“他”还是“我”。小说写作者关心的是“他”，以“他”为呈现对象；诗人关心的是“我”，以“我”为书写主体。因此，“他”是被客观地观察到的，显得有形有体，实实在在，而“我”是被主观体悟到的，只能被喻说出来，总是烟波浩渺。李青青写诗，起初也是以“我”为书写对象的，但她的诗里却没有许多女诗人身上都带着的那种与生俱来的自恋和对自我的盲从。她诗中的“我”，不是一个在自溢和自尊中躲躲藏藏，又被无限泛滥的自慰性想象溢美出来的“我”，而是一个被冷眼看待的他者。我以为这其中的一个重要原因，就是写小说使她学到了体谅和接纳。因为写小说，总是要把对象放在相应的环境条件中来呈现的，决定因素在于环境条件，并不在于写作者的主观意识。小说写作的锤炼，赋予了她一个观察他者的视角，当她魂离身外，以这个视角来审视自我并写出诗行，她所呈现出的“我”就不再是被盲目自恋所紧抱着的虚拟的“我”，而是一个放归到日常生活中被冷静观察到又被本我所体谅和接纳的他者。这个他者当然不是居于某种道德紧张感而伪装出来的完人，只能是一个和李青青本人一样充满烟火气的人间女子。这一点很重要，正是不以自觉为一个道德家的诗人身份来进行诗的写作，成就了李青青诗中的“我”和本我的一致性，满足了李青青无伪的诗性言说。

“今夜，月光凉薄我也凉薄 / 我居然在这样的身份里爱你 / 一个有疤的子宫姘上 / 一对徒自怜爱垂垂欲坠的乳房 / 要不是这万劫不复的相遇 / 我不会幻想你剥开我的衣服 / 我应该有 / 一亩梨花，千万里春光 / 然而我没有，我并没有一身白雪 / 和两大山包的月色”。这是《你走了，春也就谢了》开头一段。这首诗并不色情，而是一种李青青式的诗性诚实。我们路过人间，每个人都领了必死的诅咒，我们总是会亮起心灯，而当心灯亮起，又会照现我们与那份心之所盼的美好的不相称。这里的“我”，是在必然的错失中被观察到的，是人共同的宿命，我们都要遭遇美好，因为我们心之所盼，而我们又必会错失，因为我们总是与那份心之所盼的美好有距离，就如我们摘下花，花就枯萎了，因为花只是美好的喻表，却不是美好本身；我们捧起水，水就流掉了，因为我们的手并不完美，手指间有缝。

在李青青的诗中，“我”不是一个用想象封闭起来的与世隔绝的存在，而总是在处境中、关系中的一个与世界相关联的亲历者。她在《出租屋的男女》中这样写道:“出租屋里住了一个年轻男人 / 和他的女人 / 他们的窗正对着我的窗 / 就这样一天天，我看着 / 她栽种的多肉莲，就这样在窗台 / 成为她的一部分，成为春天的一部分 // 我和他们度过整个早晨 / 他们醒来 / 嘴里吹着绿色糖泡泡 / 阳光一寸一寸低下来 / 低成了他们的海 / 盐水带着清晨的光亮，漫进我的房间 / 我注视的眼睛 / 溺水窒息 / 这清白甜腻的水 / 我怎么用力，始终游不上岸去。”这里的“我”，又是在最日常的相关事物中被观察到的，相邻的一种外在而甜腻的枯寂存在，反衬出“我”内在而苦楚的枯寂无赖，一个独处的人枯寂着，两个共处的人也照样枯寂着。这也是人共同的境遇，没人能脱离与生俱来的那份内心的孤独感，两个纠缠在一起的人仍在各自孤独着，一个与自己较劲的人就更是孤独。“我”在这首诗里，没有丝毫的优越感，“我”并没有超然于众生之外，成为一个自满自足的存在。生命的真实感由此而生。这是虚拟不出来。

我觉得中国当代诗歌里有一种非常好的锐气，就是敢于逼近琐细的生活本身，在被传统诗学以美的名誉丢荒的日常中不断探察到诗意。这使得中国当代诗歌真的有了一种时代感和历史感。李青青也在做这样的努力。在《前面有两部自动扶梯》一诗中，李青青写到“我”带着果农身份的阿妈去大商场体验现代都市生活。这两部自动扶梯，“现在的我离它两米远 / 只要再靠近一米 / 它将为我自动运行 / 托我更上一层 / 或者再下一层”。这是一个寓意，向上的可以向上，向下的可以向下。“大商场的大在于 / 上顶楼旋转餐厅可吃海鲜盛宴 / 下负一层小食广场可吃砂锅米线”。阿妈，“你第一次进省城 / 原想带你上顶楼旋转餐厅 / 看看这城市的夜晚，有比天上的星星 / 更色彩斑斓熠熠夺目的光亮 / 花销我一个月的工资也在所不惜 / 而你却说

自己海鲜过敏 / 执拗着只想吃一碗小锅米线”。这是母女习以为常的饮食，“左手拿勺右手拿筷 / 勺子喝汤筷子夹米线 / 是你教会我的动作 / 既止渴又饱腹”。结果，在这完全可以向上的大商场，阿妈心不在焉，选择了向下，为了“快速吃光 / 便可早早去占摊卖黄梨”。因为那才是阿妈的根本，她的存在只与土地和生长于其上的果树相关联，“我”与大商场是隔膜的，阿妈更是隔膜。一个故事化推进的生活事件，一堆对位于日常事务的语词，两颗装满俗常思虑的心，却活生生地呈现出了这个时代生活现场中的张力，物的高长和人的矮化，外在的丰富与内在的紧缩，表象光怪陆离，暗中的对垒却波涛汹涌。在这物质得胜的时代里，人渺小如蚁，你甚至拧不过两部自动扶梯，你在大商场里唯一能体验到的，就是在物的面前人的消失。

从李青青的诗中，我看到一种小说式的真实，这种真实表明她不是一个随性的诗歌写作者，而是要用诗来同情和悲悯的。我非常希望她一直放低身段，一直这样烟火气，一直这样不以诗人自居。这样，她就不会变得随流，不会变成油腻。假以时日，她会给我们分享更多也更入心的诗行。作为一个读者，我这样期待着。

图书在版编目（CIP）数据

临梵 / 雷平阳主编. -- 昆明：云南人民出版社，
2019.12
（边疆·云南文学丛书）
ISBN 978-7-222-19008-5

Ⅰ. ①临… Ⅱ. ①雷… Ⅲ. ①中国文学－当代文学－
作品综合集 Ⅳ. ①I217.1

中国版本图书馆CIP数据核字（2019）第287338号

出 版 人：赵石定
责任编辑：熊　凌
装帧设计：马　滨
王冰洁
责任校对：苏　娅
责任印制：马文杰

边疆·云南文学丛书
临梵

雷平阳　主编

出版　云南出版集团　云南人民出版社
发行　云南人民出版社
社址　昆明市环城西路609号
邮编　650034
网址　www.ynpph.com.cn
E-mail　ynrms@sina.com
开本　720mm×1020mm　1/16
印张　19.75
字数　330千
版次　2019年12月第1版第1次印刷
印刷　昆明合骧琳彩印包装有限责任公司
书号　ISBN 978-7-222-19008-5
定价　39.00元

如需购买图书、反馈意见，请与我社联系
总编室：0871-64109126　发行部：0871-64108507
审校部：0871-64164626　印制部：0871-64191534

云南人民出版社微信公众号